Antes se secará la tierra

Novela

Fernando J. Múñez
Antes se secará la tierra

Planeta

La lectura abre horizontes, iguala oportunidades y construye una sociedad mejor.
La propiedad intelectual es clave en la creación de contenidos culturales porque
sostiene el ecosistema de quienes escriben y de nuestras librerías.
Al comprar este libro estarás contribuyendo a mantener dicho ecosistema vivo y
en crecimiento.
En **Grupo Planeta** agradecemos que nos ayudes a apoyar así la autonomía creativa
de autoras y autores para que puedan seguir desempeñando su labor.
Dirígete a CEDRO (Centro Español de Derechos Reprográficos) si necesitas fotocopiar
o escanear algún fragmento de esta obra. Puedes contactar con CEDRO a través de la
web www.conlicencia.com o por teléfono en el 91 702 19 70 / 93 272 04 47

© Fernando J. Múñez, 2023
  Autor representado por IMC, Agencia Literaria
© Editorial Planeta, S. A., 2023
  Avda. Diagonal, 662-664, 08034 Barcelona
  www.planetadelibros.com

Adaptación de la cubierta: Booket / Área Editorial Grupo Planeta
Fotografía de la cubierta: © Irene Lamprakou / Arcangel
Fotografías del interior: © Granger NYC/ Album
Primera edición en Colección Booket: marzo de 2024

Depósito legal: B. 1.645-2024
ISBN: 978-84-08-28512-0
Impresión y encuadernación: Liberdúplex, S. L.
Printed in Spain - Impreso en España

Biografía

A Fernando J. Múñez le comenzó el gusto por la escritura desde muy niño. Con catorce años empezó su primera novela, y sus primeros guiones de cine con dieciocho. Tras licenciarse en Filosofía, inició su carrera como realizador en publicidad mientras dirigía sus primeros cortometrajes, completando su formación académica en Cinematografía en Estados Unidos. En 2012 dirigió el largometraje *Las nornas*, proyectado en el festival de Alicante y la Seminci de Valladolid. Ha publicado *La cocinera de Castamar*, de la que Atresmedia ha hecho una adaptación muy exitosa, y *Los diez escalones*, una intriga ambientada en el medievo. *Antes se secará la tierra* es su tercera novela.

la casa CASTRONAVEA

Celsa Fernández
83 años
Tata

Teresa Figueroa
†

**Dositeu de
Castronavea**
72 años

**Asunción
Cañizares**
†

Quinta
49 años
Capataz

**Iria de
Castronavea**
35 años

**Amaro de
Castronavea**
53 años

**Cristina
Valladares**
51 años

**Amil de
Castronavea**
31 años

**André de
Castronavea**
28 años

**Basilisa de
Castronavea**
25 años

**Matilda de
Castronavea**
23 años

la casa ORDÁS

Horacio Saavedra
53 años
Asistente

Isidro Ordás
58 años

Cordelia de Rojas
45 años

Francisco de Rojas
†

**Sebastián Ordás
y de Rojas**
28 años

Carlos de Rojas
43 años

Manuel de Rojas
41 años

∞ Matrimonio y descendencia.   † Fallecidos/as al comienzo de la novela.
○ Hermanos/as.   — Lazos de parentesco.
▢ Hermanastro/a.   ···· Relacion profesional y/o personal estrecha.

*A mi yeya, que con su ejemplo nos enseñó que la ternura
deja huellas imborrables*

La tierra es lo único del mundo por lo que vale la pena trabajar, por lo que vale la pena luchar, por lo que vale la pena morir, porque es lo único que perdura.

GERALD O'HARA. *Lo que el viento se llevó,*
de Margaret Mitchell

PARTE I

—

Recordarían aquella noche durante toda su vida: la avalancha negra, el oleaje que pudo marchitar los corazones indómitos de los Castronavea.

1

«Recuerda de dónde eres, André. Recuerda que perteneces a esta tierra donde los ríos riegan valles y quebradas, donde las piedras se visten de un verde que es más verde y beben un agua cristalina que nace de los cantos y la magia. Recuerda siempre que estos montes viajarán contigo allá donde vayas, pues se meten dentro desde que naces, como la humedad de las tormentas o el frescor en verano que estas abandonan tras de sí». Se lo había dicho su tata, Celsa, el día en que se había ido a Salamanca a estudiar Leyes. Ahora, con el título de doctor obtenido tras diez años de estudio, regresaba a As Airas, el pazo familiar, con el alma teñida de nostalgia y alegría a partes iguales: «Una etapa se acaba, André —se dijo a sí mismo—. Y con mi regreso se inicia otra».

Subido en el carro del mayoral, un hombre de manos anchas como pezuñas de toro y que trabajaba para su abuelo Dositeu desde antes de que él naciera, André observó el camino jalonado por sillares de granito que, como un sendero enmarcado en lápidas sin nombre, conducían a la casa solariega. La carreta serpenteó por el soto ascendiendo pesadamente entre los chirridos del pescante y los crujidos de la madera que, aunque era sólida, le parecía que iba a despedazarse en cualquier momento. Tras cruzar los arcos de piedra cautivos de acederas que auguraban la entrada al pazo, surgió junto al castañar la fachada apaisada, mostrando orgullosa el granito del que estaba hecha. André levantó el mentón, ansioso por el reencuentro con todos —sobre todo con ella—, mientras intentaba atisbar el frontispicio congestionado de musgos apretados de recuerdos. Al contemplar por fin el pazo de tres plantas, con sus terrazas descubiertas y las galerías acristaladas, sus salones y sus criados pululando de aquí para allá, le penetró en el pecho la memoria y percibió de golpe el olor de las siestas de verano; los sonidos de las carreras con sus hermanas y su hermano mayor, Amil, por los corredores superiores de madera noble; el aroma del pote hervido durante horas con las patatas, los grelos, el chorizo y el unto cociéndose en una vasija de barro de cuello estrecho en el hogar; las lecturas de invierno en el salón de caza junto a su madre, Cristina, aderezadas con chocolate amargo caliente y panecillos recién horneados por su cocinera. Aquella otra vida junto a su familia —y junto a ella—, entre los mayorales y el ganado, con su padre, Amaro, y su abuelo Dositeu, se le antojaron de pronto desdibujados, como los paisajes gallegos tras la bruma de la mañana. «Cuánta razón tenía la tata —se dijo—. Somos tanto de esta tierra que no podemos alejarnos de ella sin sufrir la ausencia de sus quebradas, de sus humedades y sus gentes. Ardo en deseos de verlos a todos».

El mayoral detuvo el carro frente a las escaleras. Estas daban acceso a una balconada enorme que recorría toda la extensión del edificio como una sonrisa de piedra.

—Bueno, hemos llegado, don André —dijo exhibiendo una dentadura horadada y sincera.

—Gracias, Fernán —respondió, y apenas esperó a que se detuviera para saltar desde el pescante con la agilidad que le permitían sus veintiocho años.

Ascendió los escalones de dos en dos al tiempo que el

mayoral lo hacía tras él con el baúl a la espalda y una maleta cautiva en esa mano capaz de sujetar una montaña. Un aroma húmedo y acogedor le susurró que ya estaba en casa, y coronó las escaleras hasta la arcada principal. Le pareció extraño que don Cosme, el mayordomo, o algunos de los sirvientes no hubieran acudido a ayudarle. De nuevo, los nervios de verlos a todos —de verla a ella— le atraparon el estómago. Sin embargo, la puerta de roble macizo con el escudo familiar sobre la dovela central fue lo único que le dio la bienvenida. Lo escrutó un momento y leyó «Colere, Lac, Caro», la leyenda que su abuelo Dositeu había hecho grabar sobre el blasón cuarteado en cruz. «Cultivar, Leche, Carne —tradujo para sí—. Nuestro lema respira amor por el trabajo». Su familia había sido una de esas familias *fidalgas*, más bien pequeñas, que, además de administrar y arrendar tierras de la Iglesia a otros campesinos a cambio de una comisión, trabajaba las suyas, con su ganado y sus ahorros. No obstante, con la primera desamortización del siglo anterior, la de Godoy, su tatarabuelo Martín y, después, con las sucesivas, también su abuelo Dositeu, habían preferido convertirse en propietarios de más tierras. Así, habían ido comprando solares y cabezas de vacuno, intuyendo que el sistema tradicional de arrendamientos eclesiásticos tenía sus días contados con los nuevos aires que imponía la burguesía liberal. Al final, las tierras habían pasado del clero a los nuevos burgueses capitalistas, que habían seguido arrendando la tierra a los campesinos, incluso en algunos casos a mayor precio que la Iglesia antes. La familia, por su parte, no había aumentado las rentas a los labriegos, si bien su abuelo Dositeu afirmaba que «un campesino produce mejor cuando le aprieta el hambre». Después de cincuenta años, los Castronavea tenían una de las explotaciones agrícolas y ganaderas más importantes de Ourense.

Aun así, no había sido fácil. La pobreza y la dureza con la que la vida había golpeado Galicia habían puesto el patrimonio familiar en dificultades en algunos momentos. Pese a esto, el abuelo Dositeu había soportado las inclemencias, las guerras carlistas, y no cedió a la tentación de vender el patrimonio y migrar a las Américas como habían hecho otros. Decidió que alguien debía quedarse y recoger lo que otros dejaban. Gracias a esto y a la rubia gallega —un tipo de vacuno que Amaro, el padre de André, pensaba que era una bendición porque daba buena leche, buena carne y servía para el trabajo—, el abuelo salió adelante. Ahora los Castronavea eran conocidos por surtir de productos vacunos a Portugal, Inglaterra y a gran parte de España. Eso sin contar que producían importantes cantidades de cereales y maíz, poseían herrerías con buenos réditos e incluso habían plantado un pequeño campo de vides en el que producían su propio vino. Por eso, «Cultivar, Leche y Carne» había pasado de ser el lema del abuelo a ser el marchamo de la familia. «No hay nadie en toda Galicia que no conozca el nombre de don Dositeu», se dijo con orgullo.

Penetró en el recibidor, abierto y de techos altos, donde la arcada que se elevaba hasta el artesonado servía de frontera invisible. Tras esta, la escalera caoba, tan ancha y amable como entonces, le invitó a ascender cuan larga era hasta el primer rellano. Desde allí, dos nuevos brazos de mamperlanes se extendían encuadrados por estatuas hasta las dos galerías de madera volada que conducían a las estancias superiores. «Todo sigue igual —se dijo olfateando emocionado la tradición de la casa concentrada en ese aroma tan peculiar—. Tienes el pulso algo acelerado».

—Parece que no se han *acordao* de usted, don André —murmuró el mayoral.

André miró hacia los laterales del recibidor: las puertas

acristaladas estaban cerradas. De nuevo le extrañó el silencio. Se acercó a uno de los espejitos que se situaban sobre las mesitas de tres patas de marquetería, se desprendió del gabán y tiró de la leontina, la cadena de su reloj de bolsillo, para ver la hora. Era pleno mediodía.

—Eso parece —respondió él con una sonrisa sardónica—. Después de diez años puede que ya no me reconozcan.

«Espero que no —se dijo a continuación estirándose la chaqueta aterciopelada—. Sobre todo, espero que ella se acuerde bien de mí». Ella. Su tía Iria, la persona a la que más unido estaba de toda la familia, era unos siete años mayor que él y hermanastra de su padre —nacida del segundo enlace del abuelo Dositeu tras la muerte de la abuela Asunción—. Tenía un carácter implacable y una hermosura embriagadora. Si bien él se había carteado con su madre y con sus hermanas, y algo menos con su padre, las cartas entre Iria y él habían sido recurrentes. Desde que era un crío, su tía había estado ahí para cuidarle como una hermana mayor, hasta el punto de que, el día que había partido rumbo a estudiar Leyes, a Iria se le habían escapado unas lágrimas —y ella nunca lloraba— justo antes de separarse de él y alejarse sin decir nada más.

Se encaminó hacia el salón haciendo crujir el parqué impoluto con el ansia de verlos otra vez, de verla otra vez. Abrió las puertas, y de pronto se sobresaltó al oír un coro de voces:

—¡Sorpresa!

André sonrió complacido, aunque le bastó un vistazo para saber que los ojos glaucos de Iria no estaban entre los presentes. En el centro del salón, sobre la alfombra dorada, entre los muebles de madera y mármol, se mantenía, recio como un enebro y sin apoyar apenas su figura sobre el bastón, el abuelo Dositeu, con setenta y tres años y su rostro arado por los surcos de la vida. Algo más atrás, Ama-

19

ro, el padre de André, que tenía el semblante de la amabilidad, sonreía apoyado sobre los jaspes de la chimenea que le llegaba hasta los hombros. Parecía escapado de una pintura bucólica donde el tiempo fluyera en una quietud sencilla. Al lado, Cristina, su madre, con un vestido turquesa cuya falda se descabalgaba en un vuelo mucho más cerrado que los de décadas anteriores, brillaba con las manos apretadas balanceándose en el terciopelo del sillón tallado en marquetería fina. Por último, Basi y Matilda, sus dos hermanas menores, chillaron de emoción y corrieron desde el fondo de la estancia para abrazarle como si fueran a empezar a jugar como cuando eran niños.

—Vamos, vamos —les dijo—. Pero sí que estáis crecidas...

Basilisa, a la que a menudo llamaban Basi, seguía poseyendo una belleza algo bruja y desacompasada, como si todo en su rostro fuera bello pero algo no encajase. Esta giró la cabeza en un gesto de afirmación y se cubrió coqueta con la manteleta de blonda. André, que la conocía bien, entendió que se sentía mayor a sus veinticinco años, pues había alcanzado la ansiada mayoría de edad. «Siempre ha deseado que todo el mundo piense que es perfecta —se recordó divertido—. Debe andar toda entusiasmada con casarse con algún buen partido».

—¿Sabes que en Monforte he sido la muchacha más aclamada en el convite de don Gerardo? —dijo Basi con su acostumbrado egotismo.

Matilda, de unos veintitrés y con un carácter más reservado, arrugó el gesto tras sus gafas como si no fuera para tanto y, con aquel afán tan cuidadoso en todo lo que hacía, aventó su vestido a cuadros y besó a André en la mejilla. Este la correspondió con un beso sobre la pequeña cicatriz que le marcaba la frente, recuerdo de una coz desleída que le dio uno de los asnos. Ella le cogió de la mano desplegando su sonrisa, más corriente que la de Basilisa pero mucho más amable para él.

—Cómo nos alegra que estés de vuelta —le dijo, y susurró después al oído de André—: Madre lleva todo el día nerviosa con tu llegada.

André dedicó una mirada de nuevo a Cristina, que se había puesto en pie con los ojos rutilantes de la emoción. Iba a preguntar por la tía Iria cuando el abuelo se acercó lentamente y le posó la mano sobre el hombro con cierta solemnidad. André supo que con aquel gesto le indicaba que había despedido a un muchacho hacía diez años y ahora daba la bienvenida a un hombre. Dositeu se atusó el espeso mostacho y le miró con esos ojos azules que desafiaban el color del cielo en verano.

—Estoy orgulloso de ti, nieto.

Le sorprendió aquella repentina sinceridad. Su abuelo era de pocas palabras y nunca decía nada al azar. Era más de silencios cargados de significado, que abrumaban a cualquiera que se expusiera a ellos.

—Gracias, señor —le contestó, y de pronto su madre le estampó un beso en la mejilla y su padre se acercó a estrecharle la mano—. Gracias a todos.

—Hoy comeremos un buen estofado de ternera gallega para celebrar tu regreso —le dijo su madre, radiante.

—Y he invitado esta noche al alcalde de Puebla de Trives —añadió su padre estirándose el chaleco bordado en dorado y colocándose el puente de las gafas para verle mejor—, don Venancio, y a don Luis Feijó, el juez de Monforte, para que te vayas haciendo un nombre.

A Cristina se le torció el morro y negó con la cabeza. No le gustaba nada que hablasen de tertulias de trabajo cuando todavía André no se había encontrado con su familia. No solo deseaba que el encuentro con su hijo pequeño no se viera empañado por quehaceres laborales, sino que tampoco quería entender esa necesidad. Aquellas reuniones eran parte del mundo de los hombres, de sus copas y sus cigarros humeantes. A ella, como señora de la casa, solo le preocupaba el bienestar de sus hijos, y ya había supuesto una tortura pasar diez años sin André como para empezar a hablar de trabajo e influencias.

—Acaba de llegar y ya estáis a vueltas con su futuro —resopló Cristina como conclusión—. Que estamos en 1845, no dentro de veinte años. Deja algo para el presente, Amaro, que te pasas la vida haciendo planes.

Por su parte, Amaro se encogió de hombros: era sabido que esos planes no eran suyos sino del abuelo Dositeu. Le daba igual. Él era de esos hombres sencillos sin aspiraciones en la vida ni ideas propias; amante de la lectura y la tranquilidad, eludía los conflictos como una liebre a los depredadores. Toda su vida había sido dirigida por su padre, y solo gracias a este se había hecho con el cargo de alcalde de Monforte de Lemos. A él nunca le había costado acomodarse a los deseos paternos, más bien había sido una bendición. De no haberlo hecho así, se habría convertido en un alma diletante y desgraciada y, solo porque todo hombre necesita crearse una imagen de independencia, terminaba repitiendo como propias las ideas que antes escuchaba al abuelo.

—¿Acaso hay algo más importante que pensar en el futuro, *agarimo*? —*Agarimo* era la forma en la que Amaro dulcificaba cualquier comentario para no levantar ninguna polémica, eso y la consiguiente mirada de complicidad al abuelo—. Cristina, el muchacho es todo un abogado y cuanto antes se codee con las autoridades importantes, mejor. No creerás, mujer, que fui alcalde de Monforte solo por mi preparación.

André sonrió y se dijo, mientras se ajustaba las puñetas de la camisa a la chaqueta, que su espíritu era muy diferente al de su padre. Cierto que había estudiado Leyes por dar gusto al abuelo y porque, en cualquier caso, no tenía ninguna vocación que le inclinase hacia otra cosa. Tal vez la única predisposición que sentía era una admiración y un amor profundo por su abuelo, y solo esto había contado. Sin embargo, al contrario que su padre, de haber tenido una pasión fuerte, se habría negado a las querencias del patriarca.

—Sí, sí..., ya me sé la historia —reprendió Cristina a su esposo, y besó a André en los carrillos otra vez—. Ahora tú sube a tu cuarto y acomódate.

André giró el picaporte labrado de su alcoba para descubrirla en el mismo estado que cuando se había marchado. A pesar de haberse reencontrado con la familia, su ansiedad seguía instalada dentro de él: no había visto a tía Iria. De pronto por el pasillo apareció el mayordomo, que abrió las manos con ternura para recibirle. André se las entrechocó con cariño.

—No crea que el servicio no ha sufrido al verle llegar y no poder ayudarle, pero eran órdenes de su abuelo. Todos queríamos darle una sorpresa.

André admiró su figura ancha y ya algo corva, y le encontró demasiado mayor, como si en esos diez años la vejez le hubiera devorado.

—No se preocupe, don Cosme, lo entiendo perfectamente y ha valido la pena —le contestó bajo el dintel de su alcoba.

—Todo está tal y como lo dejó —dijo el anciano—. Doña Neves se ha tomado mucho esmero en que no sintiera nada extraño al entrar.

—Dígale al ama de llaves que le quedo muy agradecido, está todo como lo dejé. Por cierto, no sabrá usted dónde está mi tía Iria...

—En los montes: hoy estaban de parto algunas rubias y está supervisando todo —le contestó—. Pero me dijo que fuera avisada en cuanto estuviera usted aquí y así lo hice.

No le extrañó. En su opinión, el espíritu de tía Iria estaba marcado por Galicia, por sus montes salvajes, sus aires inclementes, por los ríos Sil y Navea serpenteando entre verdes hirientes, y por cada una de las tierras que tenían desperdigadas por toda la zona desde la frontera con León hasta Monforte de Lemos. Ella conocía la heredad como si le hubiera sido grabada al nacer y tenía un espíritu tan indómito como el del abuelo Dositeu. Era seguramente la única que había heredado ese carácter suyo, y por eso era feliz montada sobre una yegua —más útiles en la montañosa Galicia que el caballo— recorriendo los pastos, las herrerías, los plantíos, las vides y las vaquerías.

—Gracias —le dijo al mayordomo.

El viejo Cosme se dio la vuelta y, con su paso arrastrado, se marchó balanceándose por el pasillo como si fuese el péndulo cansado de un reloj de cuco. André penetró en la estancia y el parqué crujió como un anciano quejica. Acarició el buró de madera oscura, que tenía la persiana cerrada como una muralla que impedía desvelar sus secretos. Giró la llave de latón de la base y la descorrió. Un frontal de cajoncitos con sus tiradores de bronce se mostró ante él cual celdas de un panal de abejas. Rozó con la yema de los dedos la madera cuando entró de pronto un perro de palleiro color canela. Meneaba el rabo nervioso y de inmediato se puso a dos patas sobre él dándole la bienvenida.

—¡Capitán! —lo saludó mientras el can daba un poderoso ladrido de emoción—. ¿Dónde está tu ama y señora?

En ese momento, oyó unos pasos apresurados surgiendo desde el pasillo, y elevó la cabeza para ver aparecer el rostro incandescente de Iria, que se detuvo bajo el dintel. Se miraron sin decir nada y, de pronto, ella, con su figura entallada en los pantalones de montería, se acercó a él como la ola impulsiva de un mar y le besó en los labios como una amante. A André, que aquello le pilló de improviso, le latió el corazón tan aprisa que estuvo a punto de salírsele del pecho. La correspondió durante un instante, pero entonces su tía se separó y le clavó aquellos ojos encendidos en verde. Ella, que no pareció darle importancia al beso, le sonrió durante un instante eterno. André —que no sabía ni cómo había sucedido aquello— contuvo el aliento y también el deseo de besarla otra vez: ya no sería un beso entre una tía y un sobrino.

—Ya estás aquí, *meu rei* —le dijo, y le alborotó el cabello como cuando él era todavía un zagal y ella apenas una adolescente—. Supongo que, ahora que eres todo un abogado, tendremos que tratarte de don André.

Fue a decirle que ella nunca tendría que llamarle así, pero ambos se quedaron callados, mirándose como si pudieran hablar el lenguaje secreto del silencio: él viajando en sus ojos verdes, y ella perdida entre los pliegues de su rostro. André supo que no hacía falta decir nada porque las palabras eran distancia y los sonidos torpeza. Y, prendado por aquella fuerza salvaje que habitaba en su tía, encadenado a aquel huracán que podía condenarle, embargado por la presencia abrumadora de su verdor, sintió que todas las noches solitarias de universidad, que todas las amantes pasajeras, que todos los recuerdos de aquella dolorosa separación se hacían minúsculos hasta desaparecer en aquella tempestad que le prometía que nada los separaría de nuevo. «Nada hay en esta vida que quieras más que a ella», se dijo, y se dejó llevar por el pensamiento de que si alguna vez la perdía, él sería un alma hueca, condenada a vivir para morir en vida. Tragó saliva, envuelto en aquella aura acogedora de la que no quería salir; y sin poder evitarlo la apretó por la cintura, en un impulso, y deteniéndose apenas en sus labios, la besó en la mejilla y la abrazó con la intención de no separarse nunca.

—Está bien, *meu rei*, yo también te he echado de menos —dijo ella deslizando los dedos por entre sus cabellos.

Fue entonces cuando Capitán, que se había mantenido sentado sobre sus cuartos traseros contemplando la escena, ladró: las pisadas de alguien se acercaban por el pasillo. De inmediato, en un acto reflejo, ambos se separaron, como si fueran culpables de quererse demasiado. André se giró y se fue hacia el buró sin saber muy bien qué hacer, cuando por la puerta apareció la figura corpulenta de su hermano Amil, tres años mayor que él. André le saludó con la cabeza y este, más frío aún, le devolvió el saludo. Por su parte, Iria dio un paso hacia Amil y le levantó el dedo:

—Esta mañana no te he visto en las lindes.

—Demasiada *brétema* —le respondió Amil—. Pensé que se apañarían solos los capataces.

—La niebla no es una excusa para no hacer tu trabajo —le dijo, y le apartó con la mano. Capitán la siguió, como buen perro pastor—. Espero verte mañana el primero. Os espero abajo.

Había sonado a advertencia. Amil solo apretó los dientes en silencio. Aquella relación siempre había sido así y, por lo que ahora veía André, había empeorado. Iria era la mano férrea del abuelo, y Amil el subalterno que nunca heredaría nada. Para el abuelo, su nieto mayor era un capataz más o menos competente, pero no tenía ni el valor ni el arranque de un verdadero *fidalgo*. Y no porque el abuelo no lo hubiera deseado, pero la verdad era que ni su padre Amaro ni su hermano mayor Amil habían heredado la naturaleza feroz de los Castronavea. El primero, por pusilánime, y el segundo porque, aunque su ambición desmedida le abocaba a ello como la miel a las abejas, era en el fondo un hombre inseguro que se servía de su tamaño y fuerza para disimular esto. Al final, el abuelo Dositeu había comprendido que la tía Iria sería la única capaz de mantener su legado a pesar de ser mujer.

—No has estado para recibirme —le dijo André.

Amil asintió y se encogió de hombros. Se extendió un silencio incómodo y acostumbrado, uno que André había pensado que tardaría en surgir de nuevo entre su hermano y él.

—Demasiado trabajo —contestó este al fin.

André asintió, y otra vez el silencio.

—Ya —contestó André asintiendo—, comprendo.

Amil le dedicó una mirada breve y se marchó sin decir nada. André suspiró un poco y se acercó para mirar el verdor a través de la ventana. A pesar de su ausencia, de la distancia y de las lluvias de tiempo que habían empapado Galicia, todas las relaciones familiares seguían tan intactas como las hojas del roble carballo cuyas ramas, como siempre, trataban de alcanzar su ventana. «Exactamente como si anhelasen el hogar tanto como lo he añorado yo». Observó con deleite la intensidad inigualable del verde viridián, las estrías alegres de los enveses y la tersura húmeda de esas hojas que tanto había observado de zagal, y se dijo que, de tener una pasión o una vocación, la observación era la suya.

2

El padre Octavio, capellán del pazo y párroco de Puebla de Trives, aguardó a que llegasen todos para rezar una oración antes de la comida. Iria, tras darle un beso a Dositeu, su padre, se sentó presidiendo el extremo de la mesa de madera de roble que tenía grabado el escudo de armas de los Castronavea. Era el segundo lugar en importancia de aquella heredad. Con un gesto de mano ordenó a Capitán que saliera fuera de la casa y regresara a su caseta en las cuadras. No le gustaba que el perro anduviera dentro de la casa, y menos cuando estaban comiendo. Levantó la vista y vio que Amil cruzaba el salón mientras el padre Octavio dedicaba unas palabras de recibimiento a André. Una vez sentados todos, rezaron al son del capellán en un ritual que tenían de sobra aprendido.

Iria levantó la vista en plena plegaria para dedicar una mirada a Amil. Este, que conocía su temperamento, prefirió evitarla. «Sabe de sobra que debería haber acudido esta mañana con los mayorales y capataces para asistir en los partos de las vacas», se dijo. Iria congeló la mirada esperando que cruzara sus pupilas con ella, pero él no lo hizo. La inteligencia astuta y mediocre de Amil le permitía sobrevivir en la apariencia de que él era el hombre, el verdadero heredero del pazo y sus tierras, el primogénito que llevaría las riendas de la heredad algún día. Esto estaba muy lejos de ser cierto desde el día en que Dositeu los había reunido a ambos, y en presencia de Cristina y Amaro había dejado claro que su legado pasaría a ella. Amil había salido corriendo para perderse en algún antro que, disimulando ser un *furancho* —casas donde se solían vender los excedentes de vino y se daban comidas caseras—, era más bien una casa de citas bañada en vino, sexo y malas compañías. Horas más tarde, en plena noche, Amil había regresado beodo, imprecando a gritos a su abuelo desde fuera de la casa y despertando a la servidumbre y a la familia.

—¡Yo soy tu nieto! ¡Yo soy el futuro de esta familia, maldito cabrón! —había chillado.

Dositeu había salido de la casa y Amil, llevado por la rabia, se había abalanzado para golpearle. El patriarca, que ya se había visto en muchas en la guerra contra los franceses y luego contra los carlistas, desvió el golpe con el bastón para luego molerle a palos mientras Amil se ovillaba en el suelo. Al final, ella había tenido que intervenir para que la cosa no fuera a mayores. Dositeu, apretando el bastón con la misma fuerza que un enebro se arraiga en la tierra, se había acercado al rostro ensangrentado de su nieto y con una tranquilidad pasmosa le había dicho: «Rapaz, en vez de ir fanfarroneando de lo que no has ganado tú y de lo que nunca tendrás, más te vale ayudar a tu tía en lo que necesite si no quieres verte de labriego. Si no fueras mi nieto, te arrancaría el corazón por levantarme la mano». Aquello zanjó la cuestión.

Desde entonces, Amil andaba siempre mendigando la aprobación de su abuelo, y este, que sabía lo que era criar ganado y sudar la tierra, le marginaba como a un perro apaleado. Cada cierto tiempo, además, Amil exponía de forma burda frente a él los errores de Iria tratando de hacerle ver que se había equivocado en su elección. Era del todo inútil: Dositeu sabía muy bien que Amil no era un hombre valiente y esto se le hacía insoportable. Por eso, bajo todo aquel teatro de hombre capaz, estaba la cruda realidad de que su abuelo le había sometido a su tía, a las órdenes de una mujer cuatro años mayor que él, que era más audaz, más competente y sabía mucho más. De ahí las continuas salidas de tono y sus desplantes hacia ella. No dejaba de ser irónico que Dositeu, a pesar de su pensamiento conservador, le hubiera legado el mando a ella y a Quinta, dos mujeres. En su caso, podía verse claramente que se debía a la preservación del legado, pero en el de la capataz era algo más inexplicable, que tenía que ver con la historia en común de ambos; una de la que nunca se hablaba, pues cuando se les preguntaba sobre su pasado los dos daban por toda respuesta el silencio.

Ahora, Iria, mientras le observaba, se dijo que este sobrino suyo tenía pocas virtudes, y tal vez su único talento era ser capaz de pasar por un excelente capataz cuando apenas era bueno. «Mi padre sería un idiota dejando su legado en un hombre como él, y a mí me haría una desgraciada porque amo demasiado esta vida. Amil arruinaría lo conseguido en tan solo unos años».

El párroco terminó de bendecir y todos se santiguaron. Dositeu, que siempre que se sentaba a comer desplegaba la servilleta de tela sobre sus pantalones, observó satisfecho la mesa un momento y con un gesto de mano indicó al mayordomo, don Cosme, que los criados podían servir el estofado. Este solo asintió, y Vicente, el jefe de lacayos y ayuda de cámara del abuelo, un hombre espigado de muy buena reputación que tenía un bigote fino y las mejillas marcadas con dos surcos que enmarcaban la boca, hizo una señal a los ujieres de viandas para que le asistieran. Después, con ese aire de rectitud y cotidianidad que le invadía al dar las órdenes, él mismo lo sirvió.

Mientras los vapores a patata y carne deshilvanada se

adueñaban de los olfatos de todos, Iria desvió la mirada hacia André, sentado entre Cristina y sus otras sobrinas, Matilde y Basi. Se preguntó cómo dos hermanos podían tener caracteres tan diferentes. André le dedicó una mirada de soslayo, algo tomado por el rubor porque, a cada mirada cruzada, ambos recordaban el beso en los labios. Iria sabía que había cruzado la frontera, pero ciertamente no había podido resistirse al regocijo de verle otra vez y ni siquiera lo había pensado al hacerlo. Le había añorado tanto, le quería tanto..., tal vez demasiado. Desde bien niña había sentido inclinación por él y por ese carácter suyo, pacífico, que era capaz de fijarse en la belleza de las cosas simples: una nube que conformaba un silueta de mujer tratando de alcanzar a su marido en un mar tumultuoso; el zumbido de las abejas en verano como una sinfonía en el teatro del mundo; los espíritus danzarines de las meigas que se ocultaban tras las formas de la niebla densa y venían a buscar las almas de los desdichados; o las luces crepusculares del *luscofusco*, ese momento en el que el día agonizaba y las sombras anunciaban los pactos antiguos entre los hombres y la naturaleza salvaje de Galicia. Allí donde André ponía su mirada, había una historia esperando a ser contada, un cuento de amor, esperanza, tragedia o desdicha. Por eso su sobrino mejoraba la naturaleza de ella, salvaje y demasiado embravecida para lo pequeño, y la obligaba a contemplar el mundo de una forma extraordinaria, llena de esa magia que de otra forma a ella le pasaría desapercibida.

Por su parte, André meneó la cabeza sonriendo a medias al percibir que la carne se deshacía en la boca junto con el sabor almidonado de la patata. Finalmente, emitió un gemido de satisfacción. Todos lo hicieron.

—Dígale a Angustias que está exquisito —le comentó el abuelo a don Cosme.

—Había olvidado esta delicia —dijo André con los carrillos encendidos mirando a su madre.

Cristina le sonrió y le cogió de la mano. Iria tomó un poco de aire y sonrió también a André. Este, juguetón, no pudo evitar hacerle una mueca silenciosa, una que ella conocía bien pero que, después de diez años separados —con la excepción de visitas muy cortas por Cuaresma y las fiestas navideñas—, parecía más lustrosa y nueva. Le observó torcer el morro pícaramente y no pudo evitar sonreír. Después ella le dijo con la mirada cuánto había echado de menos aquellas gracias de él, aquella genuina complicidad entre ellos.

André probó una nueva cucharada y de soslayo vio que Amil los observaba, masticando con lentitud desde el otro lado de la mesa. André comprendió que el beso de aquella mañana tenía que quedar atrás, entre ellos, como una forma entusiasta e ingenua de una relación entre sobrino y tía. No podía ser nada más. No era, de hecho, nada más.

—Por cierto, hermana —le dijo Amaro a Iria de pronto, masticando a destiempo—, me crucé ayer en la subida hacia Navea con Luisiño, el de Casa Nando, y me dijo que los mineros de don Isidro han estado otra vez lavando carbón en los arroyos.

Iria frunció el ceño. Dositeu negó con la cabeza y los miró a ambos:

—¿Cuántas cabezas tenemos en aquellas lindes?

Iria tragó antes de contestar:

—Unas cincuenta, tal vez más.

—No me fío de don Isidro ni de lo que vierte a los ríos. Tiene esos caminos carboneros y media serranía cubierta de polvo negro —dijo Dositeu con cierto aire de hastío—. Iria, envía a alguien hasta las cuadras de Rubiana y que avise a Pedro, el mayoral de allí, para que se alejen del río Cigüeño. Que las lleve hacia el río Reporicelo, a nuestros terrenos de allí.

—Prefiero ir yo, padre —le dijo Iria—. Así hago un repaso, que hace tiempo que no veo aquella zona.

—Como quieras —contestó el patriarca, y engulló una cucharada de estofado asintiendo—, pero llévate a Quinta —ordenó de seguido con su habitual parsimonia, y se giró hacia el mayordomo, que vigilaba la asistencia de los lacayos a la mesa—. Don Cosme, haga el favor de avisar a Quinta de que mañana al alba se encontrará con Iria en A Rúa directamente. Amil, tú te vas con tu tía.

André observó que su hermano levantaba la cabeza y apretaba los labios en un gesto de disconformidad. Don Cosme abandonó el comedor con un gesto afirmativo de cabeza y André aguardó a ver si su hermano decía algo. No lo hizo, a pesar de que ir hasta Rubiana suponía toda una jornada sobre la yegua tan solo para desplazar a las vacas. Además, lo peor para Amil sería ir con la capataz, a la que consideraba un cuervo peligroso. Al contrario que en el resto de heredades, ellos tenían por jefa de mayorales a Quinta, una mujer entre pastores, ganaderos, labriegos y jornaleros, que tenía fama de tener muy malas pulgas. André tenía recuerdos fugaces de ella, siempre hablando con una voz rasgada y susurrante, principalmente con Iria, a la que estaba muy unida, y con el abuelo. Con este tenía una relación muy estrecha, cargada de los silencios de ambos, que venía desde tiempos de la invasión de Napoleón. No se sabía mucho de la vida de la capataz, ni siquiera su nombre, pues Quinta era el apodo que recibió al combatir en la 5.ª División del Empecinado, contra los franceses. Se decía que había sido abandonada con apenas cinco años en pleno invierno en la montaña y que había sobrevivido acogida entre una manada de lobos. Tres años después, había sido encontrada por un ganadero y su mujer, de la que se contaba que era una *bruxa*. Ambos acogieron a la chiquilla como a una hija. Tal vez por eso tenía un semblante de tierra y piedra que parecía nacido de una caverna oscura, con aquella figura espigada, tallada con una piel fibrosa y tostada por el sol, tan rocosa como una columna de granito. A pesar de ser una mujer, su sola presencia bastaba para sentirse en peligro y, bajo ese halo de misterio, estaba investida por una sabiduría atávica y única, como si fuera un animal mitológico, sobre todo en cuanto a la vida del campo. Tanto era así que no había pastor o ganadero que no la respetase por esto. Sabía de partos, de hierbas y vientos, de ríos, cuevas y lluvias. Algunos la habían visto hablar al ganado, a las yeguas y a los tejos milenarios, y especulaban con que era en realidad una meiga, una bruja que había pactado con las fuerzas sobrenaturales de la Madre Tierra. Siempre caminaba refugiada tras el silencio y aquella mirada tan endemoniada que uno no sabía si le estaba saludando o echándole un mal de ojo. André, que a pesar de conocerla desde niño nunca había mantenido muchas conversaciones con ella, no creía demasiado en estas leyendas de meigas y pactos.

—A don Isidro y sus hombres hay que tenerlos vigilados —añadió Dositeu—. Sobre todo después del contencioso.

André levantó de inmediato la cabeza y arrugó el entrecejo. No sabía que la familia hubiera tenido un enfrentamiento judicial con don Isidro Ordás. Era uno de los mayores propietarios de minas del lado de León, y en concreto de Ponferrada, y tenía fama de ser un hombre de negocios implacable. André le había visto solo en una ocasión, siendo él un rapaziño. Don Isidro había aparecido con la barba a raya en su mentón cuadrado y una perilla abundante, su sombrero de copa, los guantes blancos y una sobrecapa, vestido impecablemente con una levita y un bastón, para acudir a la fiesta del entonces corregidor don Miguel Osuna. Tenía una sonrisa despiadada y unas pupilas frías, como las de un azor dispuesto a volar sobre una presa.

—¿Hemos tenido problemas con don Isidro? —preguntó André mientras sorbía un poco de vino.

—Abrió varias concesiones de carbón hará dos años en nuestras tierras de Rubiana, hijo. Las que recorren toda la cuenca del río Cigüeño, desde el arroyo de Nacedeiro hasta Ambasaguas —le explicó su padre, Amaro—. Intentamos negarnos, pero la ley le permite hacer prospecciones en nuestros terrenos bajo indemnización.

—No me gusta ese hombre en absoluto —añadió Cristina—. Por contra, su hijo, don Sebastián, es un muchacho encantador. Está prendadito de Basi. En la última cena de don Luis Bermejo, le regaló una cinta para el cabello de un color cielo maravilloso.

André miró a su abuelo esperando alguna reacción, pero este no prestó atención al comentario y engulló una nueva cucharada. Después desvió la mirada hacia Basi y vio que esta sonreía de satisfacción, como si recibir todas aquellas atenciones por parte de aquel joven le hiciera merecedora de alguna alabanza.

—Seguro que sí, madre —dijo Amil—. Aunque... quién sabe si no se acercó a Basi por interés de su padre.

Basi miró a su hermano con sus dos ojos como volcanes. La insinuación de que su pretendiente no le dedicaba sus atenciones por su belleza y buen talante, sino por otras intenciones, era algo que su vanidad no podía soportar.

—Solo porque tú no encuentres una buena mujer, Amil, no significa que los demás tengamos tu suerte —dijo Basi sin poder contener su ego maltratado.

Todos levantaron la cabeza.

—Basi —la reprendió su madre con un gesto de desaprobación—. No me gustan esas salidas de tono.

Amil fue a contestarle, pero se detuvo cuando el abuelo Dositeu dio dos golpes suaves sobre la mesa, como si llamara a una puerta, para que se cambiara de conversación. André se dio cuenta de que las mandíbulas de su hermano se apretaban conteniendo las ganas. El comentario de su hermana le había hecho daño a Amil, sin duda porque había estado enamorado de una mujer viuda, supuesta dama, venida de Madrid y con posibles. Pronto se descubrió que era una cazafortunas arruinada que andaba buscando a quién hincar el diente, y, cuando el abuelo dejó claro que la heredad no iría para Amil, la mujer desapareció. Su hermano quedó como un ingenuo enamoradizo a los ojos de todos, y esa herida, por lo que André podía atisbar en sus ojos, seguía abierta.

—Don Isidro le ofreció al abuelo asociarse pero se negó —le dijo Amil con retintín, tratando de olvidar el comentario de Basi—. El carbón es el futuro. Alimentará ferrocarriles y fábricas. Don Isidro no tiene un pelo de tonto.

—Nosotros no sabemos nada de carbón —apostilló Iria tajante, para luego mirar a André y explicarle—: Don Luis, el juez, como sabes, es muy amigo de tu padre y dijo que tenía las manos atadas, así que don Isidro abrió bocaminas por toda la bajante del río.

André asintió y dijo:

—El último decreto de 1825 deja bien claro que cualquiera puede establecer prospecciones en fincas privadas, dado que el subsuelo pertenece a la Corona. Aun así, si usted quiere, abuelo, puedo echar un vistazo a los papeles.

Amil paró de comer para levantar la cabeza del plato y se befó con una carcajada grosera. André le ignoró y Dositeu le hizo un gesto despreocupado con la mano:

—No te preocupes, André, el asunto está cerrado. Don Luis ya dictaminó y pagaron lo que se estipuló. Lo importante ahora es que don Isidro no nos joda el ganado.

Don Isidro Ordás y del Valle caminaba por las calles de Ponferrada con el paraguas desplegado bajo la lluvia tenue que los gallegos llaman orballo. Evitó un par de charcos tan negros como la pizarra dando un paso más largo de la cuenta: no deseaba empaparse los botines nuevos. Él, que consideraba que la elegancia era un acto consciente de distinción social, cuidaba su vestimenta y acicalamiento como parte de su estrategia empresarial. No podía decir que gracias a esto hubiera progresado, pero sin duda había influido. Sabía que tenía una presencia poderosa, y su actitud grave y determinada hacía que la gente tomara en serio sus opiniones sobre política y economía; y a eso se sumaba que era el hombre más rico de aquella ciudad junto con el notable ponferradino Nemesio Fernández. Él, como muchos otros, había sido un comprador de terrenos, ferrerías y minas. Sobre todo porque la minería le venía de familia: su abuelo, Sacristán Ordás, ya extraía granito en las canteras que tenía en propiedad. Cierto que más tarde su padre, Eusebio, le había dotado de ciertos recursos a Isidro, pero él los había multiplicado y su fortuna se valoraba en millones de reales. «El riesgo solo se toma después del análisis», se decía tal y como le habían enseñado ambos. Y esta era la medida de su éxito en la vida. Nunca abría una mina sin hacer una calicata o prospección, que la mayoría de las veces era infructuosa. El negocio de las minas podía ser muy rentable, pero también muy ruinoso si no se daba con la veta. Por eso, aparte de su propio conocimiento basado en la experiencia, se llevaba siempre consigo a Germán Villacañas, un geólogo de primera, y a su hijo, Sebastián, que se había hecho ingeniero de minas. Sentía un entusiasmo febril cuando su olfato estaba en lo cierto, sobre todo cuando localizaba un rico criadero, forma técnica en la que llamaban a la veta. Y eso exactamente es lo que le había ocurrido con la mina de carbón de Nacedeiro, llamada así por el arroyo localizado al norte de Rubiana y O Barco.

En esa ocasión, había sido el azar el que le había llevado hasta ella, pues había visitado junto a los suyos otra concesión de plomo, de esas que supuestamente nadie quería por estar ya seca, en la frontera entre el Bierzo y Galicia, en la sierra de la Encina. Allí, a más de cien metros, descubrió una veta pequeña, de apenas veinticinco centímetros de ancho pero de carbón purísimo. Tras hacer una calicata, comprendió que aquella veta pequeña crecía en tamaño hacia tierras gallegas, en concreto hacia el nacimiento del *cavorco* o arroyo de Nacedeiro. Calculó que en aquella zona podía llegar a los dos metros y medio o más de anchura. No había en España otra igual. Se hizo con la concesión de plomo a muy bajo precio tras denunciar el abandono por parte de sus antiguos propietarios, no porque quisiera sacarle rendimiento, sino porque no quería que ningún otro competidor averiguara lo que había allí abajo. Después pidió a la Dirección de Minas una concesión sobre aquellas tierras, que pertenecían a don Dositeu de Castronavea, un ganadero gallego de armas tomar que las había adquirido en subasta pública tras las desamortizaciones para plantar allí sus vacas. Habían sido presentados ya antes, año y medio atrás, en casa de don Federico Marrón, un conocido en común que tenía barcos dedicados a la pesca con traíñas o redes de arrastre. Luego habían coincidido en algunas ocasiones, encuentros sociales, algún pícnic en verano y poco más. No habían cruzado nunca más que una conversación indiferente y cortés.

Con sus mejores galas, Isidro se presentó ante dicho terrateniente y le propuso una justa indemnización, tal y como exigía la ley. Ante su negativa, le tendió la mano para que se asociaran, pero no consiguió nada. Don Dositeu era un hombre tozudo, como todos los gallegos, apegado a la tierra y a la forma de hacer que habían heredado de sus abuelos. «Los tiempos cambian, cojones, y hay que saber verlo», se dijo Isidro recordando el semblante áspero del ganadero. Tras todos aquellos intentos fallidos, tuvo que acudir a la ley para que se hiciera un peritaje. Al final, al viejo no le quedó más remedio que aceptar la apertura de la mina, pues le gustase o no, la ley no estaba de su parte. La Corona, a quien realmente pertenecía todo el subsuelo, deseaba la apertura de la mina tanto como él, pues como toda institución necesitaba llenar las arcas. «Se creía don Dositeu que lo de quitar las tierras a los clérigos era una excepción y no iba a ocurrir lo mismo con las suyas si se daba el caso. A los liberales les importa tanto el dinero como al resto», se dijo. Al final, pagada la indemnización, el gallego le incrustó su mirada de piedra en el último encuentro que habían tenido en O Barco —ambos tenían allí propiedades— haría ya dos años.

—Escúcheme usted atentamente —le había advertido don Dositeu, más tranquilo que un cielo de verano—. Si tiene que sacar carbón, sáquelo, pero no me joda a las vacas o tendré que joderle yo a usted.

Isidro le había mirado implacable y asintió demostrándole que él también sabía jugar al juego de las amenazas.

—Brindemos y seamos buenos vecinos, don Dositeu —le dijo, y tras chocar una copita de vino se acercó a su oído y le susurró—: Tenga cuidado con sus amenazas, señor, a más de uno se le han atragantado.

El gallego le había mirado tranquilo, apuró la copa e hizo un gesto a su capataz, una mujer de unos cuarenta y largos años que tenía un semblante siniestro y peligroso, como si no estuviera en su sano juicio. Esta se había acercado lentamente con el cabello recogido bajo una montera arratiana, una especie de chambergo que mostraba el ala ancha vuelta por detrás y extendida por delante. Vestía como un pastor, con pantalones y zamarra de lana, la canana de balines, la tercerola a la espalda —llamada así por ser un tercio más corta que la carabina— y un cuchillo de caza al cinto, tan grande como medio brazo, donde apoyó suavemente la mano. La mujer se detuvo delante de él, y tuvo la sensación de que aquella perturbada tenía ganas de destriparle. Tal fue la amenaza de su sola presencia que el señor Horacio Salvaterra, un asturiano que había sido capitán de caballería en los Húsares de la Princesa y se ganaba ahora la vida a su servicio, se puso en pie tan alto como era y se acercó llevándose la mano a la pistola de avancarga, más corta y pequeña por ser de caballería, de su sobaquera. Isidro hizo un gesto para que su hombre se detuviera y Horacio desvió su mano hasta acariciarse la cicatriz que le cruzaba la mejilla izquierda. Don Dositeu solo los escrutó un momento más a ambos y sin decir palabra se fue por donde había venido junto con aquella mujer de mirada demente. Desde entonces no los había vuelto a ver, y él había surtido de carbón desde Ponferrada hasta Madrid. Claro que lo que no podía imaginarse entonces ni siquiera él mismo era que aquella veta de carbón solo iba a ser el principio de una riqueza mucho mayor, una que desde luego no iba a compartir con nadie.

Ascendió ahora la calle hasta la plaza, gobernada por la iglesia de la Virgen de la Encina. Frente a esta se erigía su palacete, conformado más como los del siglo XVII que como una casa solariega ponferradina. De dos plantas, con su fachada compuesta por arcadas de granito, su apellido no deslumbraba con blasones familiares en las dovelas como los de los aristócratas o el de los Quiñones, recientemente ennoblecidos. Y eso que podía permitirse ese lujo, porque el título nobiliario lo había adquirido al casarse con su Cordelia de Rojas, vizcondesa de Mieres; sin embargo, él prefería no hacer ostentación de blasones ni escudos. Vanagloriarse de ser vizconde resultaba incómodo y poco elegante ante los nobles con solera, que le veían como un recién llegado y, de tener tamaña osadía, se hubieran reído a su costa por ridículo. Además, en su opinión, la vanagloria era el refugio de los mediocres. No iba con Isidro darse aires de grandeza, él solo pensaba en influencias y dinero. El título solo era un medio para relacionarse con la aristocracia de Asturias, Galicia y la zona del Bierzo. Bien sabía él que no le consideraban uno de ellos. Tampoco deseaba nada más. Él era hombre hecho a sí mismo con socios belgas, franceses y americanos en muchas de sus concesiones; un empresario de raza que había conseguido todo en la vida a base de voluntad, cojones y de aplastar a aquellos que se oponían a sus intereses. «La vida es brutal —se dijo—, y no queda más remedio que abrirse camino brutalmente. El amor lo dejo solo para mi esposa y mi hijo».

Entró en el recibidor y su portero le recogió gabán, sombrero, guantes y bastón. Isidro le saludó como un autómata y avanzó hacia el patio cuadrado de doble altura. Horacio Salvaterra, a quien le gustaba fumar en pipa, estaba apoyado contra una de las columnas viendo caer el orballo mientras se acariciaba la cicatriz. Según decía el asturiano, aquella era una costumbre que le había quedado de los tiempos de soldado cuando la guerra de la Independencia, y le producía cierta relajación recorrerse la marca con la yema de los dedos. Lo cierto es que Isidro nunca había visto nervioso a Horacio, ni siquiera cuando tenía que dar escarmiento a los mineros rebeldes o incluso cuando los despachaba en silencio. «Tiene a la muerte como compañera después de tanta guerra en sus cincuenta y tres años», se dijo mientras le saludaba con la cabeza. Al verle, el capitán se incorporó cuan largo era para devolverle el saludo y se adelantó un paso con su habitual cojera, herencia de la guerra carlista.

—Señor Salvaterra, ¿todo bien? —le preguntó.

—Todo bien, don Isidro. ¿Y la tertulia?

—Hablando de política, de Narváez, de la reina...

La tertulia era el encuentro privado que solía convocar en la Casa de los Escudos, propiedad de don Antonio Quiñones, junto con otros notables de Ponferrada, como el comerciante Antonio José Baylina o el cuñado de este, Pascual Fernández Baeza, jurista que centraba sus intereses en la política de Madrid como diputado liberal y ahora estaba de visita.

—... Raro será que no tengamos una nueva revolución. Nada bueno para los negocios.

—¿Quiere que sigamos nuestra partida de ajedrez?

—Tal vez mañana por la tarde, señor Salvaterra. Es hora de retirarme.

Isidro abandonó el claustro y ascendió por los mamperlanes desgastados hasta el primer rellano, donde se cruzó con el espigado señor Benavides, su mayordomo, que quiso saber si necesitaba algo. Él le despidió escueto, afirmando que ya había cenado, cuando Sebastián apareció como una sombra desde el volado haciéndole una seña para que se acercase lo antes posible. Isidro subió de dos en dos los escalones. Por la expresión de su semblante con los labios apretados en esa línea delgada, imaginaba lo que le iba a decir su hijo.

—Padre, tenemos que hablar —dijo Sebastián levantando las manos.

Isidro le observó un momento y le indicó que le acompañara hacia la alcoba. Alto, con el cabello negro de su madre y los ojos claros, era un partido de veintiocho años que se disputaban las familias de alcurnia por su planta, por ser el hijo de una vizcondesa y de un rico potentado. Sin embargo, Sebastián era demasiado ingenuo, una presa fácil para los lobos que campaban ahí fuera. Le perdía su buen corazón, por eso él tenía que vigilarle. El pobre se parecía a su abuela materna, que tenía el buen talante grabado en el rostro.

—Estamos sacando demasiados escombros de Nacedeiro, de toda la cuenca. No podemos seguir así. Llamaremos la atención de los inspectores de Minas, se preguntaran de dónde salen tantas toneladas.

—Tú no te preocupes de los inspectores —le respondió Isidro—. Debes encontrar una solución para los escombros.

—La solución es no sacar tanto —dijo Sebastián— o construir nuevas escombreras, padre.

—No. —Le miró de forma inclemente—. Escucha, hijo, no podemos permitir que se den cuenta, ¿comprendes? Si duplicamos las escombreras, sí que llamaremos la atención de los inspectores.

—Padre, tenemos las escombreras al triple de su capacidad y...

—¡Shhh, calla! Debemos aguantar así un año más y después todo volverá a la normalidad. Busca la forma de deshacernos de los escombros restantes —le dijo cogiéndole del rostro con fuerza—. Tú eres el ingeniero, dame una solución.

Sebastián asintió derrotado, e Isidro se fue hacia su alcoba sin decir nada más. A veces su hijo le exasperaba. Debía espabilarle, o su legado moriría en sus manos. «Tiene el corazón demasiado tierno», se dijo, y entró en su aposento.

Su esposa, sentada frente al tocador enfundada en una bata de seda azul oscuro, le miró a través del espejo. Cordelia, diez años menor que él —ella rondaba los cuarenta y ocho y él tenía en su haber cincuenta y ocho—, seguía siendo una mujer de una inteligencia prodigiosa y una hermosura esbelta y morena.

—¿Habéis arreglado el país?

—Me temo que España no tiene arreglo, querida —dijo mientras se sentaba sobre la cama.

—Avisaré a Francisco para que te ayude a desvestirte —dijo ella, y fue a levantarse cuando él la interrumpió.

—No, no hace falta —dijo desabrochándose los botines nuevos—. Los tengo que dar de sí, todavía me hacen algo de daño.

Isidro los examinó de cerca y Cordelia se acercó con aquella mirada que le arrullaba como si fuera un niño. Le ayudó a quitarse la chaqueta, le desabrochó el cuello de la camisa y le besó en los labios. Se dijo que había tenido una suerte inmensa de encontrarla, de que la Providencia les hubiera concedido un hijo, de poder compartir cada noche el lecho con ella. Se sintió tan afortunado que dio gracias a Dios, pues no entendía cómo era posible que, con tantos pecados a sus espaldas, después de ordenar muertes y palizas, después de presionar, chantajear y aplastar otras voluntades, después de haber cubierto con la bandera de la honorabilidad delitos inconfesables que harían temblar el infierno mismo, hubiera sido agraciado con Cordelia, una mujer que cada vez que le miraba contemplaba sus profundidades tenebrosas sin parpadear siquiera. Ella las aceptaba como parte de su naturaleza hasta tal punto que de vez en cuando le susurraba al oído: «Qué orgullosa estoy de ti, mi bien».

La besó con todo el amor de su corazón y se dejó caer en la cama mientras ella continuaba quitándole la ropa delicadamente. Comprendió, como otras veces, que toda su fortuna, toda su determinación, toda su ambición por tener más riqueza y poder solo eran un pálido reflejo frente a su devoción por Cordelia. Navegó con las manos sobre su cintura, abrazando sus caderas, sintiendo sus pechos sobre el suyo y el calor de aquel cuerpo que, si le faltaba, le robaría toda la vida y el alma. Se dejó atrapar por sus labios y el contorno de su silueta deliciosamente madura, se dejó arrastrar por aquel mar inmenso de amor hasta que no pudo controlarlo y el miedo a perderla fue tan fuerte que dos lágrimas cuajaron en sus ojos. Ella le clavó sus pupilas y le secó las aguas.

—Shhh, mi amor —dijo leyendo las imágenes que cruzaban por su mente—. Estoy aquí, a tu lado, y no me voy a ir nunca.

—Si te pasara algo, yo...

Entonces ella le interrumpió besándole en los labios y, ya sobre él, comenzó a hacerle el amor mientras el océano de temores se atenuaba para solo dejar surgir el deseo.

3

Los braseros con las ascuas a media luz apenas iluminaban su alcoba. Fuera, las primeras luces del sol se dibujaban en la lontananza y solo se percibía esa bruma pegadiza que asolaba toda la tierra de Ourense. Iria levantó la mirada y comprobó que la humedad y el frío se aplastaban contra los ventanales de su alcoba. La noche anterior había diluviado y los caminos debían de andar plagados de charcas y lodos. Sin embargo, bajo el nublado de la mañana el temporal amainaría un poco, no así el relente, que en cuanto saliera al pasto se le colaría por dentro de la zamarra para avisarla de que el invierno seguía siendo el señor de aquellas tierras. Iria saltó de la cama, encendió el fanal y se aseó sobre el aguamanil con el agua helada. Los braseros se habían vaciado de calor durante la noche y ahora, tras la batalla perdida, parecían tristes despojos de ceniza. Se enfundó los pantalones de faena y, sobre ellos, las polainas gruesas. Después la faja, bien envuelto el abdomen, pues un golpe de aire en Galicia podía arrebatar de cuajo el calor del estómago y los riñones, y eran muchos los que habían sufrido cólicos por esto. Mientras cerraba las hebillas del cinto, los botones de las botas y el seguro de la funda del cuchillo, los cueros fueron crujiendo como diablos malhumorados, rasgando la oscuridad de su cuarto. Tras echarse la pelliza y una capa con esclavina, se ajustó el sombrero de fieltro de ala ancha y descendió de las galerías superiores al salón. Como de costumbre, Angustias, la cocinera jefe, habría cocido leche recién ordeñada de las vacas del pazo la tarde anterior. Tras dejarla reposar durante la noche habría recogido una capa de nata de casi un dedo de espesor. Así fue, y al entrar en el salón Iria vio que uno de los lacayos se la había servido con un poco de azúcar, una bica mantecada y leche caliente. Pronunció un rezo solitario dando las gracias al Señor —cada uno oraba por su cuenta al despertarse a diferentes horas— y comenzó a saborearla. Dositeu, su padre, apareció justo cuando daba el primer bocado a la bica y le acarició el cuello con sus manos ásperas y duras. Era su forma habitual de darle los buenos días. Se sentó junto a ella y, sin decir nada, cogió una de las cucharillas y le robó un poco de la nata cuajada de su cuenco.

—Ya estamos como siempre —protestó Iria—. Padre, tiene toda la que quiera para usted en la fuente de barro, y si la quiere caliente solo se la tiene que pedir a Angustias.

Él sonrió con malicia.

—Pero lo que me gusta es quitártela a ti —le contestó—. Me sabe mejor.

Iria le apartó las manos con el morro torcido.

—Déjeme lo mío, *cacholán*—le dijo camuflando su sonrisa.

Le llamaba así cariñosamente, pues a su padre le encantaba hacerla rabiar para su propio divertimento. Recordó de pronto un día en que, siendo ella muy niña, él se acercó a su oído ya sentados en la mesa y le dijo que había de comer patatas con chuletón de vaca muerta. Ella, en un arrebato, no quiso comer hasta que Celsa le dijo que no era de vaca muerta. «Qué manía tiene usted de hacer rabiar al angelito —le había dicho la tata a Dositeu—. Deje de incordiar, ande, ande». Su padre no paró de reírse durante toda la comida. Otras veces él venía con aquel gesto tan característico y, tras cogerla de la mano, la zahería con la uña del dedo meñique —que siempre llevaba larga y afilada para rascarse los oídos—, como si estuviera contando las cuentas de un rosario. Ahora, siendo él mayor, ella se desembarazaba y le golpeaba suavemente en el hombro mientras él descabalgaba su risilla traviesa.

—Padre, cuente con que no estaremos de vuelta hasta dentro de tres días —le dijo—. Ya que voy a ir hasta allí, quiero revisar todas las rubias y los terneros.

Dositeu, que engullía un trozo de bica empapado en leche, se mostró conforme. Se limpió con una servilleta que había desplegado sobre sus rodillas previamente y le sonrió agitando la cabeza de lado a lado, un gesto más característico de su difunta madre que de él. Y no sabía esto porque ella hubiera visto ese ademán en el rostro de su progenitora, pues nunca había llegado a conocerla. Había muerto días después de darla a luz y había sido su tata Celsa quien le había dicho un día tomando chocolate: «Niña, ese gesto que don Dositeu acaba de hacer es sin duda de la madre de usted, doña Teresa, que en paz descanse». A diferencia de doña Asunción, la primera esposa de Dositeu y madre de su hermanastro Amaro, decían de Teresiña —así se llamaba a su madre cariñosamente dentro de la familia— que tenía un genio de mil demonios y que cuando discutía hacía temblar los cimientos del pazo y a todos los que por allí cruzaban.

Iria desvió una mirada de soslayo hacia su padre, que todavía tenía el rastro de la sonrisa entre los labios, para terminar de desayunar sin decir nada más: él en sus silencios y ella recogida en pensamientos sobre André. Desde la llegada de su sobrino no había podido quitarse la emoción de encima. Tener que irse esa misma mañana no le hacía ninguna gracia. No obstante, esa separación tan inoportuna se le hacía algo agridulce, pues sabía que dentro de tres días se reencontraría con él en el mismo estado de júbilo. Tenía tantos planes para ambos ahora que él había regresado... «Lo primero será ir a pescar al Sil en una de las barcas del abuelo —se dijo—. Y cruzaremos la caverna de roca hasta la pequeña playa de Montefurado». Montefurado era un sitio mágico, dispuesto así por obra de la naturaleza: el río desviaba parte de su caudal para penetrar por una oquedad en la roca que conducía a un poza de agua, un paraíso de agua y verdor que atesoraba los recuerdos de ambos siendo niños, bañándose en verano. En concreto recordaba aquel, estando ella a punto de cumplir los veintiséis años y él con diecinueve, en el que se había prendado de su belleza: él nadaba con el cuerpo modelado de juventud y bastó que saliera del agua y la sonriera, sin ninguna pretensión, para que ambos se quedaran imantados. Sospechó que tal vez aquel momento había sido el principio de sus miradas cómplices que se alentaban, que deseaban más; no les bastaba solo con el amor que ya se profesaban. Un día cualquiera de aquel verano se había convertido para ella en un recuerdo tácito y algo morboso de cómo sus atenciones habían mutado. Intuía, sin embargo, que aquella primera vez no había sido de forma consciente, como quién mira con deseo a una persona ajena. Había ocurrido simplemente como un suceso cotidiano más donde a él no le había costado verse atrapado en sus ojos y a ella tampoco le importó hacerlo. André se había lanzado después al agua y ella había apartado la vista un poco, para detectar la mirada atenta de Celsa, que, más sabia que el resto, parecía haber leído entre líneas la correspondencia silenciosa con su sobrino. «De haber sido ella tal vez más madura entonces —se dijo—, tal vez no habría permitido que aquella simple emoción por la belleza de André ardiera hasta convertirse en el incendio inextinguible que es hoy».

Tal vez por pensar en él, le urgieron las ganas de verle, así que se imaginó entrando a hurtadillas y despertándole. Apuró la leche y fue a levantarse cuando su padre la tomó de las manos.

—Iria, quiero hablar contigo cuando vuelvas.

Aquello la cogió de improviso y se volvió a sentar.

—¿Está bien, padre?

Dositeu la miró en silencio, con las pupilas brillantes y misteriosas, como si pudieran acariciarla el rostro.

—Sí, tranquila. Solo que ahora que ha regresado André... —le dijo—, creo que voy a ir delegando más en ti... Me hago mayor. —Esbozó media sonrisa—. Quiero pasar más tiempo en el pazo con las niñas, con André. Tengo buenos planes para él y cuento contigo para...

—Padre —le dijo tomándole por los carrillos e interrumpiéndole—. No se preocupe usted de nada.

Dositeu le dio un beso en la frente.

—Esta familia no es nada sin ti, Iria.

Ambos se miraron en silencio un instante más y su padre la dejó ir con una palmada. Iria tomó un pocillo de barro, lo cargó con algo de nata y se giró para irse. De pronto, se topó con Amil bajo el arco que daba paso al salón. No sabía cuánto tiempo había estado ahí oyendo la conversación, parecía somnoliento y hastiado. No era nuevo para ella encontrarle tras las puertas, acechando.

—Se te ve dormido, sobrino —le dijo sin dar demasiada importancia a su presencia.

Amil solía parecer cansado por las mañanas pues, demasiado señorito, lo de madrugar se le hacía cuesta arriba y siempre andaba con las sábanas pegadas. La saludó sin mucha energía e Iria solo cruzó una mirada con él. Ella ascendió hasta la galería de madera y se internó por el pasillo de la izquierda, que conducía a la habitación de André. Con tiento, abrió la puerta y deslizó la mirada. Una penumbra, entre las primeras luces del alba y las ascuas de los braseros, le permitió divisar la figura de André dormido bajo almohadas y sábanas. Cerró la puerta tras de sí y se acercó para contemplarle. Con mucha dulzura, se inclinó sobre él, le retiró el cabello negro del rostro y con la cucharilla depositó una pizca de nata azucarada sobre sus labios con el fin de despertarle. Él, adormilado, abrió la boca un poco y la saboreó con la lengua, gimiendo inconsciente de gusto. Iria repitió la operación dejando escapar una risilla traviesa y André abrió por fin los ojos, aturdido y embargado por el dulzor. Al verla allí, frunció el entrecejo gratamente desconcertado.

—¿Se puede saber qué haces? —le preguntó André con la sonrisa completamente desplegada.

—Despertarte con algo que hace mucho que no pruebas.

—Dame más —le pidió él.

Iria cargó la cuchara y se la puso entre los labios. Bastó que él abriera la boca y sacara tenuemente la lengua para que se la quitara de pronto y se la comiese ella.

—Serás...

—Esto, por ser poco madrugador.

André se abalanzó hacia ella, pero Iria retrocedió más rápida y él solo consiguió caerse de la cama.

—Ahora vas a darme todo el cacillo —le dijo.

Iria negó con la cabeza y tomó otra cucharada. André se levantó desembarazándose de las sábanas y las mantas, e Iria corrió hasta cobijarse detrás de una de las mesitas de la habitación.

A Amil le desagradó aquel alboroto sobre su cabeza. Chascó la lengua con su aire cansado. Lo que le faltaba ahora: tener que soportar a su hermano fingiendo gruñidos y a tía Iria lanzando risas nerviosas, corriendo de lado a lado en uno de sus juegos estúpidos. Su madre, Cristina, que se había unido al desayuno hacía unos instantes, le miró enarcando una ceja. Parecía tan contenta con el regreso de André que todo lo demás había pasado para ella a un segundo plano: las niñas, su marido y, por supuesto, él. Amil consideraba que su vida consistía en hacer cosas de damas casadas y de buen ver: un viaje a la capital para ver a la familia de allí; un encuentro en sociedad con sus hijas en Pontevedra; otro en Ourense, o pasar una semana en la costa, en el pequeño pazo que tenían en Sanxenxo. Vivía en un constante esquivar las contrariedades y los problemas, pues sentía estos como una amenaza para su estabilidad emocional. La pobre no soportaba los conflictos continuados ni los problemas gravosos que rompían su rutina. Esa forma de ser de su madre, amante de lo cotidiano, también se extendía a los afectos. «Frente a André, yo siempre he sido ese muchacho al que se apartaba, por no ser lo suficientemente fácil, generoso o amable».

Por otro lado, bien sabía él que para su madre las niñas eran las depositarias de su herencia femenina. Basi era demasiado consentida para escapar a su propia vanidad; de buen corazón, pero demasiado egoísta. Matilda, en cambio, deseaba siempre pasar inadvertida y, más comedida, nunca competía por las atenciones maternas que recibía su hermana mayor. Le gustaba andar retraída entre libros, leyendo aventuras románticas, o practicar durante horas el piano, que dominaba como una concertista, ansiosa de destacar frente a don Ramiro Salobreña, su profesor. Ambas pasaban media vida juntas y la otra media discutiendo por la cinta del pelo de turno o por qué se habían puesto el vestido del mismo color para tal evento. Tanto la vanidad de Basi como la distancia emocional de Matilda, o la superficialidad de su madre, le alejaban a Amil irremediablemente de ellas y a ellas de él. Porque, en el fondo, para su madre, lo problemático de su carácter no era más que una excusa para ocultar que el cariño de los padres se compra con el corazón de un buen hijo, y en eso él no podía competir con André. Lo curioso del asunto era que él se consideraba mejor hijo, siempre velando por el bien de sus padres. Por eso deseaba tener el mando de la familia: para engrandecerla aún más. «Pero no se puede competir con los corazones bondadosos», se dijo, y chascó la lengua otra vez.

—No dirás que no echabas de menos esto —le dijo de pronto su madre con una mirada enternecida hacia el techo—. Basta que se encuentren para que ya estén riendo.

—Mucho, madre —dijo él, mordaz.

Para él, la unión entre Iria y André no obedecía a una relación normal entre tía y sobrino. No era natural. Los gestos que se hacían, los besos en las mejillas, las caricias y los arrumacos, que cuando eran niños provocaban ternura, ahora estaban ya fuera de lugar y además eran de lo más empalagoso. En cuanto se juntaban, era insoportable aquella complicidad que lo invadía todo, que le hacía a uno sentirse ajeno y expulsado, como si las relaciones que uno tenía con terceros fueran menos. Andaban todo el día pegados, siempre hablando en secreto, compartiendo cosas, como si fueran amantes, más que tía-sobrino. Para el resto de la familia estas expresiones públicas de cariño eran de lo más cotidianas, pues se habían criado juntos como hermanos. «Pero yo también, y no tengo esas confianzas. Iria es nuestra tía, no nuestra hermana, y, aunque fuera así, expresar el cariño así sobra: está fuera de lugar —se dijo incómodo—. Y es de sentido común». El resto de la familia estaba ciega a lo que él veía. Aun así, pese a aquella complicidad entre Iria y André, pese a aquella exposición obscena del amor que se profesaban, lo cierto era que él nunca les había visto cruzar los límites del decoro. «Ojalá se encamasen y yo estuviese ahí para verlo. Si el viejo se enterara de semejante cosa, todo en esta casa cambiaría: André sería expulsado e Iria apartada del mando —se dijo—. Y yo no sería el único con infortunio en el amor: yo me equivoqué con una viuda cazafortunas, pero lo de André e Iria sería mucho peor».

—Deberías sentir alegría por que tu hermano menor esté en casa y no andar como un *toxo*, malhumorado y farfullando por las esquinas.

—Me alegro de que esté en casa, madre —le contestó—. Simplemente no estoy de humor para jaleos.

Cristina compuso un gesto arrugado y quitó importancia a los ruidos con la mano. Amil se levantó y se dirigió a coger el sombrero y la capa. El abuelo Dositeu, tan hermético como siempre, le regaló su mirada rocosa un momento y después la posó sobre ella.

—No tiene por qué, Cristina. Los sentimientos son los que son, y este hijo tuyo solo se alegra de lo suyo; le molesta la alegría ajena.

Amil dedicó al viejo sus ojos furibundos y apretó la montera en las manos. Este ni se inmutó, apuró el cuenco de leche y con su habitual lentitud se irguió para plantarse ante él.

—Suegro, no, por favor... —dijo Cristina—. Hoy no es un día para discutir.

Amil le sostuvo la mirada todo lo que pudo, pero al final su orgullo fue vencido por el brillo de granito de los ojos de su abuelo. No le soportaba. «Pero... cuánto le..., cuánto le admiro a la vez», se dijo.

—Listo, pues —dijo el abuelo cuando él agachó la cabeza—. Espera fuera a que tu tía termine de ser feliz.

El anciano se marchó con aquel paso sereno que hacía crujir los tablones del parqué. Amil, haciendo un gesto de despedida a su madre, salió al porche de la casa, rodeado ahora por el *fuscallo*, esa niebla densa que sale en Galicia en las primeras horas, cuando rompe a amanecer, empapando todo lo que toca.

Iria, que disfrutaba aún en esa guerra fingida, chilló de nervios al sentir que André por fin la agarraba por la cintura y la acorralaba contra la pared.

—Te cacé.

Ambos se clavaron las pupilas rebosantes de júbilo. Sus risas se apaciguaron hasta que solo quedaron jadeos y, como el día anterior, Iria se perdió en los ojos negros de su sobrino. Durante un breve instante le sobrevino el recuerdo y se vio besando sus labios a su llegada. Tragó saliva, conteniendo aquellas ganas que no sabía de dónde le nacían, cuando atisbó en el fuego de los ojos de André que a él le ocurría lo mismo, y le gustó. De pronto se sintió arrollada por un miedo atávico y embrionario, esculpido de cadenas y dudas, que abría la puerta a un lugar al que no quería ni debía mirar.

—Te huele la boca —le dijo a André, quizá para instalarse en la comodidad de lo cotidiano, para convencerse a sí misma de que aquel temor no tenía ningún sentido—. Así que come un poco. —Y entonces le dio con la nata en la cara y comenzó a reír haciendo que la serpiente que se le enroscaba en las entrañas se apaciguara y el miedo se esfumase como un eco perdido y sinsentido.

André se separó de ella con la nata en las comisuras de los labios y en la nariz y se chupó los dedos. Iria le dio un beso en la frente y, para chincharle de nuevo, le lamió una mejilla.

—¡Será posible...! —le dijo André—. No eres de fiar.

Iria lanzó una risilla malévola y se fue hacia la salida.

—Ay, André, qué ingenuo eres. Me voy, pero estaré

aquí en tres días. No te vayas muy lejos, que tengo planes para nosotros en Montefurado.

Dejó a André quitándose la nata del rostro con expresión complacida, y ella se encaminó hacia la salida de la casa.

Ya en la planta baja, bastó un silbido para que Capitán apareciera corriendo. Se reunió con su otro sobrino fuera y, tras montar la yegua, ambos cabalgaron en dirección a las cuadras de Rubiana. Quería trasladar a las cabezas de vacuno lo antes posible y alejarlas del río Cigüeño. «De dejar a las vacas allí, lo mismo se nos enferman de beber tanto carbón», se dijo.

Amil y ella abandonaron As Airas arrebujados en los abrigos de piel, con Puebla de Trives a su espalda, para encaminarse hacia el puente de Navea. Desde allí avanzarían rumbo a A Rúa. Se encontrarían allí con Quinta, que bajaría de las montañas, de Barranco Rubio, donde tenía su palloza y un pequeño hórreo. Emplearían una jornada entera para alcanzar O Barco y llegar a Rubiana.

Efectivamente, a mediodía, en Petin, Quinta apareció cabalgando silenciosa sobre su yegua junto a su can de palleiro, negro y poderoso. Lo llamaba Berobreo y, según decía la capataz, le había salvado la vida contra un oso pardo y lo haría al menos en otras dos ocasiones más. El suyo, Capitán, un regalo de Quinta cuando ella cumplió los veintiocho, ladró al verlos meneando el rabo de alegría. Le permitió salir en su busca con un chasquido de su boca. Ambos perros brincaron como compañeros eternos en cuanto se encontraron y ella pensó que eran una buena analogía de sus respectivas amas. Iria sospechó que Quinta debía de haberse levantado más temprano para ahorrar así algo de tiempo. Llevaba ese aire de pocos amigos y la mirada rocosa bajo la montera habitual en ella. Como de costumbre, levantó la cabeza a modo de saludo a Amil y se puso a su lado.

—¿Tendremos *cebrina?* —le preguntó Iria.

Quinta asintió:

—Tormenta. *Chuvia* y *vento forte*, pero al caer la noche.

—Pedro, el mayoral de Rubiana, se recogerá pronto entonces y al menos las vacas no beberán demasiado del río —dijo ella.

Tras una parada para comer chorizo, un rico queso de tetilla y algo de cecina, cruzaron O Barco al caer la tarde y, ya con las últimas luces, alcanzaron las inmediaciones de Rubiana. Tal como había previsto Quinta, el céfiro comenzó a fustigar descendiendo fuerte desde la sierra de la Encina. Iria se enfundó el gorro de lana gruesa y después se puso la capucha de la capa. «No tardará en descargar», se dijo, y así fue. En cuanto enfilaron las cuadras, las temperaturas bajaron aún más y una *brea*, esas tormentas inclementes de nieve y viento que a ella le gustaban tanto, se desató por todos los montes. Ascendieron siguiendo la cuenca del río Cigüeño y, a pie, tiraron de las monturas camino arriba con sus jadeos sonoros como escoltas. Por fin, al adentrarse en el valle del río, Iria contempló los tres edificios bajo la luz morada de las postrimerías del día. Las cuadras eran como sombras anchas que se erigían desafiando a la montaña y a la naturaleza, que ahora se desnudaba de sus pesados ropajes sobre sus cabezas. Construidos en piedra de la sierra y con los techos a doble agua en madera, los dos primeros edificios guarecían principalmente las cabezas vacunas, y en el último de ellos convivían ovejas y cabras. En el más cercano, también el más amplio, se levantaba en la parte superior la vivienda, con una galería de madera que les daba la bienvenida de forma sobria. Dentro se vislumbraba alguna luz mortecina y dos o tres pequeñas figuras moviéndose acompasadas.

Hacía tiempo que Iria no visitaba esos lares. Se centraba en otras parcelas más anchas y planas que poseían entre

Puebla de Trives y Castro Caldelas. Allí las cabezas de ganado pastaban mejor, con menos roca y menos pendientes. Tocaron un campanil en la entrada para hacer saber que estaban allí. Pedro, el capataz, relativamente pequeño y algo zambo, abrió el postigo para saber quién llamaba.

—Abre, hombre de Dios, que no venimos con la Santa Compaña —le dijo Iria.

—¡Pero bueno, doña Iria! ¿Cómo andamos? —le dijo y su rostro chato y de pan se ensanchó aún más mientras abría el portón—. No esperábamos su visita, y menos a estas horas.

—Ya imagino que no, Pedro. ¿No estás solo? —le preguntó mientras entraban en las cuadras con las yeguas y los canes, a los que Pedro acarició sin mucho entusiasmo.

—*Pu'estaba* arriba con José Jiménez y Juan el Cabrero comiendo castañas y hablando de la vida—. Pegó un silbido fuerte—. ¡Yeee! *Bajar pa'cá* a ayudar con las bestias.

Al instante bajaron del piso superior dos hombres. Las escaleras estaban cinceladas en una roca gigantesca que había sido aprovechada como parte del muro del edificio. El primero de ellos, José, era alto y corpulento, tanto como Amil; el otro, Juan, al que llamaban por su trabajo el Cabrero, era delgado y fibroso. Ambos se llevaron las manos a las boinas y saludaron con su cortesía rústica. Iria les devolvió el saludo y entregó a José las riendas de su yegua. Amil, que se estaba quitando de encima la capa empapada, los saludó sin mucho entusiasmo con un visaje escueto. Solo Quinta, que los conocía bien, les habló al tiempo que los ayudaba a descinchar las yeguas al otro lado de la cuadra.

—Venimos porque sabemos que andan lavando carbón desde el Nacedeiro hacia abajo y ando preocupada por las vacas —le dijo Iria.

—Andamos —apostilló Amil mientras sacudía la esclavina de la capa.

Pedro, ajeno a la necesidad del ego de Amil, solo asintió y la miró a ella.

—Nada nuevo, señorita —le contestó el mayoral con su acento cerrado de montaña—. Algunas veces pasas la mano por el agua y *te se* queda el carbón en ella. He tenido que dejar alguna de las cabezas guarecidas, porque no las veía yo *mu'sanas*, de eso que les costaba andar y lanzaban mugidos a destiempo. —Y miró a Amil—. ¿Y *usté* cómo está, señorito?

Amil miró fugazmente a Iria, como si fuese un convidado de piedra, y después volvió la cabeza hacia el hombre.

—Bien, Pedro, todo ha mejorado en casa desde que llegó ayer mi hermano—dijo fingiendo cierta felicidad.

Pedro abrió un poco sus manos anchas y encallecidas.

—Algo he oído, todo un doctor en Leyes —respondió, y volvió a sonreír como las gentes sencillas que no ocultan nada ni perciben maldad en nadie—. Debe estar *usté mu'orgulloso*. Bueno, todos deben estarlo, el señorito André siempre fue un *rapaziño mu'inteligente*.

El mayoral se llevó entonces una de las castañas de la mano a la boca, mostrando algunos huecos amplios, y dirigió una mirada a Quinta, que se acercaba desde el fondo de la cuadra.

—¿Y tú qué, que no dices *na*?

Quinta se mantuvo en un silencio pétreo, como si no se hubiera dirigido a ella, y tras quitarse el sombrero se encogió de hombros levemente.

—Nada hay que decir. Y menos a un tipo tan indecente como tú —le dijo sonriendo a medias.

Pedro se rio de buena gana.

—Habrase visto. Cría cuervos... La mitad de lo que sabe esta, que son las cosas buenas, se lo he enseñado yo; y la otra mitad lo aprendió en las guerras matando franceses con apenas dieciséis años y Dios sabe...

A Pedro se le cortó el habla de golpe al sentir aquel ruido ensordecedor, un retemblor que sacudió toda la cuadra y ensordeció la tormenta. Las yeguas empezaron a agitarse y a alborotar el heno, como si un espíritu maligno se hubiera colado en la cuadra, con sus ojos fuera de las órbitas. Capitán y Berobreo ladraron nerviosos a los hados funestos de la noche. Todos cruzaron miradas rápidas sin comprender qué producía aquel estruendo pedregoso, cuyo volumen era ahora ensordecedor. Fue entonces cuando a Quinta se le cambió su gesto torvo por uno más ceñido y se abalanzó sobre Iria de golpe. Tiró de su brazo hacia el rellano de la escalera de roca y se echó encima de ella como si fuera un escudo. Mientras, Amil, por ese instinto suyo de seguirla, se lanzó tras Quinta dando un alarido.

Iria apenas llegó a atisbar cómo la pared del fondo de la cuadra se vencía entera aplastando a José y Juan el Cabrero, y una avalancha de escombros y carbón arrasaba la cuadra llevándose yeguas, canes y hombres como si fuera un cobertor de vida. Percibió tan solo unos segundos más a Amil, gritando lleno de terror, y a Quinta, que siguió protegiéndola con su cuerpo hasta que, por la parte superior de la escalera, una segunda avalancha lo barrió todo, como si fuera el vómito del dios piedra que anegaba la tierra para convertirla en su erial. Quinta se aplastó brutalmente contra ella y el aire se le hizo irrespirable, negro y denso. Los chillidos de Amil se cortaron de cuajo junto antes de que Iria se precipitara a un pozo insondable. No sintió más.

Creyó que iba a morir aplastada y tuvo un último recuerdo; uno que le hizo percibir de nuevo aquel beso en los labios de André con la mañana de su regreso como testigo, esa mañana muda y fría que ahora sería toda una vida, pues ya no habría más besos, ni caricias, ni *garatuxas*. Envuelta desde siempre en la contención, en lo que correspondía, en la tía que debía ser para su sobrino, comprendió que se le había fugado el tiempo. Y en ese último aliento, quebradizo y desesperado, se sintió estúpida por haberse mentido tanto, por mirar hacia la otra orilla dejando sus sentimientos atrás, en las dunas de lo correcto, pues de haber actuado de otra forma frente a estos, aquella mentira no habría sido ahora un recuerdo tan amargo antes de desvanecerse. Lanzó su último suspiro y se dijo que debía prepararse para morir.

4

André se sentó en el porche y se cubrió con una de las frazadas. El abuelo le había dicho que deseaba hablar con él, y, como era su costumbre, prefería hacerlo al aire libre que dentro de la casa: al anciano le gustaba el frío tanto como a él. Ambos se encontraban a gusto con los días ventosos y la lluvia, como si sus caracteres y la naturaleza estuvieran conectados. Los dos apreciaban el fragor de una buena tormenta y no les importaba exponerse a la humedad, el frío o el viento.

Se arrebujó bajo la manta y su mente le condujo a la imagen de Iria, a sus ojos refulgentes y a su sorpresivo beso en los labios. Hacía apenas unas horas que ella se había ido y ya sentía cierta morriña de su presencia. De alguna forma, aquella bienvenida apasionada le había removido algo latente; algo profundo que ahora reptaba por su espíritu avisándole de que no podía caminar en esa dirección. Pero ¡la quería tanto! Durante su estancia en la universidad había tenido amoríos más o menos pasajeros, más o menos intensos, pero cualquier emoción se había visto sepultada por la figura titánica de Iria. Porque frente a ella y aquellos ojos glaucos que regalaban Galicia, todo era un pálido reflejo, todo era insustancial. En la soledad de sus días en Salamanca no había dejado de pensar en ella, en ese rostro que exudaba inteligencia; en sus labios y en aquella forma tan característica en que se los mordía cuando estaba meditando algo; en su cintura, moviéndose sutilmente cuando ascendía los montes, o en su sencillez elegante cuando se acicalaba para algún evento. Tenía grabados sus gestos a fuego, e incluso en aquellos momentos en los que él había estado en compañía femenina, se había visto arrasado a veces por su ausencia.

Durante un tiempo había tratado de eludir su imagen rezando para evitar caer en la obsesión, pero solo el estudio y la concentración le habían alejado parcialmente de su tía. Al final, una noche, había sucumbido en sueños a su cuerpo y había amanecido erecto, con las sábanas empapadas y el ánimo cristiano atribulado. «Su beso ha abierto una puerta que debo cerrar, el problema es que no sé si podré hacerlo», se dijo. Ahora, en su interior crecía una esperanza que le hacía estar maldito, que le convencía de que su tía sentía lo mismo por él. Anhelaba que fuera así. Y esa bestia salvaje y descorazonadora que es el amor podía consumirle hasta que no quedaran de él más que cenizas.

La noche pasada se había puesto de manifiesto ese deseo incontenible. Había sido tan intenso que le había despertado. Era una pasión en la que no se reconocía y, a hurtadillas, había abordado la alcoba de su tía. Sin comprender cómo y antes de que pudiera reflexionar, se había plantado allí, contemplando el rostro de Iria engalanado con aquel cabello color miel, largo y descolocado. Y así se había quedado, como una estatua que encerraba todo el ardor del mundo, arrastrado por el pecado de ansiar una carne que no podía tener, abocado a la maldición de desear lo prohibido, conducido por las voces de los diablos rojos que le incitaban a tomarla en sus brazos con la esperanza de consumirse ambos en la locura. Y aunque su razón le gritaba desde algún profundo lugar que debía marcharse de su alcoba, y quizás incluso de la casa, que si le descubrían pondría el honor de su tía en entredicho, no lo hizo. Muy al contrario, acarició embrujado la seda de sus cabellos y, admirando su rostro, la besó suavemente en los labios. Entonces ella se agitó en sueños, y el miedo a ser descubierto se apoderó de él como un depredador. Abandonó la habitación con el ánimo quebrado, se metió en la cama y solo deseó que la noche le sumiese en el sueño. «Pero qué te pasa, estúpido —se dijo arrepentido—. Imagina que se hubiera despertado, imagina que te hubieran descubierto. Eres un egoísta y un loco. Ella no merece esto de ti». Todo aquel suceso había sido una locura provocada por el delirio y el recuerdo de su beso. Un beso que seguramente no tenía detrás su mismo anhelo, sino un amor fraterno e inocente de pasión carnal.

—¡Ay, rapaziño, si te has hecho un hombre!

A André le sobresaltó aquella voz desde el otro lado del porche, como si alguien hubiera podido leer sus pensamientos. Al volverse descubrió a Celsa, su tata, con aquel rostro cuadrado que tenía pintados de ternura los ojos y que contrastaba con los ropajes oscuros, el pañuelo en la cabeza y las bolsas que siempre cargaba cuando viajaba.

—He venido en cuanto me he enterado de que habías llegado —añadió la anciana—. Tu abuelo me envió un coche con Fernán, el mayoral.

—Ay, *yeya* —le dijo André abrazándola con fuerza—. No sabe cuánto la he echado de menos.

La *yeya* —así la llamaban en la familia— era como la abuela de todos. Estaba en la casa desde tiempos del tatarabuelo Martín, cuando entró a servir con apenas diez años. Incluso los había enterrado a este y a su esposa Agustina cuando los franceses, que vinieron a imponer ley con la Grande Armée de Napoleón, los mataron. La *yeya* había cuidado a las tres generaciones de Castronavea: la del abuelo Dositeu, la de su padre después, y por último la de ellos

—Iria, Amil y André, Basi y Matilda—, por lo que era una institución familiar. A sus ochenta y dos años, no había nadie en el pazo que no sintiera un profundo afecto por ella.

André se separó para tomarla de las manos, endurecidas y amables, y le dio varios besos en la mejilla. Ella le correspondió con uno solo, y cuando él la cogió de los carrillos para hacerla un arrumaco, se sintió algo incómoda, como siempre, pues aunque Celsa exudaba amor y bondad, en lo de los besos siempre había sido de cariños escuetos. Cualquiera podría decir que era porque tenía un carácter distante o ajeno a las carantoñas, pero en realidad era por vergüenza. Y esa timidez era lo que la dotaba de aquel espíritu reservado y sencillo. Verse como el centro de atención de cualquier escena era toda una tortura para ella. Se ponía roja enseguida y deseaba que el episodio terminara rápido: toda su obsesión era pasar desapercibida. Por eso, cuando él la cogía del rostro así y le dedicaba esas atenciones, o cuando le decía alguna barbaridad traviesa para divertirse escandalizándola, o cuando fingía bailar claqué frente a ella, Celsa se tapaba la boca con una risilla azorada y decía: «Uy, uy, uy, señorito André, está usted loco».

—Iba a pasar a verla yo esta mañana a Fitorio, *yeya* —le dijo—. Pero ya que está usted aquí, espero que se quede muchos días.

—A eso he venido, señorito. ¿Y el abuelo?, ¿está dentro?

—Sí, está terminando de hablar algunas cosas con Julián, el de Trabazos, sobre las vides. Ay, *yeya*, cuánto la quiero a usted.

—Como la trucha al trucho. —Repitió esa frase tan acostumbrada y André sintió una oleada intensa de amor por aquella mujer que solo le había dado cariño—. La Iria y el Amil, ¿andan en la casa?

—No, salieron pronto a las lindes de Rubiana. Volverán en unos días.

Ella asintió.

—Bueno, bueno, pues voy a dejar todo esto, que he traído un poco de chocolate y empanada de las mías, de las que te gustan —le dijo, y volvió a cargar las bolsas para entrar.

André la detuvo de inmediato y las cogió él.

—Espere, espere, no cargue, que ya está mayor para eso —dijo tocando el campanil para que salieran a ayudarlos.

Fue Vicente, el jefe de lacayos y también ayuda de cámara de su abuelo, el que abrió la puerta. Al ver a Celsa y las bolsas, chascó los dedos llamando a dos de los porteros, que se hicieron cargo de los bultos diligentemente.

—Doña Celsa, ¿cómo andamos? —le dijo—. La esperábamos ayer.

—Lo imagino, pero ya no soy la que era, Vicentín —le contestó ella plácidamente, entrando en la casa.

—Lo que no sé es cómo el mayoral le ha dejado subir toda la escalinata sin ayudarla.

Ella meneó la mano quitándole importancia. Todos conocían su tendencia a tapar los defectos de los demás con su sacrificio porque, tras la timidez, lo que menos quería Celsa era ver una discusión. La mujer se ponía triste y de inmediato trataba de evitar cualquier tipo de conflicto, y más aún si era por su culpa.

Un día, la actual ama de llaves, doña Neves Núñez, cuando apenas llevaba contratada unos meses se cruzó con Celsa sin saber quién era y la vio ordenando la mantelería. Al preguntarle su oficio y responder Celsa que era la tata, doña Neves la reprendió porque esos no eran sus deberes. «Señora, manténgase dentro de los límites que corresponden a sus quehaceres», le dijo. La pobre Celsa se había marchado de allí sin decir nada, con lágrimas en los ojos y atribulada por su falta. Cuando el abuelo Dositeu se enteró de lo ocurrido, reunió a toda la servidumbre y advirtió de lo que significaba aquella mujer para la familia con el fin de que nunca jamás pudiera producirse un suceso así otra vez: «Doña Celsa se ha ganado el derecho de hacer en esta casa lo que considere oportuno sin que nadie la mande —les dijo a todos, para luego volverse y decirle a la tata—: Usted es aquí familia, y si alguien de esta casa no comprende esto, puede salir por la puerta. Señorita Núñez, recoja sus cosas, que está despedida». Celsa solo había asentido, esperando que el bochorno y el conflicto pasara lo antes posible. Ya estando a solas más tarde con el abuelo, le dijo que debía restituir en el cargo a doña Neves, pues no había cometido falta alguna, ya que ni sabía quién era ella ni su relación con la familia. El abuelo, que no podía negarle nada a la *yeya* —le había cuidado desde sus siete años—, accedió sin problema. Lo cierto era que doña Neves mantenía la casa en perfecto orden siempre y uno podía preguntarle por tal o cual cosa, que siempre sabía dónde localizarla: ahora el abuelo la tenía por una de sus mejores criados.

André observó a Celsa mientras entraba con la ayuda de Vicente. En ese momento, Dositeu descendió por la escalera de madera hasta el recibidor, le dio un beso en la mejilla a la *yeya*, le acarició la cara y, tomándola de las manos con ternura, intercambió unas palabras con ella. «Es de las pocas personas con las que el abuelo es verdaderamente afectuoso», se dijo André al contemplar la escena. La otra, sin duda, fue la abuela Asunción, la primera esposa, de la que decían era un alma cándida que había muerto de garrotillo dejando al pobre Dositeu más triste que un erial arrasado por un incendio. Decían de ella —André no la había conocido nunca— que iba oliendo siempre a naftalina suave y a espliego, y, según el abuelo, era una mujer tan risueña que no había día que no tuviera la sonrisa cincelada en la cara.

—André —le dijo el anciano—, coge ropa de abrigo, volveremos ya de noche. Quiero comer de camino en el *furancho* de Rufino y después enseñarte algo.

Así lo hizo, y después de pertrecharse con un sombrero de fieltro y un buen gabán de cuero, partieron juntos a caballo hacia Castro Caldelas. Cruzaron As Airas y ascendieron hacia Villamayor y Camba durante toda la mañana. Su abuelo le preguntó por la vida en Salamanca. Él solo le contó las anécdotas que se podían contar, y no le preguntó el motivo de aquel viaje juntos. Sabía que su abuelo solo se lo explicaría en el momento que hubiera planeado. A eso del mediodía entraron en Castro Caldelas. El castillo sobre el cerro, con su doble amurallado y la torre del homenaje, parecía vigilar su llegada bajo la bruma como un guardián silencioso. Ascendieron hasta la Cima da Vila, el casco histórico, y comieron en Casa Rufino. El dueño homónimo era uno de los pastores que trabajaban para el abuelo cuidando algunas cabezas de Caldelá, una raza autóctona gallega de vacas. A Dositeu le encantaba el pote que la esposa de Rufino, Adelaida, le preparaba en una vasija de cuello estrecho sobre las ascuas del hogar, con grelos, patata, chorizo y unto. André supuso que Dositeu les había avisado en días anteriores de su llegada, y esto le hizo concluir que era un plan meditado.

Tras despedirse de estos, abandonaron la villa y continuaron hacia el Sil, hasta el embarcadero de Paradela. Allí cruzaron el río por medio de un pontón y su barquero, que los condujo hasta el otro lado. Ascendieron después hasta un cerro alto desde el que se podía divisar la lontananza bajo un denso nublado. A André, el oleaje de montañas verdes que se extendía desde el río hasta más allá de Castro Caldelas se le asemejó a un mar de piedra coronado con la espuma blanca de las nubes. Entonces el abuelo se apoyó en una de las piedras y se sentó a contemplar aquel espectáculo silencioso, con los ojos brillantes y maravillados.

—A veces vengo hasta aquí para pensar, André —dijo sacando la navaja y un poco de queso de la zamarra—. Esta tierra nos sobrevivirá a todos. Ha visto pasar a toda la existencia humana entre sus verdores, sus muertes, sus guerras, sus conquistas..., y nada la cambia. Cuando el corazón de la tierra late, es imposible no escucharlo, André. Sobre todo para un Castronavea. El día que tratemos de cambiarla, de amasar sus riquezas hasta agotarla, ese día nos borrará de la faz de la tierra como si no fuéramos nada. Por eso me gusta esta inmensidad. Es... dolorosa.

—¿Dolorosa?

—Nos recuerda que no somos más que polvo frente a ella y su eternidad. —Se le desgajó una mirada enigmática—. Por eso te he traído aquí, André. Vienen nuevos tiempos. Todo cambiará en Galicia, en toda España.

—Lo dices por el cambio de gobierno constante...

—No, no. Va a cambiar la vida, André. —El anciano le extendió un pedazo de queso sujeto entre la hoja de la navaja y su dedo gordo, y negó con la cabeza—. Dentro de unos años llegará el ferrocarril a Monforte y a Ourense, y con él cambiará todo lo demás. La forma de vida que nosotros tenemos viene de un mundo antiguo, un mundo que comienza a ser cada vez más pequeño. Don Isidro con sus empresas, sus inversores belgas, americanos y demás, son una casta de devoradores que no contemplan este paisaje como una herencia que debe ser preservada, sino como un tesoro que explotar a cualquier precio, porque aman la riqueza por sí misma, sin límite, y no comprenderán jamás que este paisaje no les pertenecerá nunca, por mucho que compren tierras y abran minas.

—¿Me has traído aquí para que comprenda esto?

Dositeu asintió.

—Y para que comprendas que, de todos nosotros, André, tú eres el único que está entrenado en este nuevo mundo para hacerles frente, para detenerlos. Tú has estudiado un lenguaje que los atenaza, que los comprime y los encierra en la ley, y esta será la vía que utilizarás para evitar que a la familia nos arrebaten lo nuestro. Debes ayudar a tu tía en este sentido. Cierto que pueden darse casos en que esa ley no tenga suficiente fuerza; los devoradores a veces quieren obtener lo que desean sin importar los medios. Pero para eso ya estarán Iria y Quinta. Ellas pertenecen a ese mundo antiguo y más salvaje del que te hablo, y saben que en la vida solo se sobrevive si no te dejas aplastar. —Le miró entonces con aquella determinación implacable—. Debes estar atento a estos cambios, André: el ferrocarril, las fábricas, el carbón. Serán un lastre o una oportunidad.

—Sí, abuelo. Estaré... acechando.

Dositeu sonrió al oírle la expresión y le alborotó el cabello, una caricia que le hacía desde que era niño.

—¿Y... Amil?

—Tu hermano no tiene tu capacidad para observar ni el temple de tu espíritu para tomar decisiones. Él debe dedicarse a los animales. Si tu tía o tú le dejáis intervenir por pena o debilidad, tendréis problemas. En Amil habla primero su ego y luego su inteligencia.

André admiró el paisaje recogiéndose en la quietud embriagadora y supo que el abuelo había puesto sobre sus hombros la tarea de proteger a la familia y su legado. Él lo había aceptado. Hacía ya mucho tiempo que había sabido que el día de hoy iba a llegar. No le suponía un problema, sino todo lo contrario. Nunca había sido un ingenuo en cuestiones de familia. Solo en las del amor y, en concreto, con Iria.

André supo que atesoraría aquel viaje a las cordilleras del cosmos rocoso y verdeado de su abuelo —a lo indómito de Dositeu— como una de las enseñanzas más valiosas de su vida. No hablaron más en toda la tarde, ni siquiera de regreso. André solo lamentó que las horas fueran tan efímeras, que no supiera exprimir mejor aquellos instantes únicos más que como recuerdos imperecederos. Cuando llegaron al pazo de As Airas ya entrada la noche, seguía inmerso en la misma quietud, pero esta se le quebró al oír los gritos desgarradores de su madre. André, con el miedo en las entrañas, arreó a su montura tras el abuelo hasta entrar en el porche. Fernán, el mayoral, los recibió con el rostro desencajado.

—¿Se puede saber qué pasa, Fernán? —dijo el abuelo.

—Ha sido una avalancha, señor: ha arrasado las cuadras de Rubiana. Están todos bajo los escombros.

Sebastián Ordás corrió por los pasillos volados de la casa mientras Horacio Salvaterra daba órdenes en el patio a los capataces. Ni siquiera llamó a la puerta de la alcoba de sus padres, entró de golpe y se precipitó sobre la cama para zarandear a su padre, Isidro.

—¡Padre, padre! —le chilló—. ¡Las minas de Nacedeiro!

Isidro apenas se desperezó un poco, abriendo los ojos somnoliento. Cordelia se arrebujó entre las sábanas y apenas se molestó en prestar atención a lo que decía su hijo.

—¡Vamos, despierte! —insistió Sebastián—. Ha habido un corrimiento de tierras y las escombreras se han precipitado valle abajo.

Isidro saltó de golpe de la cama con el rostro desencajado y ojiplático. A Sebastián le pareció que se había marcado su semblante con un visaje amarillento y descolorido. Su madre levantó la cabeza casi de inmediato.

—¿Hay muertos? —preguntó Cordelia.

—Ninguno de los nuestros —le dijo—. Pero la hija de

don Dositeu, su nieto el mayor y otros pastores, han quedado bajo la avalancha. He enviado a todos allí a quitar escombros.

Su padre se acercó y le tomó por el brazo, cuando por la puerta apareció Horacio Salvaterra con el ánimo demasiado templado para la gravedad del asunto. La forma tan atemperada en la que el húsar se tomaba los problemas le agitaba los nervios a Sebastián. Siempre fumando en pipa, siempre acariciándose aquella cicatriz como si fuese un talismán.

—Ayúdame a vestirme —le dijo su padre, y él se arrodilló para calzarle las botas—. Horacio, tú controla que nadie se vaya de la lengua sobre las escombreras, no quiero que nadie sepa que estaban sobrecargadas.

—Padre —dijo Sebastián alzando la mirada—. El corrimiento de tierras es muy probable que se deba a la cantidad de lluvias, pero, con total seguridad, si las escombreras no hubieran...

Su padre le cogió de los carrillos con tal fuerza que le cortó el habla. A Sebastián le producía un terror atávico cuando se ponía de aquella forma con los ojos desencajados. Una desazón se apoderaba de él y no era capaz de contradecirle. De pronto se veía indefenso, como si estuviera ante Cronos, señor de los titanes, y pudiera ser devorado de un bocado.

—Sebastián, nunca vuelvas a decir eso en alto —le dijo agitándole el rostro—. ¿Me has entendido?

—Hijo, tú haz caso a tu padre, que sabe de lo que habla —apostilló su madre, que se levantaba para ponerse una bata de seda roja.

Sebastián asintió, sometido una vez más por el peso parental: un grano más añadido al montón de los infortunios que cosechaba en su espíritu. Su madre le amaba devotamente, pero en todo lo que correspondía a su educación siempre apoyaba la visión paterna. «Estás muerto, Sebastián —se dijo con una extraña lejanía de sí mismo—. Solo eres un esclavo de los deseos de tu padre, que te asesinó hace ya mucho tiempo». Eso ocurrió la única vez en que le había desafiado, siendo él más joven, con unos dieciocho años. Le había dicho que su pasión era actuar subido a unas tablas para imbuirse de otras vidas y esencias. Su padre solo le había mirado un momento, como si contemplara a otra persona, a alguien que no era su hijo, y con un tono despiadado le había contestado: «Estudiarás Ingeniería, y si alguna vez intentas eso de... actuar, serás un extraño y así se te tratará en esta casa». Él, con el acaloramiento de la edad, llevado por un impulso que aún no sabía de dónde le había surgido, le había contestado que no podía renunciar a su pasión. Tras eso, hizo la maleta para viajar a Madrid, pero antes de llegar a tomar la diligencia, aparecieron dos hombres y, tras robarle el dinero, le propinaron una paliza que le dejó con el cuerpo hinchado y el orgullo macilento. Le recogió uno de los parroquianos de Ponferrada que, viendo que era el hijo de don Isidro, le llevó a su propia casa para más tarde avisar en el palacete. No apareció nadie hasta la mañana siguiente, cuando el siempre sereno Horacio se presentó para llevarle a casa y que le atendiera el doctor. Así concluyó toda esperanza de tener una vida independiente, una que vivir libre, alejada del poderoso señor feudal que era su padre, señor de la avaricia y soberano de toda su desgracia.

—Tú vete con Horacio —le dijo su padre ahora, soltándole—. Yo me voy a ocupar de que el inspector de Minas al cargo de la posible investigación sea Emilio Jirón, que siempre ha aceptado bien el dinero.

—Tendremos problemas con el gallego —intervino Horacio dando una calada a la pipa.

Sebastián, sin decir más, salió de la alcoba y se dirigió hacia la baranda donde había dejado su gabán.

—Cada cosa a su tiempo, señor Salvaterra —oyó que contestaba su padre al capataz justo cuando entraba Francisco, el ayuda de cámara—. Ya era hora. ¿Se puede saber dónde se había metido, hombre de Dios?

—Acaban de avisarme, señor.

—Venga, venga. Ajústeme el chaleco.

Sebastián no esperó más. Se echó encima el abrigo y bajó las escaleras. Llevaba el ánimo incendiado. Una gran parte de él, la derrotada, le avisaba de que debía callarse, asumir que era partícipe de los juegos sucios de su padre y que, como tal, debía tragarse la culpabilidad de las muertes que se habían producido. Llevaba semanas avisándole de que podía ocurrir una desgracia así y, pese a las vigas de refuerzo, pese a todas sus precauciones, la tierra se había desplazado para ahogar el aliento de esos desdichados. Entre ellos, además, no estaba cualquiera, sino doña Iria y don Amil de Castronavea, la tía y el hermano de la señorita Basilisa, la muchacha dulce y caprichosa de la que se había quedado prendado en un encuentro social en casa del potentado Nemesio Fernández hacía año y medio.

Desde entonces se habían encontrado en un par de salidas de verano y algunos festejos, donde habían cruzado algunas conversaciones. En todos y cada uno de esos encuentros, él se había deshecho en atenciones con ella, hasta que en el último se había permitido la osadía de regalarle una cinta celeste para el cabello. Tenía la esperanza de que Basi la llevara puesta en su siguiente visita. Sin embargo, ahora, aquel anhelo se volvía poco a poco lejano. «Nunca podrás decidir nada por ti mismo —se dijo—. Por tu culpa han muerto personas».

Un dolor en su espíritu se hizo presente, se detuvo a la puerta de la casa y regurgitó. Se veía a sí mismo como un ser débil y aplastado, incapaz de hacer frente a su padre. «Nada hay peor que un cobarde —se castigó—, y tú lo eres». Aceptó su asco, como otras veces, y se irguió. La vocecilla de su interior que le decía que todavía no era tarde, que podía encontrar un camino de regreso a sí mismo, de redención hacia una vida libre, era solo el eco engañoso de un sueño. Se subió a uno de los caballos y se caló el sombrero. Allí, bajo la lluvia de la madrugada, comenzó a llorar como tantas veces, con el agua disimulando sus lágrimas y, durante un instante, se vio subido a las tablas de un teatro en Madrid declamando ante la audiencia. «Ojalá el mundo estuviera exento de estos sueños malditos y vocaciones eternas; toda la vida sería más fácil», se dijo, y espoleó a su montura haciendo jirones sus pensamientos.

5

Iria se agitó lo que pudo y abrió apenas los párpados. Sintió la boca de roca y grava, y su cuerpo aplastado, inmóvil, sin fuerza. Sobre ella, Quinta respiraba extrayendo la vida de cada piedra, madera y heno que tenían sobre ellos. De Amil no sentía más que un cuerpo inerte. Trató de levantar el brazo izquierdo y de pronto notó que, aunque estaba aprisionado, sus dedos podían moverse. Hizo lo mismo con las piernas. «Al menos no me he partido la espalda», se dijo. Tosió tratando de expulsar la naturaleza muerta de su boca, mientras sus dientes crujían y se arañaban con la arenisca. Sintió una sed enorme y recordó que en su cinto tenía el odre de agua. Pudo, con esfuerzo, deslizar el brazo derecho, que tenía pegado al pecho, hasta su abdomen. Palpó la hebilla y recorrió el cuero del cinto hasta que tocó la bota. Lanzó una plegaria pidiendo que esta no se hubiera rajado. Tiró de ella hacia arriba, pero le fue imposible sacarla. Su propio peso, el de Quinta y toda aquella avalancha se lo hacían imposible. Lo intentó otra vez, pero sintió de súbito que la debilidad la invadía por la falta de aire. Su vista se nubló como los bosques en un amanecer blanco y cayó de nuevo en la quietud.

Se despertó cuando algo le golpeó en la cabeza, tal vez un escombro precipitado. No pudo identificar qué fue, pero le produjo un dolor lacerante que le recorrió el espinazo. La sed le asaltó casi de inmediato y sintió la boquilla del odre cerca de su mano otra vez. «Tocarlo y no poder beber es una tortura», se dijo. Trató de moverse y se sorprendió cuando sus piernas reaccionaron entre las vigas y la grava a su intento. Aun así, fue inútil. La sensación de estar enterrada viva contra el cuerpo de Quinta se le hizo insoportable y quiso gritar. «No malgastes el aire», se aconsejó, y se contuvo apenas. Se preguntó si alguien habría dado la voz de alarma y estarían buscándolos ya. Sintió la pesadez del mundo contra ella. Apretada, congestionada, inmovilizada entre rocas, polvo y toneladas de escombro, con el aire viciado y escaso, se negó a morir así. No pudo evitar ver pasar escenas imaginarias de su familia, de sus reacciones al enterarse que habían sido sepultados. Vio entre los velos de su conciencia a sus dos pajarillos: a la pequeña Matilda llorando al enterarse, tan frágil e ingenua, con el puente de las gafas caídas y la cicatriz de su frente arrugada por la pena; la pobre mantenía algún libro en la mano, abrazada de impotencia a Basi, tan presumida y llena de vida que, desolada, abandonaría su locuacidad, como si la tragedia le hubiera cosido la boca. A su padre, que cerraría los puños hasta dejarse los nudillos blancos culpando a Dios por la tragedia, desafiando al cielo. A su hermanastro, su querido Amaro, que con su naturaleza afable buscaría el refugio constante en su esposa y en aquellas salidas suyas, cada cierto tiempo, para supuestamente jugar al mus y beber con amigotes; y ella, pobre Cristina, inconsolable, no dejaría de desahogarse de por vida comentando con los conocidos el drama de su familia. Y por fin, André, que encerrado en sí mismo no buscaría el consuelo con nadie; no lloraría ni diría nada, simplemente encerraría todo el dolor bajo una coraza de silencio para expulsarlo en soledad, entre las sábanas y la noche. «Se dejará el alma por encontrarme bajo todo este cementerio de roca y grava que nos aplasta —se dijo—. Ay, André, cuánto te quiero».

No pudo evitar que se le escaparan algunas lágrimas al recordar el beso que le había dado a su llegada, la cara de sorpresa de André y la pasión que sentían el uno por el otro, destilada en sus miradas reencontradas tras tanto tiempo. El anhelo la desbordaba, la consumía, llevaba haciéndolo durante mucho tiempo, pero solo ahora, viéndose frente a la separación definitiva que supondría su muerte, comprendía que había sido una estúpida al creer que podría contener aquel ardor en el baúl del autoengaño; porque una pasión así lo quemaba todo. Y aunque ella, siendo su tía, parecía por edad una hermana mayor, en todo caso su relación estaba fuera de lugar y ya no era la de dos críos inocentes. Ambos lo sabían y ambos habían jugado a que su afecto era normativo, huyendo de la quema entre caricias y juegos.

Ingenua de ella, su sensatez había esperado que él se enamorase de otra en Salamanca mientras estudiaba Leyes. De haber pasado, ella habría enloquecido en la soledad de su cuarto y su corazón se habría marchitado herido de celos bajo una sonrisa cortés. No había sido así. Él no había dejado de escribirla declarando su fuego veladamente entre las líneas de cada carta. «Engañarse es de las peores cosas que una persona puede hacer consigo misma —se repitió las palabras que su padre Dositeu le había dicho en tantas ocasiones. Tenía una facilidad inusual para mostrar la verdad de la vida en la sabiduría de sus discursos—. El autoengaño es condenarse a la infelicidad porque la realidad tiene la mala costumbre de ganar esas batallas».

Si de alguna forma Dios le concedía el privilegio de seguir entre los vivos, no volvería a engañarse más y aceptaría su pasión por André. Aunque no traspasaría nunca las fronteras invisibles del decoro al que la obligaban la sangre y su edad superior, no volvería a mirarse al espejo diciéndose que lo que sentía por André eran los sentimientos propios de una tía. «Tiastra, y son solo siete años de diferencia», se corrigió a sí misma, como si su alma necesitara un poco de lejanía en su vínculo sanguíneo y en la diferencia de edad le restara gravedad a lo inadecuado de su pasión. Sin embargo, su alma se sintió igualmente quebrada. Su ardor estaba condenado a quedar acartonado bajo la lluvia de los modales, y por mucho que anhelara arrebatarse con él en la hoguera, nunca cruzaría esa frontera. Él tenía una vida por delante para casarse y tener hijos, para formar su propia familia. No podía malgastar su vida con ella, atrapado en una relación imposible. Más aún: ambos debían guardar la reputación de gentes de bien, para no convertirse en unos parias, sin amigos ni contactos, repudiados por la Iglesia, que prohibía estas uniones, por la sociedad que las aborrecía y, lo peor, por su propia familia, que nunca perdonaría el escándalo. «Nunca deberías haberle besado», se recriminó. Tragó saliva como si pudiera tragar el pasado, y no supo si aquellos pensamientos eran suyos o solo formaban parte del delirio.

De nuevo sintió la asfixia en los pulmones y no percibió si realmente estaba viva o muerta, pues se sentía navegar a la deriva. Abrió los párpados o creyó abrirlos, y solo distinguió una oscuridad depredadora que deseaba engullir su alma. No pudo soportar más la presión en el pecho, y su propia voz la condujo hacia la rendición, donde no había ni llama ni dolor, solo vacío.

La sed implacable, como si fuera uno de los cuatro jinetes del Apocalipsis persiguiendo su alma, le hizo tomar consciencia de nuevo. Necesitaba agua. No sabía cuánto tiempo había pasado. Trató de moverse de forma inconsciente cuando su mano alcanzó el odre. Logró sacarlo. Se lo llevó a los labios y, con su única mano libre, lo abrió y pudo beber. No le importó tragar la arenilla instalada en su boca ni sentir cómo le arañaba la garganta. Paró para tomar aire y respiró profundamente. Fue entonces cuando comprendió que el cuerpo de Quinta se había ido separando de ella. «Santo poder, es un prodigio de fuerza y resistencia —se dijo, sin poder entender cómo había hecho tal cosa—. Bendita sea, ha terminado por crear un pequeño espacio». Ahora podía respirar algo mejor. Palpó a su alrededor. Tenía la espalda contra la pared de las cuadras, que milagrosamente se había mantenido en pie. Continuó deslizando la palma de las manos hacia arriba. Palpó una viga ancha, a medio partir, que mostraba las astillas desplegadas como un puercoespín: se había encajonado entre la pared y la escalera tallada en piedra. Recordó que Quinta la había lanzado hacia allí al sobrevenir la tragedia. De no ser por esto y por la gracia divina de que el travesaño y parte del techo se habían interpuesto entre ellas y el alud, estaría muerta. «Me ha salvado la vida», se dijo. En cuanto tocó a Quinta, esta reaccionó como si estuviera esperando a que ella se despertara.

—¿Estás herida? —le dijo con su tono rasgado, desde más allá de la viga que cruzaba su cabeza—. No puedo verte, Iria, tengo medio cuerpo atrapado entre los maderámenes y la piedra.

—Creo que estoy bien, no siento una de las piernas, pero puedo mover los dedos.

—¿Y Amil?

Deslizó los dedos hasta el cuerpo de Amil y sintió que respiraba pesadamente bajo varios sillares caóticos.

—Respira a mi lado, inconsciente.

—Oigo picos sobre nuestras cabezas y el lamento de uno de los perros —dijo Quinta, serena como un mar sin oleaje—. Conviene no moverse mucho; si las vigas ceden, terminaremos aplastadas.

Iria se resignó y rezó interiormente para que los rescatasen con vida. Reclinó la cabeza sobre el muro a su espalda y recordó las palabras de Celsa, esa anciana que siempre veía más que el resto: «El amor no es domesticable, niña —le había dicho a solas en el desayuno, tras descubrirla contemplando el cuerpo de André mientras nadaba en aquel Montefurado que ahora le parecía lejano e inalcanzable—. Es como el fuego, una vez ha prendido fuerte es muy difícil apagarlo». Ella le había torcido el morro un poco sin dar importancia a esas palabras que —ahora se daba cuenta— tenían mucho de vaticinio, y tras un rato de silencio, le preguntó cuál era la tumba de todos los amores. La *yeya*, que en ese momento tenía un ángel triste en la cara, le sonrió. «La mentira —le contestó sin dudar—. Pues cuando alguien miente asesina la ilusión de eternidad, y entonces es irremediable la decepción y ya nada es igual, niña. El amor, entonces, es irrecuperable». ¡Qué razón tenía! La *yeya* siempre tenía razón. Si lograba sobrevivir, tenía la intención de afrontar claramente sus sentimientos por André. Solo esperaba que tuviera también la fortaleza de no ceder ni un ápice a la tentación de verse arrastrada al fuego con él.

André llevaba horas picando, levantando rocas de forma delirante, sin poder darse un respiro siquiera. En torno a él un ejército de pastores, labradores y mineros picaban en una competición contra el tiempo. Muchos pertenecían a las partidas de trabajo de don Isidro, otros eran trabajadores del abuelo y el resto venían de O Barco y de los pueblos cercanos. André, exhausto después de un día entero, se miró las manos negras y despellejadas. Le dolían los dedos y las muñecas, los brazos y todavía más el alma. Odiaba sentirse invadido por ese miedo ancestral que corroe a todo ser humano cuando se avecinan las tragedias. Con solo pensar que Iria estaba muerta, que ya nunca más podría oírla reír, que nunca más sentiría una *garatuxa* suya sobre el rostro o en el cabello, el pánico le devoraba como un carroñero desatado. Por eso su espíritu estaba más agotado que su cuerpo, agotado de rezar tanto, de pensar tanto, de luchar tanto contra sí mismo para arrancar las imágenes que le asaltaban: el rostro de Iria, el de Amil e incluso el de Quinta, encharcados en sangre, desfigurados por la muerte y la roca. Quitó con ayuda de Fernán un pedrusco enorme y, desfallecido, se dejó caer de rodillas.

—Señorito, sería bueno que descansase, así no puede ser de ayuda a nadie. Lleva usted demasiadas horas.

Una profunda impotencia le hacía negar lo evidente.

—Debe usted descansar, beber y cenar algo, la noche será larga —añadió el mayoral—. Caliéntese un poco y cuando haya recuperado el resuello, vuelva.

Derrotado, asintió y tragó saliva haciendo un esfuerzo por no pensar más. Si meditaba lo absurdo de todo aquello, se vendría abajo. Había escapado del llanto durante todo el día diciéndose que solo importaba achicar piedras. Que cada una ellas era un peso menos sobre los cuerpos de los suyos y, en concreto, sobre Iria. Además, aborrecía que le vieran llorar: no solo por una cuestión de hombría, sino porque en general no le gustaba comunicar sus sentimientos, ni expresar sus opiniones a nadie, ni siquiera a su familia. Su sentir era algo que no compartía con nadie excepto con Iria: era una cuestión de intimidad.

Descendió de la negra montaña de carbón, grava y roca, y se dirigió a uno de los fuegos donde mujeres de Rubiana y de O Barco habían desplegado empanadas, chorizo y queso. A medida que se acercaba, se sintió un traidor, como si abandonara a su tía, a su hermano y al resto bajo aquella prisión de roca. Respiró agitado ante una acometida de pánico y tristeza y se sintió desvalido del mundo, ausente de la realidad, como si todo aquello fuera una pesadilla y no pudiera escapar de sus garras. Tomó un trozo de empanada y se sentó en un pequeño tocón junto al fuego, sin reparar en los que allí había. Haciendo un esfuerzo inmenso, se masajeó los ojos como si así pudiera evitar que las lágrimas no terminaran de brillar a la luz de la hoguera. Quiso beber de su bota un poco de vino para aliviarse, pero la aflicción fue en aumento, recorriendo las mismas imágenes de antes, empañándolo todo hasta que una melancolía desgarrada, una saudade atroz, como decían en Galicia, empapó todos sus recuerdos. «Si la encuentran muerta, muero yo detrás. No sé cómo voy a soportarlo», reflexionó, y comenzó a masticar la empanada con el dolor que sentía en el pecho como acompañamiento.

—Todavía puede haber supervivientes —dijo una voz junto a él.

André miró de soslayo a su derecha y descubrió a un joven alto, de su misma edad, que tenía el rostro manchado de polvo negro y tristeza. Para que la suya no se desbordara, tragó saliva.

—Tenemos que sacarlos a todos —añadió el joven apretando los labios como si le fuera la vida en ello.

André no pudo mirarle otra vez. La angustia le aplastaba hasta el punto de no percibir apenas las conversaciones a su alrededor. Solo asintió; de haber hecho cualquier otro gesto, se habría derrumbado. La imagen de Iria asedió su cabeza con tal fuerza que se tensó entero, como un enebro, en un vano intento de gobernar sus lágrimas. Se puso de pie y engulló un poco más de empanada, como si con ello pudiera escapar del pánico y la angustia. Se dio cuenta de que ya no podría contener el mar de sus ojos, pues comenzaba a colapsarse, y jadeó en un exabrupto por la falta de respiración. El joven que estaba a su lado, extrañado ante su reacción, se incorporó y le puso la mano en el hombro.

—¿Se encuentra usted bien?

Por fin, André le miró a los ojos, con la presa de sus párpados apenas atenazada. Sin poder contenerse, le abrazó y, apoyando la frente sobre su hombro, comenzó a llorar desconsolado. El muchacho, sobrecogido por su reacción, no supo qué hacer al principio, pero al poco le rodeó con sus brazos intentando calmarle.

—Tranquilo, tranquilo —le consoló—. Todavía hay esperanza.

André, avergonzado, trataba de silenciar el lloro y los recuerdos felices, combustible inevitable para la congoja que sufría. Permanecieron así un tiempo absurdo, ante las miradas huidizas de los hombres que había en torno a la hoguera y que solo le provocaban incomodidad. Por fin buscó su pañuelo de tela para secarse. Al retirarse, miró al muchacho, que seguía con la mano sobre su hombro. Tenía un rostro agradable que desprendía cierta inseguridad, como si sus gestos quisieran enterrar sus tristezas también.

—Discúlpeme..., yo —dijo André entrecortado.

El joven negó con la cabeza quitándole importancia. André, guiado por el sonrojo, desvió la mirada hacia abajo. Las ropas que vestía —una chaqueta parda de buen paño, chaleco y camisa a juego—, la barba bien definida y su forma de hablar no eran de un pastor ni un labrador, y mucho menos de un minero. Su olor tampoco era el de los hombres de campo, sino que se veía aseado, con las uñas bien cortadas.

—Discúlpeme... —repitió André sin apartar la vista del suelo—. Son mi tía..., mi hermano y la gente de mi abuelo la que está ahí abajo. —Por fin le miró de nuevo en un acto de liberarse del sonrojo—. Sé que...

—No hay por qué disculparse, de verdad. Es muy humano llorar por los nuestros —le dijo, y la voz del muchacho sonó algo trémula.

Aquella amabilidad parecía ocultar algún sentimiento primordial, algo que reptaba en lo profundo de la garganta del joven y le había hecho temblar la voz. André le miró a los ojos, elevando el mentón pues era más alto que él, y este apretó los labios asintiendo, como si quisiera liberar algún tipo de pesadumbre y no pudiera. Algo más entero, volvió a sentarse y se refugió en la empanada. El muchacho se acomodó a su lado y los dos permanecieron en silencio, como si se hubiera descargado una tormenta y ahora solo quedase el crepitar del fuego. Una *babuña*, esa lluvia tan fina que a veces decoraba Galicia y su verdor, comenzó a descender para cubrir su quietud como si fueran parte del paisaje en un cuadro de Jenaro Pérez Villaamil. André se terminó de comer la empanada y echó un trago de vino. Le ofreció al joven, que bebió tras él dejando caer un chorro sobre el gaznate.

—Buen vino —le dijo mientras se sacaba el pañuelo para secarse los labios.

«Tiene una educación bien pagada —se dijo André al observar el detalle—. Cualquiera de los que están aquí sentados, se secaría la boca con la manga». Fue a preguntarle su nombre cuando se oyó un silbido.

—¡Don Dositeu! —chillaron algunos arriba hacia su abuelo, que picaba en otro lado de la montaña—. Hemos encontrado al perro de Quinta. ¡Está vivo!

André se puso en pie de un salto, y el muchacho con él. André iba a ir hacia allí con las lágrimas esperanzadas cuando sintió la mano del joven rozando su hombro.

—Ya le dije que todavía podemos salvarlos.

—Sí..., gracias —le dijo André continuando su marcha—. Por cierto, soy André de Castronavea.

—Lo he imaginado —contestó el otro—. Sebastián Ordás, para servirle.

André le sonrió apenas y salió corriendo hacia la zona donde se arremolinaban todos. No se percató hasta más adelante de que don Sebastián corría tras él, y ascendió con el anhelo en la boca y un rezo en los labios mientras un batallón de brazos expulsaban piedras ladera abajo. Justo cuando terminaba de escalar por los escombros, uno de los hombres dijo algo sobre Quinta. Se abrió paso hasta llegar junto a su abuelo y contempló una abertura que se desplegaba como una tumba arqueológica en el desierto. Al mirar hacia abajo, halló el rostro duro y ajado de Quinta, atrapada entre vigas, sillares, y un gesto que nunca había visto en ella, mezcla de furia, dolor e impotencia.

—Iria está debajo de mí, está viva. Amil también respira, del resto no sé.

Quinta había dicho aquello con tal serenidad que pareció que detenía hasta el tiempo. André casi estuvo a punto de llorar del alivio que sintió al escuchar sus palabras.

—Al tajo —dijo el abuelo Dositeu.

El anciano chascó la lengua, hizo un gesto con la mano a todos y se puso a levantar las rocas con una determinación implacable. Los hombres, llevados por la alegría, le siguieron. André comenzó a quitar cascotes junto con el resto cuando la mano de don Sebastián le detuvo.

—Son demasiados y no saben extraer esto bien.

André le miró extrañado.

—Dígale a su abuelo que son demasiados. Esas vigas soportan demasiado peso ya, y ahora el de todos estos hombres. Hay peligro de que se colapse todo, don André —explicó el joven—. Deje a los mineros de mi padre apuntalar primero. Llevará más tiempo, pero los sacaremos sanos y salvos.

André se detuvo y contempló las vigas astilladas y los enormes sillares, la grava, la arena, las piedras cargadas todavía con la muerte. Miró a don Sebastián y este asintió.

—Déjeme ayudar en esto. Soy ingeniero de minas. —La súplica en sus ojos nacía de alguna necesidad interior que André no llegaba a atisbar.

—¡Paren! —André gritó tan fuerte que los esfuerzos de los hombres se detuvieron en el acto.

Su abuelo le miró sin comprender, pero le bastó un gesto de su nieto para que chascase los dedos y los rezagados le obedecieran.

—Retírense lentamente de aquí, ya —les ordenó André.

Todos miraron al abuelo Dositeu y este volvió a chascar los dedos para que se cumpliese la orden. Después se acercó a él despacio y le interrogó con un gesto de la cabeza.

—Debemos apuntalar antes, o esto se vendrá abajo definitivamente y los aplastará —le dijo—. Debemos dejar hacer a los mineros y ayudar en lo que pidan.

El abuelo miró a don Sebastián durante un instante y luego hacia las profundidades donde se encontraba Quinta. Se mantuvo durante un momento así, rodeado de ese mutismo feroz que le impelía a actuar, pero al final asintió y se fue hacia donde estaba don Sebastián.

—Dejo en vuestras manos rescatarlos—le dijo.

—Sí, don Dositeu. Lo haremos.

El abuelo comenzó a descender.

—Pida lo que necesite —le dijo—. Ya habrá tiempo de hablar con su padre de dónde ha salido tanto escombro.

André captó un visaje sencillo en don Sebastián, asintiendo sin sorpresa, como si esperase que aquel comentario se iba a producir en algún momento. No dijo nada, simplemente llamó a los suyos y comenzó a dar órdenes para que apuntalaran los sillares y retiraran los cascotes con cuidado. André, que ciertamente no había pensado en toda aquella cantidad de tierra negra, la contempló por un instante. Su abuelo tenía razón, no era un simple corrimiento de tierras, allí había tantos escombros como si la montaña entera se hubiera volcado sobre ellos. Se acercó lentamente al joven y le puso la mano en el hombro:

—Don Sebastián. —El muchacho se giró y le sonrió con cierto fingimiento. Estaba claro que las palabras del abuelo habían removido algún temor en él—. ¿Por qué hay tantos escombros?

El joven desvió la mirada de inmediato, como si la respuesta se le atragantase.

—Séame sincero —le asedió.

Don Sebastián le devolvió entonces unas pupilas brillantes, cargadas de una emoción desencajada que parecía a punto de desbordarle, y André, que ya no sentía vergüenza, aplastó las suyas contra él. Este aguantó la mirada como pudo hasta que, llevado por esa desazón, solo asintió con los ojos acuosos y se giró para seguir ordenando a los suyos cómo operar. André se quedó allí unos instantes más hasta que al final se giró y descendió con al alma atribulada. Sospechó que aquella avalancha ya no era solo un accidente natural, era algo más, tal vez provocado por la irresponsabilidad de algunos. El ímpetu del joven en encontrar supervivientes podía deberse a que no tenía la conciencia tranquila.

André caminó despacio y echó una última mirada atrás. Los faroles desleídos por la cortina de la *babuña* se le asemejaron a fuegos fatuos atemorizados por la noche cerrada. Rezó de nuevo para que pudieran rescatar lo antes posible a Iria, Amil, Quinta y a todos aquellos que siguieran con vida. «La buena noticia es que ellos tres están vivos», se dijo. Sintió entonces una esperanza renovada, y algo de su miedo se aplacó. Las imágenes de entierros y muertes que le habían asediado se tornaron más amables y se vio cuidando a Iria, sirviéndole la comida, preparando su baño, llevándole flores y contándole alguna de sus historias para que durmiese. Se acercó entonces a su abuelo, que devoraba un trozo de chorizo con hogaza. Este le miró con el rictus severo y asintió.

—Me temo que vamos a tener que pelear para que se haga justicia—dijo lapidario.

Ambos se guarecieron en su mutismo particular, con la mirada fija en la negra montaña que aplastaba el valle. Al rato, André asintió, meditabundo. «Eso me temo», pensó, y se dejó llevar por la sensación eufórica de que ella estaba viva. Admiró un momento la montaña de carbón oscuro y comprendió que aquel instante se grabaría en sus corazones como las letras de una lápida sobre una tumba vacía. Recordarían aquella noche durante toda su vida: la avalancha negra, el oleaje que pudo marchitar los corazones indómitos de los Castronavea.

PARTE II
—

Ahora, abanicándose entre los pavos reales, los pingüinos brillantes y los oropeles del salón, caminaba por aquel jardín de la vanidad.

1

Seis meses después

Dositeu se paseó por el salón saludando a algunos de los prohombres más importantes de Ourense. «No ha faltado nadie a mi invitación —se dijo observando la estancia repleta de damas y caballeros ilustres—. Parece que todavía tengo poder de convocatoria». Le gustaba aquel salón suyo, ancho y de paredes forradas de madera, situado a pie de la terraza desde donde se apreciaba la exuberante naturaleza de sus jardines: las calas blancas, *paxariños amarelos*, los botones azules y los pétalos rojos de los pendientes de la reina. Varios jardineros se encargaban de cuidarlos pero, al contrario de otras casas *fidalgas*, él prefería mantener lo autóctono y no modificarlo. Por eso, eran conocidos como los Jardines Salvajes, pues se nutrían de castaños, de nogales, de brezales amarillos y púrpuras, de un extenso robledal de carballos y, al este, de un tejedelo milenario; hacia el centro del pazo, los olmos, alisos y fresnos competían en altura y, más allá, frutales y zarzas. Cierto que ahora, en verano, el jardín se veía menos lustroso, pero en primavera y en otoño era como la paleta llena de colores imposibles de un buen pintor.

Exhibió su mejor sonrisa, enfundado en un chaqué hecho a medida, y tiró de la leontina plateada para extraer su reloj de bolsillo: las ocho y media. Se aventó uno de los faldones de la chaqueta y metió la mano en el bolsillo, un hábito que tenía desde niño. Pese a la comodidad del traje y de saberse bien vestido, con el chaleco de raso de color crema y su camisa encorbatada en blanco, internamente se sintió incómodo. No le gustaba demasiado la gente ni los encuentros sociales superfluos, prefería aparecer lo justo en aquellas fiestas de salón. Los hombres solo hablaban de política, las mujeres socializaban intercambiando chismes y los jóvenes debían enfrentarse al desafío de causar una buena impresión pública y exhibir sus dotes musicales al piano. Nada de esto le interesaba y por eso se dejaba ver poco. Tal vez había aprendido esto de Celsa, la *yeya*, que en cuanto había amistades en la casa se recluía después de un saludo escueto e incómodo. En el caso de Celsa, era por el celo constante por no molestar, mientras que en su caso era falta de interés en socializar de forma liviana. A él le gustaba estar más cerca de aquellos a los que debía gobernar y de los que consideraba sus amigos. Ahí, en cambio, se veía obligado a hablar de política o sobre con quién se iba a casar la joven reina Isabel. Por eso, la parte social se la dejaba a Amaro y a su nuera.

Su hijo sabía cómo agasajar a los hombres, cuándo hablar de Narváez o de Serrano, cuándo era mejor callar para que no se supiera si estaba con los liberales o los conservadores, o si apoyaba la reforma de la Constitución o solo en parte. Pero si su primogénito era un pájaro volando libre en estos encuentros, la verdadera monarca en las fiestas de salón y las tertulias escogidas era Cristina. Esta preparaba cada detalle con minuciosidad, conocía los gustos de todos y a todos agasajaba con un esmero que no debía quedar carente de alabanza. No importaba que ella fuera la anfitriona o la convidada, siempre brillaba con luz propia. Una vez, estando en Madrid, asistió a una de las celebraciones de la marquesa de Santa Cruz, Joaquina Téllez-Girón y Pimentel, la cual, al término de la velada, se había acercado a ella y le había dicho: «Querida, es una lástima que le guste a usted la vida en el campo, estoy segura de que haría las delicias de toda la aristocracia en Madrid. Nunca dude en avisarme si visita la capital, o me sentiré ofendida». Pudieran parecer palabras elogiosas, dichas en un momento achispado por el vino, pero lo cierto es que la marquesa y su nuera se habían estado carteando desde entonces, y en cada visita a Madrid, la ilustre la colmaba de atenciones. «De vivir allí, Cristina conseguiría que la hicieran marquesa en un santiamén», había dicho Amaro en broma en ocasiones. Sin ninguna duda, Cristina había sido una bendición para la casa Castronavea. «Y eso que en su día no tuve ninguna esperanza en el futuro de este matrimonio entre mi hijo y ella —se dijo—. En aquel momento solo me bastaba con evitar el escándalo». El recuerdo de aquellas vicisitudes de antaño le trajo un regusto incómodo, de modo que apartó esos pensamientos y se centró en las habilidades de Cristina. Precisamente por sus virtudes sociales, a pesar de la incomodidad que le producía a Dositeu encontrar en su casa a un montón de personas conocidas con las que tenía poca o ninguna conexión, había partido de él pedirle a Cristina que preparase el encuentro en el pazo. Porque para él este festejo tenía un sentido más práctico.

Allí, entre los asistentes, destacada entre una multitud de distinguidas personalidades gallegas, sobresalía la figura de don Isidro. Vestido de chaqué, mostraba una banda civil debajo de la chaqueta y la medalla que le dignificaba como hijo predilecto de Ponferrada. Más tieso que el palo mayor de un navío, gesticulaba y sonreía abrochándose y desabrochándose los botones de la chaqueta en un gesto involuntario.

Había previsto que don Isidro no iba a resistirse a su

invitación, pues deseaba demostrar públicamente que no albergaba ningún sentimiento de culpabilidad en relación al alud. Para Dositeu, los sobornos de aquel hombre a la Inspección de Minas, y el caso archivado en los tribunales, solo conferían a aquel feo asunto un lavado de cara. La sentencia había fallado a favor del minero dictaminando que «el corrimiento de tierras se debió a las intensas lluvias, y que dicha avalancha se hubiera producido con o sin escombros, si bien las escombreras, más llenas de lo que debían, ayudaron a causar más daño». Nada más lejos de la verdad. Aquel individuo había estado a punto de arrebatarle a su hija, a su nieto y a Quinta. Sus actividades, seguramente ilícitas, habían costado la vida de tres buenos hombres, del perro de Iria y de todas las reses de Rubiana, y si don Isidro creía que había esquivado el asunto se equivocaba. Aquel individuo de mirada despiadada no entendía que había cruzado una línea peligrosa y que él se lo iba a hacer pagar mucho más allá que la indemnización valorada a la baja por las cabezas de ganado, una parte de las cuadras y la vivienda de los pastores.

Dositeu se llevó a los labios una pequeña copa de un albariño y, mientras divisaba a su presa, hizo un gesto al mayordomo. Don Cosme se acercó de inmediato.

—¿Está todo preparado? —le preguntó sin apartar la mirada de don Isidro, al otro lado de la estancia, velado por el oleaje de invitados que se cruzaban.

—Sí, don Dositeu —le contestó el mayordomo.

Él asintió y se dirigió entonces hacia don Isidro. Caminó despacio entre los presentes, se estiró un poco la chaqueta y se colocó al fin a la espalda del empresario. Don Germán Romero, un conocido de ambos, le vio y levantó la copa:

—Amigo mío, un festejo excelente.

Don Isidro se giró de inmediato y le sonrió con la hipocresía en los labios:

—Qué bueno verle, don Dositeu.

Él se mantuvo en silencio durante un momento. Miró a don Germán Romero y le hizo un saludo con la cabeza.

—Gracias, Germán —le contestó finalmente. Después posó la mirada en don Isidro—. Si tiene usted a bien seguirme, don Isidro, deseo enseñarle algo.

Don Isidro entrecerró los párpados y, al fondo, Horacio Salvaterra, el capitán de húsares, le lanzó una mirada interrogante por si necesitaba de su presencia.

—Tenga cuidado, don Isidro —bromeó don Germán Romero—. Conociendo a don Dositeu, seguro que termina usted debiéndole algo.

Los demás rieron. El minero sonrió de pronto y, haciendo una leve seña a su soldado, desafió a Dositeu con su mirada.

—Por supuesto —dijo, y le siguió llevado por la curiosidad.

Basi inclinó la cabeza hacia un lado, coqueta, y lanzó una de sus miradas traviesas a don Sebastián. Este se había engalanado para la ocasión y, por qué no decirlo, para ella. Paseaba por la sala como un pavo real vestido con un frac de algodón negro impecable. Remataba su vestuario con un chaleco de tafetán del que colgaba la leontina dorada del reloj de bolsillo y un corbatín blanco anudado a lo Byron. Don Sebastián le dispuso el brazo —a ella, solo a ella— para que se apoyara, y Basi posó su mano enguantada suavemente. Le gustaba aquel muchacho, tenía un aire encantador y triste que la encandilaba. Las cartas que le escribía dejaban ver que su inclinación por ella era cada vez más intensa. Se sentía atraída por las atenciones que él le dispensaba, algo más que por las del resto de sus pretendientes. Y no era porque don Sebastián le dedicara más tiempo o más letras, sino porque a medida que habían intercambiado conversaciones y compartido experiencias, aquel rostro algo soso y melancólico había ido dejando ver la dulzura de su carácter. Cierto que no le amaba, pero le era atractivo y, por qué no decirlo, también le gustaba el hecho de que, a la postre, Sebastián heredaría el título de vizcondesa de su madre y una fortuna inmensa de su padre.

Basi era consciente de la importancia de casarse bien, tenía ya veinticinco y ni el abuelo ni su padre habían visto con buenos ojos pretendiente alguno. «A este paso me quedo cuidando yo de la familia, en vez de Iria —se dijo—. Ni hablar, debo casarme bien». Ella no sería como su tía, sin saber lo que era amar a un hombre. Le costaba entender cómo siendo una mujer con atractivo no había conseguido pescar marido. Tía Iria parecía aceptarlo con dignidad, jamás le había oído quejarse al respecto, como si las vacas y los caballos pudieran suplir la felicidad de tener su propia familia, un buen esposo, y no cargar con el temible sambenito de ser la solterona. Tampoco haría como esas mojigatas, permitiendo que un pretendiente pobre y sin futuro las enamorara para depender luego media vida del abuelo Dositeu, o estar criando hijos sin saber qué llevarse a la boca. Como Matilda, por ejemplo, que a sus veintitrés años estaba perdidamente enamorada de don Ramiro Salobreña, su profesor de música, nueve años mayor que ella y que no tenía donde caerse muerto. No. Basi deseaba, antes que amar, ascender, vivir en la capital y codearse con la flor y nata de la sociedad aristocrática; y, en este sentido, don Sebastián Ordás cumplía todos los requisitos.

Deambuló junto a él hasta el piano de cola del salón de música mientras su madre no la perdía de vista. Con miradas cómplices, una de las criadas, Francisca, anciana y sagaz como un búho, la seguía de cerca como carabina mal encubierta. Basi miró un momento a don Sebastián y, antes de sentarse frente al piano, se recogió la falda turquesa abombada por la crinolina para acomodarse con el mayor de los decoros.

—Espero que no se ría de mí, hace mucho que no toco —le dijo, aunque era mentira.

Había estado ensayando durante las últimas dos semanas para aquella ocasión. Era una pianista más o menos avezada. Nada que ver con su hermana, que había heredado los dedos largos y finos de su madre —qué envidia la tenía por eso— y, con solo veintitrés inviernos, era la mejor pianista que ella conocía en los alrededores.

—Estoy seguro de que es usted una virtuosa —le respondió don Sebastián apurando la copita de anís y desplegando su sonrisa.

Basi le correspondió con otra y comenzó a tocar una pieza de Pedro Albéniz mientras don Sebastián, apoyado sobre el piano con una pierna cruzada sobre la otra, la miraba con los ojos brillantes. No le quitó ojo durante toda la ejecución y, apenas terminó, aplaudió suavemente.

—¿Ve como no podía defraudarme? ¡Es usted una intérprete estupenda!

—No sea adulador, don Sebastián.

—Toque usted otra —le rogó—, por favor.

Ella se lo concedió. Le miró y de pronto le amargó recordar las palabras del abuelo en la cena de unas semanas atrás: «No te prendes demasiado de ese muchacho, nieta —le dijo—. Mucho me temo que esa familia no es la que te conviene». A Basi no le había gustado nada oír eso. El abuelo deseaba casarla con una familia de bien, pero de allí, de Ourense, o de tal vez de Vigo; una dedicada a la pesca, al vino o a las vacas. Ella no había contestado siquiera. Solo había enarcado una ceja y le había dirigido una mirada muy rápida. Sabía que no era el momento de entablar una batalla. Su madre la había mirado sonriendo, restándole importancia al comentario del abuelo. Tenía en su madre a su mejor aliada, pues su pretendiente le gustaba tanto como a ella. «Don Sebastián solo ha mostrado interés por mí de una forma muy educada», se dijo entonces. Pese al silencio de Basi, las palabras del abuelo fueron como un desafío para ella, porque había destruido el futuro con don Sebastián aun antes de ser posible, y eso no lo soportaba.

Le llevaban los demonios no conseguir aquello que se proponía. No podría elegir marido sin la aprobación paterna, y sabía también que su padre solo haría lo que el abuelo dijese. Por eso, desde aquella conversación no podía evitar estar junto a don Sebastián sin fantasear con su boda. «Qué me importa a mí si el abuelo tiene problemas con don Isidro. Que solucionen lo que tengan que solucionar, o si no que no se hablen, me importa un comino —se dijo—. Si quiero casarme con don Sebastián, pues me caso. Me dará la vida que yo quiero». Además, según había sabido, la Justicia había dado la razón a don Isidro por la tragedia del alud, así que el asunto estaba zanjado. Los negocios no deberían interferir en lo suyo.

Justo cuando estaba terminando de interpretar la nueva pieza, don Sebastián, en un alarde de osadía, la rodeó para ponerse al otro lado del piano y al pasar a su espalda se agachó y le susurró al oído:

—Me tiene usted prendado, señorita Basilisa. —Y, sin querer, o tal vez queriendo, le rozó suavemente el hombro y parte de la nuca al retirarse.

Fue un contacto muy suave, pero lo suficiente para que a Basi se le erizara el cabello de la nuca y Francisca, la carabina, se pusiera tensa.

—Es un detalle que lleve usted la cinta que le regalé.

—Me gusta, ya se lo dije —le respondió ella—. Y ya le he dicho que puede llamarme Basi. ¿Le apetece un paseo por los jardines? La noche está cayendo y a esta hora todo parece mágico.

Don Sebastián le tendió la mano y ella se apoyó con elegancia. Miró a su madre y esta asintió, consintiendo que salieran a pasear como algunas otras parejas del festejo. Francisca caminó tras ellos, con el peso de toda su pobre vida en aquella tarea de vigilar cada incorrección que pudieran cometer. Al salir a la terraza, Basi sintió la leve brisa como un presagio de los buenos tiempos que estaban por llegar y, a pesar de lo difícil que sería llegar a la boda con don Sebastián, se dijo que si el plan que había trazado tenía éxito, pronto se vería ante el altar y con casa en Madrid.

André admiró a Iria, vestida con aquel traje en blanco crudo y de escote ancho, engalanado con una berta sencilla hecha del mejor tul y delicada muselina. Esperó a que ella se acercase y de pronto le pareció un ser mitológico, venido de otro mundo, con su cintura encorsetando sus curvas entre sus pechos pequeños y la falda volada por la crinolina. Desprendía un aura majestuosa. «Dios mío, qué bella está», se dijo André, y la invitó con su antebrazo a pasear. Estaba tan acostumbrado a verla siempre con las vestimentas de campo, más propias para cabalgar y faenar entre las vacas rubias, que el contraste le había obnubilado.

De la misma forma, Iria, tuvo que hacer un esfuerzo por apartar la mirada del rostro de André mientras avanzaban por el jardín. A ella, él se le antojaba un adonis. Con su barba delineada y esa quietud desprendida que siempre caminaba con él, André avanzaba entallado en su levita de faldones largos sobre un chaleco blanco, cruzado y delicadamente ajustado a la cintura. Iria olió aquel perfume tan especial que emanaba de su cuello, donde la camisa almidonada se encerraba bajo el corbatín negro. «Toda su figura destaca más aún en la noche», se dijo prendada de los detalles, de sus guantes níveos, de los botones labrados, de su bastón leonado y el cabello peinado a raya.

—Estás preciosa.

—Ay, tú sí que estás guapo —le respondió.

André la observó de nuevo. Iria le estaba mirando con los ojos brillantes, llenos de una tristeza inalcanzable e incomprensible, y, por un instante, reconoció a la antigua Iria, aquella que había desaparecido tras emerger del alud. Suspiró un poco, y aunque ella lo notó, mantuvo el mutismo. Él tuvo que hacer un esfuerzo por no comenzar a hablar allí mismo, pero se dijo que sería mejor esperar a llegar al lugar acordado por ambos. No dijeron nada y los dos caminaron entre los castaños por un sendero que conocían bien, en dirección a la fuente de Minerva.

Desde que la Providencia le había devuelto a Iria hacía seis meses, no había querido separarse de ella. Era como si Dios le hubiera regalado un tiempo prestado y no sabía cuándo se podía acabar. Había pasado un terror tan primordial por perderla bajo la roca que se le había quedado dentro, y durante muchos meses navegó entre pesadillas, envuelto por esos demonios que le recordaban lo que hubiera sido vivir sin ella. Con el tiempo, ese miedo se había ido acomodando hasta convivir con él como parte de la devoción que sentía por su tía. Sin embargo, el destino le tenía preparada una pesadilla peor que todas las anteriores, pues aquella avalancha de piedra parecía haber sepultado mucho más que el cuerpo de Iria: algo había cambiado en ella. A pesar de que mostraba la misma cercanía, era como si una tierra yerma se hubiera interpuesto entre ellos. Sus risas eran ahora más breves, menos espontáneas, y sus juegos habían dado paso a un sol ardiente sin agua, sin oasis siquiera. Él no podía entender cómo de aquel vergel lleno de caricias y complicidades habían llegado a esto. La angustia de no vivir su relación como siempre se había hecho insoportable, hasta el punto de que había perdido el apetito, el sueño y las fuerzas. Se encontraba macilento, como un vagabundo errante, sin saber qué hacer cuando estaba con ella y percibía esa distancia astronómica. Por contra, cuando le faltaba, se sentía desorientado y ansioso, huérfano de su presencia. El dolor de sus encuentros se hacía tan intenso que no pudo evitar refugiarse en la soledad, y pronto comenzó a preferir no cruzarse con ella a pesar del anhelo.

Durante un tiempo le había valido refugiarse en el litigio contra don Isidro, pues la había visto poco. Pero había sido terrible comprobar que a ella no le había importado su alejamiento. Tras el juicio, el abuelo no había querido seguir pleiteando y, dedicado ya solo a la administración burocrática de las propiedades, la locura se había ido apoderando de él con más fuerza. Cuando por alguna razón de pronto surgía la antigua Iria, la brillante y alegre, la cómplice, a André se le partía el alma. Los arrebatos súbitos de amor de ella le habían permitido engañarse a sí mismo. Se decía que toda aquella lejanía que le arrastraba a los abismos del mundo era solo una imaginación suya. Eso terminó pronto. «No te puedes engañar más, o te volverás loco», había concluido. Por eso, esa mañana, antes de la fiesta, se había acercado a ella y le había hecho saber que deseaba tener una conversación con ella esa noche. Iria solo había asentido. Sobraban las palabras.

Para Iria, en cambio, aquella distancia de desiertos y estepas era la solución que había encontrado para amarle en la distancia. Ella sabía que, de ceder un solo momento, arderían ambos ante los dioses iracundos, ante los maledicentes hijos de la caverna. No quería eso para ella, y menos para él. Ver cada día cómo André sentía las punzadas de su lejanía, el afecto en la distancia, le había supuesto el dolor en el pecho y los lloros contra la almohada por la noche. Y cuando, por simple relajación, se acercaba a él sin darse cuenta, como tantas y tantas veces, no podía más que retraerse después. ¡Y qué dolor le provocaba verle sufrir! Entonces ella tenía que repetirse que solo lo hacía por él, por su bien, por su reputación antes que cualquier otra cosa, por su futuro antes que por el suyo propio, porque ellos juntos no tenían ninguno.

Llegaron frente a la estatua broncínea y aturquesada de Minerva. Esta los recibió con la música del agua deslizándose desde su cántaro a una gran concha marina a media altura. Una vez allí se precipitaba al estanque que circundaba la efigie.

—Hace una noche preciosa —dijo Iria mirando las primeras estrellas que aparecían en el cielo.

—Has dejado de quererme —afirmó de súbito André deteniéndose frente a ella—. Me refiero a como antes... de la avalancha.

A Iria le refulgieron los ojos y se dispuso a hablar, pero André la detuvo levantando la mano y tomando aire resignadamente.

—No lo niegues, me volvería loco si ahora me dijeras que tu distante comportamiento hacia mí se debe solo a mi imaginación.

Iria le acarició el rostro.

—Confundes mi distancia con lo que siento por ti —le dijo—. No hay fuerza capaz en este universo que haga que yo deje de quererte.

André negó con la cabeza sin poder comprender aquellas palabras aceradas.

—Entonces, ¿por qué te has alejado, por qué te alejas así? ¿No ves que no vivo, ni duermo, ni como, ni me...?

Iria le puso el dedo en los labios.

Entonces André trató de abarcar su rostro pero se le antojó imposible: toda Iria estaba en él, todas sus facciones, sus labios, sus mejillas y sus dos luciérnagas verdes bañadas en cristal de agua. Se sintió arrebatado por tanta belleza, por el peso de toda su historia, que los condenaba a aquel momento atrapado. Iria deslizó los dedos por el mentón de André, encadenada al ardor que le consumía el pecho y a los pensamientos desatados que desde hacía seis meses la aplastaban. No pudo resistir más la presión y dos lágrimas desbordaron las amuras de sus ojos.

—No me hagas decírtelo, ¿de verdad no te das cuenta de cuál es el motivo de mi distancia?

André, que seguía imantado a sus iris, suspiró tomándola suavemente de la nuca y comprendió al fin que toda aquella ausencia no era más que el inicio de un tormento; uno al que las palabras de Iria acababan de sentenciar su alma. Así, aplastados por un amor que los sobrepasaba, se detuvieron un instante en el tiempo, mirándose sin los velos, sin los ruidos, sin la torpeza del lenguaje, solo con el aliento que les decía que cada uno respiraba por el otro. Se acercaron como si esa noche los hubiera estado esperando toda una vida y, entonces, navegaron más allá del agua de Minerva, más allá de los Jardines Salvajes, más allá de aquella tierra que los ataba, y lo hicieron hasta comprender que no habría más vida que el otro. André se descabalgó sobre los labios de Iria como si temiera deshojar los pétalos de una flor, y ella le atrajo hacia el fuego abriendo la boca, acariciando su lengua con la suya.

—¡Iria, querida!

La voz fue la de Cristina, que la llamaba desde más allá de la espesura. Iria se separó abruptamente, despedazando la magia, y apenas miró a André con el arrepentimiento en los ojos de haber cedido a la tentación. Él, desorientado, fue a atraparla para que no escapara, para que escapasen juntos a otro lugar.

—No, no, no —susurró Iria—. No puede ser, André. Esto no es lo que quiero para ti.

Y diciendo esto, se secó las lágrimas y salió del pequeño claro dejándole allí solo, entre el sonido del agua y los ojos broncíneos de Minerva.

2

Dositeu paseaba lentamente frente a una copia ampliada de la Carta Geométrica, que don Domingo Fontán había tenido a bien regalarle hacía años. La tenía enmarcada en la biblioteca y le gustaba recorrerla, con la mano en el bolsillo, de lado a lado, mientras ojeaba sus pueblos, sus ciudades y las imágenes que evocaba en su cabeza. «Es una de las cualidades que tienen los mapas, le transportan a uno donde ha estado sin necesidad de ir hasta allí», se dijo.

Don Isidro, detrás de él, se había acomodado en un sillón bajo tallado en madera noble, junto a la chimenea que se elevaba a la altura de un hombre. Ahora el minero se encendía un puro con la vista puesta en los detalles de la biblioteca. Dositeu, que nunca había sido amante de los libros, pero comprendía la necesidad de tenerlos para la formación de sus herederos, se sentía orgulloso de aquel salón. Tenía obras muy variadas, desde autores como Nathaniel Hawthorne, Edgar Allan Poe o Whitman, hasta nacionales como Mariano José de Larra, Bretón de los Herreros, Fernán Caballero, Mesonero Romanos o Espronceda. Por fin, Dositeu se giró hacia el empresario y caminó tranquilo hasta acomodarse en el sillón orejero tapizado en una gruesa piel pulida.

—¿Le gusta el mapa?

—Un trabajo excelente, sin duda —contestó el empresario emitiendo el humo de una calada—. ¿Es esto lo que quería enseñarme?

Dositeu le escrutó empotrando sus pupilas afiladas contra el muro de don Isidro. Este aguardó paciente, como los buenos estrategas.

—No —le contestó Dositeu sin mover una pestaña—, es esto otro lo que deseaba enseñarle.

Dositeu abrió un pequeño cofre en la mesa bajera marmolada que se situaba entre ellos. Una piedra algo ennegrecida apareció dentro de él. Don Isidro enarcó una ceja, la cogió y la observó.

—Es una piedra sin valor alguno —le contestó sonriendo.

—No lo es, don Isidro, posee el valor de la vida humana, aunque usted no le otorgue mucha cuantía.

—Siento que los tribunales fallasen a mi favor, don Dositeu, pero...

—Pero ambos sabemos que el alud no estaba hecho solo de los escombros del carbón.

Se miraron en silencio los dos, tratando de atisbar un gesto que supusiera una debilidad en el otro. Dositeu cruzó las piernas y esperó aún más. Al final, don Isidro se encogió de hombros y dio otra calada al puro.

—No sé qué espera que le diga, don Dositeu. Siento la desgracia que provocaron las lluvias y siento más aún la pérdida de sus hombres y el daño ocasionado, pero... he abonado lo que se me pidió —dijo con una calma que enfriaría el infierno—. Créame cuando le digo que he hecho y sigo haciendo todo lo posible para que nuestros lazos de amistad prosperen.

—Usted y yo no seremos amigos nunca, señor —le dijo—. Pero en cualquier caso, le he traído aquí para decirle que voy a averiguar lo que está haciendo allí arriba. Voy a saber tarde o temprano el motivo por el que sus escombreras estaban triplicando su capacidad y arrasaron el valle y la vida de tres buenos hombres.

De nuevo una roca entre ellos, como si fueran montañas de granito. Don Isidro asintió, dio una calada y se puso en pie sonriendo. Dositeu se acarició el mostacho y ni siquiera se levantó, como exigía la cortesía. Algo en la mirada del minero le decía a Dositeu que se había puesto nervioso. Tal vez se había dado cuenta de que la invitación y toda aquella puesta en escena que era la fiesta se debían a un plan ulterior.

Aun así, don Isidro, atemperado, volvió a sonreír.

—Investigue usted lo que desee —dijo—. Mucho me temo que solo encontrará frustración entre esas rocas.

Dicho esto, don Isidro dio otra calada y se despidió sin acritud con un simple gesto de la cabeza.

Dejó a Dositeu sentado a su espalda y cerró la puerta del saloncito. Avanzó disimulando los nervios que le atrapaban las entrañas, con el fin de incorporarse de nuevo a la fiesta. Entre saludos de cabeza a algunos conocidos y sonrisas fingidas, llegó al salón y le hizo una seña urgente a Horacio Salvaterra, que disfrutaba del ponche contando alguna batallita a las viudas ricas de Monforte. Isidro se llamó a sí mismo estúpido; había comprendido demasiado tarde la maniobra del gallego. La fiesta era solo una forma de desviar su atención. Horacio, tan espigado como una vela, se acercó con el ceño fruncido.

—¿Qué ocurre?

—¿Hay alguien en las minas esta noche? —contestó Isidro.

—No. Es domingo y todos estamos aquí.

—Don Dositeu nos la ha jugado —le dijo—. Estoy seguro de que alguien de los suyos está husmeando en mis minas en este momento.

Amil se encaminó hacia A Rúa, rumbo al pazo, percibiendo que su corazón latía fuerte. Vislumbraba los perfiles de las piedras gracias a la luna llena. El boscaje que jalonaba el camino le pareció un sendero oculto por el que transitar sin ser percibido. Se sentía como un joven enamoradizo que había descubierto que era correspondido. Él y los cuatro hombres, entre los que se encontraban los mineros Francisco y Carlitos, el de Villamartín, habían descendido a las profundidades de la mina de Nacedeiro. Siguiendo el plan del abuelo, después de varias semanas inspeccionando el lugar y de sobornar a algunos mineros para dibujar un mapa de la mina, habían aprovechado que era domingo y que don Isidro y su hombre, don Horacio Salvaterra, estaban en la fiesta de As Airas. Eludiendo a dos guardias más dormidos que despiertos, habían forzado el candado de la bocamina y se habían adentrado con la mayor de las cautelas. Los estrechos corredores, que habían sido excavados con dolor y esfuerzo, se le hicieron a Amil pegadizos y sofocantes. A medida que descendían, se imaginó a los hombres trabajando ennegrecidos y sudorosos, soportando aquella intensidad viciada. A la luz de las lámparas que portaban, había comprobado las heridas de los picos y los barrenos en las paredes, los techos apuntalados, el carbón flotando en el aire. Se dijo que siempre le tocaban a él las tareas más desagradables, y no le agradaba nada estar de nuevo bajo tierra. «No veo al señorito de mi hermano aquí, sudando carbón para averiguar a saber qué —refunfuñó para sí—. El abuelo no ha tenido en consideración siquiera que yo estuve sepultado durante un día bajo las rocas».

Desde el alud, cada vez que estaba en un sitio cerrado, sentía unos vapores subiéndole por el cuello y el pecho, y comenzaba a respirar rápido. No llegaba a más, y al rato terminaba pasándose el sofoco, pero durante esos momentos sentía una necesidad extrema de verse al aire libre. Por eso, la orden del abuelo le había supuesto una tortura, y su primer impulso fue evitar el descenso a toda costa. «Debes enfrentarte a tus miedos —le había dicho el patriarca—. O lo haces, o toda tu vida sentirás miedo de esto». Le había bastado la mirada de Iria también sobre él para saber que, de no hacerlo, le consideraría un cobarde toda la familia. Por eso había obedecido. No era un hombre valiente, pero no pasaría por cobarde. Eso nunca, pues de ser así, no podría mirarse al espejo con dignidad. Como varón, se le presuponía una hombría.

Tras más de media noche embutido en aquellas galerías sofocantes, a más de cien metros bajo tierra y con el aire más cargado que el de una tumba egipcia, había tenido la urgencia de darse la vuelta y buscar el aire puro. Al final, justo cuando pensaba que ya no encontraría más que el polvo del carbón, se había topado con un corredor sellado por varias cancelas de acero. «Solo se ponen puertas a lo que se quiere proteger», se había dicho. Con ayuda de los suyos, había forzado la cerradura y, sabiendo que podía desvelar el misterio que los había llevado hasta allí, les dijo a los hombres que le esperasen sin cruzar la puerta. Así, con apenas la luz de la linterna, se adentró solo en las fauces de roca para finalmente encontrar el secreto más oculto de don Isidro. «Se está haciendo inmensamente rico», se dijo con estupor. Tomando de entre las rocas la evidencia que necesitaba, había abandonado aquellas galerías deseando no volver jamás a ellas. Al salir de allí, no dijo nada a ninguno de sus acompañantes, pues el abuelo así se lo había ordenado. «A los hombres, si puedes, que no sepan nada de nada. Es mejor que los secretos queden en la familia», le había dicho.

Con el ansia en el pecho por volver a ver las estrellas en el cielo de verano, había respirado aliviado al salir por la bocamina como si viniera al mundo por segunda vez. Tuvo que tomar varias bocanadas de aire, que le supieron a vida, antes de comenzar el descenso desde la mina hacia O Barco. Tras evitar con un rodeo a los dos guardas apelmazados por el sueño frente a una pequeña hoguera, abandonaron la cuenca del río Cigüeño. Desde entonces, no había dejado de pensar qué hacer con tamaño descubrimiento. Ahora que tenía las evidencias necesarias que necesitaba su abuelo, debía decidir si aparecer como un triunfador ante este, o por contra utilizar el hallazgo en su propio y único beneficio. Su deber era hacérselo saber a su abuelo, pero su vocecita interior le decía que tenía una oportunidad única para independizarse de la familia, del sometimiento a Iria, que gobernaba su voluntad y sus actos con solo levantar el dedo.

Metió la mano en el bolsillo del chaleco y acarició la evidencia que había obtenido, meditabundo. Era un salvoconducto hacia la vida deseada, hacia un futuro que se le había negado. Comenzaría por decirle al abuelo que no había encontrado nada para después hacerle saber a don Isidro que tenía un nuevo socio en él si no quería que su secreto se publicara a los cuatro vientos. De desvelar lo que había descubierto, el magnate del carbón se vería entre rejas de por vida, desposeído de todo lo suyo.

Iria, con los calores arrebolando sus mejillas, penetró en el salón conducida por Cristina, que tiraba sutilmente de ella por la muñeca. Con la mirada abandonada hacia atrás por si André la seguía, trató de ordenar sus ideas, que bullían ahora de forma atormentada, zahiriéndola. Se llamaba débil y estúpida por haber permitido que sus sentimientos la arrojasen al final a la hoguera. Por fin se detuvo y se acomodó en el grupo de Cristina, casi buscando un refugio en ella, sin mirar quién había allí.

—Aquí está —dijo de pronto Cristina—. Te presento a don Felipe Villar de Seoane.

Iria, que hasta entonces no había levantado la mirada del suelo para que no se notase su rubor, alzó la vista y contempló a un hombre de unos cuarenta y cinco que tenía la cortesía grabada en el semblante. Con bigote, la barba bien recortada y unos ojos claros que cargaban —según le susurró Cristina al oído— con la pérdida de su mujer desde hacía unos años. El caballero le dedicó una sonrisa suave y una mirada intensa. A Iria le pareció atractivo, uno de esos hombres inconscientes de su belleza.

—Un placer conocerle —dijo Iria al fin, algo desconcertada.

—El placer es sin duda mío —dijo él tomándola de la mano y besándosela gentilmente.

—Don Felipe es un hombre de negocios de la capital —explicó Cristina como si expusiera sus méritos de una lista— y se dedica a la importación de tabaco y de café desde las Américas.

Iria asintió y sonrió forzada. No dijo nada más. No podía aunque quisiera. En su cabeza solo tenía a André besándola, levantando un incendio en su pecho y una tempestad de olas que devoraban cualquier pensamiento sensato. Cristina le sonrió cómplice y le apretó la muñeca dándole a entender que era un posible pretendiente para ella.

—Querida, disimula, que tienes los colores subidos de solo conocerle —le susurró traviesamente, ocultándose con el varillaje de tela y nácar del abanico mientras don Felipe atendía la pregunta indiscreta de doña Marisa Pastor, mujer de sesenta y tantos que siempre andaba husmeando en la vida de los demás para, más tarde, hacerse valer como la mejor conocedora de los mentideros de la zona.

Iria tragó saliva al comprender que sus mejillas acaloradas llamaban la atención en demasía. Gracias a Dios que Cristina había achacado su rubor a la impresión causada por don Felipe y no a que estuviera impregnada de los amores de André. Aun así, Iria trató de abanicarse con el fin de no ser la comidilla de todas aquellas gallinas cluecas al día siguiente. Miró hacia atrás un momento para ver si entre las dunas formadas de cabezas, tocados y sombreros divisaba la figura de André. No le vio y se sintió un poco huérfana de él. ¡Dios, cómo le deseaba! ¡Como la amaba él! ¡Cómo le hubiera devorado allí mismo, a los pies de Minerva, cubriéndole de todo su anhelo!

—Se le nota inquieta —le dijo de pronto don Felipe atrapando de golpe su atención.

Iria le sonrió casi de inmediato, disimulando.

—Solo un poco acalorada —le contestó—. No suelo llevar este tipo de vestidos a diario, como imagino que la mujer de mi hermanastro le habrá comentado.

—Algo me ha dicho. Permítame llevarla a la terraza, la noche está muy agradable y buscaré algo fresco que beber para usted.

Cristina, que seguía charlando de algún tema insustancial con doña Marisa y sus dos amigas, doña Ana Semprún y doña Paulita Mendizábal, la miró de soslayo de forma cómplice. «No se puede imaginar la pobre qué lejos estoy de ver en este hombre un marido», se dijo. Cristina, desde que se había casado con Amaro, se había fijado el propósito de casarla bien, por aquello de sentirse como su hermana mayor. A Iria no le había molestado esto nunca, pues sabía del buen corazón de esta y de su hermanastro. A ambos los quería bien. Sin embargo, durante un tiempo tuvo que lidiar con presentaciones diversas, los intentos de cortejo, y eludir a algunos pretendientes. Antes de que su anciano padre decidiera legar la gobernanza de la heredad en sus manos, había visto con buenos ojos que se casara y había alentado a Cristina diciéndole: «A ver si tú, que tienes influencias entre todas nuestras amistades, te enteras de un buen partido para nuestra Iria».

—Así que usted es la mano firme tras don Dositeu —le dijo don Felipe—. Es extraordinario que una mujer lleve las riendas de una heredad tan compleja, no deja de admirarme.

Ella le miró enarcando una ceja. «Pues sí que empieza bien este», se dijo. No obstante, ni le molestó ni la sorprendió: no era la primera ni la última vez que oiría esto. Muchos ganaderos al servicio de su padre se habían negado a obedecerla por su sexo, e incluso muchas mujeres de los pueblos cercanos la miraban con suspicacia y desdén por hacer el trabajo que correspondía a un hombre. Suponía que compadecían a Amil, entendiendo que ella le había quitado la posición que le correspondía por naturaleza. Bien poco le importaba a ella todo esto. Lo primero que hizo fue coger a todos aquellos rebeldes y expulsarlos de la heredad con el fin de dejar pasar los inviernos. Algunos, con solo el primero, ya habían venido con el rabo entre las piernas a pedigüeñar el sustento. No les permitió regresar hasta el tercero, cuando la pobreza y el hambre les habían hincado las garras bien en el estómago. Uno por uno se habían ido plegando ante ella, que se ganó su respeto llegando a trabajar la primera y yéndose la última, conociendo de la tierra, del ganado y las vides más que ellos, salvando sus vidas cuando más necesitados estaban. Al final, se había convertido en la proveedora de todos, y a ella acudían cuando había problemas. «A los hombres hay que gobernarlos», se decía parafraseando a su padre. Por todo ello, el matrimonio era para ella un camino caduco, los hijos un pozo seco y el futuro como esposa una ilusión vana con la que solo Cristina se ilusionaba aún.

—Entiendo por sus palabras que piensa que una mujer es de por sí más incapaz de llevar esta heredad que un hombre.

—Es de común acuerdo que el hombre está hecho para los negocios y la mujer para el hogar, por su tendencia a lo dramático y sentimental —le explicó sin atisbo de querer ofenderla.

Iria se rio, y ella misma no supo si lo hacía fingidamente o porque realmente don Felipe le parecía, pese a su atractivo, otro hombre corriente y vulgar.

—¿Le hago gracia, señorita Castronavea?

—No se ofenda, don Felipe, no es el primer hombre que pone en tela de juicio las capacidades de las de mi sexo para muchas cosas. Supongo que cuesta aceptar las evidencias.

Él sonrió amable, con esa cortesía que le envolvía y que atemperaba todos sus gestos, y salieron del tumulto a la terraza, donde otros círculos charlaban con soltura a la luz de los candiles. Iria desvió una mirada en busca de André. De nuevo solo los semblantes acicalados de los invitados, ni rastro de él. Sintió de pronto una preocupación por saber dónde estaba.

—Acepto que su caso es extraordinario, señorita Castro.

—No lo es. Estoy segura de que muchas mujeres, al igual que yo, podrían llevar responsabilidades semejantes a las mías.

—Veo que sin duda es una mujer muy resolutiva.

—Solo así se gobierna a los hombres —le dijo, y le dirigió una mirada directa.

Don Felipe no pudo más que abrir los ojos y ensanchar las cejas por lo salvaje de su comentario. Iria le mantuvo la mirada y no pudo evitar un leve adelgazamiento en las comisuras de los labios.

—Tiene usted una fuerza que no he visto en mujer alguna, señorita Castronavea.

—Tal vez debería mirar con más atención. Entre las de mi sexo, las hay con fuerzas semejantes, don Felipe, simplemente que estas naturalezas afloran poco al verse mediatizadas por los juicios de otros de los que yo tengo la suerte de haberme liberado en parte.

El caballero se quedó mirándola en silencio y asintió sin comentar nada más al respecto. Después, con aquella elegancia de la que había hecho gala durante esa velada, le besó la mano sin apartar las pupilas de ella.

—Déjeme traerle un poco de vino blanco —le dijo.

En cuanto se alejó, ella sintió de nuevo la losa de los prejuicios. Las cadenas sociales que la ataban al futuro de ser esposa y madre; las pupilas escandalizadas, como cuchillos, que la miraban cada vez que estaba cerca de un hombre. Oía los pensamientos de todos: «¿Se casará esta vez?», «Esta queda para vestir santos». Para ellos, era una pobre solterona dedicada a actividades de hombres. Algunos la compadecían, como si fuera una mujer incompleta o desafortunada, una especie de persona a medio hacer; otros se reirían con crueldad de ella a sus espaldas, cuidándose mucho de hacerlo notar, por ser la segunda al mando y la hija de don Dositeu. Unos y otros le daban igual. Ya no le hacían daño. Hacía mucho tiempo que había concluido que vivir la vida como ella quería implicaría pagar ese precio. Al principio, siendo joven e inexperta, su interior herido se había rebelado con ira ante las injusticias a las que le abocaba su sexo, pero con los años había aprendido a domar esa rabia. De digerirla bien dependía vivir en plenitud o, por contra, creerse el infortunio que era para los demás vivir sin marido y por ende sin descendencia. Vivía en sociedad, pero no con la sociedad, sino tras ella, en las bambalinas, y sabía que la clave de su supervivencia interior se basaba en mantener la distancia emocional con esta. La única persona en el mundo con la que se había permitido confidencias y desahogos respecto a esto, la única a la que ella había contado su sentir, su pensar, su herida con el mundo, era Celsa, la tata: el corazón más discreto, benigno y comprensivo de la casa, ese ángel que el cielo había tenido a bien regalarle a los Castronavea.

Sus pensamientos se detuvieron de golpe cuando al fondo de la estancia vio al fin a André, escrutándola con los ojos desatados, llenos de anhelos y un sufrimiento descarnado. Trató de desencadenarse de sus pupilas abrasadoras, pero una fuerza aún mayor la aplastó obligándola a ver cómo los párpados de su sobrino se humedecían. No había en ellos más que desesperación, un espacio lleno de fantasmas, de recuerdos ahora dolorosos, del profundo abismo que producen los desamores. André entonces dio un paso hacia ella e Iria negó con la cabeza para que no se acercase. Él se detuvo comprimiendo sus puños, sus labios y toda su pasión. Allí, en ese tumulto de la distancia que era la fiesta, sus corazones se quebraron con un ruido ensordecedor en sus oídos, pero silenciados por el bullicio, las sonrisas corteses, los juegos sociales de coquetería y la educación. Iria evitó llorar, pues nunca le había gustado hacerlo, pero, embotada por el sentimiento de pérdida, sus iris se embebieron del agua de la ruptura. Atravesados el uno por el otro como si fueran dos estatuas de jardín inmutablemente encadenadas, Iria percibió el aroma a dolor y ceniza que deja la amargura de amar y solo poseer el aire. En ese instante reapareció la figura de don Felipe con un albariño en una copa de cristal, interponiéndose en aquella visión indeleble. Iria se volvió de inmediato, disimulando lo mejor que pudo.

—Es un vino exquisito el de su bodega, señorita Castronavea —le dijo tendiéndole la copa para percatarse de su malestar un instante después—. ¿Se encuentra usted bien?

Iria le puso la mano en el antebrazo y trató de secarse la humedad del rostro.

—Un golpe de brisa me ha metido algo en los ojos, pero ya está —le dijo y se dirigió al jardín—. Paseemos un poco. Como ha dicho usted, la noche está muy agradable.

Comenzaron a andar bajo la atenta mirada de André, que desde la distancia parecía un cadáver en vida, aplastado por un sentimiento de pérdida solo equiparable a su devoción por ella. Iria no pudo contemplar más cómo se quebraba su corazón. Si lo hacía, estaría perdida, cruzaría la estancia para tratar de consolarle, para colmarle de caricias, para protegerle de su ausencia. Pero su fuerza de voluntad contuvo todos los recuerdos de su vida juntos y continuó avanzando hacia las profundidades de los Jardines Salvajes del pazo. «No te vuelvas, no le mires, su rostro solo te devolverá frustración y amargura —se dijo—. Tú no puedes calmar su dolor, pues eres tú quién se lo produces». Así, caminando del brazo de otro hombre, Iria se alejó repitiéndose una y otra vez que los valles verdes donde antes jugaban se habían marchitado, que los oleajes bravíos contra los acantilados donde antes anidaban serían ahora desiertos y que toda su devoción se vería encerrada en lo profundo, encadenada en el secreto y silenciada bajo el peso de la responsabilidad.

3

Matilda terminó de interpretar uno de los nocturnos de Chopin y el salón estalló en aplausos. Los acordes habían captado la atención de todos los presentes en la pequeña aula de música silenciando por un momento el tumulto, e incluso habían atraído a otros invitados del salón contiguo haciendo que las risas y las exageraciones se adormecieran un poco. Cuando fallecieron sus últimas notas, los aplausos ya le estaban pidiendo otra más, pero a ella no le importaba ninguno de estos. Ni siquiera el de su madre, que había sido la primera en batir las palmas con el orgullo brotándole del pecho como una orquídea. Matilda solo aguardaba el veredicto de su maestro, don Ramiro Salobreña, un hombre de unos treinta y dos años que vestía sin estilo, con una chaqueta algo trasnochada y un peinado poco fino, y que la escrutaba desde el otro lado de la estancia. Este asintió y aplaudió silencioso para darle a entender que había cumplido sus expectativas, y ella explotó por dentro.

Don Ramiro no era solo un afamado profesor de piano de Ourense, sino su guía. Entre ellos había una conexión que se fundía en la música. ¡Era un hombre tan culto! ¡Tan preparado! Sabía tocar el violín, la viola y el clarinete, pero sobre todo el piano. De no ser porque un fatal accidente había cortado de cuajo su carrera como pianista —había sido atropellado por un coche de caballos en Madrid—, ahora sería un intérprete del Real Conservatorio de Música por medio de su camarada Manuel Mendizábal. A pesar de esto, habría podido dar clases en la capital y, sin embargo, había preferido quedarse junto a ella «para perfeccionar todo lo posible su estilo».

Tal como el público le había pedido, Matilda comenzó ahora a interpretar un arreglo para piano del *Concierto en sol menor* de Vivaldi con toda la maestría que pudo. Quería que don Ramiro se sintiera orgulloso de su talento. No era una pieza cualquiera. Sabía que aquellos acordes retrotraerían a su profesor a aquellas primeras clases imperecederas, las que él le había impartido bajo el calor del verano o protegidos por las cristaleras de la lluvia y el viento del invierno, al abrigo de una chimenea. Ella se transportó también, sin poder evitarlo, a los pequeños roces de ambos cuando don Ramiro le indicaba una mejor posición de las manos, al aroma de perfume barato que serpenteaba por toda la sala tras los pasos del profesor o a la cadencia que quedaba flotando después de finalizar una clase.

Terminó y arrancó los aplausos de los presentes. Cortésmente se retiró hacia donde su maestro la esperaba con una copa de anís. Él tenía las mejillas arreboladas y los ojos acuosos de recuerdos. El pobre estaba como un pez fuera del agua. Ni su traje de color marrón oscuro, ni su chaleco pasado de moda ni su bastón barato tenían armonía en su conjunto, y menos aún encajaban con la alta sociedad gallega, pero a ella le gustaba tanto...

—Espléndido, señorita Castronavea —le dijo—. Como siempre le digo: la música debe interpretarse, pues tocar el piano, tocan muchos, pero interpretar es hacerla propia y usted acaba de hacerlo.

—Si lo desea, podemos regresar al salón o tal vez salir a la terraza —le propuso Matilda, y le refulgieron los ojos con solo pensar que socializaría con él más allá de las lecciones.

—Por supuesto, la terraza me parece una opción magnífica.

Matilda cruzó el gran salón saludando a algunas amistades de la familia cuando su padre, desde un lateral, cerca de las balconeras abiertas que conducían al exterior, le hizo una seña para que se acercara. Internamente sintió una frustración implacable. Ella no tenía oportunidad de ver a don Ramiro fuera del aula de música y, después de invitarle, había tenido que hacer el mayor de los esfuerzos para que el profesor aceptase venir a la fiesta. Era tímido y algo apocado, y no le gustaban las multitudes. En eso ambos se parecían mucho. La timidez de don Ramiro le imposibilitaba a dar un paso al frente, era de esos hombres que llevaba los nervios por dentro y que nunca decidía nada si no había consultado antes consigo mismo muchas veces. Sin embargo, el festejo —Matilda no sabía el motivo por el cual el abuelo lo había querido ofrecer a sus amistades— era desde su punto de vista la ocasión idónea para que la relación silenciosa que se había ido fraguando entre ellos tuviera alguna continuación, algún sendero que transitar. Porque no deseaba llegar a la mayoría de edad sin tener un pretendiente, y los que le había propuesto su padre eran señores muy mayores, regidores y alcaldes con los que ella no tenía nada en común. «Al menos, don Ramiro solo es nueve años mayor que yo», se dijo. Cierto que había estado casado —su mujer había muerto de tuberculosis—, pero su estado de viudez le daba un aire atractivo y melancólico a sus ojos.

Tras excusarse ante don Ramiro, caracoleó entre los invitados y se acercó a su padre. Este, que sonrió al profesor de música a distancia, se volvió dándole la espalda sutilmente y esperó así la llegada de su hija.

—Matilda, no pases todo el tiempo con tu maestro, no quiero que des la impresión de que es la única persona que te importa de entre todos los invitados —le dijo mojándose los labios en la copa disimuladamente. Matilda arrugó el entrecejo—. Quiero presentarte a alguien del que ya te he hablado, ven.

Matilda fue a responder, pero la mano de su padre le tocó con cierta fuerza la cintura y ella tuvo que acatar su orden. Mientras se marchaba, miró hacia atrás para contemplar el rostro de don Ramiro entre la espesura del festejo y sintió una profunda pena por él. Allí solo, indefenso, sujetando su copita de anís con los nervios aflorando en su sonrisa, rodeado de lobos que le miraban extrañados al ver a un hombre pobre codeándose con ellos, todos pudientes.

—Querido don Jaime Rodríguez y Peñón, deseo presentarle a mi hija la señorita Matilda. —La voz de su padre la hizo mirar hacia adelante y comprobó que un hombre muy entrado en los cincuenta, con la barba canosa y una tonsura a juego, la tomaba ya de la mano enguantada y se la besaba.

—Es un placer conocerla, señorita —comentó el caballero, y Matilda tuvo la sensación de que aquel hombre le miraba el escote y la cintura en demasía, con los ojos cargados de un algo perverso que ella no conocía pero que no le gustaba—. Tal como me dijo, don Amaro, es una criatura maravillosa.

Su padre asintió complacido y ella miró de nuevo hacia atrás esperando ver a don Ramiro. Y allí estaba. Tan quieto como una estatua inadvertida, sin hablar con nadie porque nadie se dignaba a dirigirle la palabra. Era un ser invisible a los ojos de todos, como el ponche o los entremeses. Se arrepintió de inmediato de haberle invitado y sintió un deseo incontenible de volver junto a él, cuando su padre, con el dedo índice, la obligó a girar su cabeza lentamente hacia don Jaime. Este la escrutó al tiempo que con un pañuelo se secaba el verano de la frente y del vello que le cubría el arco de cupido sobre el labio.

—Don Jaime, querida, pertenece a la comisión ejecutiva del Banco de Isabel II —dijo su padre como si estuviera leyendo las condecoraciones de un militar—. Es un caballero que sin duda te agradará conocer.

—Por supuesto, padre —dijo ella acomodando su carácter—. El placer es mío.

Se estableció un silencio incómodo que su padre se apresuró a llenar comentando su magistral interpretación al piano.

—He disfrutado mucho su música, aunque a decir verdad no tengo oído para diferenciar ni estilos ni composiciones —dijo el hombre apurando su vino blanco y mirando a su padre—. Para mí la música, y el arte en general, son banalidades que provocan disfrute, pero de las que uno no puede sacar muchos réditos.

Ahora la estatua era ella, anclada entre su padre y aquel ser grotesco que sudaba el calor como emitía opiniones descarnadas sobre el arte y la música demostrando tener la sensibilidad de una roca. Matilda trató de mirar hacia atrás otra vez, pero su padre se situó tras ella y le posó las manos sobre los hombros.

—Es así, querido don Jaime —contestó su padre Amaro—. Por eso el arte está destinado a ser disfrutado en las fiestas, tocado por excelentes muchachas como mi Matildita.

—Dice usted bien, don Amaro —le contestó—. Aun así, he de decirle que su hija parece una estupenda intérprete.

—Gracias, siempre me interesó que fuera una muchacha dulce, bien educada y que tuviera cualidades que pudiera lucir adecuadamente, y a mi Matildita le gustaba el piano, así que le hemos dotado de una educación en ese sentido.

Matilda, sin existencia, sin poder siquiera moverse, con el anhelo de saber si el pobre don Ramiro seguía allí, comenzó a sentir una angustia atroz que devoró sus entrañas ascendiendo lentamente hacia su garganta.

—Siempre he deseado tener hijos, pero mi mujer murió hace años ya, en un parto, y durante un tiempo me alejé del matrimonio, don Amaro —le dijo don Jaime a su padre—. Y sé que no es muy cristiano, mi capellán me ha dicho mucho esto, que no es bueno que un hombre esté solo, pero el duelo no conoce amo.

Matilda apretó los puños, las mandíbulas, y mientras oía hablar a aquel hombre, su angustia se conformó por fin en una tristeza profunda que la arrastraba hacia aguas negras. Sus ojos se llenaron de cristal hiriente y, disimuladamente para no llamar la atención, se secó los párpados antes de que rebosaran.

—Entiendo, don Jaime —contestó su padre—, pero su capellán le orienta bien. Debe usted buscarse una mujer que le cuide bien, a ser posible joven y sana para que le dé hijos que continúen su apellido.

Cada palabra era un cuchillo que le rasgaba a Matilda el alma, la vida y su cielo, y hacía rebosar la copa de su desconsuelo. No podía ni siquiera mirar el rostro del banquero, que no dejaba de escrutar de soslayo su escote, su cintura, sus labios, sus mejillas, su cuello. Trató de moverse un poco, pero las garras de su padre sobre sus hombros desnudos la apresaron aún más allí. Entonces sintió unas profundas ganas de vomitar.

—Esa es mi intención ahora y con ese propósito he salido de Madrid —le contestó—. Ojalá Dios me ayude en esto.

—Todo se andará, don Jaime —le dijo—, todo se andará. El mundo está lleno de muchachas hermosas que verán en usted un valor seguro, un hombre con experiencia que afianzará su posición en la sociedad. Además, es usted un galán todavía.

El banquero rio como si fuera una obviedad y Matilda sufrió una nueva arcada que ahogó en su estómago.

—¿No tendrá usted un puro?

—Un habano perfecto para usted —dijo su padre.

Se movió para ofrecer a don Jaime dicho puro, y Matilda percibió un terror aún mayor que su tristeza al querer mirar atrás. «Dios santo, que no esté ahí o se me partirá el corazón», se dijo. Aprovechó la oportunidad cuando su padre acercaba un cirio para dar fuego a don Jaime. Giró su cabeza entonces y, como si no hubiera pasado el tiempo, don Ramiro seguía ahí, con la misma expresión aturdida y bobalicona, tan tierna, sujetando la copa de la que no había bebido y los nervios colapsando su semblante. Él levantó el mentón en ese preciso instante y le sonrió, ajeno al teatro del mundo, ajeno a los intereses cruzados, a las palabras educadas que sellaban destinos y a los sueños devorados por los réditos de un buen negocio. Matilda supo que don Ramiro, salido de una pintura de hacía cincuenta años, era el único hombre bueno y sincero de todo aquel salón, el único que estaba allí por ella; no por su escote ni sus labios, ni por su capacidad de traer hijos al mundo. Estaba allí quieto como el invitado de piedra en un jardín caro, y soportaba sobre sus hombros el desprecio de la raza humana solo por ella, con aquella mirada esperanzada de que pudiera volver a acercarse a él. Entonces Matilda, antes de que su padre volviera a ser una muralla inexpugnable, le sonrió de vuelta y con una punzada que le aguijoneaba el alma, negó con la cabeza a don Ramiro para que comprendiera que no podría ser suya nunca, que su camino juntos concluía en un acantilado insondable y que él ya no tenía nada que hacer allí. Don Ramiro tan solo le sonrió, como si no importasen todos aquellos muros y, tras encogerse de hombros, siguió esperando su regreso, aun siendo consciente de que no ocurriría nunca.

André caminó deprisa y se encerró en su alcoba. Al hacerlo no sintió alivio, su pecho era un volcán a punto de reventar de angustia. Se paseó intranquilo, peinándose los cabellos con la mano una y otra vez, como si con ello pudiera alcanzar su paz interior. Se sentó en la cama, en la silla frente al buró, caminó en círculos y volvió a la cama. Ahora ya era consciente del teatro en el que había estado instalado junto a su tía. Ambos estaban dentro del huracán, danzando al son de su fuerza. Se tumbó por fin, intentando contener su aliento, algo agitado. El recuerdo de cómo ella le había atrapado, de cómo le había besado rozando con su lengua la suya, le subyugaba, le zahería y despertaba en él un deseo descomunal, como si se viera frente a la potencia de una ola cuya espuma tocara el cielo y él no fuera más que una mota insignificante frente a su sombra. «Ahora no solo la amas, sino que la deseas descontroladamente —se dijo—. Debes pensar qué vas a hacer».

Mañana al amanecer la vida ya sería otra. En cada gesto, en cada encuentro, en cada ocasión que sus miradas se cruzasen, ambos estarían encadenados a ese deseo atroz que les devoraría su voluntad. Sin embargo, no tenía muchas opciones. Ella no podría abandonar aquellas tierras para alejarse de él, eso sería su muerte en vida: supondría dejar el mando de la heredad a Amil para, en el mejor de los casos, dedicarse en otras haciendas a ordeñar el ganado bajo el gobierno de otros. Eso si la aceptaban, cosa poco probable siendo mujer. Su sexo la condicionaba de forma aplastante. Bien lo sabía ella y parecía no pesarle, pues había renunciado a todo matrimonio por convertirse en la señora de todas aquellas tierras. Admiraba esto de su tía y a la vez le desconcertaba y le atraía de una forma irrefrenable. «Parece no temer a nada», se dijo. Por eso debía ser él quien dejase el pazo familiar, a pesar de que nadie lo entendería, no después de haber regresado apenas hacía unos meses tras diez años de ausencia. ¡Cómo explicar que se alejaba de la tentación! Y su futuro no sería el mismo que en Galicia. Empezaría en la capital como pasante en algún despacho, con la familia en contra y malviviendo en alguna pensión barata. Con suerte, podría hablar con algunos de sus amigos de universidad, cuyos padres eran abogados importantes en Madrid.

Se levantó de la cama, paseó otra vez. Se sentó y volvió a caminar hasta detenerse frente a la ventana. Desde allí podía observar el roble, con sus hojas ya amarilleadas por el calor del verano, y cómo debajo de él se agitaban las figuras de los invitados. No pudo evitar quedarse imantado a aquellas siluetas para ver si la encontraba entre ellas. Se hizo de pronto un adicto apasionado a localizarla allí abajo y su deseo le condujo a una especie de locura por contemplarla otra vez, como si no hubiera ocasión de hacerlo más.

—Estoy aquí, André.

La voz de Iria había surgido detrás de él, y cerró los ojos sabiendo que su deseo le atenazaba la garganta y el espíritu. Se volvió, aterrado de no poder contenerse, y la vio allí, mágica, como una estatua bajo el umbral. ¡Cielo santo, qué hermosa estaba! Fue a articular palabra pero solo emitió un aliento abrupto, y ella, que comprendía el significado que había en su angustia exhalada, apretó un poco los labios. André no pudo mirar más aquellos ojos verdes que le regalaban Galicia entera y agachó la cabeza cerrando los párpados.

—He subido para decirte que voy a irme —le dijo ella—. No es una idea nueva, llevo tiempo pensándolo. Le he dicho a mi padre que voy a hacer un repaso de todas las propiedades para ver en qué estado están y ponerlas en orden. Es algo que llevo posponiendo mucho tiempo, así que voy a viajar por Galicia estos meses. Ambos... necesitamos distancia.

André asintió cabizbajo, mudo, encadenado a su silencio como un reo a la pared de una celda. De levantar la cabeza, estaría preso de su pasión y le rogaría que no se fuese. Solo se lo pondría más difícil. Ella se mantuvo un momento aún bajo el dintel, como si desease decirle algo más. André sintió una curiosidad anhelante, y por fin levantó el mentón para contemplarla allí erigida, besándole con su mirada. Iria no se movió. «Dios mío, qué fortaleza tiene —se dijo—. De no ser por su determinación, me tiraría a sus pies y le imploraría que no se fuese». André abrió la boca un poco para hablar, pero solo percibió la presión de su gorguera despintada, demasiado ceñida al cuello.

—No soporto la idea de que no estemos juntos —dijo finalmente, casi sin pensar. Y se sintió torpe y egoísta, porque ella no había expresado estos mismos sentimientos que los encadenaban.

Fue a ella a la que se le cayó la mirada ahora durante un instante.

—La única forma de llevar esto es que nos veamos poco —añadió Iria tragando saliva—. Así que, cuando regrese, será bueno que busques una excusa para irte algún tiempo.

—Iria, esto no es una solución.

—Es lo mejor que tenemos ahora, André —apostilló ella.

—¿Hasta cuándo?

—Hasta que te enamores de tu futura esposa —dijo taxativa, con sus ojos volcán—. Entonces esto ya no será un problema.

André sintió una rabia ascendiendo por la garganta que le chillaba en los oídos que eso no ocurriría nunca. Y no era porque el destino no pudiera hacerle ver bondades en otra muchacha, sino porque nadie podría competir con el universo entero que suponía su tía para él. En cambio, no dijo nada. Solo la miró, y ella a él, sabiendo que no se verían en meses y que sus encuentros serían esporádicos, llenos de dolores implacables, que sus silencios cargados de sentido se convertirían en islas solitarias en un océano desolado. Siendo ambos conscientes de esto, se mantuvieron conectados, como un instante detenido en el tiempo en donde sobraba el lenguaje y solo existían los latidos.

—Nunca dudes de que te amo, André. No dudes de que siempre lo haré —le dijo Iria y, al terminar la frase, desapareció engullida por las sombras del pasillo.

Se despidieron así, entre rabia, fuego y desazón. André, imantado al espacio oscuro donde ella había estado, dejó de mirar aquella ausencia antes de que se le detuviese la respiración. Volvió a perder la mirada más allá del ventanal, hacia los invitados, y se sintió arrastrado por la vida. Él, que había pensado que iba a arreglar el problema entre ellos esa noche, había abierto la caja de Pandora, destructora de almas. Ahora todos sus buenos recuerdos se habían empapado de la separación definitiva, con su ausencia despiadada y cruel.

Navegó entre los invitados, hacia los jardines, hasta que algo llamó su atención bajo el roble de su alcoba. Descubrió allí, de pronto, la figura de dos amantes envueltos en la noche. Les creyó dichosos por estar juntos, enlazados entre besos robados, al margen de las miradas enjuiciadoras de otros. «Si yo tuviera derecho a robarle el alma así a

Iria... —se dijo desconsolado—. Mi Iria, mi eterna Iria». Los amantes se separaron después de un beso, más casto que apasionado, y disimuladamente ambos regresaron a la luz de los candiles del jardín fingiendo normalidad en un paseo recatado. Fue entonces cuando, disipadas las sombras, se le desveló quiénes eran. Él era don Sebastián Ordás y la muchacha que caminaba a su lado, altiva y no tan ingenua, con un porte más de mujer que de muchacha, era su hermana Basi, que parecía sobrevolar la fiesta, a la familia y a todos los invitados.

Cordelia de Rojas, vizcondesa de Mieres, sonrió tan atractiva a los caballeros que la rodeaban que todos se sintieron privilegiados por su atención. Sin embargo, ella no sentía respeto ni alegría por ellos. De hecho, no sentía aprecio por nadie, salvo por su marido y su hijo. El mundo solo le inspiraba una suerte de lástima, una semejante a la que percibían las personas cuando se sacrificaba a un animalito herido, con la diferencia de que a ella le gustaba el sacrificio. Suponía que había abrazado esta inclinación suya a ver el mundo como un juego de influencias y poder tras la muerte por tuberculosis de su madre. Este drama le hizo percibir lo duro de la vida, y la empujó a proteger y criar a sus dos hermanos menores, Carlos y Manuel, del estricto cabrón de su padre, Francisco de Rojas. Esta batalla constante en el seno de su familia, donde ella recibía la frustración del anciano por perder a su mujer en forma de cinturón sobre su piel, tuvo a su salvador en don Isidro, y en la fortuna y el título que había heredado de su madre. Cuando se casó, sus hermanos menores comprendieron lo que significaba estar sin su escudo. «Vosotros soportad al viejo, su cinturón y sus insultos, pues cuando fenezca todo lo suyo será vuestro y podréis escupir sobre su tumba

—los había aleccionado—. Nunca tratéis de verme si él no está presente, os desheredaría y todo el esfuerzo sería en vano, y cuando se muera, que algún día lo hará, no me lo digáis hasta que ya esté enterrado». Con el tiempo y con su vocación frustrada por no poder ejercer el poder como un hombre, se había convertido en una engullidora de almas y de vidas, como lo había sido su padre. Irónicamente, esto era lo que le hacía sentir más viva.

Ahora, abanicándose entre los pavos reales, los pingüinos brillantes y los oropeles del salón, caminaba por aquel jardín de la vanidad: el festejo celebrado por don Dositeu. Estar ahí solo era una cuestión de necesidad, en concreto de la de su marido, Isidro Ordás. Porque no podía en ningún caso negarle nada a su esposo. Veía en él un ser titánico, mayúsculo, diferente de cualquier otro hombre y capaz de conseguir todo lo que se propusiese. Ella adoraba su instinto depredador, su ausencia de escrúpulos en los negocios y su necesidad compulsiva de ganar batallas para ella. Posiblemente esto era lo que le había hecho enamorarse de él en primera instancia. De alguna forma misteriosa, Isidro completaba su propio carácter, porque era adicta a ver cómo las personas poderosas terminaban sometidas a la voluntad inquebrantable de su marido. Y a este, como si fuese un juego, le gustaba conseguirlo por satisfacer su ego y también por satisfacerla a ella.

—Enhorabuena, don Marcelo, he oído que se ha casado otra vez —dijo Cordelia, y sonrió al orondo alcalde de Sarria como si estuviera dándole esperanzas de cometer un acto depravado con él—. Dígale a su señora que estaré encantada de recibirla. Basta con que me escriba.

—Estoy segura de que lo hará, como es una recién llegada de la capital se siente algo desencajada.

El anciano se relamió un poco y no pudo evitar lanzar una mirada a su escote. Ella se volvió para dejarle con las ganas de ver más y se paseó por el salón. Admiró la madera noble que forraba media pared, adornada con óleos de don Cosme de Acuña, don Pedro Acosta y los retratos de los Castronavea, todos realizados por don José Madrazo. Se acercó al del patriarca, don Dositeu, y escrutó aquel rostro. Tenía ese tipo de semblante anguloso y marcado por la vida que no deja indiferente. El ganadero había mostrado los dientes, mas no en exceso, con el tema del alud. No obstante, a Cordelia se le antojaba que el silencio repentino de don Dositeu tras el fallo del juez, el no tratar de recurrir la sentencia a instancias superiores, era la calma que precede a la tempestad. Por eso la invitación a aquel convite no le parecía casual. «Ese ganadero quiere algo —le había dicho a su marido—. Ten cuidado con él, no le subestimes». Isidro había asentido como si estuviera de acuerdo y había esperado a que su asistente de cámara le abrochase los zapatos. Después habían acudido al festejo, al encuentro de algunas amistades, bajo la atenta supervisión de don Horacio Salvaterra, un hombre demasiado silencioso para su gusto pero de una gran valía.

—Madre —dijo de pronto a su lado su hijo—. Necesito hablar con usted un momento.

Cordelia le dedicó una mirada rápida, pero al ver que Sebastián tenía el semblante acalorado, le escrutó.

—¿Se puede saber qué te ocurre, querido?

—Venga, vayamos a uno de los saloncitos anejos. —La tomó del brazo suavemente—. Necesito cierta privacidad.

Cordelia, algo curiosa por aquella petición, se dejó conducir por su hijo. Cruzaron el salón entre los pavos reales, los comentarios jocosos y los escrutinios estigmatizadores, hasta alcanzar el pasillo principal que comunicaba de lado a lado el edificio. Se alejaron del tumulto, del salón

de baile y los ecos de la orquesta hasta entrar en un pequeño salón de té. La calma que respiraba la estancia en contraste con el bullicio exterior la reconfortó. Admiró las luces del *luscofusco* que se apretaba contra los espejos del
salón, contra las cómodas torneadas acabadas en mármol,
contra la caída en silencio de las cortinas doradas y contra
la chimenea, también en jaspes blancos, con dos figuras
leonadas como escoltas. Cordelia se sentó, a la expectativa,
sobre un tresillo labrado en marquetería fina, dejando que
su figura fuera dibujada por la penumbra. Sebastián se paseó buscando las palabras, sin dejar de mirar al suelo y a
ella alternativamente, como si con ello pudiera purgarse
de su inquietud interna.

—¿Vas a decirme qué...?

—Le he propuesto matrimonio a la señorita Basilisa de
Castronavea.

Cordelia enarcó una ceja con cierta calma.

—¿Que has hecho qué?

—Necesito que me apoyes en esto, madre.

Cordelia sonrió como si todo aquello fuera una broma
de mal gusto, y su Sebastián, un muñeco de trapo maneja-
do por el malvado titiritero del amor. Entonces su hijo se
tiró a sus pies, apoyó la cabeza en su regazo y, tomándola
de las manos, la miró con la esperanza de que su afecto por
él hiciera mella en su espíritu.

—Por favor, madre —le rogó—. Siento un amor profundo por esa muchacha y no quiero que se me pase la vida
anhelando vivir. Usted sabe que no se lo pediría de no estar absolutamente seguro de que quiero este matrimonio,
y sabe que padre nunca dará el visto bueno si usted no me
apoya.

Cordelia miró sus ojillos desgastados, esperanzados, anhelantes de una vida que nunca iba a llegar. «En algún sentido, su frustración por no poder ser actor se parece a la

mía», se dijo. Ella había sentido desde pequeña una profunda inclinación por la política; no porque desease llevar el bien común a los más desfavorecidos —esto solo era el eufemismo que todo político utiliza para ocultar las ansias de poder—, sino porque deseaba gobernar a otros, y esto, siendo mujer en un mundo hecho a la medida del hombre, era harto complicado. Su padre, Francisco de Rojas, siempre había auspiciado este desarrollo en sus dos hijos menores, Carlos y Manuel, pero había despreciado la formación en este campo para ella. «Viejo ignorante», se dijo recordándolo. Por contra, sus dos hermanos, a los que ella adoraba con toda el alma, habían sido siempre una bendición, pues la veían como el modelo a seguir. Y gracias a ellos se había hecho con libros y lecciones.

—Madre, dígame algo, se lo ruego —pidió Sebastián arrodillado, con el rostro asolado por el miedo a su negativa.

Ella le acarició el cabello, recorrió su mejilla hasta el mentón y le irguió la cabeza.

—Por favor, se lo suplico —continuó con su canto lastimero—. Si usted me apoya, padre...

—Mi amor —le dijo—. Shhh, no sufras tanto, que es poco decoroso sufrir demasiado. Eso es para la gente de condición baja, y tú serás vizconde algún día.

—¿Me apoyará? —Sebastián la miró y se echó hacia atrás—. Por... favor.

De nuevo aquella mirada de animalito degollado, los ojos acuosos, los labios palpitantes que anunciaban lágrimas, el dolor descomunal de aquel espíritu nacido de la debilidad. Cordelia cruzó las manos y le miró con una dulzura inefable.

—No, cariño —le dijo con la suavidad del terciopelo—. Me temo que tendrás que desdecirte antes de que tu padre se entere de lo que has hecho.

A su hijo se le despintó el semblante y, casi atónito ante aquella respuesta, tomó aire y dejó caer una lágrima rebelde. Se puso en pie, se estiró el traje y se fue hacia la puerta. Al llegar a esta, se detuvo un instante y sin mirar atrás exhaló su frustración:

—Esta vez no cederé, madre, por muchas palizas que padre ordene que me den —le dijo.

Cordelia asintió y, antes de que Sebastián saliera, se puso en pie y se aproximó a su espalda.

—A ver si es verdad —le retó—. Y si esa es tu decisión, hijo, acepta las consecuencias y lucha por ella.

Sebastián abandonó la sala y cerró la puerta dando un golpe más fuerte de lo normal. Cordelia se dijo que el pobre no estaba hecho para la lucha. Aun así, comprendía a su hijo más de lo que este se imaginaba, pues ella misma había tenido que pergeñar su propio casamiento con solo diecinueve años. Su padre, Francisco, más frío que un carámbano, había visto en su actual marido un pésimo partido, pues Isidro solo tenía dinero y provenía de una condición humilde. Sin embargo, todo cambió cuando ella hizo llegar ciertas cartas con información sensible a su pretendiente, una con la que podría chantajear a su futuro suegro, pues este llevaba media vida ocultando su apoyo al bando carlista. A riesgo de ver su cuello en la picota, el padre de Cordelia accedió.

El casamiento se cerró en cuestión de meses, e Isidro y ella pudieron por fin estar juntos como las dos gotas de agua que eran. No era de extrañar que su padre los visitara solo en ocasiones señaladas. En estas visitas aparecían también sus hermanos Carlos y Manuel, ambos menores que ella. Tampoco necesitaba la visita de su progenitor, pues este era, como ella, una persona horrible, y aunque su padre era víctima de la necedad y el ego, no tenía un pelo de tonto. De él, Cordelia había aprendido muchas valiosas lecciones, como que no se debe malgastar el tiempo con personas que estén por debajo de una, pues estas solo están para servir; o que para doblegar a cualquier persona debes conocer sus secretos. Sus nupcias fueron la primera vez que puso en práctica esta última lección y comprendió que, aunque no pudiera dedicarse a la política, si se lo proponía podía manipular o gobernar los sentimientos ajenos. Cierto que su casamiento significó un gran sacrificio pues se había separado de sus dos hermanos, Carlos y Manuel. Al menos oficialmente, pues en secreto la escribían a menudo sin que el viejo se enterase. De saberlo, los habría desheredado. Pero el lazo de hermandad entre ellos estaba por encima de este riesgo, pues a falta de madre ella había sido lo más cercano a esto. Carlos, el menor más inmediato, sentía pura adoración por ella, y el segundo, Manuel, casi tanto como el primero. Ella era su guía a la que aferrarse cuando llegaban las tempestades.

Se acercó a las cómodas. Acarició la orfebrería de los tiradores decorados con motivos florales y se detuvo en los ventanales. Admiró cómo las últimas luces del sol embrujaban la tarde y se dijo que Isidro no se tomaría muy bien el arrebato de Sebastián.

—Debemos irnos ya, querida. —La voz alterada de su esposo la hizo girarse—. Me temo que el gallego está metiendo los hocicos en las minas mientras estamos aquí.

Aquello la preocupó un poco. Si se descubriera lo que ocultaban aquellas minas, todo su imperio estaría en peligro.

—¿Has informado al señor Salvaterra?

—Ha partido al galope hacia allí. Debemos irnos.

—No, querido, no debemos —le dijo ella sin perder el terciopelo de su lenguaje—. Seamos de los últimos en irnos. Si los hombres de don Dositeu no han averiguado nada, no parecerá que abandonamos la fiesta por ocultar algo. Y si lo ha descubierto... Bueno, amor mío. —Enarcó la ceja—. Si lo ha descubierto, me temo que tendremos que cerrarle la boca para siempre.

PARTE III

—

Se aproximó hasta él con paso sereno y, antes de matarle, le sonrió como se sonríe a los perdedores, presagiando la caída de todo un imperio.

1

Amil se aposentó sobre el cuero crujiente de un sillón orejero y esperó, conteniendo las expectativas de lo que podría obtener de aquel encuentro con don Isidro. Pensó que el salón forrado en madera de cerezo, con las molduras sinuosas abrazando los techos y las cornucopias nacidas de lo vegetal, debía ir a juego con la naturaleza acorazada del empresario. «Apariencia de honestidad», se dijo. Tal vez detrás de esas maderas gruesas y el olor a narcisos que invadía toda la estancia, se encontraba oculto el moho, cautivo y avaro, del que realmente estaba hecho el espíritu del minero. Tras una mesa grande con todo el juego de escribanía ordenado sobre ella, se mostraba, encerrada tras los cristales, una amplia biblioteca dispuesta sobre los anaqueles orgullosos que desafiaban el paso del tiempo. Admiró las puertas de roble, sus picaportes metálicos bañados en oro, el suelo crujiente de madera, los detalles de las pequeñas esculturas de bronce que brillaban destacándose sobre los libros apilados. Rodeado de toda aquella opulencia, la que deseaba para sí, no pudo evitar girarse y sus ojos se imantaron en los tapices que colgaban en la otra pared, extensos, gobelinos del siglo anterior pero impecablemente cuidados. Dos aparadores brillantes en marquetería se desplegaban bajo ellos como si quisieran acaparar todo el salón con su presencia y, sobre ellos, una pareja de relojes a juego y de oro macizo marcaba la hora de forma acompasada.

Amil carraspeó y acarició la piel del trono rojizo donde estaba sentado, como si aquella riqueza pudiera ser suya. El suave cosquilleo sobre sus yemas le transportó a un mundo idílico donde él tenía las influencias y el dinero, donde una palabra suya era ley. Tal y como le ocurría a su abuelo o a don Isidro. No podía dejar pasar esta ocasión de independizarse, de demostrarse a sí mismo y al resto de la familia que estaban equivocados con su valía.

Por eso, al regresar de la mina al día siguiente del festejo, se había reunido con el abuelo en su despacho, menos suntuoso que este pero más grande, con el perfume floral cambiado por el de piel curada y seca. Allí, Amil le había explicado que solo había encontrado carbón y que, al entrar en la galería, tras la cancela solo había hallado las herramientas guardadas bajo llave. Su abuelo le había escrutado y, por un momento, Amil había creído que había descubierto la mentira en sus ojos. No obstante, el anciano le despidió con uno de sus silencios rocosos.

Él, por prudencia, había dejado pasar dos semanas, trabajando a destajo porque Iria, a la que más tarde se había unido Quinta con Berobreo, su imponente can negro, había decidido hacer inventariado de la situación de las propiedades. Así, se había quedado a cargo de la hacienda bajo la atenta supervisión de su abuelo. «Me pone nervioso —se dijo—, es como tener la mirada de un depredador pegada al cogote todo el día».

Tras dos semanas, había pergeñado su visita a don Isidro. Había elegido «los días del mus» de su padre, dos jornadas al mes en las que su progenitor siempre desaparecía de la finca para ir a codearse con los amigos a un club privado de Xinzo de Limia. Durante esos días, su madre apenas salía de su cuarto y andaba siempre de mal humor por la ausencia de su marido. No le agradaba que desapareciera un día entero para pasarlo entre cartas, puros, alcohol y muy probablemente compañía femenina. Por eso, aquella mañana, antes de que se levantasen todos, cuando la casa parecía un cementerio en una noche sin luna, Amil había desaparecido de As Airas. Tan solo había tenido que esquivar a la madrugadora Celsa, con la excusa de ver la producción de la bodega situada en San Martín de Quiroga, pasado el monte O Cerengo. La *yeya* había asentido, fiel a su naturaleza complaciente, y él había marchado. Sin embargo, en cuanto había dejado atrás el pazo, había tomado el camino hacia A Rúa y de allí a Ponferrada, a la que había llegado de noche. Durmió en una pequeña fonda, a pesar de tener casa en la villa, pues no deseaba que se supiera que había estado en la urbe. Aunque se le haría extraño vivir en una ciudad como Ponferrada, se imaginaba así, siendo un don Isidro Ordás que caminaba por aquellas calles como si fuesen suyas. A él, acostumbrado a la vida en el campo, la ciudad se le antojaba a veces como un sueño de relaciones sociales importantes. El palacete de don Isidro, por su tamaño y extensión, se alzaba imponente reflejando el poder de su dueño. De dos plantas, sobrio, de ventanales amplios y sillares pesados, mostraba una arcada de granito avisando a todo el que la cruzase que aquel era el centro de un imperio.

Alzó la vista ahora para contemplar los grandes ventanales, donde la noche se encorsetaba tras ellos, cuando oyó crujir el suelo fuera de la estancia. Se estiró la chaqueta poniéndose en pie y avanzó un poco, dejando atrás el juego de los dos sillones frente a la chimenea enmarcada en madera y una mesita de patas torneadas. La puerta se abrió por fin y el mayordomo franqueó el paso a don Isidro. Este, vestido impecable con una chaqueta gris perlada y un pantalón a juego hasta los botines, penetró en la estancia mirando el reloj de bolsillo.

—Le concedo cinco minutos, señor Castronavea —le dijo guardándose el reloj, mientras sacaba un poderoso habano y se dirigía a uno de los sillones extendiendo el brazo para que él volviera a acomodarse.

—No necesito más tiempo.

El empresario le clavó una mirada severa aguardando sus palabras. A Amil le pareció que el semblante de don Isidro era el busto de un emperador romano, sin ojos, carentes de emoción. Aceptó la invitación de su anfitrión, pero antes de hacerlo se llevó la mano al bolsillo y depositó sobre el mármol de la mesa un fino polvo plateado. El minero, ya sentado, se corvó hacia adelante y lo observó. Se encendió el puro exhalando humo sin inmutarse por el desvelamiento de su secreto. Amil aguardó a que la nube densa se deshiciera en las alturas y le dedicó una sonrisa de victoria.

—Mi abuelo no sabe que estoy aquí, y tampoco sabe lo que está haciendo usted allí arriba —le dijo por fin—. Por ahora.

El semblante de don Isidro no cambió. Tan solo frunció un poco el entrecejo y se recostó sobre el respaldo del sillón. Este crujió advirtiendo que seguía siendo robusto y que soportaría bien los embates. Amil esperó a que el minero dijese algo mientras el aroma a narciso comenzaba a degradarse por el intenso olor del puro.

—¿Qué es lo que quiere?

—Ser su socio.

—No necesito...

—Ambos sabemos —le interrumpió Amil tomando la iniciativa— que si la Corona se entera de que junto con el carbón está extrayendo plata, se verá entre rejas y arruinado.

Se instaló en un silencio solo roto por el humo y las caladas de don Isidro, que entrecerró los párpados aguzando su mirada implacable. Amil aguardó sintiendo que sus nervios afloraban en un hormigueo entre las yemas de los dedos. «A cualquier otro que se le desvelara tal secreto se le hubieran puesto los pelos de punta —se dijo—, pero parece que nada le afecta».

—Como decía —continuó don Isidro más tranquilo que un cielo límpido de verano—, no necesito ningún socio.

El empresario dio otra calada impertérrito. Amil no dijo nada y aguardó mientras el silencio se extendía desbocado, como un animal salvaje que desease cerrarle la boca para siempre. Sintió que para don Isidro estaba todo hablado y supo que su sueño de independencia agonizaba. Debía subir la apuesta, hacerle ver que su ambición era tan grande como la suya.

—Escúcheme, señor Ordás, si salgo de este salón...

El empresario alzó el dedo, como si no fuera la primera vez que ordenaba las cosas con ese gesto y se inclinó hacia él.

—No mienta —le dijo con la frialdad de un felino—. No venga a mi casa a mentirme.

Amil, descolocado, negó con la cabeza sin comprender.

—Usted no ha venido hasta aquí para hacerse mi socio —continuó—. Primero, porque mis socios tienen dinero y usted no; segundo, porque mis socios desean correr riesgos en pro de un beneficio y usted no; y tercero, porque mis socios tienen los cojones necesarios para ser mis socios y usted no.

Amil no supo cómo encajar aquel desprecio. Se sintió desarmado, como si no pudiera retener la autoridad con la que había llegado allí, como si toda su fuerza hubiera sido engullida por la mirada implacable del minero.

—Solo le digo que si yo me voy de aquí sin...

—Cállese —le aplastó contra el sillón con aquella orden y una mirada cruel, devoradora de voluntades. Amil no pudo más que hacerle caso—. Diga la verdad, señor. Usted ha venido aquí a chantajearme, no a ser mi socio ni a proponerme un negocio. ¿Cree de verdad que no he lidiado con oportunistas descabalados, con perdonavidas muertos de hambre, pancistas trasnochados, arribistas mediocres o mentecatos como usted, que han querido quitarme lo mío?

—No deseo ofenderle, don Isidro —le dijo—. Solo quiero que...

—Sé lo que quiere. Llevo esperando su visita desde hace días —le dijo, y se puso en pie dando una calada al puro—. Ante esta disyuntiva, voy a ofrecerle un trato yo. —Se giró acercándose a su mesa y agitó un campanil—. Si lo acepta, dejaremos zanjada esta cuestión; si no, y está en su derecho de no aceptarlo, tendrá que tratar sus exigencias con don Horacio Salvaterra y sus hombres.

La puerta se abrió y apareció el mayordomo franqueando el paso al tal don Horacio, un hombre alto al que recordaba haber visto en la fiesta de su abuelo. Su cicatriz profunda no le pasó inadvertida aquella noche: avisaba a cualquiera de que era un sujeto peligroso. Amil le mantuvo la mirada con el fin de hacerse valer. Don Horacio, alargado como una carabina, vestido de azul oscuro, con el rostro afilado, las quijadas marcadas y una sonrisa salida de una pintura macabra, hizo un gesto sencillo para que decidiera una de las opciones. Amil abandonó el reto vencido y bajó la mirada. Tras la figura espigada surgieron otros cuatro hombres, todos corpulentos, con rostros que conocían de sobra lo que era quitar la vida a otro ser humano. Amil tragó saliva tratando de controlar los nervios y el pánico. «Te van a matar —se dijo—. Si no aceptas, te verás estrellado en algún acantilado cercano al pazo, y aquí paz y después gloria». Por primera vez en su vida sintió que estaba en peligro de muerte, y un nudo le atrapó el estómago y le redujo el habla. Uno de los hombres se acercó lentamente hasta su diestra y cruzó las manos descubriendo el tatuaje de un escorpión negro sobre la muñeca. Los otros dos se situaron a su espalda de forma siniestra. Tuvo que tomar aire para recomponerse y se recostó un poco en el sillón. Ahora lo acariciaba, no pensando en la riqueza, que se había difuminado, sino en la imagen ineludible de un entierro.

—Le escucho —contestó Amil.

—Le voy a convertir en un hombre rico —le dijo don Isidro, y de pronto sonreía—, pero, a cambio, necesitaré algo de usted aparte de su silencio.

Amil solo pudo asentir. Don Horacio se había colocado a su vera aumentando la presión con su andar atroz y desangelado. Amil le miró brevemente y carraspeó un poco para fingir normalidad.

—Deseo que me cuente lo que ocurre dentro de As Arias —continuó con su propuesta don Isidro—. En concreto, sobre todo, las intenciones de su abuelo para conmigo. ¿Tenemos un trato?

Amil asintió. La independencia que deseaba, a cambio de la traición a la familia. No le gustaba, pero si tenía una oportunidad de conseguirlo, era esta. Aguardó un momento ante la aquella presión muda que eran las miradas de todos. Se sintió un hombre pequeño que contenía una ambición desmesurada y se aferró a esto, pues era lo único que le otorgaba el valor para no mearse encima.

—Lo tenemos —dijo Amil con la voz más trémula de lo que le hubiera gustado—. Trabajaré para usted y guardaré silencio si me explica la riqueza de la que hablamos y formalizamos esto en un contrato por escrito.

Don Isidro hizo un pequeño gesto de sorpresa, como si no esperase una contestación tan meditada por su parte, y expulsó un aro de humo por la boca. Después le sonrió, tan lisonjero como una serpiente, y le extendió la mano.

—Le ingresaré a usted unos cien mil reales, y le pagaré unos cinco mil anuales más, que serán ingresados en el banco que usted desee en una cuenta abierta a su nombre.

Amil no pudo reprimir una sonrisa nerviosa.

—Si se queda usted hoy en Ponferrada, esta tarde podremos firmar un contrato por el que usted trabajará de facto para mí —añadió don Isidro.

—Por supuesto que sí —le contestó de inmediato, de una forma demasiado apasionada.

Amil no se llevaba a engaño. Sabía que, al aceptar dicha fortuna, si se descubría lo que ocurría en Nacedeiro con la plata, su suerte se acabaría de súbito y su destino sería verse en la calle por traicionar a la familia y al abuelo. Su nombre estaría en aquel contrato y eso era peligroso, pero no le importaba si tenía la oportunidad de ser un potentado. Además, a don Isidro no le convenía airear que él tenía dichas ganancias pues, firmado el acuerdo, el secreto del minero estaba también en juego. Se levantó y, tras despedirse con un apretón de manos lo más firme que pudo, se fue escoltado por esos cuatro hombres de mirada peligrosa.

Isidro se mantuvo hierático, fumando de pie, observando al nieto de don Dositeu salir de la estancia. Horacio, tras cerrar la puerta del despacho, extrajo un peine y se repasó el pequeño tupé de su cabello negro. Después le miró interrogante, pero Isidro solo se giró hacia la chimenea vacía para acomodarse. Tenía la sensación de que Amil de Castronavea era apenas un pálido reflejo de don Dositeu, un muchacho codicioso que no tenía el temple para hacer su propio camino. Los hombres guiados por la codicia siempre le habían parecido traicioneros, pues su valor nacía de las ansias de poseer lo de otros y terminaban por descender a los infiernos con tal de alcanzar lo codiciado. Al final, se convertían en espectros devorados por su obsesión, por la ausencia de todo lo demás.

—¿No es mucho dinero? —le preguntó don Horacio desde el otro lado de la estancia.

—No para mí, y no si hablamos de su silencio —le contestó exhalando el humo—. Frente a don Dositeu, ese joven es ahora tan culpable de las muertes de Nacedeiro como lo soy yo. Además, no podrá gastarlo sin mentir. Si es inteligente, construirá un buen relato que convenza a su abuelo de que ha prosperado, tal vez algunos negocios pequeños pero prósperos que con el tiempo puedan justificar esa cantidad. Si no lo es, levantará sospechas de sus tratos conmigo y tendremos que utilizar la otra vía.

—No podrán decir de usted que prefiere el palo a la zanahoria. ¿Entiendo que no le debemos quitar ojo de encima?

Isidro asintió y dio otra calada.

—Vaya a hablar con nuestro informante —le dijo con la paciencia de un buen cazador—. Dígale que habrá una gratificación extra si nos informa sobre todo lo que ocurra entre Amil y su abuelo.

—No se preocupe, voy a verle mañana por la noche —contestó don Horacio—. Tenemos acordados los días para evitar mensajes que pudieran ser interceptados.

Isidro expulsó el humo y chascó la lengua.

—Pero recuérdele que siga atento a las conversaciones de todos. Necesitamos conocer los detalles de lo que pasa dentro del pazo de los Castronavea. —Se produjo un pequeño interludio donde el humo del puro se ensanchó aún más por la estancia—. Sigamos con nuestra partida de ajedrez —concluyó Isidro.

Le entretenían aquellas partidas con el señor Salvaterra. Era el subalterno al que él más apreciaba, probablemente el único por el que sentía respeto y algo parecido a la camaradería, teniendo en cuenta que no le consideraba su igual y que los afectos los reservaba solo para su mujer y su hijo.

El soldado asintió e Isidro se dirigió despacio a la puerta, que cerró al salir del despacho. Mientras avanzaba por el pasillo, deseó que el nieto de don Dositeu fuera lo bastante inteligente para mantener todo en silencio, por su propio bien y por el bien de la familia Castronavea. Él se consideraba un hombre razonable. Solo a los perturbados les gusta derramar sangre de forma gratuita. En su caso prefería pagar una miseria y dormir más tranquilo a tener que andar tapando las huellas que dejan los muertos. Aun así, tenía tantas hazañas siniestras a sus espaldas que una más no rebosaría el vaso. Bien sabía él que su alma era en este sentido un pozo sin fondo.

André desmontó de su caballo y, mientras contemplaba la pradera tirando de las riendas, percibió la brisa fresca de la mañana en el rostro. El cielo estaba pintado de un azul intenso y las pocas nubes que lo decoraban eran como tapices de lino suave que apenas filtraban la luz. Era, sin duda, una mañana inesperada, pues normalmente «los días del mus» habrían motivado que se viviera en el pazo uno de esos momentos terribles, cuando su madre apenas veía la luz encerrada en su cuarto en un mutismo sereno y doloroso. Y era lógico, pues todos sabían que su padre se había tomado un descanso del matrimonio para ir a jugar, beber y disfrutar de otras compañías. Por supuesto, nadie hacía de esto un escándalo, era una costumbre que el abuelo Dositeu había permitido desde siempre. «Los hombres tienen necesidades que cubrir y a veces el matrimonio no basta, André», le había dicho en una ocasión. Lo cierto es que «los días del mus» no hubieran llamado la atención de nadie de no ser por la aflicción que le suponían a su madre, pero todo el mundo daba por hecho su obligada resignación como esposa.

Sin embargo, ese día parecía que las cosas iban a suceder de forma distinta: antes del mediodía, su madre había entrado en su despacho y le había comprometido para salir a la pradera. Lo sorpresivo era que ella había preparado una salida campestre, no solo con las niñas y él, sino que había enviado algunas tarjetas de invitación a algunas amistades cercanas —a los Gil Garrido, a los Ortega y a otros—, para que se unieran al pícnic. Al principio él se había negado, pero la insistencia de su madre le hizo prometer que acudiría algo más tarde. No obstante, en el momento de la promesa, internamente ya había decidido no ir.

Tras la marcha de Iria, se sentía mohíno, invadido por una morriña mustia, y aunque se dedicaba a las tareas burocráticas con ahínco con el fin de olvidarse, sentía que todo le pesaba. La veía en cada paso, tras el robledal y entre follaje de los Jardines Salvajes. A veces se había sorprendido mirando el cuadro de la galería superior, imantado a sus ojos verdes, a sus cumbres nevadas y salvajes. Todo en aquella casa estaba invadido por la memoria de una vida juntos. Y lo peor era por la noche, cuando la ausencia de Iria se hacía más notoria, pues estando ya él solo, luchando contra las sábanas y el almohadón, le asaltaban las imágenes de sus dos besos, el de bienvenida y el que le había robado el alma junto a la fuente de Minerva. Entonces le ardía el pecho, y le devoraba un incendio por tenerla. Luchaba por quedarse dormido para poder olvidar un poco y, cuando lo hacía, soñaba con ella hasta el despertar y se veía inmerso de nuevo en aquellas aguas tumultuosas. «Dios, o la tengo o me vuelvo loco», se dijo. Por eso esa mañana, zarandeado por lo intangible, había claudicado a la pereza y le había dicho al abuelo que comería en la pradera con su madre y los demás.

Ahora descendía ladera abajo tirando de las riendas de su montura para llegar a la sombra del gran robledal. Allí, varios grupos de damas se habían instalado sobre mantas de jardín. Leían gacetas como *La Moda Elegante* o *El Tocador*, como si estuvieran posando para una pintura, bajo el sol y sombra que las guarecía. Más allá, florecían algunos caballeros que paseaban agitando sus bastones rematados en plata discutiendo de política, asintiendo o fumando pequeños puros. André divisó a varias parejas que se decantaban por estar sentados o paseando del brazo, ellas con su parasol y ellos con su sombrero de copa, atentos a las miradas de todos, y en especial de sus acompañantes. Algunos chiquillos gritaban un poco más apartados, bajo las miradas atentas de sus ayas y, tras los juegos de té, los encurtidos, el queso, los anisetes y el vino se agitaba un pequeño batallón de criados, que se movían nerviosos en torno a sus señores corriendo de aquí para allá para ofrecer las viandas o cubrir sus necesidades. Tuvo la sensación de verse atrapado por la belleza de aquel instante, por lo orgánico que emanaba, como un espectador captando la esencia de un momento sereno que le recordó muchos otros. Imbuido de aquel mar de presencias, aromas y colores, sujeto a las leyes invisibles de lo estético, se sintió partícipe de un cuadro fugaz. No caminaba por la ladera de la colina ya, sino sobre aquel manto glauco, sobre las salpicaduras blancas, rojas y azules de todos aquellos pétalos, sobre los tocados blanquecinos de las damas y las sonrisas corteses de los caballeros, sobre aquel robledal alejado y su sombra que parecían llamarle desde lejos. La impresión le obligó a detenerse para dejarse llevar por la vastedad que era el vivir humano y su entorno. Suspiró y apenas se le escapó una sonrisa por la emoción, hasta que, algo sobrecogido, continuó hasta integrarse en la pintura.

Bastó que se acercase al grupo de su madre para que Luisillo, uno de los lacayos del pazo, le tomase las riendas y le liberase de su corcel.

—Buenos días a todas —dijo quitándose el sombrero con la sensación de penetrar dentro de una escena de teatro ensayada.

Todas le saludaron educadas mientras le daba un beso en la mejilla a su madre.

—Hola, hijo —le dijo.

André desvió la mirada a Basi, que tenía el gesto torcido, y la besó también en la mejilla.

—¿Se puede saber qué te pasa?

—Le pasa que no ha venido don Sebastián Ordás —dijo su madre, y Basi expresó con un simple gesto que no deseaba hablar del tema—. *Tu madre* cometió el error imperdonable de enviarle la carta a destiempo.

—¡Ay, el amor de los jóvenes...! —comentó doña Catalina, una de esas mujeres casadas con apenas diecisiete que se había quedado viuda pronto y de las que se decía que no quería casarse más—. Nada otorga más relevancia a una muchacha entre sus amistades que sufrir por amor.

André esbozó una sonrisa pero le bastó ver el gesto de su hermana para saber que no le había gustado. Ella no era de las que sufrían por amor, sino de las que se irritaban cuando no sucedía lo que quería.

—No se preocupe, señorita Basi, que es muy seguro que don Sebastián Ordás aparecerá en breve —le dijo doña Marisa Pastor.

Esta solo asintió y sonrió de forma fingida, soportando que hablaran de ella como si no estuviera presente. André se mordió los labios para no reírse allí mismo del enfado de su hermana, y cuando se giró se encontró con el rostro claro de una muchacha que le trajo reminiscencias de un tiempo lejano que no pudo ubicar.

—Ah, querido, no sé si te acuerdas de la señorita Magdalena Ortega.

«La pequeña Magda —se dijo—. Cómo ha cambiado». Recordaba a aquella niña, cinco años menor que él, de los veranos eternos de la infancia, pues los Ortega eran una familia que siempre había sido cercana a los Castronavea. Tenía la imagen de ellos dos recogiendo y compartiendo moras. Ahora aquel rostro infantil de su memoria había conformado un conjunto muy agradable, bello, más grande, acentuando lo mejor de él.

—Claro que la recuerdo —dijo de inmediato.

Ella le sonrió y le hizo un saludo sencillo y elegante. Él correspondió besándole el dorso de la mano cubierta de un mitón blanco sedoso que ella le había ofrecido. Al levantar el mentón, André observó sus pómulos frescos, tiranizados por una nariz impecablemente recta y rematados por una sonrisa llena de dientes perlados. «Está preciosa», se dijo. Con el cabello recogido para la ocasión, este se descolgaba en una catarata delineada en trenzas hasta perderse más allá del azul turquesa de su vestido. Del busto cerrado en el corsé, se desplegaba un escote abierto hasta la caída de los hombros que se cubría recatadamente por una berta de seda con remates en hilos de plata.

—Ha regresado de Madrid después de haber estudiado en las Salesas y, según me han dicho, han venido para instalarse definitivamente —añadió su madre interrogándola con la mirada.

—Así es, doña Cristina —contestó la joven al punto—. Mi madre sufre de ciertas dolencias y nos aconsejan el aire de la montaña. A ella siempre le gustó esto.

André meneó la cabeza afirmativamente mientras a su madre le brillaban los ojos como si algo de aquella explicación encajase en algún plan trazado en su mente.

—Es una lástima que su madre no haya podido asistir hoy, con el buen día que hace —dijo Cristina—. Dígale que deseamos su pronta recuperación y que nos alegra su regreso. Aun así, es una suerte que haya asistido usted con sus tíos al pícnic. ¿No es verdad, André?

—Sin duda, madre —concluyó él y de nuevo sintió que el interés de su progenitora no era algo banal.

—Bueno, pues ofrécele un pequeño paseo. No vais a quedaros aquí sentados con nosotras, querido, que ya tenemos conversaciones poco amenas para vuestras edades.

—Por supuesto. —André extendió el brazo para caminar de inmediato hacia la señorita Ortega y comprendió que la aparición de esta en el pícnic no había sido casual—. ¿Paseamos?

La señorita Ortega desplegó sus labios en una nueva sonrisa que le iluminó el semblante. Abrió su parasol y, tras apoyar su brazo en él, comenzaron a andar. André miró una vez más a su madre, arropada de amistades, anisetes, vinos, pastas y conversaciones insustanciales. Esta le correspondió de soslayo con un gesto de buena casamentera. Ahora comprendía aquella insistencia en que se dejara ver por el prado, y no le gustaba. Si esto había sucedido, era porque su madre había dispuesto este reencuentro con la señorita Ortega desde hacía días, hablando con los padres de esta o incluso con sus tíos. Y lo peor era que en toda esta trama habrían participado el abuelo y su padre. Deseaban casarle y él solo pensaba en Iria, en su cabello color miel y sus ojos llenos de vida.

—Han pasado muchos años —dijo de pronto ella.

—Así es —le contestó—. Ya no es usted la niña de entonces, cuando nos bañábamos en el río Sil o nos escapábamos al granero con Iria para dormir la siesta sobre la paja.

—¡Qué tiempos! —dijo riendo con una dulzura que le captó de inmediato los recuerdos—. Y su tía, ¿dónde anda?

—Está de viaje. Tardará en regresar.

—Recuerdo que nunca se separaba de ella. Allí dónde iba, usted debía ir detrás —le dijo mirándole con intensidad a los ojos—, y, tengo que admitirlo —se le escapó una risilla encubierta bajo los mitones bordados—, me sentía muy celosa.

André no dijo nada. Solo la acompañó fingidamente en la risa y tuvo la sensación de que en ese instante había deslizado la primera mentira para encubrir la relación con su tía. «Ya es un secreto», se dijo. Desvió la mirada hacia los lados y divisó a Matilda hablando con don Jaime, el banquero, que le bailaba el agua como un depredador en busca de presa; seguidamente observó a Basilisa, que solo miraba el altozano buscando la llegada de don Sebastián, cuando era obvio que esa invitación no había sido enviada; y, algo más alejada, observó la figura de su madre, que, entre conversación y conversación, comprobaba cómo estaban de afinados todos los instrumentos en la orquesta que había dispuesto, incluido él mismo.

Continuó caminando junto a la señorita Ortega y los recuerdos de una infancia perdida hacía tiempo ya. Mientras lo hacía, fue consciente de lo poco que quedaba ya de la sensación intensa de belleza que había tenido al llegar. De alguna forma, le había bastado acercarse demasiado a la pintura, introducirse en la vida que se ocultaba tras la distancia, para darse cuenta de que la hermosura del momento solo se podía observar desde fuera. «Al final, las personas somos capaces de crear instantes sublimes como de retorcerlos hasta dejarlos tan vacíos como un vaso sin agua».

2

Dositeu tomó aire y volvió a contemplar el paisaje dorado y malva que se extendía ante su despacho. El crepúsculo —la hora bruja— en Galicia se vivía de una forma especial, porque no tenía la luz de otros lugares sino la de los misterios, donde lo oculto florece para los que saben ver, donde la naturaleza muestra su rostro más cruel y bello. Por eso toda aquella penumbra, que ahora bañaba la estancia, revelaba los aromas de su historia, la de los Castronavea, la de los espíritus que allí dormitaban y que estaban impregnados en los mármoles, los marcos dorados, las pinturas y la madera cuidada. Era un espacio sacral que había pertenecido a su padre antes que a él, que olía a roble y a dedicación erigida durante los tiempos del hambre. Aquella luz que le había acompañado desde su infancia le hacía sentirse pasajero, pues le avisaba de que Galicia era eterna y que, pese a todos los cambios, permanecería después de que él se fuese. La luz bruja y esta penumbra del atardecer empaparían las almas de su estirpe década tras década como lo hacían ahora; abrazarían toda su heredad para cubrirla de nuevas leyendas y darían sentido a la historia de la familia. Una historia que se vivía más allá de uno mismo, en el legado que se transmitía, donde cambiaban los actores pero no tanto los actos. Asintió un poco y se dijo que, al final, cada generación tendría su oportunidad.

—Siempre me han gustado los crepúsculos desde esta balconada —le dijo a Amaro, que bebía un poco de brandi a su espalda, acomodado en una de las butacas. Este no contestó—. Aunque la de hoy, pese a su belleza, se me hace difícil disfrutarla igual.

Amaro murmuró algo incomprensible y volvió a su habitual silencio. «Los problemas crecen si los dejas crecer —se dijo Dositeu sin apartar la vista de aquel espectáculo—. Y es porque la naturaleza de la vida misma es tener problemas, solo la muerte no los tiene». A algunos ya les había puesto remedio, como los de sus dos nietas, una enamorada de un profesor de música sin posibles y la otra pretendiendo casarse con el hijo de un mal hombre como don Isidro. «Lo único que nos faltaba era tenerlo de pariente», le había dicho a Amaro hacía tiempo, mientras este solo asentía.

El tercer problema, el que realmente le preocupaba, era Amil y su posible independencia de la familia. Aquel anhelo de su nieto probablemente enmascaraba una felonía, una traición a la familia. Ninguno de sus ancestros había vivido nunca una deslealtad de uno de los suyos. Apretó los dientes sin poder evitarlo. Sus dos hermanos mayores y el pequeño, muertos todos en la guerra de la Independencia, se removerían en su tumba de saber que uno de sus descendientes podía estar haciendo tratos con terceros contra la familia. Precisamente ellos, que habían dejado la vida por España, por los ideales liberales y por el orgullo de los Castronavea; precisamente ellos, que no habían podido ver los amaneceres de esplendor que él había conseguido después de toda una vida de sudor y trabajo, le susurraban desde el más allá que no podía dejar pasar la deslealtad. Los dos mayores, que habían muerto en el mayo sangriento en Madrid, empalados por las bayonetas de los franceses, gritarían airados y no hubieran podido reprimir las ganas de azotar a Amil. El más pequeño, que había dejado el pellejo en Bailén, le hubiera arrastrado por el suelo tirado de una yegua. Dositeu, que había sobrevivido a todo, a la guerra, la sangre y los días de bandolero junto al Empecinado, no seguiría ninguno de esos caminos en caso de que su nieto le estuviera apuñalando por la espalda. Tenía pensada otra cosa. En cualquier caso, en la cena de hoy dejaría zanjado el problema de las dos niñas y el de Amil, si es que estaba obrando mal. A sus descendientes solo podía gobernarlos, o nada de lo construido perduraría. El problema siempre estaba en los afectos, que eran demasiado dolorosos.

Amaro chascó la lengua a sus espaldas. Le observó. A su hijo, más apegado a los sentimientos humanos, no le entraba en la cabeza la traición de Amil. Con Quinta e Iria fuera, Amaro había estado vigilando a Amil de cerca durante las últimas semanas por orden suya, desde que, hacía ya un mes y medio, este había regresado de las minas de Nacedeiro y Dositeu había presentido la mentira en sus labios al decir que no había descubierto nada allí. Desde entonces su nieto parecía más alegre, más dicharachero y liviano, como si su amargura se hubiera ido diluyendo en una naturaleza más benévola, más cercana. «Los hombres no cambian por voluntad propia —se dijo—, y si lo hacen es porque la vida les ha apretado de tal forma que el cambio está más allá de su voluntad».

Para pasar algo de tiempo a solas, Dositeu le había encargado a Amil que acudiera con él a una cita de negocios en Xinzo de Limia. Durante el camino, al muchacho se le había soltado la lengua y le había pedido permiso para utilizar sus ahorros e invertir en tierras y su propio ganado. Dositeu le había mirado y no había comentado nada en voz alta. Amil tampoco insistió más. «Pudiera ser que tuviera ahorros —se había dicho Dositeu para sí en aquel instante—, pero es poco probable. Todo lo que gana lo gasta en mujeres y vino con sus amigos de ciudad, que le siguen como cerdos al lodo por ser el pagador de sus juergas». Lo más probable, si Amil tenía alguna reserva dineraria, era que alguien se la hubiera dado.

—Recuerda que es tu nieto, padre —le dijo Amaro a su espalda interrumpiendo sus divagaciones—. Yo no he visto nada que nos haga sospechar. Creo que lo de sus ahorros es cierto.

—Lo dudo, hijo. Yo, a estas alturas de mi vida, sospecho de todo —le contestó sin parpadear siquiera—. Eso no quita para que, si es verdad, duela como la peor de las puñaladas. Y me temo que el minero está detrás —concluyó.

—Te equivocas, padre —le dijo Amaro—. Puede que Amil no sea el hombre fuerte que necesita esta familia, pero no es un traidor.

Dositeu le miró un instante. Ni Amaro había sido el hijo fuerte que esperaba, ni Amil el nieto deseado. El primero al menos lo había paliado con obediencia ciega, mientras que el segundo había incurrido en la traición. Tal vez la culpa fuera suya, por su carácter, o tal vez estaban destinados a ser así. Ya no importaba. Solo le quedaba Iria, a pesar de ser mujer, para cuidar de su legado cuando él se hubiera ido.

—Probablemente ha traicionado a esta familia, aunque te pese —le contestó con amargura, y una decepción angustiosa se removió en su interior.

Amaro era demasiado bien pensado. Dositeu recordaba el caso de Obdulia, una de las chicas del servicio de la que Vicente, su ayuda de cámara, estaba profundamente enamorado. Era muy guapa, con la nariz respingona y los ojos azules, y aparentemente una muchacha de buena reputación, a la que se le descubrió siendo la ladrona de la plata que desaparecía por semanas. La robaba para pagar las medicinas de sus padres moribundos. Cuando lo descubrió, Dositeu no había tenido en cuenta la intercesión de Vicente ni la de don Cosme: había despedido a la chica; la puso ante las autoridades y se la llevaron presa. Supo después que sus padres habían muerto de garrotillo y que la doncella los siguió a la ultratumba ya en prisión, después de dar a luz al hijo muerto de algún desgraciado que la había dejado preñada. De ser por Amaro, aquella criada hubiera sido inocente siempre. A él no le habían agradado las consecuencias sufridas por la muchacha, pero el latrocinio de lo suyo era intolerable. «Debió pedir ayuda en vez de robar», se dijo entonces y se dijo ahora.

Tras varios golpes en la puerta, don Cosme entró para avisarle de que estaba la cena preparada. Dositeu bajó junto a Amaro al salón comedor de los Castronavea. Cristina ya estaba sentada, y también Basilisa y Matilda. Presidió la mesa mientras Amil y André se acomodaban. Después de la oración, levantó la mano para indicar a los ujieres que sirvieran la caldereta de cordero, cuyos aromas cocinados a fuego lento —la cebolla, el pimiento, el tomate— engalanaban ya toda la estancia. Dejó pasar toda la comida hasta el final, cuando todos se distendían en contar su día. En ese momento hizo un gesto para que los suyos prestasen atención.

—Tengo que comunicaros algunas nuevas —dijo en voz alta—. La primera es para Matilda y es una buena noticia. —Su nieta levantó la cabeza albergando alguna esperanza—. Don Jaime ha pedido tu mano. A pesar de que eres la más joven y deberías quedarte para cuidar a tus padres, tu padre y yo hemos convenido que, teniendo en cuenta que Iria es improbable que se case ya y heredará mi puesto, este señor es el mejor partido que puedes tener. Te irás con él a Madrid.

Matilda tragó saliva e intentó pronunciar algún sonido,

pero no pudo. Se quedó quieta, inmóvil. Cristina agachó la cabeza y Amaro levantó la copa a modo de brindis. A una mirada del abuelo, Amil siguió de inmediato a su padre. Cristina lo hizo con desánimo. André fue el único que se quedó cautivo de la reacción de su hermana. Después miró a Dositeu y negó con la cabeza.

—Abuelo —dijo André—, es obvio que no...

—Lo único importante es que don Jaime le dará todo lo que necesita, estabilidad e hijos —le interrumpió Dositeu—. Coge la copa y brinda por la felicidad de tu hermana, André.

André tomó la copa y volvió a mirar a Matilda, que seguía inmóvil, con la barbilla temblorosa y la mirada fija en algún punto perdido del mantel. Basi observaba a todos algo desconcertada, como si temiera ser la siguiente en recibir ese tipo de nuevas.

—Hija mía, es una magnífica noticia —le dijo Cristina a Matilda—. Debes alegrarte; dentro de unas semanas, en cuanto todo esté preparado, estarás casada y vivirás en Madrid.

Matilda levantó la copa y brindó mientras las presas de sus ojos se desbordaban y dos regueros anunciaban la tristeza que sentiría ya por muchos años.

—Di algo, niña —dijo Amaro.

Dositeu, al ver que su nieta no salía de su mutismo y solo lloraba en silencio, decidió terminar con aquello:

—Respecto a las clases de piano, las tendrás que abandonar. Ya en Madrid tu marido verá si es bueno que sigas o no.

Matilda levantó la cabeza desconsolada. Tenía el rostro pálido, consciente de que le habían robado una vida entera, y miró a Dositeu como si su alma se estuviera quebrando.

—Di que aceptas —le ordenó sereno el abuelo.

Su nieta se quedó completamente muda, derrotada, armada solo con el silencio como la última de sus barreras. Entonces Dositeu, con una fuerza atroz, golpeó la mesa.

—¡Acepta! —le chilló.

Matilda se sobresaltó y, finalmente, desviando la mirada hacia la caldereta asintió.

—Acepto —musitó, y su semblante mostró que perdía el alma al hacerlo.

A Dositeu no le importó y Amaro por fin hizo su brindis. Tras catar el vino tinto, Dositeu miró a Basilisa y esta se acomodó inquieta en su silla.

—La segunda noticia es para ti —le dijo—. Tú también debes casarte. Como sabes, sería muy extraño que se casara tu hermana menor no estando casada tú. Mi intención es celebrar tu boda una semana antes que la suya. Tienes veinticinco y ya has alcanzado la mayoría de edad, por lo que es hora de que elijas...

—Me casaré con don Sebastián Ordás y solo con él —le interrumpió Basi.

—No harás tal cosa —le dijo Amaro a su hija, taxativo.

—No me interrumpas —le dijo Dositeu señalándola con el dedo—. En tu caso tienes la ventaja de que hay varios pretendientes. Tu padre ha elaborado una lista y debes elegir de entre ellos. El hijo de don Isidro no está entre ellos.

—¡No! —le contestó con el brillo volcánico en los ojos—. Soy mayor de edad y no aceptaré ninguna imposición.

—Hija —dijo Cristina—, no lo pongas difícil. Qué más da uno que otro, al final tendrás que casarte, no vas a quedarte para vestir santos.

Basilisa desvió la mirada hacia su madre con el semblante impertérrito, como si esta hubiera cometido la peor de las deslealtades hacia ella. Dositeu, sereno como una laguna en verano, la señaló con el dedo otra vez y le advirtió con su mirada que no osara desafiarle.

—No —insistió Basi después de un momento.

—Muy bien, pues abandonarás el pazo sin riqueza alguna mañana mismo —dijo Dositeu—. ¿Crees que don Isidro, o incluso su esposa la vizcondesa, te aceptarán sin tu dote, habiendo deshonrado a tu padre y a tu familia, habiendo caído en la desgracia?

Basilisa le observó menos acorralada de lo que debiera, con la mandíbula tan tensa que parecía que se iba a partir los dientes. De pronto se levantó y se fue sin decir nada. Cristina la siguió llamándola por su nombre como si pudiera con ello calmar la frustración de su hija o consolar su ánimo.

—Ves, Amaro, como la has mimado demasiado... —le dijo Dositeu a su hijo, y después miró a su nieto mayor. Este le sonrió levemente, como si fuera un cordero degollado—. Ahora tú, Amil: he pensado en lo que me dijiste de tus propias tierras y no tienes mi permiso.

Amil puso cara de acritud y le miró más seguro que de costumbre, como si supiese que el dogal familiar ya no le apretara tanto.

—Yo ya no necesito de tu permiso —le dijo orgulloso, y miró a su padre—. Y tampoco del tuyo.

Amaro se levantó de inmediato y tiró la servilleta.

—Soy tu padre y debes un respeto a esta casa, a esta familia, a tu abuelo y a mí.

Amil permaneció en silencio con las mandíbulas prietas. Dositeu le incrustó sus pupilas de roca, pero su nieto se mantuvo firme. Le bastó ese gesto de suficiencia para saber que debía tener cubiertas las espaldas para ser capaz de desafiarle de esa forma. «Nos ha traicionado a todos —se dijo—. Fuera lo que fuese lo que había en Nacedeiro, lo utilizó para obtener su independencia. Si Amil fuese un

164

hombre más inteligente, nunca habría lanzado este desafío, no se hubiera dejado llevar por el orgullo. De ser astuto, habría tratado de ocultar su fortaleza, pero un hombre es siempre lo que es —se dijo—, y ahora además es un ingenuo». Su independencia soñada nunca llegaría, no mientras él estuviese como un perro detrás de la presa de Nacedeiro. Don Isidro había preferido pagar a Amil antes que utilizar métodos más expeditivos. Sin embargo, cambiaría radicalmente de saber que él conocía sus oscuridades y eso iba a ocurrir muy pronto.

—Está bien, Amil —dijo—: voy a enviar una nota a don Isidro para decirle que sé que lo que esconde allí en Nacedeiro es lo suficientemente importante como para pagar a mi nieto.

—No sé de lo que me hablas —le contestó Amil.

—Claro que lo sabes. Antes de enviar esa carta, espero que reflexiones. Cuando don Isidro sepa que su dinero no puede calmar las aguas, estarás en un peligro muy real, y te aseguro que no tendrás mi protección a menos que confieses.

Amil agachó la cabeza, asintió y se limpió con la servilleta. Su rostro se fue empapando poco a poco de un color carmesí y, sin poder evitarlo, apretó los puños y golpeó la mesa.

—¡Te digo que no sé de qué me hablas!

Amil los miró furibundo a él y a su padre, y se fue a grandes zancadas. Dositeu no se lo prohibió. Prefirió que el salón comedor se quedara tranquilo, aunque envuelto por todas aquellas frustraciones, por aquellas imposiciones suyas que habían causado tanto dolor. No era un hombre obtuso, pero sí firme. Por nada del mundo permitiría que la familia se desuniese, que sus nietas se casaran con medianías que no tenían donde caerse muertos o con enemigos declarados.

—Abuelo —musitó Matilda—, si me disculpas, me retiraré.

—Sí, yo también —dijo Amaro—. Voy a ver si duermo una siesta y me despejo de todo esto.

Dositeu concedió con un ademán de su mano y tomando un cuchillo y la manzana comenzó a pelarla. André le escrutaba desde el otro lado de la mesa como si de pronto él fuera un extraño.

—Aunque sé que piensas que haces lo mejor para esta familia, estás equivocado —le dijo sereno, sin perder un ápice del temple que le caracterizaba tanto en los buenos como en los malos momentos.

Dositeu se llevó un trozo de la fruta a la boca y compuso un gesto de duda ante sus palabras.

—¿Por qué crees eso, André?

—No conseguirás la felicidad para Matilda casándola con el banquero, y tampoco la conseguirás en el caso de Basi.

—La felicidad se consigue en raras excepciones, nieto, y solo en ciertos momentos puntuales —le contestó—. Tendrán una vida asegurada, confortable, llena de hijos. Eso debe bastar. La felicidad es cosa de ellas, de cómo afronten las cosas.

—¿Y Amil?

—¿Qué pasa con él? —le preguntó con las cejas abiertas y las arrugas de su rostro contraídas.

—Padre me ha dicho lo que piensas. Puede que no sea culpable de traicionarnos a todos.

—No me da esa sensación.

—Abuelo, ¿te has planteado por qué, si lo ha hecho, ha llegado a ese extremo? Le dejas sin espacio, le arrinconas, le avasallas y esperas que no busque otra salida. No es justo.

—La vida no lo es, André —le dijo—. La vida es brutal y dolorosa. Pero entiendo que no lo veas igual, por lo que le hiciste a Amil en la infancia...

—¡Acepta de una vez que Amil no es ni será nunca como tú! —le interrumpió André elevando la voz—. No soportas que tu nieto primogénito, el varón que debía ser tu heredero, sea una decepción a tus expectativas, como también lo fue mi padre. Lo peor para ti es que has tenido que aceptar con mucho dolor que la herencia que buscas está en tu hija Iria, una mujer, y no en un varón.

Dositeu guardó silencio y continuó masticando, refugiado en aquel mutismo suyo que producía desazón en los demás. André se puso en pie y se dirigió hacia la puerta. Él levantó la mano un poco para que se detuviese y regresase a su sitio, pero su nieto no volvió, solo se quedó de pie esperando.

—Antes de que te vayas, quiero saber qué te parece la doña Magdalena Ortega —dijo Dositeu.

—¿Crees que no sé que lo has orquestado, con mis padres, para que me encandile de ella? —le dijo, y se acercó apoyando las manos sobre la mesa para añadir con voz diáfana—: Abuelo, sabes que estoy entregado a la familia, pero veo tus intenciones, y el día que trates de obligarme a algo que no deseo, desapareceré de aquí. Recuerda que, de todos, soy el único que tiene un oficio del que puede vivir muy dignamente.

André salió por la puerta y la cerró. Dositeu engulló otro trozo de manzana y se quedó allí solo, como un valle tras una estampida, con la noche apretada contra los cristales y con algún surco más marcado en el rostro tras aquel enfrentamiento contra todos sus nietos.

Se contempló a sí mismo, y no lo hizo con benevolencia. Sabía de su falta de piedad y albergaba algunos remordimientos para con los suyos; era consciente de que le querrían menos y le rechazarían más; que la ausencia de cariño le terminaría por producir un vacío que le heriría en lo profundo del alma. Sin embargo, todo esto era infinitamente mejor que no hacer todo lo posible por cuidar de los suyos como debía. Porque eso es lo que había sucedido en aquella mesa, en aquel comedor, aquella tarde: había hecho lo que debía hacer el cabeza de familia.

Se replegó en el asiento conforme, aceptando los desagrados, y dejó que su vista recorriera los platos vacíos.

Basi abrió los párpados y contempló las sombras de su habitación. El armario del fondo mezclado con el eco del castaño que proyectaba la luna le parecía ahora un elefante descomunal; uno que quisiera embestir contra toda la estancia. Se levantó hasta su secreter, pisando el suelo de madera, que delató su andanza a medianoche. Finalmente encendió el candil, acercó un brasero y tomó un papel. Con suavidad mojó el plumín en el tintero y escribió tres frases sencillas:

Solo me casaré con usted si tiene permiso de sus padres. Yo podría deshonrar a los míos por amor, pero no puedo permitir que usted haga lo mismo por mí. Sentiría que no soy una buena esposa para usted.

Era una mentira piadosa. Se sentía la mejor de las posibles, pero solo se casaría si tenía la vida que ella deseaba. Después dobló el papel y lo cerró sin firmar, como todas las cartas anteriores que le había enviado a don Sebastián. Abrió la puñeta de su camisón y la introdujo ahí. Con el candil iluminando lo justo, abrió su puerta, recorrió lentamente la galería superior hasta alcanzar las escaleras y, desde allí, se precipitó hacia las dependencias de la servidumbre, en la otra ala.

No estaba dispuesta a renunciar a su futuro por mucho que el abuelo la obligase a escoger un pretendiente de una lista. Ninguno de los que le proponía cumplía sus tres requisitos: tener título heredable o heredado, riqueza enorme y perspectiva mayor de ascenso social. Don Sebastián, por contra, sí que encajaba con todo ello. «¿Por qué conformarme con menos?», se dijo. No le había extrañado en absoluto que el abuelo hubiera tratado de imponerle un casamiento, que su padre quisiera brindar por él y su madre agachase la cabeza. En el caso de esta, era lo que había hecho toda la vida: someterse. Pero ella estaba hecha de otra pasta.

Por fin llegó al tinelo, el salón donde comía la servidumbre. Desde allí avanzó hacia la trasera del pazo, donde se encontraban los aposentos del servicio. Suerte tenía que don Cosme andaba ya sordo de un oído y con el otro oía solo a ratos. Caso contrario era el del ama de llaves, doña Neves, a quien no se le escapaba una. Si alguno de esos dos la pescaba andando por allí, levantaría sospechas y rumores que de seguro acabarían por llegar a oídos de su madre.

Recorrió el corredor con más agilidad. El suelo hidráulico le estaba dejando los pies helados, pero no hacía casi ruido. Cruzó los aposentos de los criados mayores, y se adentró, como si fuera el fantasma de un antepasado que venía a perturbar el sueño de los vivos, en el ala de las doncellas. Una vez allí, buscó la puerta que deseaba.

No era la primera vez que hacía esto. Cuando se habían empezado a repetir los despistes de su madre invitando a destiempo al hijo de don Isidro, ella había sabido que la telaraña se había empezado a cernir sobre ella y se había anticipado. La ausencia de don Sebastián en todas las colaciones sociales no dejaba dudas de que no estaba siendo invitado. Entonces Basi comprendió que tenía que escribirle personalmente. Sabía que una señorita de bien no debía cometer este tipo de imprudencias, a riesgo de verse rechazada y en el mayor ridículo social. No obstante, esto no sería un impedimento para ella: hacía semanas había acudido a su doncella de confianza, Marcelina, para enviar y recibir el correo de forma clandestina. Esta se había negado al principio, arguyendo que la ponía en un compromiso. «Si no haces lo que te digo, hablaré con mi madre y le diré que eres una ladrona —le había contestado Basi sin piedad—. Le diré que el broche que te regalé hace unos días en realidad me lo has robado». La muchacha, unos siete años más joven que ella, había abierto los ojos de forma desmesurada y se había dado por vencida.

Así le había enviado su primera misiva a don Sebastián comunicándole su inclinación por él de forma sutil, pues conocía el espíritu de él, su anhelo por ella, y sabía que su reacción sería positiva. Efectivamente, había bastado aquel mensaje para recibir una respuesta. «Estoy completamente prendado de usted, señorita Basilisa, y solo tiene que decirme qué necesita de mí». En un acto de valor, ella le había respondido en otra nota sin firmar: «Pida mi mano». Inquietantemente, después de este segundo pliego don Sebastián no había dado señales de vida. Ella se había intranquilizado al pensar que podía ver comprometida su reputación si su carta salía a la luz y se le acusaba de ser suya.

Sin embargo, en la última colación de don Genaro, un potentado de A Gudiña, había aparecido don Sebastián, como siempre vestido impecable con su levita ajustada, su chaleco blanco decorado con botones de plata y una leontina de oro. Ella, que también había estrenado un vestido dorado con miriñaque incluido, y un escote descubierto hasta los hombros, le había mirado algo asombrada. Él tenía el semblante más pálido que de costumbre y un gesto de preocupación. Basi le había seguido fuera del festejo, más allá de la mirada de Francisca, la sujetacirios, para escuchar de su boca que don Isidro y su madre Cordelia también se oponían al matrimonio. «Pero si usted me dice que aun así desea casarse conmigo, nos casamos mañana —le había dicho su enamorado—. Tengo un cura que nos oficia el casamiento». Aquello no le había gustado a Basi, que esperaba ser recibida con los brazos abiertos. Por eso le había repetido el argumento de que ella no podía ser la causa de que él deshonrase a sus padres, con el fin de tomarse unos días para pensar.

Ahora, después de lo que había ocurrido en la cena de esta noche con su abuelo y su padre, debía tomar una decisión al respecto. Casarse para ser pobre no era una opción. Don Sebastián debía convencer a sus padres; debía hacerles entender que le iba la vida en ello. Era hombre, y a los hombres que son hijos únicos al final se les concedía mucho más que a una mujer, por aquello de perpetuar el linaje y porque el amor del heredero indiscutible no se puede perder, así que tenía esperanzas.

Tamborileó con los dedos varias veces en la puerta y esperó. Pronto oyó cómo la pavisosa de Marcelina se despertaba y descorría el pestillo.

—Señorita, por favor, ya le dije que prefiero...

—¡Cállate! —le ordenó en susurros—. Te vistes y llevas esto a O Barco. Entrégalo en la casa que te dijo don Sebastián la última vez y te vuelves. Ya pondré yo una excusa si notan tu ausencia.

La muchacha asintió, vencida; cogió el sobre y cerró la puerta. Basi regresó de inmediato y, mientras ascendía las escaleras hacia el suelo quejumbroso, se dijo que nada la separaría de su premio; uno por el que merecía la pena luchar; uno que la acercaba a aquella vida soñada en Madrid, entre las familias aristócratas, aceptada como una de ellos, sin pensar nunca más que su familia tuvo algo que ver con vacas o arados. Si su abuelo Dositeu era empecinado, ella lo era todavía más.

3

—Deseo casarme con ella, padre —le dijo Sebastián con la voz trémula y tratando de mantenerle la mirada—. Te ruego que lo reconsideres.

Isidro, sentado en el trono de su despacho fumando un habano, le incrustó su mirada inmutable. Le había dicho que no una vez, y volvía a intentarlo de nuevo. En su hijo una segunda intentona significaba mucho. Tal vez aquel enamoramiento de la hija de don Amaro era algo más que un capricho y su negativa podría poner punto y final al dominio que tenía sobre su hijo. Sin embargo, sin ser Sebastián consciente de ello, la situación había cambiado tras el encuentro de don Horacio Salvaterra con don Amil de Castronavea. Como era lógico, le habían estado vigilando de cerca y cuando este se había dado a los excesos tras huir del pazo de su abuelo, el soldado había ordenado a los suyos sonsacarle qué estaba pasando. Qué eficaz era el señor Salvaterra y cuánto se congratulaba Isidro de tenerle a su servicio. «Mi abuelo no va a dejar pasar el asunto del alud», les había dicho don Amil a los hombres de don Horacio. El mentecato del nieto no había sabido hacerlo mejor, y el gallego se había olido la mentira en sus labios. Isidro no se arrepentía de haberlo intentado, pues su único deseo era cerrar el asunto y pasar a otra cosa. Ahora, con los hocicos del ganadero en Nacedeiro, él estaba pergeñando una nueva solución: emparentar ambas casas.

—Dado que es tan importante para ti, lo hablaré con tu madre, Sebastián —le contestó finalmente.

A su muchacho se le amplió el rostro por la sorpresa y se agitó descolocado.

—Gracias..., padre.

Isidro dio otra calada. Sin duda, no sería el mejor casamiento para Sebastián, pero sería el mejor para la familia, pues al desposarse con la señorita Basilisa de Castronavea no se vería obligado a dejar de ingresar la inmensa fortuna que le estaba dando la plata. Al fin y al cabo, esta fortuna Isidro no la obtendría de ninguna dote posible y valía más que cualquier nuevo título con el que emparentase su hijo. De hecho, de apaciguarse todo con los Castronavea, podría sacarle más beneficio por el plomo que se extraía junto con la plata pues, actualmente, se deshacía de él para no dejar rastro. A pesar de que diera su consentimiento al matrimonio de los jóvenes, don Dositeu no lo haría nunca, y él lo sabía. Ese hombre estaba hecho de granito y, al igual que él, solo pensaba en que su legado familiar se perpetuase. Por ese motivo, el gallego nunca accedería a que la familia Castronavea emparentase con los Ordás, pues era atarse al enemigo. Consideraría una afrenta personal que Isidro aceptase a la señorita Basilisa bajo su protección cuando don Dositeu, siendo su abuelo, negaba la suya. Pero precisamente esto podía ser una bendición.

—Padre..., ¿puedo preguntarle a qué se debe su cambio de opinión?

—A ti, por supuesto —le mintió sin pudor—. Veo que serías capaz de renunciar a todo por esa muchacha.

—Puede estar seguro, padre —respondió Sebastián, acobardado pero determinado.

Aquella determinación no dejó de sorprenderle un

poco. Su intuición no le fallaba sobre la posibilidad de que se rebelase ante su autoridad. «Al final va a ser que lleva un Ordás dentro», se dijo algo ilusionado.

—No te prometo nada —le dijo—, salvo que lo meditaré.

Y ya lo había hecho. Si daba consentimiento al matrimonio, la muchacha solo aportaría su apellido y no habría dote, incluso sería rechazada por su familia. Poco le importaba eso a él: solo deseaba proteger la plata y no verse en prisión arruinado por fraude a la Corona. Y qué mejor que hacer partícipe como socia minoritaria a su nuera como regalo de bodas. Si el gallego seguía adelante, provocaría la cárcel a su propia nieta y con ello el desprestigio de los Castronavea. Además, su relación con Sebastián estaba deteriorada desde aquella locura de ser actor y lo que ocurrió. Este movimiento suyo haría que su hijo volviera a verle como un benefactor, como alguien que, pese a su dureza, solo se preocupaba por él. Le pareció un argumento de valor y se lo repitió a Sebastián:

—Quiero que sepas que solo me preocupo por tu felicidad.

Era mentira y lo sabía. Por supuesto, quería que su hijo fuera feliz, pero no a costa de todo el patrimonio de la familia. Sebastián era su único heredero y el único que importaba de cara al futuro. El resto de su familia, los dos hermanos menores de Isidro, eran solo parte de un pasado empapado en hiel. Hacía años que no se hablaba con ellos por desavenencias en torno a la herencia paterna, que él terminó ganando en los tribunales con más de un soborno.

—¿Ella quiere casarse contigo? —Se levantó lentamente y se acercó a él.

—Sí, ella quiere —le dijo Sebastián con una esperanza renovada, y extendió el pliego de Basi sobre el escritorio—. Me lo ha hecho saber por escrito.

Isidro extendió la carta y la leyó con detenimiento.

—Al menos, es una muchacha con seso —le dijo Isidro, y pensó: «O no quiere vivir en la ruina con un pobre desgraciado desheredado».

—No se arriesgaría así de no estar segura de su amor por mí —continuó Sebastián—. No sé lo que dirán su padre y don Dositeu, pero ella lo desea tanto como yo. Puede que no tenga dote, padre, pero eso para mí no es un problema y...

—Ni para mí, hijo. A Dios gracias, nosotros no necesitamos la dote de nadie, y menos de un ganadero.

Sebastián tartamudeó como si no se creyese aquella frase.

—¿Qué te ocurre, hijo?

—Nada, padre —le dijo completamente desconcertado—. Yo... le soy sincero: no me esperaba esta respuesta. Pensé que volvería a negarse como la primera vez.

—Sebastián —le dijo apoyándole la mano en el hombro—. Necesito ver en ti tu valor, tu determinación como hombre, y a veces te pongo a prueba porque deseo que en el fondo luches por lo tuyo. Pero todo lo hago por ti, hijo mío.

En esto no le engañaba. A Sebastián, tal como esperaba, se le aguaron algo los ojos, llevado por esa hipersensibilidad femenina que él odiaba ver en un hombre. La única mujer que consideraba exenta de este defecto era su Cordelia. Al final, su hijo no pudo más que agachar la cabeza.

—Padre..., yo... Ella estará desvalida si se casa sin consentimiento paterno y...

—Escucha, si te casas con ella, tu Basi será una Ordás y estará bajo nuestra protección. Nosotros siempre protegemos lo nuestro, Sebastián. No importa lo que haga don Dositeu. Tú eres mi hijo y ella pasará a serlo. Punto.

Tampoco mentía en esto: la familia era para él algo sagrado y el matrimonio también. Su hijo asintió y, sin poder evitar su debilidad, apoyó la cabeza en su hombro y le abrazó como si fuera de nuevo un niño.

—Gracias, padre, no me he dado cuenta de cuánto me quiere hasta hoy.

Con los brazos de su hijo alrededor, Isidro se dijo que aquella cesión para que se casara podía encajarle la vida, la relación con su hijo, verse emparentado con un buen apellido como los Castronavea y proteger su legado del único rival que podía hacerle daño. Sin dudarlo, le rodeó a su vez con los brazos, se acercó a su oído y le dijo en tono apacible:

—Anda, avisa a tu madre y dile que tengo que hablar con ella. Vamos a ver qué podemos hacer.

Iria se acomodó frente al secreter en la pequeña biblioteca de la casa de Ourense. Había recibido la noche anterior el correo habitual que Quinta mantenía con el pazo por medio de Manuel, uno de los hombres a su servicio. Había pensado ingenuamente que lo de inventariar todas las fincas y su estado era algo que podría hacer sola, pero al poco de irse se había dado cuenta de que necesitaba la pericia de Quinta, por lo que la había requerido a su lado. Desde el requerimiento, hacía ya unos meses, Dositeu se había encargado junto con Amil de la hacienda. Se sentó frente a una salvilla de plata, donde Quinta había dejado el correo, y ahora ella, ya por la mañana, comenzó a abrirlo con un abrecartas en forma de toledana.

Solo encontró la acostumbrada carta de su padre respondiendo a los asuntos de la heredad y una de Cristina, que no dejaba de contarle las noticias del pazo. Por las cartas de ella sabía que Amil había desaparecido, otra vez, para perderse con sus amigos en noches de sexo transeúnte; que Matilda estaba abatida desde la partida de su profesor de música a Madrid y que apenas tenía ilusión en su próxima boda, y que Dositeu andaba todo el día a vueltas para averiguar qué pasaba en Nacedeiro. Sin embargo, nada de André. Reconocía que el no tener noticia de él en los últimos meses le hacía crecer una angustia insoportable, una que desataba una tempestad en su interior, y se veía arrastrada por las noches a pensar en él, a sentirle como si estuviera con ella entre aquellas sábanas huecas. ¡Y Dios santo, cómo le deseaba! Se sentía vibrar, con su sexo ardiendo y la imaginación burbujeando descontrolada. Y tras la locura, tras alcanzar el éxtasis, se veía invadida por una pena atroz que arrojaba sus lágrimas llamando brutalmente contra sus párpados. Ahogaba aquel llanto para no dejar escapar ni una sola gota de su desazón, para no verse deshecha por un hombre al que nunca tendría. Por eso, cada vez que recibía el correo sentía la esperanza de ver una carta de su sobrino, y tras el desencanto de la ausencia, se convencía fingidamente diciéndose que lo mejor era que no hubiese ninguna. Tras despachar la misiva de Dositeu, abrió la de Cristina.

18 de agosto de 1846

Querida cuñada:

Te escribo con el alma en vilo porque sé que tú tienes más influencia que yo sobre el abuelo. De estar André aquí, se lo pediría a él, pero hace una semana fue invitado por la familia Ortega al pazo de Quiroga, cerca de San Martín, con el fin de que pase más tiempo junto a doña Magdalena Ortega, una señorita muy respetable que esperamos sea su futura esposa. Amaro y Dositeu están hablando ya de su futuro enlace con esta familia y...

Un golpe de corazón le impidió seguir leyendo. Su razón le había dicho que el casamiento de André era la mejor forma de aplacar aquella pasión desmedida e inadecuada entre ambos. Sin embargo, había sido algo dicho al aire, como si fuera un sueño que tardaría en llegar mucho tiempo y que, cuando lo hiciese, ella se habría hecho a la idea de que ya no le tendría nunca. Contuvo el aire de forma inconsciente y no pudo más que ponerse en pie, agitada, sin respirar, hasta que la presión se hizo insoportable y todo aquel llanto reprimido se aplastó contra ella de una forma salvaje. Se rompió los pulmones al exhalar e inspirar de nuevo. Un exabrupto doloroso se extendió por el salón como si se le hubiera quebrado el corazón. Aquella turbulencia atroz la atrapó y se llevó la mano al pecho. «Se va a casar», se dijo. Apoyó la frente en las manos y los codos en la mesa, desconsolada, como si necesitase sujetarse el alma. «Esto es lo mejor y lo sabes»; «voy a perderle para siempre»; «es lo mejor para ambos»; «lo perderé y será imposible recuperarlo ya». El embalse, con las barreras rotas, se precipitó por sus mejillas y, desconsolada, no pudo más que dejarse llevar por el llanto, a pesar de que odiaba verse débil, como los hombres cuando lloran. No supo durante cuánto tiempo sus lágrimas se descabalgaron sin control. Terminó con la cabeza desmayada sobre la mesa del secreter y la mirada fija en ninguna parte.

Se dejó llevar por el tiempo como si esto pudiera borrar el hecho de que André definitivamente estaba ya al otro lado de las trincheras. Cierto que había decidido que soportaría la carga de ver a su sobrino casado con otra, y que esa barrera aplacaría cualquier tentación, pero era más bien al contrario, acentuaba lo prohibido, lo obsesivo de aquel asunto. Se convencía una y otra vez de que este matrimonio con doña Magdalena Ortega era lo mejor. Se dijo que debía ser fuerte, que debía dejarle ir y, sin poder evitarlo, la odió salvajemente por no poder estar en su lugar; la odió por arrebatarle lo que más quería, a pesar de saber que no era justo, a pesar de saber que la muchacha, a quien conocía desde hacía mucho tiempo, era un ángel. Había enviado a su sobrino a los brazos de otra mujer para verse ahora derrotada, con la Iria montaraz fuera de la jaula, la salvaje a quien le gustaba bañarse desnuda en el río o cabalgar bajo la lluvia y la tormenta. Y ni André ni la joven señorita Ortega, por mucho que envidiase la posición de esta, tenían culpa de aquello.

Por fin, después, se irguió como una convaleciente en un mundo irreal, donde las risas y los besos de André ya serían para otra. Sabía que habría un nuevo encuentro con él, inevitable y terrible, seguramente en la celebración de la boda de Matilda, y en ese momento tendría que rechazarle con más vehemencia. Todo esto comenzaba a ser una tortura pero también una bendición, pues no podría soportar verle del brazo de doña Magdalena pero, a la vez, su ausencia ya era como un bálsamo lenitivo. Su solución, que no era más que otra compuerta frente a un mar embravecido que todo lo sepulta, podía tener una posibilidad de éxito si, al casarse, él se fuera a vivir fuera del pazo. Solo la distancia evitaría el desastre.

Con la mente atribulada, se pasó la mano por el cabello y trató de recomponerse. Tomó la carta entre sus manos siendo consciente de que cualquier noticia no podría hacerla más daño y continuó leyendo:

... Amaro y Dositeu están hablando ya de su futuro enlace con esta familia y espero que pronto podremos celebrarlo. En realidad, el motivo de escribirte es Basi. Como sabes ya, lleva unas semanas con una actitud insoportable al verse obligada a elegir entre alguno de sus pretendientes. Pues bien, esta misma mañana ha desaparecido con algo de dinero y algunas pertenencias. Dositeu se ha negado a enviar a alguien a buscarla, aceptando que es ya un caso perdido, y tu hermano, sabes que, aunque desea salir en su busca, no lo hará por no contradecir a vuestro padre. Por todo ello te ruego que regreses en cuanto te sea posible y hagas entrar en razón al abuelo, pues mucho me temo que Basi pueda cometer una estupidez llevada por su maldita rebeldía.

Tu querida hermana,

Doña Cristina Valladares

Tuvo que hacer un esfuerzo para no dejarse arrastrar por la pena de las noticias de André y centrarse en la de Basi, pues era de gravedad. La muy idiota se había fugado, pero, conociéndola, no lo habría hecho a la buena de Dios. La niña era de las que solo da un paso así de saber que tiene la espalda cubierta. Si Dositeu no había querido salir en su busca, era porque sospechaba que ya era tarde: para Basi, porque creía en el paso que había dado, y para el abuelo, porque había cruzado una línea de la que no cabía regreso posible.

Pensó en André y estuvo a punto de dejarse arrastrar por el desconsuelo, pero tragó saliva y se puso en pie. Se secó las lágrimas, se recompuso y salió de la estancia en busca de Quinta o de Emilio, el capataz de allí, un hombre recio y parco que andaba medio cojo por la caída que tuvo con su mula. Mientras caminaba por la galería del segundo piso, pudo ver al hombre abajo, en el patio trasero, acarreando una yegua hacia los establos. Abrió las ventanas y llamó su atención:

—Emilio —le dijo en voz alta—, tenga preparada mi montura para mañana temprano. Debo partir hacia Ponferrada al alba. ¡Ah!, y busque a Quinta para avisarla, ella se quedara aquí hasta mi regreso, queda trabajo que hacer.

Cerró el ventanal y regresó a su cuarto para recoger sus pertenencias y prepararse para el viaje. Su cabeza no sabía a qué atender primero, si a la noticia devastadora de André o a la gravedad de la de Basilisa. Se obligó a centrarse en lo inmediato. Era prioritario encontrar a Basi cuanto antes. Mucho se temía que su sobrina no debía andar muy lejos de Ordás y de don Sebastián. De ser así, se podía dar por expulsada de la familia. Dositeu no le perdonaría semejante afrenta, y Amaro tampoco. Lo único que temía de todo aquel asunto era cómo iba a actuar don Isidro. Si aceptaba a Basi como su nuera, sería una afrenta nueva, tan grave como la muerte de los tres hombres en las tierras de Rubiana.

Iria entró en su cuarto y una de las doncellas comenzó a ayudarla para desvestirse del corsé y el peto. Se desnudó y se enfundó de nuevo su traje de faena. Ahora, con la preocupación de encontrar a Basi y con el dolor de, posiblemente, haber perdido al amor de su vida para siempre, se dijo que las soluciones fáciles ya no existían. Cualquier opción que se tomase —que ella se fuera del pazo renunciando a todo o que se fuera él casándose con otra— solo acarrearía desolación.

Amil se tambaleó y golpeó el portón de la entrada de As Airas con las pocas fuerzas que tenía. La *breca*, una lluvia menuda que le recorría el rostro, se le había colado dentro empapándole hasta la faja. Se desplomó dejando caer su cuerpo acurrucado bajo aquel dolor de costillas rotas y rostro desencajado. «En qué hora dejaste As Airas», se reprochó. Hacía semanas que había abandonado sus quehaceres y cabalgado varios días hasta reunirse con sus amigos en Ourense para bucear en los suburbios entre aguardiente, mujeres y olvido. Allí, junto con sus amistades, había vagabundeado de una casa de putas a otra, precipitándose en una espiral de impotencia y amargura que le había estado consumiendo las últimas semanas. Había danzado con los súcubos del infierno, yaciendo con mujeres groseras y mal maquilladas, carne usada y defectuosa para él que solo servía para sacarle los cuartos, olvidar temporalmente sus pesadillas y hundirle más en la frustración.

Se recordó gritando, beodo frente a un pilón, arrastrado por sus amigos, hasta que, una noche al salir de la Bienquerida, un antro donde uno podía perder la vida y la honra, ninguno de ellos salió en su defensa. Fue nada más pisar la calle cuando sintió un golpe brutal en la nariz, que crujió como una nuez bajo el martillo. Trató de levantar las manos, pero solo consiguió que la madera de la porra le partiera varios dedos. Aun así, por su fortaleza, pudo golpear con su puño sano en el rostro de uno de sus atacantes, antes de recibir sobre la ceja un nuevo porrazo brutal. Cayó de bruces al suelo y su sangre despintó el suelo y el agua de color carmesí. Intentó erguirse, pero le fue del todo imposible: una lluvia de golpes sobre el torso y la cabeza le dejó aturdido sobre el lodazal negro de la calle. Sus amigos salieron corriendo como si no tuvieran nada que ver con él. Amil trató de ver quiénes eran sus atacantes, pero solo sentía los ojos encharcados, palpitando cruentos. Una de las sombras se acercó y le arrastró de los cabellos hasta ponerle contra la pared del callejón. Le abofeteó con fuerza para que recobrara el sentido y solo ahí pudo ver de soslayo aquel escorpión tatuado. «Son hombres de don Isidro», se había dicho. De pronto, al fondo del callizo, se encendió una cerilla bajo un zaguán que iluminó una figura alargada. Aquel individuo llevaba tatuado un visaje siniestro. Se acercó hasta él fumando en pipa, se acuclilló y le observó. Bajo la niebla de su mirada, Amil pudo reconocer a don Horacio Salvaterra.

—¿Qué ha pasado con su abuelo? —le había preguntado y, con un mar de tranquilidad, le había aplastado el filo de su cuchillo en el gaznate—. Conteste, o le corto el cuello aquí mismo.

—Mi abuelo no va a dejar pasar el asunto del alud —le había contestado él aterrorizado.

Don Horacio se había puesto en pie y, con una fuerza brutal, le había pateado la cara varias veces hasta que había perdido el conocimiento. Cuando se despertó no sabía cuánto tiempo había pasado. Empapado, sin dinero y sin fuerzas, se desplomó sobre el caballo para tomar rumbo al pazo. Apurando las últimas botellas que tenía en las alforjas, había vuelto ebrio, desplomado sobre el caballo. Tras varios días a la deriva, con sus roturas, sus párpados inflamados y la vida descolgada de un hilo al respirar, su montura le había conducido en plena noche frente a las puertas del pazo. Durante el delirio de su regreso solo había pensado en su abuelo, el hijo de puta que había sepultado toda su ambición. Acurrucado ahora bajo el portón, volvió a llamar sabiendo que la vida le iba en ello. Cuando la puerta se abrió, la silueta grande y pesada de don Cosme le descubrió.

—¡Señorito Amil! —dijo y tocó la campana para despertar al resto.

Sintió que su conciencia se deshacía y se desvaneció. Le pareció que fue solo un instante, pero al abrir los ojos se encontraba en el recibidor del pazo, todavía en el suelo, pero ya junto a él estaba su madre sujetándole la cabeza; su padre le miraba con una compasión excesiva, como a un cachorro herido y abandonado, y el abuelo, algo más retirado, estaba echando a toda la servidumbre de allí:

—Don Cosme, no quiero ver a nadie aquí, que luego son solo chismes por todos los pueblos de la región.

El mayordomo se fue cerrando las puertas del recibidor y despejando el patio de cualquier persona del servicio.

—Padre —le dijo Amaro al abuelo—. ¿No veis cómo está? Tiene tal fiebre que si no llamamos a un médico puede que no pase de esta noche.

—Por favor, Dositeu —dijo Cristina—. Ten por seguro que si echas a mi hijo a la calle, también me iré yo con él.

—Padre, puede que se esté usted obcecando. Puede que Amil no sepa nada de Nacedeiro —le defendió Amaro.

El abuelo solo le observaba con la mirada de piedra que le taladraba el alma, y le mostraba la debilidad de la que estaba hecho, la ambición desmedida guardada en un tarro desconchado de su espíritu. Se acercó a él lentamente y se agachó hasta cogerle de los cabellos y desafiarle de nuevo.

—Dime qué está haciendo don Isidro en las minas —le dijo, más frío que un carámbano—. Dime la verdad, si todavía amas algo a esta familia.

Amil comenzó a llorar, vencido de nuevo por la voluntad aplastante de su abuelo, que le miraba exigiendo la respuesta que delataría su traición a todos. Sentía que sus fuerzas menguaban y que dentro de poco no podría pronunciar palabra alguna, pero le bastaba ver la mirada de su abuelo para saber que si no revelaba lo que sabía sobre don Isidro, le echaría a la calle.

—Está extrayendo plata sin que lo sepa... la Corona. Tiene dos partidas de mineros..., una saca el carbón por el día y otra extrae la plata por la noche. Por eso había... tantos escombros.

Todos se quedaron en silencio. Su madre, desangelada, le miró y comenzó a negar que aquello fuera posible, como si hasta el último instante hubiera creído en su inocencia. Su padre apretó las mandíbulas, y en un mutismo congelado su semblante se llenó de una decepción sin final. Por último, su abuelo, con la mirada cambiada, como si sus peores presagios se hubieran hecho realidad, se acercó con ese rostro arado por el tiempo y le clavó aquellos ojos azul cielo que a él le arrebataban el aliento desde niño.

—¡Fuera! —gritó Dositeu. Abrió las puertas y llamó a don Cosme a gritos para que acudieran dos lacayos—. ¡Que duerma en la calle como un perro traidor, que es lo que es!

Amaro se acercó a Amil negando con la cabeza y Cristina le abrazó con fuerza.

—Padre, si le dejamos fuer...

—¡No! —dijo Dositeu—. Ya no es de los nuestros. Nos mintió a todos...

—Lo sé, padre, pero su debilidad le...

—¡Hay tres muertos! —chilló, y se produjo un silencio que a pesar de la lluvia era tan devastador que ensordecía los oídos—. ¡Tres de los nuestros! ¡Y tu hijo se ha dedicado a comerciar con esta desgracia! —Amaro agachó la cabeza y Cristina se aferró aún más a la cabeza de Amil. Detrás, don Cosme y tres lacayos esperaban ya para cumplir órdenes—. ¡No quiero que duerma bajo mi techo! —concluyó Dositeu todavía con aquella voz que rasgaba los cielos—. Cogedle y le echáis a la calle —se dirigió a los lacayos al tiempo que Cristina volvía a gritar cuando estos se acercaban.

—Por favor, por favor... —decía, y los criados comenzaron a separarla tirando de Amil y cogiéndola a ella por la cintura.

Cristina estalló en alaridos como si le estuvieran arrancando de las entrañas a su hijo, y Amaro se volvió hacia el abuelo.

—Padre —le dijo con voz lastimera—. Es mi hijo.

—Coge a tu mujer —le contestó Dositeu con el volcán en los ojos—. No permitas que los criados hagan el trabajo que debes hacer tú. Sé un hombre. ¿No ves que tu hijo no es digno de tu lástima siquiera?

Amaro rindió la cabeza sobre el pecho y, como si aquello fuera parte de la costumbre aprendida, obedeció. Cristina, con los ojos fuera de las órbitas, se aferró aún más mientras Amil, febril y lánguido, era balanceado por los criados en el forcejeo.

—¡¡No!! —le gritó Cristina a Amaro—. Ya te llevaste la felicidad de nuestro matrimonio antes de casarnos, no permitiré que me arrebates a mi hijo.

Amaro, llevado por la crispación, comenzó a tirar con más fuerza, como si con ello pudiera acallar el dolor que reverberaba en las palabras de su esposa.

—¡Suéltalo, Cristina, por Dios!—le dijo retirándole los dedos y ayudado por los lacayos ya—. ¿No ves que nos ha traicionado a todos...?

—Como lo haces tú cada vez que te vas a tus partidas de mus —le replicó ella con lágrimas en los ojos.

Amaro palideció y Dositeu dio un paso adelante al oír semejante acusación.

—Tendréis que echarme fuera a mí también y te juro que vuestro sucio secreto terminará en boca de todos —amenazó ella.

—¡Cristina! Deja de decir locuras, el servicio está presente —ordenó Dositeu con las quijadas prietas—. Amaro, termina con esto ya.

Amaro, aturdido por las acusaciones, desbordado por la aflicción y el rencor que veía en la mirada de Cristina, apretó los dientes y tiró con todas sus fuerzas para acabar con aquella pesadilla. Finalmente los dedos de Cristina no pudieron soportar la tensión y su hijo se le fue resbalando poco a poco hasta que su marido la apartó completamente. Desgarrada, emitió un lamento estentóreo que recorrió todo el pazo hasta quedar en una letanía desvencijada.

—Dositeu. —La voz sencilla de Celsa congeló de súbito la escena. La *yeya* se acercó hasta el abuelo y le cogió el rostro con las dos manos con una ternura inefable—: ¿Vas a herir a tu familia más de lo que tu nieto ya lo ha hecho?

Si lo dejas en la calle esta noche y muere, no te lo podrás perdonar nunca, pero lo que es peor, yo tampoco te lo perdonaré.

A Dositeu se le desencajó el rostro, y durante un instante apretó los labios y se quedó imantado a los ojos tiernos de Celsa. Después, como si aquel peso sobre los hombros le derrotase, retiró las manos de la *yeya* con suavidad. Entonces se aproximó a su nieto y le tiró de los cabellos con fuerza.

—Estás muerto para mí —dijo con los surcos del rostro quebrados y todo su semblante palpitando en una expresión que nadie había visto nunca en él—. Metedle dentro.

Amil intentó hablar, pero las fuerzas le fallaron. Apenas bisbiseó unas palabras incomprensibles cuando sintió que varios criados le tomaban de los brazos y las axilas. Lo último que vio, antes de que la fiebre se apoderase de su conciencia y le arrastrase a lo profundo, fue a su abuelo alejándose con los hombros caídos, como si se hubiera puesto el peso de todas las montañas gallegas sobre ellos. Nadó a contracorriente para pedirle perdón, para chillarle que se arrepentía de haberle engañado, y silenció el reproche de que la presencia hercúlea de su abuelo le había privado de que su vida fuera de otra forma. Se vio cayendo, marchito y sin futuro, expulsado de la familia, sin más oficio que cuidar de las reses de otros; y, con la frustración como consejera, maldijo su mala fortuna, sus malas decisiones y el día en que nació.

4

Esa mañana se había despertado muy pronto para viajar durante el día hasta la casa de Ourense. Ahora, justo cuando al alba llegaba al frontispicio, André recordó los últimos días junto a doña Magdalena, la muchacha encantadora con la que en su adolescencia había compartido aficiones como los libros o la música. Sin embargo, aquella relación era como el río sobre la roca, que solo la humedece por fuera. Los días cálidos, los paseos bajo el parasol y el sombrero, las cenas y los bailes, las lecturas frente a las velas, los buenos momentos entre la señorita Ortega y él solo eran un espejismo. Dentro de André fluía un torrente dionisíaco gritándole, haciendo vibrar todo su ser, asegurándole que no había vida sin Iria. Este era el sentido de su existencia ahora, pues, a pesar de la diferencia de edad, a pesar de su parentesco, a pesar de que su devoción estaba prohibida por la Iglesia y por la sociedad, a pesar del rechazo de toda la familia que los juzgaría como réprobos, André había llegado a la conclusión de que si le faltaba Iria, él se moriría, lenta y penosamente.

Por eso, tras escribir a su madre para saber dónde estaba su tía exactamente, había decidido ir a buscarla a Ourense. Había comprendido que no habría barrera capaz de cerrar esta pasión ni de contenerla, y menos aún que el matrimonio con la pobre doña Magdalena pudiera ser una contención. Solo significaría añadir más leña a un fuego inextinguible y que en cualquier caso haría de la señorita Ortega una mujer mal casada, abandonada a una tristeza terrible porque su marido no la amaría nunca. Por esa razón no había querido darle falsas esperanzas y, la noche anterior, al despedirse bajo un enorme castaño, él la había tomado de las manos y le había confesado la verdad:

—Doña Magdalena, sé que puedo quererla, incluso puedo llegar a quererla mucho, pues es usted una criatura adorable para mí, pero debe saber que nunca la amaré, que mi corazón siempre será de otra persona.

Ella asintió como si no le importase, como si aquello estuviera dentro de sus planes o asumido de antemano.

—No importa —le había contestado—. Me basta con que me pueda querer. —André sintió un enorme desconcierto ante aquella frase—. Yo siempre he estado enamorada de usted.

André, con un cariño exquisito, la besó en la mejilla.

—¡Ay, doña Magdalena! Comprenda que a mí no me baste —le respondió él, y se marchó de allí siendo consciente de cuál era la única solución a sus problemas.

Ahora, mientras atravesaba el umbral principal de la casa de Ourense dejando el calor de la tarde tras él, el olor a historia y a madera le invadió. Su alma se agitó en vilo por si se encontraba con su tía Iria. Debía hablar con ella, hacerle entender que encerrar su historia, sus pasiones, solo sería alimento para el fuego. Aun así, temía ese encuentro con ella; temía cruzar sus iris con los suyos y darse cuenta de que el abismo había crecido entre ellos y, a pesar de esto, se le iba el aliento en verla otra vez, en sentir su risa, sus caricias entre las hebras de su cabello y el ángel que le inundaba cuando estaba en su presencia.

Se adentró en el salón y le vino a la memoria el día en que había celebrado en esa misma casa su decimosexto cumpleaños. Todos parecían felices entonces, y ahora el salón y las estancias parecían huecas, como si el desánimo se hubiera adueñado de aquel recuerdo. Dio una voz, y solo surgió Lala, una mujer algo corvada que tenía el rostro alargado y un poco fantasmal. Era la esposa de Emilio, el guardés, y al llegar al recibidor tocó la campana para que de inmediato dos lacayos descargasen la calesa.

—Buenos días, Lala, ¿mi tía está en la casa?

—En las cuadras, preparándose para ir a ver a la señorita Basi —le dijo.

André frunció el entrecejo extrañado.

—¿A Basi?... No entiendo.

—Una desgracia, señorito, una desgracia. —Lala siempre había sido una mujer sencilla pero con inclinación desmesurada a los chismes y a hacer un drama de todos ellos. André sintió una punzada en el corazón y pensó que había ocurrido un accidente—. Su hermana, la mayor, se encuentra preparando su boda con don Sebastián Ordás en Ponferrada —continuó—. Y lo hace con la negativa de su padre y de su abuelo. Una desgracia. Va a deshonrar a toda la familia.

Guardó silencio. Una parte de André no se sorprendió. Basi no era de conformarse, a pesar de que aquella iniciativa la exponía al mayor de los escándalos.

—Don Dositeu ha dicho que la señorita Basi nunca más pisará As Airas —continuó Lala—, ni siquiera para la boda de su hermana pequeña dentro de una semana.

—Gracias, Lala, ya me lo terminará de contar mi tía —le dijo levantando la mano para que la mujer entendiese que ya había comprendido la situación. No le gustaba enterarse de cosas así por boca del servicio—. Voy a verla mientras suben mi equipaje.

Dedujo que si su madre no le había escrito a él, había sido por dejarle más tiempo con doña Magdalena. Se volvió en ese instante y se encontró con Quinta quien, como una sombra nacida del silencio, había aparecido justo detrás de él. André, que no la esperaba, dio un pequeño respingo. Junto a ella se acercó Berobreo, el can negro palleiro, que comenzó a lamerle la mano.

—Quinta, vaya. ¿Mi tía está en las pesebreras?

Quinta se llevó un palillo a los labios, se ciñó la montera arratiana y sonrió entre siniestra y pícara, como si supiera de la nueva relación que se había establecido entre él y su tía. La capataz tardó en asentir y le clavó sus pupilas horadando su alma. André la bordeó y regresó sobre sus pasos al tiempo que Quinta silbaba al can para que dejase de seguirle.

Abandonó el recibidor rumbo a las cuadras, al otro lado del edificio principal. Una ansiedad atroz por ver a Iria le consumió el pecho. Desde la noche de la fiesta en el pazo no la había vuelto a ver y, en este momento, no le importó el miedo de si ella abriría ese espacio infinito y cruel entre ambos. Entró en las caballerizas y se acercó lentamente, en silencio, como si quisiera sorprenderla. Se oía al fondo el ajuste de las cinchas de cuero sobre el corcel, el colocar de los estribos y las herraduras sobre la madera. Un resoplido del caballo amortiguó sus pasos y, al traspasar los mamparos de la pesebrera, la vio allí de espaldas, con el cabello color miel cayéndole en cascada mientras ajustaba la silla de montar. Ella se giró al sentirle y André se detuvo en la puerta. Se miraron por fin y se estableció de nuevo un lenguaje mudo entre ellos, cargado de historia y, ahora, de dolor por el abismo. André dio un paso hacia ella e Iria se giró y se puso a colocar las alforjas cortando de cuajo su avance. De nuevo el invierno; de nuevo en la gruta que condenaba su relación a la oscuridad primordial. No podía resignarse a esto. No podía aceptar que su relación sería así para siempre.

—¿Qué tal el pazo de los Ortega? —dijo ella ya sin mirarle.

Aquella pregunta era como una flecha certera y a la vez inevitable.

—Solo he tratado de cumplir mi papel, Iria —le dijo—. Es lo que me pediste.

Ella le dedicó un vistazo de soslayo y asintió.

—Sé lo que dije. —De nuevo su frialdad, esta vez más agria.

—No pude seguir adelante con ella. Le dije a doña Magdalena que mi corazón sería siempre de otra, y pese a esto no me rechazó. —Iria no le miró, simplemente terminó de ajustar los arreos, casi como si no existiese—. ¿Qué es lo que te pasa?

—Nada —le contestó más enfadada—. Ojalá no hubieras venido hasta aquí.

Aquella frase le partió el alma en dos y André tuvo que sujetar su lengua para no contagiarse de su incendio.

—Nunca hubiera esperado oír algo así de ti.

—Pues debes —le contestó—. Debes casarte y vivir lejos de mí, André. Es lo único que...

—Para —le dijo, y le puso los dedos en los labios.

Le pareció que Iria estuvo a punto de besárselos casi por instinto cuando, de pronto, le miró con esos ojos verdes llenos de una vida salvaje y una fiereza incontrolable. Él le devolvió su mirada de mar inexpugnable, se acercó y la tomó suavemente de la mano. Ella se la retiró.

—¿Qué haces? —le preguntó de seguido.

—Amarte —le contestó él—, como ningún hombre lo ha hecho ni lo hará jamás, con devoción. He decidido que debemos estar juntos, pase lo que pase.

—Estás loco, André —continuó como si él no estuviera allí—. Vete con doña Magdalena.

—La rechacé.

—Pues no lo hagas —le desafió mientras recogía el odre, el cuchillo de caza y algunas cosas más.

André la detuvo para forzarla a que le mirase. Ella, turbada por una impotencia que se le derramaba en el semblante, se retiró de nuevo.

—Déjalo, André —le dijo abriendo mares abisales.

Él no se rindió. La tomó de nuevo de los dedos sabiendo que cada frase hiriente que Iria dijera no solo le provocaría dolor a él, sino un desgarro también a ella. Iria apartó la mano y dio un paso hacia adelante desafiante.

—¿Qué no entiendes? Si tanto me amas, vete de aquí —le dijo con el fuego en los ojos—. Vete de una vez con doña Magdalena Ortega.

Y, a pesar de los esfuerzos, los ojos de Iria se llenaron de amargura líquida y desconsuelo y le susurraron lo contrario a André.

—No —le dijo él sereno.

—Eres un maldito egoísta —le contestó ella.

—No puedo evitar amarte, Iria.

—¡No digas eso más! ¡Yo no te amo!

—Sabes que eso no es verdad. Sabes que no estarías tan enfadada si eso fuera cierto.

Ella apretó los labios hasta adelgazarlos en una línea invisible y, tras mantener amontonada aquella lava en sus ojos, se montó en el caballo. Él cogió las riendas para retenerla.

—No te vayas, Iria. No así —le rogó—. He venido hasta aquí por ti.

—Has venido solo para meterte entre mis piernas, André —le dijo—. ¿No es eso?

André abrió los ojos desmesuradamente ante aquella frase. Dolido en lo más profundo, no tuvo fuerzas ni siquiera para contestarla. Iria no le dijo nada más, y su fuego, aquella fuerza desatada de la naturaleza que habitaba en su interior, se humedeció aún más en sus pupilas. Tiró de las riendas, le bordeó y salió al galope de la cuadra en dirección a Ponferrada.

Cordelia miró fijamente a aquella muchacha que pronto pasaría a ser un miembro de la familia Ordás y tuvo que reconocer que le gustaba. Era obvio que lo que sentía por su hijo era encaprichamiento más que amor. Sin embargo, tenía ese egoísmo que hace que las personas sean resolutivas, que azucen a otras para conseguir lo que quieren. Y en ese sentido a su hijo le vendría bien, porque Sebastián era lánguido y se dejaría pisar, cosa que ella no. La señorita Basilisa de Castronavea era inteligente y ambiciosa, y por nada del mundo permitiría que le tocaran lo suyo. A su vera, Isidro, que leía el periódico *El Español*, de carácter liberal moderado, observaba a ratos a la muchacha. Esta se movía coqueta al son de la modista que iba cogiendo aquí y allá con alfileres para dejar ceñido el vestido de novia.

—Te gusta —le dijo Cordelia a Isidro en un susurro.

Este la sonrió un poco cubierto con el periódico.

—Cuidará bien de nuestro hijo —le contestó él—. No será obediente ni diligente, pero no malgastará el dinero ni permitirá que nadie pueda someter a Sebastián.

Cordelia asintió. Aquel donaire de la muchacha, aquel genio que habitaba en su interior, se mostraba cuando interactuaba con su hijo ordenándole sutilmente que hiciera algo; cuando lo hacía con ella, dirigiéndose a Cordelia de forma complaciente como si fuese una segunda madre, o cuando trataba de seducir el ánimo de Isidro con un parpadeo suave de sus pestañas para que este se contagiase del entusiasmo que tenía Sebastián. Era interesada y tenía mucho de cortesía fingida, pero era valiente. Se había arriesgado bastante por casarse con su hijo, tal vez demasiado.

De ser rechazada por ellos antes de llegar al altar, estaría arruinada y sin futuro. Por eso la respetaba. Debía de tener un carácter fuerte y caprichoso, ambicioso y algo ingenuo para haber dado este paso.

—Estoy segura, querido, de que será así —le contestó.

Cordelia no ignoraba que esa misma fuerza se podía volver en contra de Sebastián en un momento dado. Porque la vida conyugal estaba llena de altibajos y era como el tiempo, impredecible. Ella podría enamorarse de otro, engañarle, fugarse o desear algo que pudiera ser contraproducente para Sebastián. Le había bastado ver cómo se había presentado ante ella e Isidro: el semblante de la muchacha no había temblado lo más mínimo, no tenía dudas ni las había conocido. Sabía de su poder sobre Sebastián y, con solo levantar el mentón y mirar desde arriba, mostraba un porte aristocrático del que carecía el resto de su familia.

—Le daremos una dote privativa, Isidro —continuó Cordelia—, y seremos generosos pero no demasiado. Lo que es importante es dejar bien atado que, si se separa de él algún día, o si le engaña o traiciona, se verá en la calle y sin los hijos.

—Piensa que se casa sin el consentimiento paterno, por lo que el matrimonio, aunque no es nulo, no tiene muchas consecuencias civiles.

Isidro hizo un leve asentimiento de cabeza y ambos, como dos depredadores, la observaron en la distancia. Después Cordelia se acercó a su marido y le acarició suavemente la nuca mientras le besaba en las mejillas. Sobre su oído derramó algunas palabras licenciosas para excitarle y él reaccionó con una sonrisa malévola. Se sentó sobre una de las poltronas cercanas obligándole a retirar el periódico a un lado y le clavó las pupilas.

—¿Has pensado qué vamos a hacer con don Dositeu en el

caso de que le importe poco que su nieta pueda verse en prisión?

Isidro asintió como si no tuviera mucho que pensar.

—Voy a hacer lo que tenga que hacer para protegernos —le contestó con un beso en los labios entre frases—, pero prefiero que tú no sepas nada de eso.

Cordelia sabía que tras esas palabras se escondía el monstruo de la sangre y la violencia. Si su marido llegaba a ese extremo, era porque no le quedaba más remedio. El ganadero bien podía dejar el asunto del alud en paz. Sin duda, había sido una desgracia que hubiera habido tres fallecidos, pero la culpa no era más que de las dichosas lluvias, las eternas lluvias gallegas. Aun así, Cordelia suponía que, de alguna forma, don Dositeu tenía límites ante su propia familia; que tras destapar todo el asunto, que su nieta pisara la cárcel por ser dueña de acciones de las minas era una línea roja que el ganadero no debería cruzar. Por eso se decía Cordelia que la sangre no llegaría al río y que don Dositeu agacharía la cabeza.

—Lo que tú decidas me parece bien, amor.

Cordelia se levantó deslizando una mano sobre la mejilla de su marido y se acercó lentamente a la señorita Basilisa. Esta parecía un cisne blanco, con las mejillas arreboladas y los ojos brillantes. Al sentirla aproximarse, se giró hacia Cordelia y le sonrió.

—¿Le gusta? —le dijo.

—Querida, estás preciosa. Vas a ser la novia más deslumbrante de Ponferrada.

«Y también la más sola», se dijo Basi sonriendo algo desangelada. Los recuerdos de su familia la asaltaban más veces de lo que ella hubiera querido. Sabía que pronto los Castronavea al completo celebrarían la boda de su hermana Matilda, a la que ella no estaría invitada por orden del abuelo, y cuando ella celebrase unos días más tarde la suya, ellos no estarían en la ceremonia, incluso habiendo sido enviada la invitación. A pesar de estar haciendo lo que deseaba, a pesar de que los Ordás la habían recibido con los brazos abiertos, a pesar de que no tenía dote, no podía dejar de pensar en que había perdido a una madre, a un padre, a tres hermanos y al abuelo. Era demasiado para digerir de una sola vez y a veces sentía pánico de ver que había depositado su confianza en extraños y que ahora estos tenían su vida en la palma de las manos. «Cuando me case, será otra historia —se dijo—. Fundaré mi propia familia». Se giraba a las órdenes de la modista cuando entró un lacayo avisando de que en el patio había alguien preguntando por ella.

—Parece que un familiar suyo desea hablar usted —le dijo don Isidro—. Es una mujer joven.

Basi supuso de quién se trataba. Esperó a que don Isidro abandonara la sala y se desvistió con la ayuda de la doncella para enfundarse un traje nuevo que su prometido le había regalado.

Fue a bajar por las escaleras hacia el patio interior cuando, al mirar hacia abajo, vio cómo Sebastián se abrazaba a un recién llegado en el gran recibidor. Un joven alto, impecablemente vestido con una chaqueta granate sobre su chaleco blanco y su camisa almidonada. Tenía los ojos profundamente azules y una sonrisa atrevida que contrastaba con un rostro gobernado por la determinación por el que Basi se sintió completamente cautivada. El individuo, tras abrazarse con su prometido, se separó de él. Debía hacer tiempo desde que no se veían. Espió furtivamente un poco más los ademanes serenos y elegantes de aquel joven del que no podía despegar las pupilas: los guantes de cuero, el bastón rematado en oro blanco, el sombrero de copa, todo el traje entallado a la medida, más a la moda inglesa que a la española. Su figura aristocrática realzada con una fina barba, afilada en la perilla, casi parecía levitar cuando se movía.

Basi se movió a hurtadillas hacia las escaleras para no ser detectada. Sentía cierta curiosidad por los amigos de su prometido y estuvo tentada de acercarse a saludar, pero pensó que no estaba lo suficientemente perfecta para esa ocasión. Además, su tía la estaba esperando fuera.

—¿Te quedarás hasta mañana al menos? —le preguntó Sebastián.

—Me temo que no puedo, mi querido amigo —dijo el otro, e hizo un pequeño malabar con el bastón—. Ya te dije en mi carta que estoy de paso, apenas una hora para saludarte. Debo llegar a Madrid cuanto antes, mi abuelo me requiere.

Sebastián le puso una mano sobre el hombro y le acompañó hacia el salón de billar.

—Tu vida disoluta en Londres se ha acabado, entiendo.

—Eso parece —le contestó—. Y no sé si podré estar en tu boda. Mi abuelo...

La voz del joven se diluyó tras la puerta del salón de billar y Basi terminó de descender los peldaños hasta el patio. Cruzó el impluvio y llegó al recibidor, donde Iria la estaba esperando. Esta le dedicó una mirada con cierta compasión que a ella no le gustó.

—Hola, tía Iria —le dijo.

—Hola —le contestó ella con sus ojos verdes inconmensurables—. ¿Estás bien?

—Perfectamente. Los Ordás son extraordinariamente generosos conmigo.

—Pregúntate por qué. Nadie regala su dinero, y menos aún un esposo que es un heredero de una fortuna inmensa pero que todavía no la tiene. Ningún padre aceptaría para su hijo una esposa que ha perdido la protección de su familia por deshonra.

Directa al grano, muy propio de su tía. Basi puso cara de hastío y se cruzó de brazos.

—¿A qué has venido, tía? ¿A decirme lo mala que estoy siendo?

Iria negó con la cabeza.

—Solo a decirte que tu hermana se casa la próxima semana y que el abuelo y tu padre te permitirán estar allí si quieres.

—¿A cambio de...?

—De nada, Basi.

—Imagino que te ha costado convencer al abuelo y a mi padre para que pueda ir —le contestó agitando la cabeza.

Iria se encogió de hombros como si aquello no fuera importante. Agachó la cabeza un momento y tomó aliento para decir lo que verdaderamente sí lo era:

—Deberías desistir de esta locura. Tu padre nunca te dará el consentimiento.

Ahí estaba la petición, el ruego de que ella dejase de ser la mala hija, la oveja negra descarriada a la que hay que atar en corto.

—¿Algo más? —Iria negó con la cabeza—. Pues dile a mi padre y al tuyo que por mucho que insistan he decidido casarme con don Sebastián, que he sido bien recibida y que nada va a impedírmelo.

Iria se acercó de golpe y la tomó de los antebrazos, que tenía cruzados. Ella dio un paso atrás.

—¿Crees que no te entiendo, Basi? Te comprendo más de lo que crees. Sé que ese muchacho es un encaprichamiento para ti por el título, vivir en Madrid, la fortuna. Pero eso tiene un tiempo caduco. El matrimonio te exigirá mucho más de...

Le retiró los brazos y se encaró con ella.

—¿Y quién eres tú para decírmelo? —le dijo Basi con el

genio subido—. Tú, que no te casarás nunca y vivirás solo para cuidar a un padre anciano. Esa vida tuya no es para mí, y menos aún la que me proponen mi padre y el abuelo. Ni la quiero ni me sentiré agradecida, y tampoco necesito tu compasión, tía.

—Está bien —le contestó ella—. No he venido a discutir contigo. Pero recuerda que puede que llegue un día que comprendas que esta decisión, como todas, tiene unas consecuencias, un precio que no te das cuenta que vas a pagar.

—¿Es una amenaza? Porque el abuelo...

Iria se acercó con el fuego en los ojos y la tomó del brazo otra vez interrumpiendo su discurso.

—No, no es una amenaza, niña —le contestó—. Es un hecho. Vas a sacrificar cosas muy importantes por el camino para conseguir tus deseos.

Su tía no le dio tiempo a más. Se giró y se perdió por la puerta dejando el ambiente denso y profético. Basi, que gustaba siempre de tener la última palabra, estuvo a punto de salir para gritarle que le importaba un comino ese tipo de futuribles pero se contuvo. Se dirigió a la habitación de invitados. Su genio se fue aplacando poco a poco y con él su respiración. «Las consecuencias de casarse con un hombre con título, fortuna y posición no pueden ser otras que mi felicidad», se dijo.

Desde muy pequeña, Basi había sentido esa necesidad de marcar su propio destino y no permitiría que se esfumara cuando estaba al alcance de su mano. No le importaba el motivo por el que los Ordás habían aceptado las nupcias. Tal vez porque el fuero interno de don Isidro le revelaba que su hijo era un pusilánime y que caería fácilmente en las garras de desalmados sin escrúpulos; tal vez don Isidro se había dado cuenta de que ella nunca permitiría que nadie pudiera manipular a Sebastián y que le protegería con uñas y dientes.

Subió las escaleras y entró en su cuarto y se sentó frente al espejo con el fin de acicalarse con agua de rosas antes de salir de paseo con su prometido. Se miró y se vio joven y fuerte, y tras pellizcarse se le encendieron las mejillas e irguió el mentón. Combatió su miedo, el que su tía Iria le había introducido con sus palabras de sacrificio y pagos futuros, y se dijo que, tras su boda, nadie podría volver a decirle qué debía hacer. «Algunas ven en el matrimonio una esclavitud, una eterna sumisión al marido —se dijo como si estuviera diciéndoselo a Iria—. Pues eso depende del marido con el que te cases, querida».

5

La noche se había colado furtivamente para cubrir a los invitados que, tras la boda de Matilda y la posterior cena, iban y venían entre risas y bailes buscando el amparo del frescor del jardín. Dositeu dio un par de caladas a su cigarro y esperó antes de girarse. Tras él se encontraba don Isidro, sentado en el mismo sillón donde hacía unos meses le había mostrado el mismo semblante de victoria y engreimiento. Dositeu se giró y le mostró el suyo, de piedra, atemperado por el tiempo y las guerras, y aguardó unos instantes a sentarse frente al hombre al que consideraba culpable de las muertes de Nacedeiro. Por cortesía, era lógico que invitara a su futuro e inminente consuegro a la boda de su nieta, por ser ambos ya casi familia para la buena sociedad, pero él solo había convocado a don Isidro para tenerle ahí, en su terreno, dentro de su esfera de poder, y demostrarle que no le temía. Había bastado su invitación a la ceremonia para que el minero la aceptase. «Solo desea saber hasta dónde sé y las consecuencias a las que se va a enfrentar», se dijo pensando que la invitación había sido una forma de mantener las apariencias de cordialidad antes de que saltasen por los aires.

El empresario, por su parte, le miró con un aire regio, como si fuera el gobernador de un país lejano y no tuviera que rendir cuentas a nadie. «Pero tendrá —se dijo Dositeu—. Destrozó mis reses, casi mata a mi hija y a mi nieto, y tres buenos hombres perdieron la vida por su avaricia. Eso sin contar que ahora auspicia las nupcias de Basi con su hijo sin mi consentimiento y por su propio interés, para apenas dentro de unos días». No quiso retrasar más el momento y se acomodó frente a él. Se estiró el chaleco y se levantó los faldones del chaqué. Don Isidro, como buen comerciante, esperó a que el anfitrión hablase.

—Imagino que ambos sabemos el motivo por el que le he invitado a la boda de mi nieta Matilda —dijo tranquilamente Dositeu—: extraer plata de una mina de carbón a espaldas a la Corona no es un buen negocio.

Don Isidro se encogió de hombros y asintió sonriendo.

—Lo es si no te cogen. —Hizo una pausa—. No creerá, don Dositeu, que esperaba que no lo supiese ya.

—Estará usted en un aprieto en cuanto denuncie lo que ha hecho.

Don Isidro tomó aire, como si se situase frente a un toro bravo y tuviese que dedicarle toda su atención para no fracasar. «Más le vale poner atención», se dijo Dositeu. Se miraron durante un instante más con todas sus escuadras en alto, como dos titanes que entablan un combate sin precedentes.

—Antes de que usted pueda explicarme la maniobra que ha maquinado con mi nieta —dijo Dositeu—, debo advertirle que no le voy a permitir meter más las zarpas en mi familia.

El minero cruzó las piernas y bebió un poco de vino blanco de la copa, como si aquella acusación no le calara. Después le miró como si estuviera hastiado de todo aquello e hizo un gesto desavenido.

—Voy a serle sincero, don Dositeu —le dijo—. Su nieto Amil acudió a mí, y su nieta Basi, que por cierto es una muchacha adorable, hizo exactamente lo mismo que su hermano. Yo no los llamé ni les pedí su presencia.

—¿Por eso le dieron sus hombres una paliza a mi nieto? ¿Por eso le pagó usted una fortuna a Amil para que tuviera la boca cerrada y, de paso, hiciera de espía en esta casa? —dijo Dositeu sin querer hablar aún de Basi.

Don Isidro no se inmutó y dio otro trago.

—Mire, no sé de lo que me habla —le dijo con la calma serena de un cementerio por la noche—. Solo sé que la señorita Basilisa y mi hijo contraerán nupcias, y que he sido yo el que he tenido que aportar la dote de su nieta.

—Usted sabe bien que ese matrimonio no tendrá validez ninguna, que se casan contra mi deseo y el de su padre.

—Pero no contra el mío, y por ese motivo me he permitido donarle una cantidad considerable de acciones de la mina como parte de esa dote que le falta. Es un regalo de bodas considerable, que su nieta ha aceptado agradecida.

Dositeu estuvo a punto de perder los nervios. Para evitarlo se puso en pie y comenzó a dar vueltas con la mayor calma que pudo. Dio una calada al puro y miró de nuevo por los ventanales. El ambiente festivo contrastaba con el aire viciado y tan denso como la brea que se respiraba en el despacho. Tiró de la leontina, abrió el reloj y comprobó que eran las diez de la noche. Quería recordar ese día, en que en la boda de Matilda aquel individuo había utilizado a su otra nieta como barrera para evitar la denuncia. De acudir a las autoridades, Dositeu pondría a su propia nieta entre rejas como propietaria de la mina. «Maldita niña», se dijo apretando los dientes hasta hacerlos chirriar.

—Si lo desea —le dijo don Isidro tan victorioso como un depredador ante su víctima—, puedo cederle a usted el doble de las que regalé a su nieta y así zanjar este asunto. Al fin y al cabo, vamos a ser familia.

Dositeu se mordió la lengua. Dio otra calada y se acercó de nuevo al sillón. Esta vez se quedó de pie para mirarle de arriba abajo. Detestaba a aquel hombre nacido de la avaricia y el dolor ajeno. Pertenecía a esa nueva estirpe de empresarios capaces de cualquier cosa para obtener de la vida sus deseos. Y tal vez era esto lo que más aborrecía de él, esa falta de escrúpulos, esa suficiencia en el trato, esa forma de intentar mostrar que sus naturalezas estaban equiparadas, que eran iguales. «Nada más lejos de la verdad», se dijo Dositeu sin dejar de mirarle. Podría parecer que, por ser hombres poderosos, hechos a sí mismos y de gran fortuna, habían nacido del mismo molde. Pero en esto se equivocaba aquel fulano. Él era un Castronavea y tenía algo que don Isidro consideraba desfasado y de otra época: honor, esa forma en la que los hombres cumplen su palabra a pesar de las consecuencias, ese presente que uno se hace a sí mismo, que solo uno puede perder y que nadie le puede robar.

Dositeu se apoyó sobre el respaldo de la poltrona y dio una calada.

—Escúcheme atentamente —le dijo con la mirada más inalterable que la salida del sol—: Voy a jurarle a usted por mi honor de *fidalgo* que mañana a estas horas las autoridades sabrán de sus fechorías. —El rostro de don Isidro iba palideciendo por momentos, como si se convirtiera en granito—. Voy a jurarle que si mi nieta tiene que ir a prisión por sus propias decisiones, ya no es cosa mía. Voy a jurarle que haré todo lo posible por que pague usted el daño que cometió contra esta tierra, contra mis reses, contra mis seres amados y contra las familias a las que su ambición destrozó. —El ganadero se mostraba hierático, como si el averno le hubiera atravesado de pronto el alma—. Y voy a hacerlo porque a los hombres como usted solo los detienen las personas como yo. Así que ahora, si me disculpa, debo regresar con los invitados.

Don Dositeu se dio la vuelta y salió del salón dejando tras él el olor a tabaco, a vino y destino funesto. Isidro se quedó solo, con el rostro acartonado por la ira, despintado en blanco, con los ojos fijos en la puerta por la que había salido el gallego, incluso cuando ya no quedó rastro de este. Aquel despacho forrado de roble, con sus anaqueles pulcrísimos, con sus ventanales desplegados hacia el jardín, con sus sillas y sillones, sus poltronas y las jambas de la chimenea, le susurró de pronto que el campo de batalla elegido no era el mejor para él. Aquellos techos engalanados de molduras en yesería y sus cortinas en cascada, encorsetadas en sus cinturas de avispa, aquellos retratos de los ancestros, vestidos todos ellos a la moda francesa de siglos pasados y los dorados y turquesas de los tapices, de los marcos y de los remates que inundaban la sala, se le antojaron ahora descomunales y amenazadores.

Había cometido el error de pensar que el gallego era como él, pero no era así. Isidro, a pesar de lo que su hijo Sebastián hiciera, nunca vería a este como un extraño. A don Dositeu, en cambio, le había bastado un pestañeo para decidir que su nieta debía ir a la cárcel, tan solo por su ingenuidad y su rechazo a la autoridad paterna. «Este no considera a nadie de la familia si no está junto a él», se dijo. Resopló y apuró la copa de vino sabiendo que había llegado el momento de tomar un rumbo peligroso. No era nuevo para él, tampoco agradable. Pero ya había transitado muchas veces por la senda de aquella guerra de voluntades y, al final, aunque uno no quisiera, no podía dejarse derrotar por nadie. Y no es que no hubiera sido derrotado antes. Lo había sido muchas veces, incluso por hombres de menor inteligencia que la suya. Pero a todos aquellos que le habían asestado una derrota, tras esperar el tiempo oportuno, tras rearmarse, les había hecho pagar con la pérdida de la fortuna o de la sangre. «Solo así se vence en la guerra: batalla a batalla —se dijo—. Las derrotas, si uno las encaja, hacen más fuerte».

Se puso en pie y salió del salón uniéndose a la melodía de Chopin que doña Matilda, ya señora de Rodríguez y Peñón, desplegaba en uno de los salones cercanos, y buscó con la mirada incendiada a don Horacio. No le encontró y, tras preguntar a Cordelia, tuvo que salir al jardín hacia donde ella le indicó. Transitó por un sendero que discurría entre un vergel exuberante de castaños, higueras y prunos hasta una pequeña isleta. Allí había una fuente con una copia exacta del rapto de Apolo a Dafne de Bernini. Ya pensaba que no había nadie cuando de entre la oscuridad, su hombre, don Horacio, se encendió la pipa. La cerilla iluminó su perfil recto y alargado como si fuera un espectro. Isidro se volvió para hablar, pero se detuvo al comprobar que en aquella plazuela circular había alguien más. Al otro lado, justo enfrente del húsar, se alzaba la figura siniestra de aquella capataz, Quinta. A sus pies se encontraba ese perro negro enorme que la seguía como un guardián. La mujer, vestida con una camisa a medio abotonar hasta los pechos, pantalones de hombre y aquella mirada perturbada que le robaba a uno la calma, jugueteaba con un cuchillo entre las manos, tan grande como medio brazo. Don Horacio y ella solo se miraban como si de alguna manera se estuviera disputando allí un combate silencioso. Isidro esperó intrigado y retrocedió unos pasos ocultándose en la sombra.

—Ten cuidado, no te cortes, mujer —dijo don Horacio—. Para llevar semejante hoja, hay que saber usarla.

La tal Quinta dejó de menear el cuchillo y le incrustó la mirada desde debajo de aquella montera arratiana de ala ancha con el brillo del desafío en las pupilas. Después hizo girar el cuchillo con una maestría vertiginosa, lo guardó en su funda de forma precisa y destiló media sonrisa de lado, como si estuviera retando al soldado. El perro gruñó de una forma salvaje e inquietante. Isidro atisbó aquella mirada desconectada de la vida que surgía de aquellos dos pozos negros y sospechó que la mujer no estaba cuerda. «Solo desea empaparse las manos con la muerte de alguien», se dijo. Tenía ese tipo de almas desproporcionadas capaces de beber toda la sangre que el mundo quisiera ofrecerle y no saciarse nunca. Las había visto antes, pero le sorprendía sobremanera que el contenedor de aquella alma fuera una mujer. «Aunque —se dijo Isidro—, después de todo, no sé si alguien la consideraría como tal». Don Horacio dio otra calada a la pipa, impertérrito y, con el temple propio de un soldado de su talla, se acercó a ella. Esta de inmediato se irguió y se encaró manteniendo su sonrisa destructora de voluntades.

—Escucha, mujer —le dijo con tono sutilmente despectivo—, he despachado a hombres de dos veces mi tamaño. No hagas que me enfade.

La mujer tampoco dijo nada entonces. Solo le miró con el desafío constante, con el deseo de destriparle allí mismo y comerse sus vísceras. Don Horacio negó con la cabeza y sonrió también, y la mujer acortó las distancias hasta quedarse frente a frente mirándose los dos un momento, como si ambos pudieran reventarse allí mismo. El can, sin embargo, se quedó en el mismo sitio mostrando sus fauces. Entonces la loca se rio un poco y abrió la boca para decir algo. Isidro pensó que iban a entablar un combate y que nada los detendría.

—Dile a tu amo que no debe espiar conversaciones ajenas —dijo en voz alta Quinta, y se giró marchándose por el sendero—. Es de mala educación.

Don Horacio, que no comprendió a qué se refería, frunció el entrecejo. Solo entonces Isidro salió de entre las sombras con paso firme y emitiendo un pequeño carraspeo. El soldado le saludó con una inclinación leve de la cabeza y dio una calada de pipa. Ambos miraron la figura fibrosa y alta de la capataz perdiéndose con su perro escolta entre las sombras del sendero como si se tratase de una meiga.

—¿Estás seguro de lo que te ha dicho tu infiltrado?

Horacio asintió:

—Así es, solo el viejo don Dositeu, su hijo, la esposa de este y los dos mayores saben lo de la plata —dijo sin dejar de mirar los últimos vestigios de Quinta.

—Pues ha de ser esta noche —le dijo—. Al alba.

Don Horacio asintió sin decir nada y dio otra calada a la pipa.

«El pazo está precioso así decorado», se dijo Iria, y se volvió un poco. Sus ojos captaron a André durante un instante allí, entre los invitados, para darse cuenta acto seguido de que aquel no era él. Ambos se habían cruzado un saludo sencillo y frío en la iglesia ese mediodía, dedicándose después miradas cruzadas entre suspiros reprimidos y expresiones sucintas que acallaban las heridas abiertas entre ellos. «Qué estúpida fui hiriéndole», se dijo. Se había arrepentido de aquello en cuanto su ánimo se había relajado unas horas más tarde. Tras dejarle en Ourense y visitar a Basi, había tomado el camino de regreso pasando por algunas fincas para continuar con el dichoso inventario que cada vez se le hacía más cuesta arriba. Al final, al entrar de nuevo en Ourense se había dado cuenta del enorme error que había sido luchar así contra aquella pasión. «Todo mi enfado no era más que mi frustración y mis celos, que pagué con él», se lamentó.

Por eso, desde su regreso al pazo esa misma mañana, había intentado quedarse a solas con André para pedirle perdón por el dolor estúpido que le había causado. Más tarde, ya durante el casamiento en el monasterio de Sobrado, de La Puebla de Trives, ella había tratado de incrustar sus pupilas en las de André, pero este había estado todo el rato evitándolas. Iria había hecho caso omiso al casamiento, que solo le recordaba la ironía de verse sentada en las primeras filas de la iglesia y sentir que dicha ceremonia les estaba vedada a ellos. Allí, por contra, Matilda había dado el «sí quiero» a un hombre del que nunca podría enamorarse. No era de extrañar que ella y Cristina la hubieran tenido que consolar durante los días anteriores. Para su sobrina, el casamiento había significado un desconsuelo y una decepción, no solo ya por casarse con quien no amaba —un desconocido que le doblaba la edad—, o por haber perdido al que consideraba al amor de su vida, el profesor de música, sino porque tras la cena de esa tarde tendría que abandonar Galicia por Madrid, con lo que se separaría de cuajo de toda la familia.

Iria paseó entre los presentes fingiendo que le interesaba socializar, y continuó buscando la figura de André para hallarle por error en los rostros de otros, en los brindis de otros, en las risas de otros. No estaba allí. Pasó de círculo en círculo como había hecho ya antes del ágape entre las tertulias florecidas en el jardín. Solo al principio de la velada le había hallado entre algún brindis de viejos camaradas de la infancia. Él se había alejado en cuanto ella se había aproximado, e incluso cuando estaban en la misma conversación no le había dirigido la palabra. Tras el banquete, los invitados se habían reunido para bailar al aire libre, bajo una gran carpa, y fue allí cuando le había visto una última vez haciendo de anfitrión de don Jaime Rodríguez y Peñón, ya su nuevo cuñado. Tras aquello, los recién casados partieron a Madrid y ella no había vuelto a localizar a André entre los asistentes más que como una mera ilusión de su deseo. Había rebuscado por todo el jardín, había recorrido la carpa saludando a unos y a otros, había bailado cortésmente con quien se lo había requerido, pero con el transcurrir de las horas, había caído en una obsesión por saber dónde se encontraba.

A veces se lo imaginaba en brazos de doña Magdalena, que había acudido a la boda de la mano del primogénito de los Maurrás, una familia adinerada de Lugo, cuyo padre conocía al abuelo desde los tiempos de la guerra contra los franceses. Y cuando esas imágenes asaltaban las murallas de su imaginación, se veía embargada por un sentimiento abrasador, mudo, que le arrebataba el aliento. Entonces tenía que retirarse y beber un poco de vino para apaciguarlo, para sentir que ella todavía controlaba aquella situación desgarradora. Sin embargo, de nuevo caía en la trampa y buscaba entre los asistentes, llevada por esa ansiedad de tenerle, de sacarle de los brazos de cualquiera que no fuera ella.

Oía esa voz antigua y salada que provenía de los mares bravíos que habitaban en su profundo y le chillaba: «Encuéntralo y hazlo tuyo». Y, sin embargo, su razón le imponía la cordura. Al final, con más copas de vino de las que quisiera, se alejó de la fiesta y caminó a la deriva, como si su mar turbulento y encadenado la condujera por corrientes desconocidas. Subió al cuarto de él, pero no le halló; fue hasta el suyo, pero no le halló; bajó a los salones cerrados, pero no le encontró en ninguno de ellos. Abatida de ansiedad, con su corazón latiendo como un corcel al galope, percibió que le faltaba el aire y se dirigió al salón comedor más alejado del festejo. Allí, se corvó llevándose la mano al pecho y trató de coger aire más allá del corsé. «Vas a morir de angustia», se dijo. Se levantó y se apoyó en las cortinas mirando los jardines.

—Iria.

La voz surgió desde el umbral.

Se giró y vio a André, iluminado apenas por la pobre luz de un candil. Aquel mar salvaje levantó olas implacables que se estrellaron contra el muro de su razón agrietándolo. «Dios mío, voy a destrozar todo mi mundo», se dijo, y no pudo reprimir un gemido. Él avanzó sin prisa, dejó el candil sobre la coqueta de la entrada y, tras cerrar la puerta, echó el pestillo. Ella negó con la cabeza pero no se movió, y André se aproximó dejando caer la chaqueta al suelo. Iria no dijo nada, y tampoco abrió la boca cuando él se desabotonó la camisa. Solo cuando se detuvo frente a ella emitió un leve gemido. Apoyó la cabeza contra el pecho de André y aspiró aquel aroma a cítricos, a madera y al olor de los almendros. La abrumaba todo aquel amor en el pecho y supo que su deseo era la consecuencia de aquello. No pudo evitarlo y viajó a los instantes perdidos, aquellos que le habían colmado desde cuando él era solo un bebé y ella le mordía los piececillos arrugados, hasta los otros que ahora desencadenaban su ardor. Regresó a sus paseos bajo el sol cuando jugaban a entrelazarse los dedos a escondidas, a los días de lluvia cabalgando hacia las colinas, y a los baños en el Sil o en el Navea; se vio caminando por los arenales de las lejanas islas Cíes, cuando de visita a Vigo uno de los pescadores los llevó hasta allí; se contempló, de nuevo, aspirando el aroma de toda su historia, y no pudo evitar besarle en el pecho y en el cuello. El anhelo por el André hombre le hizo darse cuenta de que este había estado ahí desde hacía años aunque ninguno de los dos quisiera verlo, esperando su momento para hincarles las garras en el cuerpo y en el alma para despedazarlo todo.

—Lo siento, lo siento —le susurró—. Perdóname, siento haberte dicho aquella barbaridad...

Él cortó su discurso besándola.

La compuerta donde había tratado de domesticar la bestia salvaje de su pasión se escapó e Iria le atrapó entre sus brazos como si no existiese más mundo que el presente. Se perdió entre las humedades, abriendo sus labios, tratando de devorar de un bocado todo el amor que sentía por André. Se deshizo de sus zapatos y él de los suyos, como si fueran una sola alma moviéndose en armonía. Ella se puso de espaldas para que él devorase su cuello mientras se deshacía de la botonera de su vestido malva. Los brazos de André alcanzaron su cintura y la cubrió como si quisiera retener aquel torrente desatado. Desmayó el cuello sobre el hombro de André mientras él apresuradamente desprendía el corsé. Se volvió para atrapar entre sus manos la nuca y el cabello de su sobrino y este se deshizo sobre ella. Recorrió los pliegues de su carne, de sus valles y nubes, hasta sus pechos y de ahí hasta su sexo. Iria gimió apretando el rostro de él contra su vientre, investida de un deseo que le robaba la respiración en jadeos, que le robaba el alma en espasmos y que ahogaba toda su razón bajo el rugido de aquel ardor. Llevada por la urgencia, le levantó la cabeza para dejarse caer sobre él, como una ola sobre la arena, y entonces quiso hacerle suyo.

Devoró su boca como si fuera una presa y, mientras sus carnes se hacían una, mientras percibía que él vibraba entre sus piernas, mientras se veía danzando sobre la tempestad que eran los dos, desnudos sobre el parqué crujiente como llamas consumiendo todo su anhelo, sintió que su deseo era solo una mínima parte del amor infinito que sentía por él, que el destino que los aguardaba era cruel y que las voces de la razón no emergerían esa noche.

—¡Oh, André! Vamos a incendiar todo nuestro mundo —le susurró mientras dos lágrimas se escapaban de sus barreras.

André solo asintió y se dejó llevar, consciente de que no podían domesticar a un animal salvaje, y, llevado por el ansia, la apretó contra sí haciéndola cada vez más suya. Azuzado por su lado más animal, como las reses en estampida, se vio enardecido, imantado a su mirada. «Dios mío, esos ojos son capaces de traspasarme la carne y el alma», pensó. Era el verde de Galicia ahora consumido por las llamas, el fuego esmeralda irisado y pulsante que le abrasaba todo el pecho hasta su sexo y le susurraba que aquel momento sería eterno.

Así, el uno sobre el otro, danzaron, como dos amantes consumidos en la misma perdición sublime, como el huracán sobre la tierra o la avalancha sobre la roca. Se agotaron juntos engullendo todo su arrebato, devorando cada rincón, cada esquina oculta entre las calles de sus cuerpos. Y mientras la música y los bailes, los fuegos artificiales y los aplausos, los invitados y los familiares se desleían como un coro cada vez más lejano, ellos permanecieron en su mundo solo en el otro, enlazados como si fueran uno hasta que el éxtasis se convirtió en jadeos. Estos poco a poco se fueron enmudeciendo hasta que el pazo y su festejo volvieron a ellos, a rodearlos con su mundanal estorbo. Así quedaron, enlazados entre susurros para no romper la magia de ese instante.

—*Meu rei...*, ¿qué hemos hecho? —le dijo besándole con una ternura herida—. ¿Qué te he hecho?

André la correspondió besándola.

—Solo nos hemos amado, y espero que no sea la última vez.

Ella agachó la cabeza y la depositó entre su cuello y el pecho. Así pudo oír el corazón ahora más tranquilo de André y deseó que no parase nunca de latir, o el suyo quedaría marchito para siempre.

—No te alejes de mí otra vez, por favor —le rogó él con el alma desvalida, temiendo que las voces de la razón de Iria volvieran a abrir las trincheras.

Ella se incorporó y le miró con el ángel verde de sus ojos.

—Mi amor..., yo puedo alejarme, pero nunca te abandonaré —le contestó—. Pero este secreto nuestro nos engullirá, y lo que es peor: partirá a la familia en dos si no lo hacemos bien, ¿no lo entiendes?

André asintió y se irguió acomodándose sobre el codo.

—Me ha dicho Quinta que os marcháis esta misma noche, que partes para continuar con el inventario de las tierras —le dijo—. Es... tan pronto.

—Eso tenía pensado y... creo que será lo mejor. Por ahora.

—Deseo que te quedes, deseo visitarte cada noche, deseo...

—Shhh... —le contestó silenciando su discurso con un beso—. No estoy alejándome de nuevo. No es eso. Después de este tiempo sin ti, he comprendido que no podría soportar verte lejos y en brazos de otra mujer. Lo que ha pasado esta noche es demasiado peligroso e inevitable. Piensa en las consecuencias, lo que supondría si nos descubrieran así desnudos sobre el parqué.

André puso cara de hastío y ella le tomó el rostro y le volvió a besar.

—No te hablo de separación, sino de pensar qué vamos a hacer para que esto funcione —le dijo mientras André asentía con las mejillas arreboladas—. Te amo demasiado para dejarte y demasiado para condenarte, no lo entiendes. Si esto va ocurrir entre nosotros, debemos cuidar de que nadie se entere.

—No tardes en regresar o me volveré loco.

—No lo haré. El abuelo sabe que dejé el inventario sin terminar y le dije que me iría esta noche para hacer camino —le dijo besándole de nuevo—. No debemos cambiar nuestros hábitos. Ahora debes volver al festejo, queda mucha noche y deben verte allí. Yo saldré después.

Ambos se levantaron, ella tomando el vestido entre sus manos y él tras enfundarse los pantalones. André recogió la ropa y se fue hacia la puerta colocándose los zapatos y la camisa. Al tocar el picaporte, se volvió antes de salir y la miró con el brillo de sus ojos encendido.

—Iria, no aceptaré jamás no estar junto a ti.

Él desapareció como una sombra con el candil en alto.

Iria se tomó cierto tiempo en colocarse el corsé y el vestido. Después, cuando apenas le quedaba el recogido de la cabeza por colocarse, se acercó, tomó su lámpara y salió. Fue entonces cuando percibió una silueta y se asustó. Al otro lado del pasillo estrecho y alargado, justo en el pequeño distribuidor ovoidal que comunicaba con las estancias posteriores, había alguien, una figura apenas silueteada por la luz de la luna que se filtraba a través de las comisuras de las cortinas y los cristales de las ventanas. Elevó el candil y se acercó lentamente hasta que la silueta comenzó a tomar forma y pudo contemplar el rostro cincelado en mármol de Amil. Estaba allí, apoyado contra una de las columnas de madera que jalonaban aquel distribuidor. Un terror despiadado se agazapó en el vientre de Iria y tuvo que disimular para evitar que él percibiera su turbación. Deseó que no hubiera visto salir a André a medio vestir y se acercó con el mayor de los fingimientos. Por fin su sobrino le dedicó una mirada que Iria no supo interpretar —tal vez por su propio miedo—: una mezcla de victoria y orgullo maltrecho. Amil se mantuvo en un mutismo más cerrado que una fortificación asediada y ella hizo lo mismo. Solo se saludaron con la cabeza. Ninguno de los dos dijo nada. Ella continuó su camino y él simplemente se quedó allí, en aquel espacio perdido del pazo, como si fuera una especie de refugio para su soledad. Iria siguió andando tranquila. Fuera como fuese, si lo sabía, el abuelo no le creería aunque lo pregonase a voz en grito, y tampoco tenía pruebas de que hubieran yacido juntos. A pesar de decirse esto, a pesar de que su ánimo se fue relajando a medida que se reincorporaba a la fiesta, a pesar de cruzar una mirada tardía con Cristina, con Amaro y con su propio padre, un sentimiento de impostura se fue adueñando de ella, como si el amor apasionado y sincero que sentía por André fuera ahora una pesada traición al resto de la familia.

6

Amil se removió entre las sábanas sin poder conciliar el sueño. Se sentía desdichado. El abuelo le había llamado esa mañana para comunicarle que después de la boda de Matilda debía abandonar el pazo y buscarse la vida fuera. Por eso había preferido pasar desapercibido en la cena y en el festejo. «Eres un traidor, y los traidores no merecen heredar la tierra», le había dicho el viejo con su mirada pedregosa y ese honor marchito del que hacía gala. Y había sido esa palabra, traidor, la que se había convertido en una losa sobre él.

Se agitó colmado de esa amargura que no podía regurgitar, y se sentó tocando con los pies desnudos la madera fría. Se acercó al espejo. Contempló sus facciones y se dijo que así era el rostro de la decepción. Desde la paliza que había sufrido a manos de los hombres de don Isidro, no dejaba de darle vueltas a todo lo ocurrido. En su interior se había removido ese lodo amargo y se le había subido a la boca hasta hacerse una bola negra que no le dejaba respirar. Llevaba toda su existencia comparando su vida con la del resto: con los detalles excluyentes de su madre para con él, con las atenciones de su padre y de su tía para con André, con el desprecio que supuraba el abuelo hacia su persona en comparación a la devoción que sentía por su otro nieto... Ya no le importaba. Debía pasar página.

Alejarse del pazo podía ser lo mejor para él. Se buscaría un futuro fuera, pues ahí ya no lo tenía. Las borracheras, las prostitutas y el vivir bajo el amparo del abuelo y sus leyes se habían acabado. De alguna forma, eso era lo único, pese al miedo, que le producía cierto alivio y una sensación nueva de libertad, como un soplo de aire fresco en una tarde congestionada por el calor. «Todos los secretos que guarda esta familia son como las lápidas de un cementerio», se dijo.

Y bien sabía él desde esa noche que no era el único que decepcionaría al abuelo. Horas antes, caminando por las galerías del pazo mientras fumaba un puro habano, se había detenido en el distribuidor del ala oeste. Allí habían llegado hasta sus oídos los crujidos del entablado, una vieja chivata que siempre se quejaba de ser pisada, incluso por los fantasmas. Se estaba acercando despacio al origen del ruido cuando de pronto había oído un gemido desacompasado. Se quitó los zapatos y caminó pisando en las tablas más cercanas a la pared, las menos quejumbrosas, hasta llegar a las puertas de uno de los saloncitos. Al otro lado se oían nítidamente los gemidos apasionados de dos amantes. Giró muy lentamente el pomo y comprobó que estaba cerrado, y entonces, con sumo cuidado, miró por el ojo de la cerradura. Apenas pudo ver nada más que dos siluetas recortadas en la penumbra por la luz de la luna. Así que, dispuesto a saber más, había esperado hasta que vio a André saliendo a medio vestir. Oculto entre las sombras del corredor transversal, le había dejado marchar sin delatar su presencia. No había sido una sorpresa ver a Iria salir después colocándose el peinado. Esta vez se había quedado apoyado en una de las columnas del distribuidor hasta cruzarse con ella. «¡Qué digna su tía! ¡Si el abuelo supiera que se están encamando los echaba a los leones!», se dijo. De nuevo se hallaba con otro secreto entre sus manos, uno que destrozaría la vida de su hermano y la de su tía.

—No eres el único que guarda secretos —se dijo en voz alta mientras se incrustaba las pupilas a su imagen en el espejo.

Amil dejó de observarse y salió de su habitación. Caminó despacio hasta la de André, que se encontraba al final de la galería. Abrió la puerta y entró con cautela. Su hermano dormía a pierna suelta, apenas cubierto por una sábana, con la ventana abierta para soportar el calor. Se quedó mirándole durante unos momentos y la voz de la envidia le susurró que André lo tenía todo y él se vería sin nada en cuanto despuntara el alba. Ya no quiso escucharla más. Estaba demasiado cansado para continuar con aquella tortura. Tenía en su alma demasiados verdugones mal cicatrizados.

—André, despierta. —Le zarandeó un poco.

Su hermano se desperezó y se repasó los párpados con los dedos para quitarse el sueño de encima.

—¿Qué haces aquí? —le preguntó.

—Debo hablarte antes de irme..., como hermano.

—Escucha, Amil. No es necesario que...

—Sí que lo es —le dijo, y tomando una silla se sentó y estiró los pies sobre la cama—. Sé lo que haces con tía Iria.

André abrió los ojos un poco más y se apoyó contra el cabecero. Se quedó encerrado en un mutismo sereno, muy a su estilo, y meneó la cabeza.

—¿Cómo lo has sabido? —dijo finalmente.

—Te vi salir a ti y a ella..., se os oía. Fue casualidad.

—Comprendo. No voy a excusarme ni te voy a pedir que no se lo digas al abuelo —le dijo André—. Es cosa tuya hacerlo o no.

—Imaginaba que dirías eso. Siempre has sido más valiente que yo.

—Tú sabes que no siempre..., yo...

—André, nunca hemos hablado de ese asunto porque no es necesario. Yo no te guardo rencor por lo que ocurrió, éramos pequeños. Debes olvidarlo, te lo digo por experiencia. Vivir en el pasado es una tortura.

—Siendo niños te dije que lo sentía y que necesitaba de tu perdón... Tú entonces para mí eras como un héroe de leyenda.

—No lo recuerdo, André, eso ya no importa. ¿Qué te dije?

—Que no me perdonarías nunca.

Amil agachó la cabeza y destiló una sonrisa.

—Nunca he tenido en cuenta lo que pasó, solo lo ha hecho el abuelo recordándolo cuando le ha convenido. No hay nada que perdonar —le dijo tragando saliva con mucho esfuerzo—. El niño que provocó la estampida que terminó con las reses volando desde el precipicio no eres tú.

—Te abandoné colgado de ese maldito barranco —dijo André atribulado, con una gorguera invisible sobre el gaznate—. Sabes que yo..., yo no... sé cómo...

—André, para —le dijo—. El que me dejó colgado del barranco era solo un niño con vértigo y aterrorizado por lo que acababa de ocurrir, no un cobarde. Yo cargué con las culpas porque el culpable de que ocurriese aquello fui yo, yo era el mayor y nunca debí permitir aquella estampida. Ambos sabemos que el hombre que eres hoy no lo haría —le dijo, como si estuviese en una confesión que cada vez se hacía más pesada—. Por eso te he envidiado siempre, hermano, por tu calma para afrontar los problemas, por la forma en la que te ganas el afecto de todos y porque en el fondo siento por ti una profunda... admiración.

De nuevo se estableció un silencio, algo más armonioso de los que solían tener. Amil, con los ojos acuosos, hacía muchos intentos para que su rostro no se poblase de lágrimas, y André deseó que no lo hiciera o ambos terminarían desatando el llanto.

—Sé que padre te habrá contado que reconocí lo de la plata. Seguramente Iria y Quinta lo saben ya.

André hizo un gesto negativo.

—Ellas no lo saben todavía. Padre me dijo que no quería contárselo hasta después del festejo para no enturbiar la boda, y esta noche se han marchado pronto las dos hacia Castro Caldelas para hacer camino. Aun así, no es necesario que te disculpes con...

—Sí que lo es, hermano. He venido a decirte que, después de traicionar a la familia tratando de enriquecerme, no voy a joderte la vida. No diré nada de lo tuyo con Iria. Sé que no he sido un buen hermano y espero que me perdones por ello. Ojalá lo tuyo con la tía no se sepa nunca y puedas...

La voz se le enmudeció de golpe. Ambos habían oído el chasquido del pestillo de la cerradura, como si alguien hubiera echado la llave. Se miraron entre sí extrañados. Lo primero que temieron los dos fue que alguien estuviera allí escuchando tras la puerta, pero de pronto un intenso olor a humo invadió las fosas nasales de Amil. Bajó los pies descalzos al suelo y percibió que estaba caliente.

—Hay fuego en la casa —dijo Amil extrañado.

A André se le ensanchó el semblante por la sorpresa cuando observó que por la rendija inferior de la puerta una bocanada densa y negra comenzó a ascender sinuosa hacia el techo.

—Dios mío —dijo Amil, y salió corriendo hacia la puerta. Allí tiró del pomo pero tuvo que soltarlo de inmediato—. ¡Está ardiendo, André!

Dositeu se había quedado traspuesto en uno de los sillones del salón cuando había oído algo, unos pequeños susurros en la noche que pululaban de forma anómala. Se había desperezado y había preguntado quién andaba por ahí cuando de súbito un impacto brutal en la cabeza le había hecho caer de bruces contra el suelo. Percibió unas enormes ganas de vomitar la cena. Sobre él, alguien caminaba sereno, como si hubiera hecho un buen trabajo. Entonces su agresor se acercó a su oído y le susurró unas palabras que le sonaron distantes y huecas: «Hoy pagas por lo que hiciste, viejo cabrón». No había podido identificar quién las decía, tan solo pudo ver de forma difusa a alguien vestido de librea, uno de sus sirvientes sin duda. Había intentado levantarse, pero una mano oscura e invisible le había llevado a la inconsciencia.

Ahora se había vuelto a despertar. Al principio creyó que era su propia visión nublada, pero pronto comprendió que un humo negruzco lo invadía todo, incluyendo sus fosas nasales. Comenzó a toser y puso a prueba sus fuerzas para ver si podía incorporarse. De nuevo, una debilidad enorme le invadió y la estancia le dio vueltas. Cayó al suelo apenas se erguía y sintió que su cuerpo era una losa que lastraba toda su esperanza de salir de allí por su propio pie: estaba herido y su cuerpo era demasiado viejo. Pensó en los suyos y rezó a Dios para que se despertasen a tiempo. El humo le había sacado de la inconsciencia, pero no haría nada más por él. Inmóvil, sin fuerzas, chilló o creyó que lo hacía; navegando entre las tinieblas de lo real y del ensueño, se vio caminando de joven, cuando era fuerte y bravo, entre los hombres del Empecinado, combatiendo a los franceses, y deseó tener aquellas fuerzas renovadas. «Lo peor de la vejez no es ser viejo, sino saber que el espíritu de uno no envejece nunca mientras el cuerpo se va ajando», se dijo arrastrándose de forma inútil. Levantó la mirada y comprendió que el salón entero estaba ya en llamas. El calor comenzaba a ser insoportable. Rezó una plegaria por su preciosa Iria, por Amaro y Cristina; rezó por cada uno de sus nietos y por aquel pazo suyo que iba a ser consumido hasta las cenizas. Supo, entre sus delirios, que aquello no había sido fortuito y que de alguna forma don Isidro estaba detrás. «Maldito cabrón bastardo», se dijo, y quiso tener más tiempo para arrancarle él mismo el corazón. La rabia le llevó a intentar ponerse en pie una vez más. Sintió que sus rodillas aguantaban ligeramente y que su vejez todavía no era definitiva, pero en cuanto recuperó la verticalidad, la negrura le engulló. Se quedó allí tendido en el suelo junto con sus esperanzas y anhelos, viendo cómo se transformaban en cenizas junto a todo lo que amaba.

Amaro se despertó entre toses y no pudo ver nada. Tenía los pulmones colapsados de hollín y solo pudo aferrarse a la vida zarandeando a Cristina, que estaba en la cama junto a él. Ella no reaccionó. Amaro se puso en pie, intoxicado, agitado por un pavor que no había conocido nunca. Trató de gritar a su esposa, pero las cenizas se le habían pegado al paladar y solo pudo toser y escupir una masa viscosa negra. Sintió el suelo crujir bajo sus pies, ardiendo enfurecido, y pudo vislumbrar, entre el denso humo, que la alfombra había comenzado a lanzar llamas hirientes. Amaro, convulso, se acercó gateando hasta Cristina, cubierta por la humareda y una fina capa de pavesas. Tiró de las sábanas y la atrajo hacia el suelo. De pronto las cortinas se inflamaron, los tapices y los cuadros fueron recorridos por un ardor naranja, y el fuego se convirtió en un muro de llamas salvajes que anhelaban arrebatarles el alma. Sus fuerzas menguaban a medida que tosía, pero aún tiró de su brazo con el fin de alcanzar la ventana y poder arrojarse al vacío, pues la puerta estaba abrazada de flamas gruesas. Arrastrándose él y arrastrando el cuerpo inerte de su esposa, comprobó que todo el entarimado estaba ya encendido. Tosió envuelto entre nubes negras y llamas, y, exhausto, atrajo el cuerpo de Cristina hacia sí: aterrorizado, comprobó que la mitad de ella estaba ya ardiendo. Lloró asumiendo su final. Un vahído profundo le invadió y su faz se estampó contra el suelo. Se perdió frente al rostro de su esposa, arrollado por el abrasador infierno, y, vencido, navegó por los contornos de sus pómulos, admirando su piel tierna todavía. Se sonrió borracho de melancolía, y en un último suspiro acarició su mejilla, pensando que así calmaría la tristeza de ambos por la vida que ella había tenido junto a él, por los dolores causados, por tantos silencios comprometidos entre ellos, por los secretos que ambos guardaban y que ya nadie sabría nunca. Cristina, con su rostro de cera y los párpados cerrados, le pareció de pronto la efigie descomunal que le había mantenido a él en pie: un faro en la oscuridad. «Mi bien, pese a todos nuestros abismos, cuánto te he querido», se dijo, y cerró los ojos sabiendo que ya nunca los abriría más.

André tomó uno de los paños del aparador y se lo enrolló en la mano. Por su parte, Amil sacó una camisola de su hermano, la hizo jirones y la empapó en el agua del aguamanil. André, con la protección del mantelito, tiró del picaporte otra vez para comprobar que estaba cerrado.

—Alguien nos ha cerrado por fuera.

A Amil se le frunció el ceño y las mandíbulas se tensaron hasta que estalló.

—¡El hijo de puta de don Isidro nos quiere quemar vivos! —chilló—. Ponte esto en la boca, pronto no podremos respirar —le dijo tapándose el rostro con la tela empapada—. Ayúdame. Tenemos que sacar al abuelo, a padre y a madre como sea. ¡Si estaban dormidos, lo mismo se han asfixiado sin poder salir!

André se acercó al armario del fondo y extrajo dos mantas de invierno. Las roció con el agua que quedaba del aguamanil y se las pusieron sobre la cabeza.

—Preparado —le dijo Amil tomando distancia.

André asintió. Ambos cogieron carrerilla y empotraron su hombro contra el portón de roble macizo. Esta emitió un crujido cuando sus goznes, al desencajarse, permitieron que una densa capa negra de hollín escapara de su encierro y comenzó a filtrarse por los paramentos de la estancia. Ambos tosieron. Tomaron de nuevo impulso. La madera aulló en un crujido desproporcionado y la puerta cedió de tal forma que ambos cayeron con ella. De pronto una llamarada se extendió por encima de sus cabezas y el aposento y sus mantas se contagiaron del incendio. Percibieron un calor asfixiante que se adhirió a su piel abrasándola, como si hubieran penetrado infierno. Amil levantó la cabeza para ver, entre la nube tóxica que se ceñía sobre ellos, que la galería estaba completamente incendiada. Apenas se vislumbraba un pasillo por el que cruzar hacia las estancias inferiores, demasiado estrecho como para no quemarse, pero con alguna oportunidad de sobrevivir. Al otro extremo, las habitaciones de sus padres, las del abuelo, el corredor con sus retratos, las cómodas y los espejos, los techos de yeso desprendidos, las vigas de madera ya al aire y el entablado eran un pozo hirviente inundado de llamas de seis metros.

—No podemos pasar —le dijo André irguiéndose con el rostro desencajado entre el dolor y la rabia mientras tiraba del hombro de su hermano—. ¡Vamos, o moriremos aquí!

Mientras Amil le seguía con el corazón encogido, él sintió un deseo descomunal de escapar del incendio y ver que sus padres seguían con vida fuera de la casa. Sin embargo, un vacío en su estómago le advertía que era una esperanza vana: nadie podría haber sobrevivido a aquel infierno. Se abrasaron la planta de los pies con cada zancada y cruzaron el mar de fuego, entre toses, siendo conscientes de que cada vez les quedaba menos aire que respirar. Se precipitaron escalera abajo para descubrir un recibidor con parte del suelo desplomado sobre los sótanos, y con sus techos pintados a fuego a punto de venirse abajo. Tuvieron que saltar desde los mamperlanes a un pequeño rellano que todavía se mantenía en pie. La puerta principal no era más que un muro impenetrable de vigas, madera y llamas que salían expulsadas por los ventanales. Apenas unas pequeñas islas del suelo permanecían sin ser devoradas. Fue entonces cuando divisaron, en el salón, el cuerpo tendido del abuelo bocabajo, con los pantalones incendiados y tan inerte como una de las efigies que decoraban la estancia.

—¡Abuelo! —chilló Amil echando a correr.

—¡Espera! ¡No!

Las yemas de André apenas acariciaron el antebrazo de su hermano. Amil se precipitó sobre las llamas de un salto para caer al otro lado, cerca de la figura del abuelo, cuando una parte del techo se desplomó en llamas cortando toda retirada. Una bola de fuego se expandió por el salón y André tuvo que agacharse y parapetarse tras la manta incendiada. El cobertor solo le duró unos instantes y tuvo que quitárselo de encima. Observó casi cegado a Amil, que desde detrás de aquel muro infernal le hizo señas para que se fuese. André trató de avanzar, pero los techos se agrietaron sobre sus cabezas avisando de que pronto serían vencidos.

—¡Vete! —gritó Amil desde detrás de la cortina de humo, llamas y muerte.

Amil, desangelado, supo que no podría ya salir de allí vivo y observó al abuelo. Este, intoxicado, con la mirada perdida, le tocó el rostro como si él fuera un ángel venido del más allá para reclamar su alma. Amil no pudo evitar sentir que toda su rabia e impotencia se desmenuzaban ahora, frente a lo inevitable, abrazado al cuerpo moribundo del abuelo, en una especie de piedad macilenta que le decía que él, Amil de Castronavea, era culpable en parte de aquel desastre. La pesadilla, que esa noche se cobraría la vida de muchos, incluida la suya, había nacido de su ambición, de su codicia y de esa enfermedad que le había devorado y que ahora reconocía como envidia.

—Abuelo, abuelo, perdona por no haber sabido ser mejor.

—Amil... —susurró el abuelo—. Solo la muerte... nos hace reconocer lo importante de la vida.

Entonces le acarició el rostro y, por primera vez en mucho tiempo, su abuelo le sonrió como cuando le sonreía de niño.

El techo del salón se desplomó al completo sepultando al abuelo, a Amil y al chillido desgarrador de André. Este, impotente, acorralado, sin aire que respirar, se sintió como aquel niño de ocho años ante el precipicio, con su hermano pidiendo ayuda y él aterrorizado, tambaleante por el vértigo, sin poder siquiera extender la mano para tratar de auxiliarle. Las vigas sobre su cabeza volvieron a crujir. Miró alrededor y se vio rodeado, y supo que aquel sería su final. André se miró las palmas tiznadas de negro y cayó de rodillas, vencido. Aquel incendio que lo había engullido todo, su orgullo, sus símbolos y sus secretos, los de Amil, los de sus padres, los del abuelo y hasta los de las pobres almas que estaban a su servicio: don Cosme, doña Neves, Vicente y su amada Celsa. Pensó en Iria, que al haber partido la noche anterior, quedaría destrozada por la pérdida pero viva. Recordó su propia vida, en una procesión de imágenes cuyo denominador común era siempre su tía, y se dijo que, al menos, esa noche la había amado para hacer de su entrega un instante eterno.

Los techos crujieron una última vez y lanzó una plegaria a Dios cuando de súbito el suelo sobre el que estaba arrodillado colapsó llevándole hasta las profundidades de la bodega. Cayó unos tres metros hasta dar con sus costillas entre maderas ardientes y ascuas. Sus huesos chascaron y sintió que le faltaba el aire. Abrió los ojos y, sobre él, un mar de llamas danzarinas de una belleza cruel y embriagadora se desplegó por todo el entarimado. Antes de que su pijama se quedase adherido al ardor, se quitó de encima lo que pudo y tosió mareado, esputando sangre y media vida. La otra media cada vez le abandonaba más rápido.

Alzó la vista y entonces observó tras la pared de ladrillo aquella antigua salida, una que Amil y él habían utilizado muchas veces cuando eran rapaces para salir a hurtadillas al río. Avanzó en cuclillas, entre el pasillo de flamas, la historia del pazo deshaciéndose en cenizas y los calcinados que dejaba atrás. No supo si las manos le ardían o si su cuerpo estaba ya en llamas, pues solo inspiraba un aire abrasador que le incendiaba los pulmones.

Pegado a la pared de la bodega, con las barricas de vino hirviendo y las botellas quebrándose en mil pedazos, avanzó a tientas, sin ver nada, palpando a cada paso la inconsciencia. Se desorientó, y en aquel enjambre rojo y amarillo, solo supo que debía transitar esa senda sin final. Bordeó varias cubas hasta que halló las escaleras de piedra, calientes pero no ardiendo, y se guareció allí, regurgitando el hollín y la vida que se deslavazaba entre sus dedos. Subió la escalera a gatas, con sus sentidos abotargados a punto del colapso, y chocó contra las puertas metálicas sobre su cabeza. Imaginó que se quedaría encerrado, pues era una entrada cuya llave siempre estaba echada y además se aseguraba con cadena y candado.

No dio crédito cuando, al empujar hacia arriba, estas cedieron y él pudo surgir como si de las fauces de un dragón se tratase, para acabar en el suelo del patio exterior. Se arrastró tocándose las costillas, alejándose del fuego hasta apoyar la espalda sobre la fuente. Sobre las gallinas, algunas reses, varias yeguas sueltas y uno de los sementales, que habían huido de la quema como él, descendía una nube de pavesas incandescentes y ceniza. Se giró y contempló absorto aquel magnífico y desolador espectáculo.

Se quebró internamente como la techumbre desplomándose sobre la historia de los Castronavea. Se dejó llevar por un llanto silencioso mientras las figuras del abuelo, sus padres y Amil se presentaban ante él para decirle que ya nunca más los vería con vida. Dos regueros cruzaron sus mejillas destilando el tizón de su semblante, y permaneció inmóvil mientras el incendio, como un titán destructor de vida, se adueñaba de todo su hogar para consumirlo en cenizas.

Fue entonces, al observar las compuertas metálicas del sótano, cuando descubrió que la cerradura estaba reventada y allí, junto a ella, tirada en el patio, estaba la cadena con el candado. Exhausto, sin dejar de toser, se arrastró hasta allí para comprobar horrorizado que efectivamente alguien las había abierto con un cortafrío. Recordó de pronto que su hermano había gritado maldiciendo a don Isidro y que segundos antes habían percibido cómo echaban la llave de su puerta. «Entraron por aquí y provocaron el incendio», se dijo y, lanzando la cadena rota contra las cenizas, chilló de impotencia y dolor.

—¡Rapaz! —fue la voz que oyó tras él, y se volvió de inmediato cuando sintió sobre el rostro el golpe de una bota que le tumbó.

7

Desde su ceja, una cascada carmesí le empapó un ojo, y un dolor atenazador le impidió situarse de nuevo en el espacio. El patio entero, las llamas, las cenizas y la figura corpulenta de un hombre giraban en un tornado sobre André arrebatándole los sentidos, atrapándole en el abismo. Serpenteó con la espalda pegada al suelo casi por instinto. Sintió de nuevo un golpe en el estómago que le hizo detenerse de inmediato. Apenas levantó la vista, distinguió entre el humo a un hombre recio, no muy alto, que extraía de su funda una albaceteña de doce muescas con una hoja de dos palmos. El siniestro individuo se aproximó hasta él con paso sereno, y antes de matarle le sonrió como se sonríe a los perdedores, presagiando la caída de todo un imperio.

Solo entonces André fue consciente de que su mano, al hundirse en las cenizas, había palpado la cadena. La agarró por un extremo y, casi por instinto, la lanzó como un látigo de acero hasta impactar de lleno en la cabeza de su asesino. Tras un crujido seco, un racimo carmesí salió despedido decorando el patio: sangre sobre ceniza. André se retiró el reguero rojo del párpado y apretó la cadena contra él. Comprobó que el hombre estaba tirado a sus pies, en el suelo, vestido de negro, con la sien abierta y la pierna agitándose de forma espasmódica. Se irguió por fin con el paso inseguro, entre tambaleos, y se acercó para observar que todavía respiraba. Al abrirle la chaqueta, comprobó que cargaba una pistola de avancarga en la sobaquera, y sobre el mortero de la plaza había dejado caer el cuchillo. Un escorpión negro se reveló tatuado en su muñeca.

De pronto oyó voces al otro lado de la plazuela. «Los asesinos están aquí todavía», se dijo. Se lanzó a coger la pistola de la cartuchera cuando varios disparos silbaron cerca de su rostro y uno le rozó la mejilla. Soltó la cadena y corrió, arrastrando los pies desnudos y abrasados, entre la desesperación, las lágrimas, las pavesas y los balines que amenazaban con llevarle al otro mundo. Se acercó a uno de los corceles y lo montó a pelo. Al fondo, por entre la arcada del patio, distinguió la figura de varios hombres que le imprecaban. Espoleó con los talones a la montura, de por sí nerviosa, que se puso a dos patas. Apenas oyó varias detonaciones y los balines rebotaron contra los sillares de piedra. Partió al galope mientras los asesinos se acercaban a la figura inconsciente que dejaba. «Huye, André, huye o te matarán», se urgió, y descendió por el sendero mientras su espíritu se desleía como la casa que abandonaba a su espalda, desvestida entre cenizas y muerte.

Con dos regueros marcados en los ojos, su mente solo trataba de ubicar hacia dónde dirigirse. Pensó en Ourense, a donde habían partido la noche anterior Quinta e Iria, pero de inmediato se dijo que solo atraería el peligro hacia ellas. Estaba claro que aquellos hombres no deseaban testigos de lo ocurrido, y menos uno que supiera el secreto de Nacedeiro. Por contra, Quinta e Iria no sabían nada. Ellas se habían salvado de la quema junto con Basi, custodiada en Pontevedra por los Ordás, y con Matilda, que estaba de camino a Madrid. «¡Asesinos, asesinos!», lloró. Rogó para que al menos su amada Celsa, don Cosme, doña Neves y el resto de la servidumbre hubieran podido salir de su ala por el otro lado de la casa.

Supo que con el semental, demasiado pesado para ascender las montañas, le darían caza. Debía darles esquinazo en un recorrido más corto. De pronto le vino a la cabeza una imagen del lugar en el que podría estar más seguro y caliente. «Debo llegar —se dijo—. Debo llegar como sea, soy el único superviviente de la quema». Estaba en pijama, malherido, con sus costillas posiblemente rotas y la planta de los pies en carne viva. Lanzó una plegaria al Altísimo para que su plan funcionase y cabalgó en dirección noreste. Mientras enfilaba el camino hacia la zona de Navea, percibió cómo su dolor se intensificaba, lo masticaba entre imágenes: las de Amil, las del abuelo, y con seguridad las de su padre y su madre, todos quemados vivos dentro de su propia casa. Entonces aquella masa punzante se convirtió en una rabia brutal que le hizo chillar. No le importó el dolor de sus costillas, ni tener el rostro empapado en sangre, ni la boca llena de hollín, ni siquiera el saber que su grito pondría sobre la pista a sus perseguidores. Aquel chillido, que nacía de lo más profundo de sí, le inundó los pulmones hasta que se convirtió en desolación.

Pese a todo, apretó los dientes y galopó sujeto a las crines, con sus costillas quejándose y esputando más sangre por la boca. Dejó As Airas y culminó el primer tramo hasta el camino que ascendía a Navea. Desde allí, descendió hacia el río homónimo. El alba apenas anunciaba alguna claridad por entre la quebrada, y supo que le quedaba algo de oscuridad para despistarlos. Su otra ventaja era el terreno: él lo conocía y ellos supuestamente no. Por eso se había decantado por un sendero poco frecuentado que iba parejo al río. De ir por el camino abierto, en cuanto fuera de día le darían caza seguro.

Miró hacia atrás. Sacaba una ventaja de una media hora o algo menos. A lo lejos se oían monturas y algunos perros de caza. «Los hijos de puta han venido preparados por si alguno de nosotros escapaba», se dijo lleno de rabia y dolor. Dejó atrás el puente de Navea y continuó por la ribera del rio. Cabalgó forzando un poco al semental, sabiendo que era resistente. Tuvo que caracolear en varias ocasiones entre los frenos y chopos, ascendiendo para luego volver a bajar hacia los sauces arbustivos de la ribera. En esas ocasiones prefirió no desmontar aunque supusiera no ponérselo fácil al corcel. Tenía las plantas de los pies achicharradas, y tan solo pensar en tocar el suelo sentía un ardor aún mayor.

A pesar de que los ruidos de perros y cabalgaduras no eran más lejanos, decidió entrar y salir varias veces del río montado sobre el caballo en las zonas donde el caudal era más liviano. Tal vez así los perros perdieran su rastro. Tan solo se detuvo unos instantes para que el caballo abrevara. No quería partirle el pecho en la escapada y necesitaba que la planta de sus pies tocaran esa agua fría de verano. Fue un alivio inmediato, aunque incluso el roce del agua también le resultó hiriente.

Avanzó otra vez con aquellos ladridos sobre su cabeza, los de sus perseguidores, que empezaban a ser como una brea pegadiza en sus oídos. A pesar de sus esfuerzos por evitarlos, cada vez parecían más cercanos, más acosadores, y temió no conseguirlo. «Vamos, André», se dijo. No pudo evitar imaginarse devorado por los podencos mientras todos sus asesinos miraban aquel espectáculo cruento en silencio. Pensó en Iria, en Quinta, supuestamente alejadas del peligro, y temió que las hubieran matado a su salida. Lloró entre rabia, desesperación y angustia, llevado por todas aquellas visiones funestas: las de sus padres deshechos en llamas y cenizas en aquel infierno, las de Amil y el abuelo aplastados bajo las vigas ardientes...

Trató de calcular la distancia y, aunque le pareció que sus perseguidores estaban más próximos, por sus sonidos percibió que eran menos numerosos. «Se han dividido —se dijo—. Unos van por el camino principal y otros cerca del río». Se animó diciéndose que cada vez quedaba menos para dejarlos atrás y arreó al caballo, que volvió a galopar, esta vez con menos energía. Apretó las crines y soportó como pudo los latigazos en las costillas. Cada vez respiraba peor y sentía punzadas que le privaban del aire.

Aparte del humo inhalado que debía haber llenado de hollín sus pulmones, deducía que alguna costilla flotante le había herido internamente. De ahí la sangre que esputaba cada vez que tosía y el dolor que le doblaba sobre la grupa del corcel.

Siguió el meandro del Navea hasta que por fin divisó su desembocadura en el río Bibey. Avanzó un poco, dejando tras él varios viejos olmos y un roble carballo cuajado de enredaderas y helechos, cuya corteza parecía un río petrificado alzándose hacia el cielo. Se detuvo frente a las aguas del Bibey y solo entonces desmontó. Cuando puso los pies en el suelo, percibió un dolor inefable. Golpeó la grupa del caballo y este salió al galope. Caminó todo lo rápido que pudo en un calvario descomunal, esperando que la distancia que le separaba de sus perseguidores le otorgase suficiente tiempo. Al llegar a la ribera, se tiró al río. El frescor del agua en los pies y no tener que apoyarlos más fue una bendición. Nadó cerca de la orilla, donde hacía pie. No deseaba encontrarse con una poza que le succionase hacia el lecho. Avanzó unas cien brazadas hasta que surgió el embarcadero, envuelto entre la espesura como un castillo oculto. Era un cobertizo vallado, construido a cuatro aguas sobre el río. «Por fin», se dijo, y oyó cómo los ladridos debían estar ya a un estadal de él. «Se me echan encima».

El edificio estaba algo más anciano de lo que recordaba cuando Iria y él se escapaban hasta ahí. Habían pasado tantas tardes tumbados en la barca, bajo el sol y sombra de los árboles que le pareció irreal volver a ese lugar ahora, con la muerte ladrando en sus oídos y la destrucción del pazo en la retina de sus ojos. Se sintió un poco perdido mientras braceaba soportando aquel dolor que amenazaba con robarle la consciencia. Por fin alcanzó la pequeña escalerilla exterior, llena de ranúnculos y algas. Subió los escalones de madera rezando por que el agua no los hubiera podrido. La estructura crujió pero soportó su peso. Se dejó caer exánime sobre la tarima y una lanzada en el pecho le nubló la vista y le obligó a ponerse inmediatamente de espaldas. Tomó aire. Los ladridos de los canes estaban más próximos, no más de diez minutos. «No te queda tiempo —se dijo—. Aguanta, no te desmayes, André».

Se puso de rodillas y volvió a escupir sangre por la boca. Rezó para que las dos pequeñas llaves siguieran bajo el entablado, ese lugar secreto que solo conocía la familia. Retiró una de las tablas pequeñas y halló el cajetín enterrado. Lo abrió y la llave surgió dentro de él como si fuese el corazón verde de la esperanza. Gateó para no descarnarse entre las plantas y se dirigió hacia el portón del embarcadero. Allí, un candado oxidado engrillaba una cadena anaranjada que enlazaba la puerta. Introdujo la primera llave y con algo de esfuerzo, por el óxido, dio un cuarto de vuelta y el cierre se abrió. De nuevo, los gritos de sus perseguidores en el cogote. Abrió el portón y la barca le dio la bienvenida.

Se dirigió a las compuertas sin dudar y, tras desbloquear la segunda cerradura, se tiró a la bancada del bote y comenzó a remar. El dolor sobre el costado se extendía ahora por todo el pecho. «No aguantarás mucho», se dijo. Debía remontar lo más rápido posible y, por eso, a pesar de las lanzadas de su costilla rota, no dejó de remar hasta que entró en el río Bibey. La punzada en el pecho se le hizo tan insoportable que una nube borrosa se le instaló en las pupilas y pensó que iba a sufrir una parada del corazón. Para no perder los remos, los subió a la barca en un último esfuerzo, lo que le supuso volver a esputar sangre. No sabía si la jauría se había amortiguado o eran sus oídos, que estaban congestionados. El embotamiento se hizo más denso. Tomó aire pero solo obtuvo más dolor, y entonces sintió que la debilidad se lo llevaba mientras lo último que pudo oír en la noche fue algún silbido lejano.

No supo cuánto tiempo había estado allí varado, en la orilla del río. Cuando despertó, sentía una sed atroz y se alivió enjuagándose la boca con agua. Su costado no dejaba de palpitar y sus fuerzas estaban muy menguadas. Se irguió un poco y comprobó que el azar había guarecido la barca bajo el enramado enorme de un fresno que, inclinado por la pendiente, metía las ramas en el agua. Debía haber pasado media hora, pues la noche todavía seguía enseñoreada del paisaje.

Introdujo los remos y empujó para volver al cauce. Una vez allí, deshecho y con la memoria abotargada de recuerdos de los suyos, comenzó de nuevo a remar. No supo cuánto tiempo estuvo tirando de las palas hasta entrar en el Sil con las primeras luces del alba. Cuando por fin alcanzó Montefurado, estaba completamente desfallecido. Dejó la embarcación y, tras hacerse jirones las perneras del pantalón del pijama, se envolvió los pies. Deseó no cruzarse con nadie, y menos con los mayorales, que en estos días de septiembre transportaban los frutos de la vendimia. Verle así llamaría la atención y, aunque de seguro le ayudarían, no se imaginaban lo que venía tras él. Cualquiera que le auxiliara se ponía en peligro de muerte si se cruzaba con los asesinos. «No se han detenido contra los Castronavea, no lo harán por ningún otro», pensó, y volvieron las punzadas en el pecho en cuanto tosió.

Avanzó cerca del camino hacia el pueblo de Albaredos para intentar llegar lo antes posible a su destino final. Lo hizo dejando tras de sí un rastro de piel quemada y aliento. Al abrirse la mañana, abordó la villa de Roblido y comenzó el lento ascenso final hacia la palloza de Quinta, en dirección a Barranco Rubio. La fiebre comenzaba a hacer presa de él. Al final, pasado el mediodía, tras más de ocho horas de camino infernal sin comida ni bebida, llegó a aquella bendita choza circular. Le recibieron sus muros de piedra de medio cuerpo, una sola ventana y su tejado de centeno, duro como una roca. Junto a ella, un hórreo soportado en seis pilares de piedra terminaba de completar aquel conjunto abandonado. Allí, en esa construcción aislada y desconocida, tendría todo lo necesario para alimentarse y curar sus heridas. Cada cierto tiempo aparecía Julián, un pastor amigo que tenía el encargo de cuidar el ganado de Quinta en su ausencia. Seguro que cuando este llegase podría enviarle un mensaje de forma segura para decir que estaba vivo y necesitaba asistencia médica. Deseó que fuera lo antes posible.

Empujó la puerta, que, tal como esperaba, estaba abierta. Nadie en su sano juicio ascendería hasta allí para robar en la palloza de Quinta, sobre todo si quería encontrar algo de valor y no perder el cuello de un tajo. Entró y se vio rodeado de un calor reconfortante y un olor a piel de vaca, a lana de oveja y embutidos. Se acercó al pilar de piedra central sobre el que se apoyaba toda la estructura del techo y se apoyó jadeante. A tientas, por la penumbra, encontró el camastro de Quinta y se derrumbó sobre él. Apenas cerró los ojos, una oscuridad placentera le tragó de un solo bocado. Entonces se dijo que estaba tan agotado que hasta las pesadillas le dejarían tranquilo. Lo último que pensó antes de perderse fue en don Isidro, y deseó verle tan muerto como lo estaba toda su familia.

PARTE IV

Allí, mientras el último sol del otoño descendía, ella le había besado y, al sentir sus labios sobre los suyos, había volcado sobre ellos toda la frustración, la rabia, la tristeza y el corazón que se le deshacía por la ausencia de los suyos.

1

Mientras caminaba hacia el sepelio de sus seres queridos en el panteón familiar de los Castronavea, Iria comprendió que solo la suerte o la desgracia las habían salvado a ella y a Quinta de verse en ese momento en un ataúd. Allí, con más de ciento cincuenta personas alrededor, Iria trataba de mantener la compostura. Mientras, Basi y Matilda, sosteniéndose la una a la otra, lloraban desconsoladas bajo la mirada comprensiva de sus respectivos maridos. Algo más atrás, don Isidro y su mujer, vestidos de riguroso luto, sostenían el rostro con un gesto grave. «Fuera lo que fuese lo que ese individuo estuviera haciendo en Nacedeiro ya no importa —se dijo Iria—. La obsesión de mi padre por hacerle pagar ahora carece de todo sentido: su muerte ha robado cualquier importancia». Se acomodó en las primeras filas de la capilla y esperó a que el padre Octavio, el capellán del pazo, comenzara a oficiar el entierro. Cinco féretros color cerezo se desplegaban frente a él; cinco cajas de muerte que arrastraban toda su vida bajo tierra.

A Iria ya no le quedaban lágrimas. Sus ojos se habían secado de tanto llorar. Lo había hecho a solas. Cada vez que pensaba en toda su pérdida, sentía como si le arrancasen el corazón de cuajo y, aunque atesoraba un dolor inmenso por todos, no podía negar que la ausencia de André la había devastado. Por las noches se apretaba contra la almohada, desfallecía sin ganas de nada, ausente de todo, como si ya no importase la vida, como si esta hubiera perdido su color natural y careciera de sentido. Pareciera que un fantasma interior le susurrase palabras maledicentes para condenarla al abismo. Y ella se resistía, pero con una voluntad que pendía de un hilo muy fino. Su único impulso era Quinta, que la había obligado a tomar las primeras decisiones: «¿Dónde vas a vivir ahora? Tendrás que hacer algo con el pazo. Los enterramos en el panteón, supongo». Quinta no servía para llevar el mando general, pero era una lugarteniente formidable. Gracias a ella había podido ir tomando pequeñas decisiones. «Muestra tristeza, pero no debilidad —le había dicho tuteándola porque estaban a solas—. Que la gente sepa que los Castronavea no van a desaparecer por un incendio: quedas tú. Se lo debes a los muertos». Esa última frase era la que más le había calado y la que le hacía salir de la cama cada día.

Así, de cara al público había mantenido el ánimo consternado pero determinado a encajar esta desgracia de la mejor manera posible. De madrugada se despertaba enloquecida, con el corazón cabalgando rápido, y volvía la sucesión de recuerdos: ella siendo avisada en Castro Caldelas del incendio originado en uno de los salones de lectura —tal vez una vela mal apagada— y el regreso precipitado para contemplar de rodillas las cenizas del pazo.

Gracias a Dios, el servicio —don Cosme, doña Neves, Vicente, el resto de sirvientes y, sobre todo, Celsa— había salvado la vida huyendo de la quema, pues el ala de la servidumbre había sido la menos afectada. Aunque tenían quemaduras y lesiones, no eran de gran consideración. Dado que la casa era ya un amasijo de muros desnudos, Iria decidió trasladarse al pazo Carballeiro, situado entre Petín y O Bolo. Un pazo mucho más pequeño, pero habitable. Una partida de hombres bajo la supervisión de don Cosme se había quedado tratando de salvar aquellas cosas que hubieran sobrevivido a la quema. Quinta, por su parte, había partido junto con Berobreo a su casa de Barranco Rubia para comprobar el estado de aquello y traerse algunas pertenencias nuevas, según había dicho. Bien sabía Iria que el motivo de su marcha era el entierro. Quinta no soportaba las lágrimas de otros ni las penas de nadie. Le ponían de un humor de perros, y pensaba que el manifestar el dolor así provenía de la necesidad de inspirar piedad en los demás. La capataz llevaba su dolor por dentro; lo de llorar lo hacía en soledad y no deseaba que nadie se inmiscuyera en su aflicción. Por eso no compartía nunca su pena y esperaba que nadie le pidiera soportar la suya. El dejarse abrazar por Iria cuando había visto el pazo deshecho en cenizas y piedras negras había sido posiblemente uno de los actos más intensos de la vida de Quinta. Y tal vez le había permitido aquel gesto a ella porque en el fondo eran igual de reservadas, tanto para la aflicción como para sus problemas. Desde que se fijó el día de la inhumación, hacía una semana, no había sabido más de la capataz.

Lamentablemente, de sus seres queridos muertos, sí. A medida que las labores de desescombro avanzaron, habían aparecido lo que se suponía eran los cuerpos de Amil y Dositeu carbonizados, juntos y abrazados en el salón. Dos días después, los de Cristina y Amaro, en su propia alcoba; los pobres habían sufrido inconsciencia por asfixia y no habían podido salir. El único cuerpo que no había sido hallado después de diez días era el de André. Y ella, como una estúpida, se aferraba a esto, como si de pronto él fuera a aparecer vivo por arte de magia. Después se llamaba loca, ilusa, y se decía que aparecería tan carbonizado como el resto. Al final, había decidido celebrar el sepelio con un ataúd vacío. De encontrarse los restos de André, lo ordenaría abrir para depositarlos dentro, pero no podía tener al resto de sus seres amados más tiempo sin un entierro digno.

Ahora, sentada en la bancada y escuchando al padre Octavio hablar sobre la resurrección y la redención eterna, Iria solo podía pensar en una vida mucho más cercana y tangible, llena de esa irrealidad que otorgan las muertes cercanas, algo tan devastador y sencillo que no cambia nada y lo destruye todo. Esa era la existencia eterna que debía reconstruir. La voz de su padre se le antojaba cada vez más distante, la forma de mirar de Amaro y su aquiescencia para con Dositeu, el candor de Cristina, la última mirada de Amil en el pasillo, enigmática y sin solución ya, y por último la risa de André persiguiéndola por la habitación con la nariz blanca de nata. Todos aquellos tesoros eran un mar de lágrimas yermas en las que no cabía el consuelo.

Los cinco féretros se colocaron en sus nichos y, tras la última oración del padre Octavio, los presentes fueron pasando, dándole el pésame y sus profundas condolencias. Cuando llegó el turno de don Isidro, el empresario le tomó cálidamente la mano y la miró.

—Puede usted contar con mi total apoyo en lo que necesite —le dijo—. Como le dije a su padre, ahora estamos emparentados, y los Ordás no dejan a nadie en el camino.

Su mujer, Cordelia, reiteró las palabras de su marido, y ella apenas musitó un «gracias». Tras ellos pasaron los Ortega, los de Nemesio Fernández, los Ferreiro y otras muchas familias potentadas de Ourense y Galicia. Al final, cuando ya no quedaba nadie, le dijo al cochero que esperase. Necesitaba estar a solas con las tumbas. Entró en el panteón de los Castronavea y se acercó a cada una de ellas. Las acarició como si pudiera acariciarlos a ellos y rezó una plegaria por sus almas. Se dejó llevar por sus recuerdos y apoyó la mano sobre la lápida de André. No le importó que fuera un ataúd vacío ni que su cuerpo no hubiera sido encontrado. Le habló en silencio, sin palabras, como hacían cuando se cruzaban sus miradas que contaban un mundo.

—Disculpe que la moleste.

Iria se giró maldiciendo interiormente por verse interrumpida en aquel momento tan suyo, cargado de una despedida que se le hacía imposible digerir.

—No sé si me recuerda, mi nombre es Marcelino Vidal.

Un hombre menudo, gobernado por la inseguridad, con el cabello peinado a raya y algo corvo, le sonrió con cierta reticencia. Vestía con un traje negro, pintado con la pobreza por estar desgastado, y su rostro soportaba una congestión por la pena, vaciado de lágrimas. Iria no supo ubicarlo, pero había en él algo familiar, como si ya le conociera de antes. El hombre se acercó con un paso inseguro, e Iria asintió tragándose su malhumor.

—No sabría decirle, señor.

—Era... amigo... —le contestó él dudando al escoger la palabra— de don Amaro. Nos conocimos hace mucho tiempo. Fue una vez que vino usted en calesa a Xinzo de Limia a recoger a su hermanastro. Fuimos presentados allí.

Ahora su memoria le ubicó. Era uno de los amigos con los que Amaro se iba de juerga «los días del mus». El día que le había conocido tenía apenas mejor planta y vestía un traje demasiado ancho para ser hecho a medida.

—Sí, sí, le recuerdo ahora —le dijo.

—Deseaba mostrarle mis condolencias y hacerle saber que don Amaro era un amigo muy muy cercano. Créame cuando le digo que lamento su pérdida... —el hombre, a medida que hablaba, iba perdiendo la voz—, tanto... como... usted.

De haber estado allí, Quinta le habría pateado el culo a aquel fulano por interrumpir sus oraciones para expresar algo cuyo tiempo había pasado ya. Ella se limitó a asentir.

—Gracias, don Marcelino, pero ahora si no le importa desearía estar a solas unos momentos.

—Por supuesto —dijo el hombre de la forma más apurada—. Lo que menos deseo es molestarla, señorita Castronavea.

Iria sonrió cortés. Trató de no pagar toda su ira e impotencia con aquel individuo y aguardó a que se retirase para volver a su diálogo interior.

—Ya nos veremos —le dijo marchándose—. Supongo que en la apertura del testamento de su hermano.

Iria se alarmó de pronto. ¿Aquel sujeto en la apertura del testamento de su hermano? No era un familiar, ni un allegado siquiera, y lo decía como si fuese algo de lo más normal.

—Disculpe, ¿qué ha dicho? —le preguntó por si no hubiera oído correctamente.

—Sí, me llegó la carta del escribano avisándome de que debía acudir a la lectura dentro de dos días al pazo de Carballeiro.

Iria se guardó su opinión y se quedó callada mirando cómo aquel personaje salido de una tertulia trasnochada de poetas hambrientos se alejaba con un paso tan desgastado como su traje. El tal Marcelino debía tener una relación muy estrecha si su hermanastro le había hecho partícipe de su herencia. Se giró con el espíritu algo más atribulado y de nuevo acarició la lápida de André. Trató de reconstruir su discurso interior de despedida, pero su voz interior no la dejaba ya concentrarse, quizás porque la vida arrastra a los vivos a la vida, y le susurraba que aquel sujeto, su aparición y la forma de decir «Nos veremos en la apertura del testamento» estaban demasiado preparados. Don Marcelino había esperado al final para presentarse y, si su olfato no le fallaba, en la relación de amistad que había mantenido con Amaro había algún elemento turbio que a ella se le escapaba.

Incapaz ya de despedirse de los muertos, de su André, se dijo que se acercaría al cementerio en el futuro para visitar a los suyos sabiendo que ya no lo haría nunca. Se extendió un pequeño velo negro de tul desde el sombrero y fue como si la ausencia dolorosa de André cayera de nuevo sobre ella. Abandonó el panteón cerrando con llave y, tras entregarla al capataz, se dirigió a la calesa pensando que aquel drama tenía también una cara oscura y mucho más siniestra. Tras ella no solo dejaba la muerte de los suyos, la devastación de lo construido, sino que debía averiguar cómo iba a recomponer su vida sin su *rei*.

André se despertó al sentir que alguien le zarandeaba. Parpadeó varias veces y vio una figura alta y espigada sobre él dándole a beber aquel brebaje de raíces que le hería la garganta cada vez que tragaba. Ya la había visto antes entre los delirios provocados por la fiebre. La primera vez que la sintió al lado pensó de inmediato que los asesinos habían seguido su rastro e iba a morir allí mismo. Se había agitado hacia atrás con las manos en alto sintiendo un pinchazo en el pecho que le avisó de que seguía herido.

—Tranquilo, rapaz —le había dicho entonces—. Soy Quinta.

—Quinta... —le había respondido él casi sin fuerzas, para volver a precipitarse en el abismo.

Desde aquel momento hasta ahora no había sabido por qué mares navegaba. Cada día se zambullía entre el crepitar de la madera ardiente, los escorpiones que nacían de las pieles secas y las sonrisas siniestras que deseaban arrancarle el alma de cuajo. Abrió los ojos y solo obtuvo niebla, mientras la figura de Quinta se desleía en ella. Cayó como otras veces en ese torbellino confuso de imágenes grotescas, con rostros ensangrentados, chillidos y crujir de dientes y de aceros. Nadó a contracorriente huyendo de un fuego que le consumía completamente hasta que, al final, se vio solo ante el rostro carbonizado de su abuelo, el de su padre, el de su madre y el de Amil. Deformes, llenos de cavidades y piel quemada, le miraban desde el otro lado de la orilla, con sus bocas abiertas en una mueca horrible, como si deseasen decirle algo ignoto e importante. Trató de escucharlos, pero el ruido del ardor fue tan intenso que solo pudo sentir una quemazón en todo su cuerpo, como si fuera una llaga a la que se le hubiera extraído el pus. Contempló, entre la realidad y la locura, a Quinta haciéndole tragar brebajes antiguos, colocando piedras sobre su pecho, ungiéndole las heridas con aceites de miel, lavanda y limón y ungüentos secretos de otras épocas, de mundos antiguos tan ajenos al suyo. Se precipitó, saltando en el tiempo de la noche al día, entre humos e incendios, vagando por un mar de brumas sin saber dónde ir, perdido y solo, hasta que oyó la voz de Quinta que le guiaba hacia algún lugar fuera de la caverna.

—Bebe —le ordenaba.

Y sentía un sabor arcaico y agrio en la boca: a ajo, a cebolla y a naranja, a bayas silvestres y madera deshecha, macerados en algún ingrediente cuyo sabor era nuevo y desconocido para él. Tragó el amargor, una y otra vez, y le parecieron cientos. Y se sintió corriendo cerca de la ribera del río, se sintió aire y cascada, y se cumplió aquel deseo de la infancia de volar entre las copas de los robles y castaños. Fue como si su cuerpo no existiera y solo pudiera flotar, lejos de todo, de aquella congoja de la pérdida. Quiso saber de Iria y la divisó llorando frente a las ruinas del pazo, con las manos llenas de ceniza y el alma de una amargura insondable; de Quinta, que arrebataba de las fauces de la muerte a un moribundo con sus remedios arcaicos; de Matilda, que lloraba al sentir el cuerpo de don Jaime sobre el suyo mientras este le susurraba palabras concupiscentes y desagradables; de Basi, que se casaba en una soledad despiadada; de los muertos, que ya nunca volverían a ver la luz del sol, a los que contempló inertes y carbonizados bajo lápidas que anunciaban sus nombres: don Dositeu, don Amaro, don Amìl y su adorada madre, doña Cristina. No sintió rabia, sino un abatimiento inmenso, una especie de melancolía profunda que le arrastró hacia su cuerpo. Y, de nuevo, se sintió pesado e incompleto, y se adhirió a la carne que sudaba y soportaba el peso de toda aquella tortura: la física y la que le robaba el alma al saber que había perdido a una parte importante de su familia. Así, entre brumas y noches, deliró transitando por caminos sin luz hechos de ascuas negras ardientes, hasta que el rostro de Iria le besó en los labios y le susurró al oído: «Debes vivir por los que han muerto». Después todo quedó en silencio.

Abrió los párpados poco a poco y se sintió aliviado, como si una bestia descomunal hubiera querido engullirle y hubiera escapado por poco. Se percibió sobre el camastro y contempló la palloza. La puerta estaba abierta y la ventana también. Una parte de la vivienda estaba dedicada a cuadra, y se podía ver allí la paja abultada para las ovejas, para la cabra y la yegua. Algo más alejado se encontraba el gallinero. Trató de erguirse, pero sintió un latigazo en el pecho avisándole que estaba muy lejos de estar curado. Se tocó y comprobó que tenía el pecho y los pies vendados con lienzos limpios. Sobre la ceja, varios puntos de sutura de seda natural cerraban su corte inflamado. Fue entonces cuando entró Quinta y se quedó en la puerta mirándole como una silueta recortada. Junto a ella, Berobreo, el poderoso can, entró en la palloza y se acercó a lamerle las manos.

—Hola, amigo —dijo André acariciándole la cabeza, y el can se sentó sobre sus cuartos traseros para luego tumbarse a su vera.

La capataz no le dijo nada, solo le saludó con la cabeza y se fue hacia el gallinero, de donde sacó varios huevos.

—Gracias... —musitó André.

Ella le miró pero se mantuvo en su mutismo y se fue hacia la pequeña cocina de hierro fundido que había al otro lado de la estancia. La alimentó para utilizar los platillos superiores para guisar. La recordó porque había sido un regalo del abuelo y tuvieron que subirla hasta aquí en una carreta de bueyes. Trató de levantarse un poco y Quinta le miró con una advertencia de fuego en los ojos y negó con la cabeza. André asintió y volvió a acomodarse sobre el camastro. Ella colocó un cazo de agua sobre el fuego y metió dos huevos dentro. Después se giró y salió de la palloza haciendo una señal para que Berobreo se quedase a su lado. Él se durmió durante toda la mañana. Esta vez no soñó, o sí lo hizo no pudo retener con qué. Cuando volvió a la consciencia, era ya de noche y Quinta estaba comiendo un poco de cecina sentada en un taburete junto a él.

—¿Ha pasado mucho tiempo desde que me encontraste?

Ella asintió. Berobreo devoraba un hueso junto a ellos mostrando sus fauces inmensas, pero con los ojos de un corderillo pacífico.

—Unos quince días —le contestó la mujer con su aire indiferente—. Has tenido mucha suerte de que viniera por aquí, porque Julián no vendrá con mis cabras y las ovejas hasta el invierno. Se las llevó cuando partí con Iria para el inventario.

—Claro..., debí haberlo pensado... Gracias, de verdad. —La mujer las aceptó en silencio como la primera vez—. El pazo es...

—El pazo está destruido, tu abuelo y tus padres fallecieron en el incendio—le interrumpió llevándose un pedazo de cecina a la boca y engulléndolo—. Tu tía quiere reconstruirlo.

El presagio sobre el destino de sus padres cobró tal realidad en los labios de Quinta que se sintió abrumado. Rindió el mentón al pecho y contuvo las lágrimas. No quería llorar delante de la capataz. Aun así, apenas lo consiguió. La imagen del fuego devorando la alcoba con sus padres dentro se hizo tan poderosa que estuvo a punto de vomitar. Quinta, que parecía una estatua de granito mascando el embutido, le observaba como si estuviera viendo un animalillo herido. Trató de apartar aquella imagen de su cabeza recordando la sonrisa de la *yeya*.

—¿Y Celsa y el resto del servicio?

Ella asintió.

—Todos bien. Se han ido al pazo pequeño, a Carballeiro. —Tragó de nuevo—. Te subió mucho la fiebre, me ha costado arrancarte de las manos de la muerte. —Solo Quinta hablaba de esa manera, como si el mundo estuviera lleno de magia y de espíritus en un combate eterno—. Todos te creen muerto, pero si estás aquí entiendo que tienes una historia que contar —le dijo y tragó un poco de cecina con el alma más fría que una cumbre helada.

André tomó algo de aire antes de comenzar su relato. Se recostó un poco y cruzó las manos sobre el pecho sin querer mirar a la tristeza que inundaba su alma.

—Amil y yo estábamos despiertos, hablando en mi habitación, cuando oímos que se cerraba la llave del cuarto.

A Quinta se le torció el rictus al oír aquello y un invierno cada vez más gélido se enseñoreó de su semblante.

—Amil trató de salvar al abuelo, pero se desplomó el techo y...

Ella le exigió con un ademán de su mano que continuara con la narración.

—... Tuve suerte y salí por el sótano y allí... me encontré con uno de ellos.

Quinta dejó de masticar por un momento, como si estuviese haciendo esfuerzos por digerir esa información, y le hizo un nuevo gesto para que continuase. Se extendió un silencio prensado que pareció oprimir toda la palloza y le miró con el ceño más fruncido todavía. Berobreo levantó la cabeza al sentir la turbación de su ama.

—Un hombre de don Isidro. El bastardo está sacando plata de forma ilegal, por eso las escombreras estaban tan llenas y por eso se produjo el alud..., el abuelo iba a contároslo a Iria y a ti tras la boda. Iba a denunciarle. Esos hijos de puta nos encerraron dentro y prendieron fuego al pazo.

La expresión de la mujer era como la de un animal salvaje preparándose para cazar y, sin percatarse, se llevó la mano al cuchillo de caza y comenzó a masajear el mango como si fuera a destriparlos a todos.

—Pude ver un escorpión tatuado en la mano de aquel hombre. Amil me contó que los esbirros de don Isidro lo llevan. Por suerte, le golpeé con la cadena de la trampilla y conseguí huir. Me persiguieron durante todo ese día, pero pude eludirlos al coger la barca... —A André se le empañaron los párpados y varias lágrimas escaparon a su control.

De pronto, Quinta se acercó a él y le abofeteó con tal fuerza que le temblaron las quijadas. André, que no se lo esperaba, se llevó la mano a la mejilla.

—¡No llores, copón! —le reprendió con los ojos negros ardientes—. Tu abuelo, tus padres y tu hermano están muertos por esos hijos de puta. ¡Aquí no se llora hasta que descansen en paz!

André solo pudo asentir. No quería imaginarse lo que significaba para Quinta que descansasen en paz. Tal vez se refería a cuando fueran enterrados, o tal vez a cuando se celebrase misa de difuntos por ellos. Sin embargo, algo le decía que aquel rostro que no conocía la piedad estaba hablando de sangre y venganza.

—Quinta, no puedes...

Ella se irguió de golpe mientras masticaba con más fuerza, y salió de la palloza cortando su discurso. Berobreo esta vez sí la siguió. André estiró la cabeza un poco para ver por el umbral hacia dónde se había ido. La vio entrar en el hórreo con determinación. Al rato reapareció en la puerta. Llevaba dos bolsas de balines, el cebador de pólvora y una tercerola, un tipo de escopeta corta. De su muslo colgaba una avancarga en su funda y dos saquitos de balines de plomo. Se acercó lentamente y sacó una faltriquera de debajo de la cama.

—Quinta, ¿a dónde vas? —Temió hacer esta pregunta.

Ella no respondió, y André percibió el negro insoldable de sus ojos, que solo hablaban de beber sangre. Después extrajo varios cartuchos de dinamita, barrenos de los que se utilizan en las minas, y se dirigió a la puerta. Al llegar, tras colgarse la faltriquera, le miró y André deseó que no lo hubiera hecho. Solo sentía un miedo atroz.

—Escucha, rapaz, apáñatelas hasta que vuelva —le dijo.

—Pero ¡me vas a dejar así! ¡Si apenas no puedo moverme!

Quinta se acercó y le agarró del cuello.

—Deja de protestar, no me obligues a darte un paliza peor de la que te dieron ellos, muchacho.

André levantó las manos para hacerle entender que deponía su actitud.

—Esos hijos de puta deben andar buscándote por toda la serranía. Eres el único que sabe lo que hicieron y el motivo por el que lo hicieron. Debo encontrarlos primero. Pase lo que pase, tú no te vayas hasta mi vuelta.

—Pero ¿y si no vuelves...?

Ella se rio desquiciada, embargada por alguna fuerza sobrenatural y oscura que llevaba tiempo deseando salir.

—Prométemelo; que no te irás. —La determinación de sus pupilas era implacable, como una cazadora que sigue a

253

su presa hasta acorralarla. Él asintió y rezó interiormente para que Quinta regresara pronto—. Ahí tienes queso y lomo, y el agua está a unos cientos de pasos en aquella dirección. Si tienes mal de fiebres, te bebes el brebaje que tienes junto a la cama. Para cagar y mear tienes el monte.

Se volvió, atrapó el mango largo del hacha de cazador y se la puso al hombro. Berobreo dio un pequeño brinco como si aquello fuera una aventura divertida.

—Voy a descuartizar hombres.

André no pudo responder. Solo asintió, como si ella le hubiera dicho que se iba a tomar el té o un chocolate caliente. Cuando la puerta se cerró, no supo si sentirse aliviado o elevar una plegaria por el pobre desgraciado que se encontrase con aquel diablo salido de lo más profundo de los montes gallegos.

2

Matilda entró en su casa de tres plantas situada en la Carrera de San Jerónimo, dentro del distrito del Congreso, una de las calles más concurridas de la aristocracia madrileña. No muy lejos de ella vivía el conde de Floridablanca; en el número 40, el marqués de Urbierta; en el 35, el de Miraflores, y un poco más alejado el duque de Medinaceli. El sueño de su hermana Basi hecho realidad no era más que aire hueco y yermo en sus manos. Aquel palacio era una cáscara vacía. Se despidió de su marido, Jaime, con un beso en la mejilla y subió a su alcoba. Tres doncellas la ayudaron a desvestirse y a meterse en la cama. Por fin a solas, pudo deshacerse entre las sábanas por el dolor. Había sufrido la pérdida de su familia dos veces. Primero, al abandonar Galicia y separarse de todos, y ahora, ya definitivamente, tras el incendio. Aunque Jaime, su marido, era cariñoso, a ella no le bastaba. «Y eso que lo intenta, el pobre», se decía.

Desde que se habían casado no había dejado de hacerle regalos, llevarla a festejos y tratar de que aquel cambio se le hiciera llevadero. No podía decir que fuera un mal marido, si bien cuando la visitaba por las noches en su cuarto parecía otra persona y se dejaba llevar por su impulso más animal. Entonces la obligaba a satisfacerle con la boca en su sexo y le pedía una y otra vez que gimiera de placer cuando ella solo sentía asco. Por las mañanas, ella, para limpiarse de tanta impureza, se quedaba rezando. Y era ahí cuando aparecía ese otro esposo, atento y complaciente, cuidadoso con los detalles: le dejaba rosas, le subía el desayuno, la invitaba a pasear al parque del Capricho junto a don Francisco, el duque de Osuna, y salían a los encuentros aristocráticos más importantes de la capital. Sin embargo, todas aquellas atenciones habían construido una muralla de rechazo, de impotencia, de rabia, que habían macerado en su cuba supurando una aversión cada vez más fuerte. No deseaba sus atenciones, ni sus regalos ni su presencia.

Una noche, mientras él se aliviaba en ella, le miró a los ojos con puro asco. Él la dijo que la amaba profundamente y ella le contestó sin palabras que le detestaba. Al final, cada vez que el hombre aparecía con un presente, ella recordaba inevitablemente a su amado profesor de música, sus clases y Galicia, y solo sentía una mayor aversión por aquel hombre algo mayor y algo orondo. Ese rechazo había estado a punto de estallar el día en que ella le había rogado tener un piano de cola en casa. «Me haría tan feliz», le había dicho. Él había agitado la mano sin dejar de leer el periódico: «Tu padre y tu abuelo ya me aconsejaron sobre esto. Tu obsesión por la música no es buena, por eso hice retirar los dos que ya tenía junto con el clavecín antes de tu llegada. No quiero que tengas una recaída, querida». No le dijo nada y se fue de allí detestándole. Al llegar a su cuarto se había clavado las uñas en el pecho para aliviar la presión que sentía dentro.

Ahora, en la soledad de su cuarto, el único espacio que apenas sentía suyo, se aferró a la almohada y las imágenes de sus padres, sus hermanos y el abuelo le asaltaron el alma, y comenzó a acurrucarse en aquella cama que milagrosamente era un desierto esa noche. De pronto, unos golpes en la puerta cortaron su respiración. No quiso contestar a la llamada de Jaime para que se fuera, pero una ira desproporcionada le abrazó el corazón. Que su marido deseara tener contacto carnal precisamente esa noche, tras el regreso del funeral de su familia, rompió de pronto la presa de su interior.

—¿Puedo pasar? —Era su frase de costumbre.

Matilda se sentó en la cama y miró su rostro en la puerta con el desprecio cargado de todos aquellos meses.

—¿Qué quieres?

—Bueno, pensaba que tal vez podría consolarte esta noche si dormía contigo.

Matilda no lo soportó más, tomó uno de los jarroncillos de su mesilla de noche y lo lanzó contra la pared.

—¡¿Pero a ti qué te pasa, Jaime?! —le dijo con los ojos rojos mientras se secaba las lágrimas—. ¿Te parece normal querer encamarte esta noche?

—Yo... Matildita, no...

—¡Cállate! ¡No te soporto! —Saltó de la cama y se fue hacia él como una furia—. ¡Te detesto! ¿Me oyes? —A Jaime se le cambió el rostro y dio un paso atrás atónito, vencido de golpe al comprender aquella verdad despiadada—. Me trajiste a Madrid, me separaste de toda mi familia, me separaste de la música, y ahora, tras enterrar a toda mi familia, quieres entrar en mi cama... ¿Esta es tu forma de consolarme?

—Matildita, querida, estás muy afectada y debes calmarte, yo solo quería...

—¿Qué? —le dijo intimidatoria—, ¿qué quieres? ¿Que me abra de piernas esta noche?, ¿que me obligues a lamer tu sexo?, ¿que gima cuando solo me das asco? Me das asco, ¿lo entiendes? No me gustas, ni te amo ni te amaré nunca, Jaime. Para mí eres un trozo de carne que se pasea por esta casa, como el servicio. ¡Vete!

Jaime la miró con los ojos pasmados, acuosos y rotos, y se quedó en silencio tratando de soportar con cierta entereza todo lo que ella le había vomitado encima.

—¡Que te vayas!

El hombre, con los hombros hundidos, se dio la vuelta y se fue. Cerró la puerta y ella regresó a la cama y se cubrió con las sábanas como si con ello pudiera cubrirse toda la pena y la furia. Tardó un rato en que su respiración se acompasara para luego volver a dejarse llevar por ese llanto silencioso y eterno que solo le secaba los ojos y no le quitaba la pena. Arrastrada por las lágrimas de aquel encierro, devastada por la pérdida de su ingenuidad de la infancia, donde todo era seguro, de aquellos momentos que hacían del pasado un lugar mejor, porque siempre lo es, se percibió pequeña y demasiado débil. Ahora ya no había ingenuidad, ni esa mirada límpida que tenía cuando invocaba el amor de don Ramiro en su imaginación, ni esa actitud inocente que veía a todo el mundo con buen fondo. Se resignó a su aflicción y cerró los ojos a la espera de que el sueño se la llevase.

Matilda se despertó muy entrada la tarde. Tenía sed y hambre. No sabía cuándo se había visto vencida por el sueño, pero agradeció que hubiera sido así. Se desperezó y, tras salir de la cama, se ajustó una bata de seda azul. Salió de su cuarto del segundo piso hasta la galería engalanada en jaspes, con cortinas de terciopelo granate y una alfombra roja a juego. Caminó como caminan las personas dentro de las casas ajenas, y descendió por la escalera en forma de brazos de cangrejo hasta el recibidor. Este le mostró su acostumbrada soledad y sus doce metros de alto. El mayordomo, un hombre de unos sesenta años que tenía el semblante poblado por una barba espesa, un mostacho profuso y un gesto tan frío como circunstancial, la saludó cortésmente.

—Buenas tardes —contestó ella—. Si me hace el favor, diga al servicio que me lleven la comida al salón de té.

—Por supuesto, señora —le contestó—. Avisaré al señor de que ya está usted levantada.

Solo asintió, y se dirigió a la única estancia de la casa donde podía sentirse algo recogida, posiblemente porque descubrió que era en realidad un cuarto de música donde efectivamente debía haber un piano de cola Pleyel, el que fue retirado antes de su llegada. Cruzó la larga galería hasta llegar a dos puertas de ojiva jalonadas con dos columnas a cada lado talladas en marquetería. Las abrió y continuó su andadura como el fantasma que era hasta la entrada del salón de música. Abrió el portón y de pronto tuvo que detenerse. Estaba allí, tan largo como era: un piano de más de dos metros y de un color miel precioso. Sorprendida, tragó saliva y se acercó con su pena a cuestas hasta acariciar las teclas sin hacer que sonasen.

—Lo hice poner esta mañana para ti, Matilda —le dijo de pronto Jaime a su espalda.

Matilda se giró y contempló a su marido como un hombre derrotado, como si no hubiera dormido en toda la noche y hubiera estado esperando a que ella se despertase.

—Antes de que estalles otra vez..., déjame explicarte que..., que soy un hombre que no soporta las discusiones así... Yo nunca... —Se le trabó la voz un poco y tuvo que tomar aire—. Puede que no des crédito a mis palabras, pero mi intención de anoche no era... la que supusiste. Pensé que necesitabas que tu marido te abrazase, que te diera algo de calor humano..., de ahí que te quisiera decir de dormir contigo.

Matilda fue a decir algo cuando él levantó la cabeza.

—No deseo que vivas así conmigo, no deseo sentir este rechazo ni este desamor.

—Entonces deberías haberte casado con una mujer que te amase, Jaime.

Él le concedió con una sonrisa temblorosa que tenía razón.

—Debería, Matilda —le contestó después—. Ambos sabemos cuáles son los deberes conyugales de una esposa para con su marido, pero no volveré a ir a visitarte a menos que me lo pidas. Espero que con el tiempo pueda ganarme al menos tu afecto, y no sientas... asco hacia mi persona.

Matilda no se sintió culpable de las palabras que había proferido la noche anterior porque eran verdad, pero ahora lamentaba habérselas vomitado de aquella forma. Él se giró y ella se acercó hasta cogerle de la mano. Él la miró profundamente quebrado, y desvió las pupilas para no tener demasiado contacto visual con ella, como si se avergonzase de producirle las sensaciones dichas.

—Jaime, lo siento —le dijo—. No debí decirte esas cosas así. Te has portado muy bien conmigo y...

Él levantó la mano y la observó sin la lujuria de aquella primera vez en la fiesta de As Airas.

—¡Ay, Matildita! A los hombres nos educan en la creencia de que solo importa nuestro mundo para ser feliz. ¡Qué barbaridad tan atroz! —Dicho esto, se perdió por el pasillo como un novio desangelado al que hubieran plantado en el altar.

Ella cerró las puertas del salón de música, se acercó al piano y, mientras veía los rostros de sus familiares muertos otra vez, mientras sentía que la imagen de don Ramiro estaba algo menos presente, comenzó a tocar la *Variación en sol menor* de Vivaldi arreglada para piano. Esa pieza que le permitía soñar que don Ramiro estaba con ella en esa estancia. Entonces se dijo que algo en su alma, pese a la profunda tristeza, se había encajado de pronto con el mundo.

Iria se levantó del sillón en el despacho de Carballeiro. Hasta que pudieran acometer las obras del pazo de As Airas, había tomado uno de los salones y lo había transformado en su estancia personal de trabajo. Lo había elegido por los ventanales, que se desplegaban hasta una altura de tres hombres de cara a un pequeño jardín vallado, exclusivo para ella. Ordenó forrar la pared hasta media altura con madera de roble trabajada en marquetería; añadió dos ambientes diferenciados con alfombras de una calidad exquisita, y desplegó su escritorio de tres metros por dos frente a una de las dos chimeneas.

Ahora, el señor Silas, el escribano foral, acababa de leer los testamentos ante don Sebastián Ordás, por la parte de Basi, don Federico Salmón, el abogado de don Jaime, por la de Matilda, y don Marcelino, esa gran incógnita que todavía merodeaba por la cabeza de Iria. El notario, que tenía la barba espesa y decorada con algunas canas, apenas cabía sentado en una de las sillas por su colosal tamaño, se puso en pie con cierta dificultad. Con el primer testamento, el de Dositeu, no había habido sorpresa: le legaba todas las heredades, con vides y reses incluidas, a ella, dado que era su única hija viva ya. Respecto al de Amaro y Cristina, sin embargo, no había sido así. Dividían su fortuna en partes iguales entre sus descendientes, ahora solo Basi y Matilda, pero Amaro legaba de su parte privativa una igual a la de sus hijos para el tal Marcelino. A Iria le estaba permitido escoger lo que deseara de todas sus pertenencias como recuerdo de su fraternidad. Sin embargo, don Marcelino no parecía del todo contento con aquel reparto, porque a medida que el escribano había ido leyendo se había puesto de un tono rojo más intenso, más soliviantado.

Don Federico, el abogado de don Jaime, se estiró la chaqueta dando por concluida la apertura de plicas y le tendió la mano. Ella se la estrechó con fuerza.

—Un placer, don Federico. Hágale saber a mi sobrina que le escribiré pronto.

—Por supuesto, señorita.

Iria agitó la campanilla y don Cosme apareció por la puerta para escoltar al invitado hasta la salida.

Don Sebastián Ordás, un hombre que tenía en el rostro la bondad que no tenía su padre, esperó su turno con educación. Mientras, al fondo, don Marcelino paseaba nervioso con la mirada puesta en los jardines. El esposo de Basi se acercó a ella guardándose su copia del testamento y, tomándola de la mano, se la besó con cariño.

—Doña Iria, ha sido un placer verla de nuevo —le dijo sin fingimiento.

—El placer ha sido mío, don Sebastián. Salude a sus padres de mi parte y dígale a Basi que venga a verme... Bueno, discúlpeme, ambos pueden venir a visitarme cuando deseen. No hace falta que me lo anuncien siquiera.

—Gracias, doña Iria. Se lo diré de su parte. De haber sido otra la circunstancia, ella habría querido venir, pero desde el entierro está encerrada y no consigo hacerla salir. Me tiene preocupado. Tal vez sería mejor que usted nos visitase a nosotros.

—Tengo mucho que hacer estos días, como usted comprenderá, pero lo haré, y más por sacarla de ese encierro. Mis dos sobrinas son toda la familia que me queda.

—No desespere —le dijo don Sebastián poniendo la mano en su brazo—. Es usted una mujer muy fuerte, y esta tragedia, por dura que sea, no podrá con usted.

Ella asintió y dejó que él se despidiese con un nuevo beso en la mano. Don Marcelino, que seguía al fondo de la sala, se masajeaba la yema de los dedos cada vez más nervioso. Este esperó a que don Sebastián saliera de la sala mirando de soslayo, huidizo como un hurón, estirándose la solapa del traje que pretendía aparentar más de lo que era.

—Don Marcelino —le dijo ella—, ha sido un placer conoc...

—Esto no es lo acordado, ¿me entiende? No lo es.

Iria se detuvo un momento y aguardó antes de contestarle:

—Me temo que no le entiendo a que se refiere.

—Su hermanastro me había dejado la mitad de su herencia, la mitad... No una tercera parte. Toda una vida..., y ahora esto.

Iria continuó en silencio. No tenía ni la más remota idea de por qué don Marcelino creía que Amaro debía cederle el cincuenta por ciento de su fortuna privativa. En cualquier caso, aquel fulano empezaba con mal pie al exigirlo. Don Marcelino, con sus expectativas frustradas, se giró agitando las manos.

—Usted no sabe de lo que puedo ser capaz, doña Iria, para que me den lo mío.

Ella enarcó una ceja.

—¿Es una amenaza?

—Una advertencia —dijo—. Es por mi temperamento. No soporto las injusticias, y créame cuando le digo que puedo hacer mucho daño a esta familia. Hable con sus sobrinas y denme lo mío.

Iria adelgazó los labios un poco y sintió de pronto unas intensas ganas de sacar a aquel individuo de la casa a palos. Esbozó un gesto de displicencia hacia él, mientras le observaba como si fuera un ser minúsculo y deleznable al que aplastar por su insolencia. La atmósfera, que antes estaba cargada de tristeza y cierta solemnidad al leer las últimas voluntades, se tornó desagradable y densa. A Iria no le importó y sus pupilas recorrieron la figura de aquel hombre mal trajeado, con sus pómulos rosados que terminaban en una boca demasiado pequeña y una barbilla en punta. Le miró como hacía su padre, con esos silencios que cargaban de tensión a quien observaba. Iria absorbió el aire de desgracia que gobernaba a aquel hombre, como si todo en su vida fuera una calamidad y no pudiera hacer nada para remediarlo. Don Marcelino empezó a inquietarse y ella se acercó a él lentamente con el visaje algo torcido y los ojos incendiados.

—Verá, don Marcelino, no sé quién es usted, no sé cuál era la relación que mantenía con Amaro y tampoco me importa. No va a recibir nada más. Haga usted lo que considere oportuno, pero tenga en cuenta, antes de amenazarme otra vez, que si daña usted a la poca familia que me queda —le dijo, y tocó la campana—, nunca más volverá a poder llamarse hombre. Esto sí es una amenaza.

A don Marcelino se le quebró el gesto y palideció un poco mientras las palabras de Iria le seguían presionando como una roca. Era obvio que nunca había recibido semejante contestación por parte de una mujer. Se le erizó el cabello, intimidado e iracundo, y trató de levantar su figura corva, como para soportar el embate. A Iria casi le dio la risa de que un hombrecillo así viniera a exigirle que cambiara la partición de la última voluntad de su hermanastro. Don Marcelino estiró su mentón puntiagudo y, en su primer intento de decir algo, solo pudo balbucear palabras incomprensibles. La puerta del despacho se abrió y apareció Vicente, el jefe de lacayos. Don Marcelino tomó aire, agitó la cabeza como si pudiera borrar el peso del discurso de Iria y levantó el dedo en el aire con cierta solemnidad.

—Ya tendrán noticias de mí, señorita Castronavea.

—El señor ya se marcha, Vicente. Si es usted tan amable de acompañarlo a la puerta —dijo Iria—. Un placer, don Marcelino.

Iria no dejó de observar al individuo mientras se alejaba dejando una estela de frustración tras él. Nada que ver con la liviandad y la cortesía de cuando había entrado, que parecía un hombre globo, como un niño que acude a su fiesta de cumpleaños sabiendo que va a recibir regalos.

«No le ha gustado el suyo», se dijo Iria. Se dio la vuelta y se refugió en el sillón tras su mesa. Sentía curiosidad por aquella amistad nacida de «los días del mus». Por alguna razón que desconocía, Amaro había dedicado de su parte privativa una parte igualitaria a la de sus hijos a este sujeto. No era ya que este señor se hubiera presentado ante ella con aquellos aires, ni siquiera era el hecho de que hubiera exigido la mitad de toda la herencia, sino que se creía con derecho igualitario a la descendencia directa. Fuera como fuese, tenía la sensación de que no debía dejar pasar aquel evento. Marcelino Vidal debía tener algo con lo que amenazar, pues sino, no lo hubiera hecho. En cuanto regresase Quinta, que ya tardaba demasiado, le diría que enviase a uno de los de confianza a seguirle para saber más de su vida. Mientras, ella escribiría a don Genaro García, un habitual de «las noches del mus», viudo desde muy joven y doctor en Monforte de Lemos, para que le contase qué tipo de persona era don Marcelino.

Se acomodó en el sillón y pensó qué hubiera hecho su padre con aquel individuo. Seguramente, le hubiera despedido advirtiéndole de las consecuencias, como ella, pero algo le decía que aquel asunto tal vez no le sería del todo nuevo. «Padre guardaba tantos secretos y tantos silencios», se dijo. De nuevo evitó entrar en los pensamientos abisales que le traían las visiones de los muertos frente a ella. Aun así, la tristeza y la ira se mezclaban en ella como en un crisol; se encontraba tan desconsolada en aquella nueva realidad como enfadada con Dios por arrancarle de cuajo a sus seres queridos. A veces se descubría pronunciando el nombre de André como si todavía caminara alegre por las galerías de la casa y se le llenaba el alma de una apatía por todo lo que era la vida. Se dejaba arrastrar por unos instantes, en la cama al amanecer, y no quería despegarse de las sábanas, no quería oír el ruido del mundo, tan solo quedarse allí, cobijada en el mundo de imágenes de André, de su padre, de Amaro y Cristina.

El bálsamo para aquella angustia lo había encontrado en Celsa, en sus palabras llenas de vida y consuelo. «La muerte no nos arrebata todo de nuestros seres amados, Iria —le había dicho tras el sepelio—, porque todo el amor que hemos sentido y sentimos por ellos es parte de la tristeza que nos invade por su ausencia. Debemos permitirnos llorar el vacío que dejan, pero también debemos saber que la muerte no tiene nada de especial, solo la vida lo es y por eso debemos vivirla». ¡Qué sabiduría tan sencilla! Le admiraba Celsa y su forma de encarar los golpes de la vida. Tal vez por este modelo, la Iria indómita que habitaba en sus valles y montañas la empujaba a salir de aquel refugio y zambullirse en el día a día, donde su aflicción se aplacaba un poco, se olvidaba de esta en contra de su voluntad. «Mi tristeza es todo lo que me queda de ellos», se dijo, y supo que, aunque no quisiera perder este abatimiento por los suyos, su fuerza interior la conduciría inevitablemente a ello.

3

Basi se dejó caer sobre la cama con su aire frustrado, cansada por la pena, que ya le pesaba demasiado. Su espíritu no estaba hecho para cargar con el sufrimiento durante mucho tiempo. Por eso, ante estos dramas de la vida, ella prefería pasar de puntillas e ignorar al dolor hasta que el tiempo le robara las fuerzas a aquel. Aun así, la muerte de sus padres, su hermano y el abuelo le suponían demasiada angustia, y no podía evitar llorar a momentos. No solo por su ausencia y la forma en la que esta se había dado, sino por el agravante de que la desgracia hubiera ocurrido estando ella proscrita de la familia. Se decía que debería haber hecho las cosas de otra manera, más amable tal vez. Sin embargo, al final concluía que esto era solo un eufemismo para ocultar que no había una manera amable de enfrentarse al abuelo y a su padre. De haber seguido las indicaciones de ellos, estaría mal casada y sin posibilidad de llegar a Madrid ni a sus sueños de codearse con la alta aristocracia.

Sebastián, que estaba ajustándose un chaleco bordado en hilo de oro con los botones de plata, la interrogó con la mirada para ver qué tal le quedaba la hechura. Ella le dedicó una sonrisa desvanecida, pues su aflicción le había quitado las ganas de fingir, pero asintió para darle a entender que la prenda le sentaba perfectamente. Este se giró y comenzó a atusarse el cabello. Desde que se habían casado,

Sebastián parecía poseído por una necesidad de ir impecablemente vestido, de parecer el hombre más atractivo del mundo. Y Basi sabía que lo hacía por ella. «Bien podría llevarme a Madrid y dejarse de tanto retoque —se dijo—. Matilda, por contra, casada con el carcamal, ya disfruta de mansión y de todos los eventos que desea». Sebastián y ella habían discutido acerca de este asunto, y él había negado con la cabeza excusándose en que su padre lo necesitaba aquí. Ahora su relación con don Isidro había mejorado y, dado que este había hecho un esfuerzo con el tema de la boda, Sebastián creía que debía compensarle en este sentido. «Este año no, pero el siguiente podemos viajar a Madrid una temporada larga», le había dicho. Ella, cansada ya de la negativa, había puesto en juego otra estrategia y le había comentado que, con la muerte de su familia, la necesidad de salir de Galicia y alejarse era mayor. Solo así Sebastián había dado su consentimiento. Él le había pedido una semana para dejar atado el asunto de la nueva mina de plomo que estaban abriendo en Asturias y después marcharían sin demora. Ahora que ya estaba asegurado ese viaje, Basi tenía en mente desarrollar la segunda parte de su plan para vivir finalmente en Madrid.

—¿Cómo me ves, mi bien? —le dijo él colocándose la chaqueta encima.

—Estás guapísimo —le contestó.

Sebastián mostró un visaje de conformidad y ella se sentó en la cama.

—Amor. —Preparó su ataque—. He estado pensando que me gustaría, cuando vayamos a Madrid, buscar una casa para nosotros.

—Basi, no es necesario. Mi padre tiene la mansión Ordás cerca de la plaza de las Cortes.

—Lo sé, pero desearía tener algo nuestro. Querría invertir parte de mi dote en esto.

—Querida, si no es necesario, teniendo ya una propiedad...

—Escucha, tu padre añadió algo más a mi dote que tú no sabes. Me hizo jurar que no te diría nada, pero... ya somos marido y mujer —le dijo, y Sebastián la miró sin comprender—. Tu padre me dijo que las participaciones tenían un valor altísimo y he pensado que podíamos tener algo nuestro.

Sebastián la miró frunciendo el entrecejo. Basi no entendió. Había algo en lo que había dicho que a su marido le había robado el color del rostro de repente.

—¿Participaciones?

—Me dijo que era un regalo mucho mejor que el dinero porque la mina de Nacedeiro es muy próspera y otorga unos beneficios anuales de mucha más cuantía.

Sebastián se quedó callado, pensativo. Se sentó en la cama y cruzó con ella una mirada desconcertante. De súbito se cogió de los cabellos recién peinados y comenzó a mesárselos, cada vez con más fuerza. Agachó la cabeza y se tapó el rostro con las manos. Después apretó los puños y de súbito se levantó y golpeó el armario de forma incontrolable. Basi, que no se esperaba esa reacción, se sobresaltó dando un paso hacia atrás. Le tocó por fin el hombro y Sebastián le devolvió una faz congestionada por el esfuerzo, cargada de un desconsuelo que parecía robarle hasta el aliento. Entonces, llevado por algún pensamiento destructivo, salió de la alcoba a grandes zancadas en busca de su padre, y Basi, a quien se le habían saltado las lágrimas, le siguió sin comprender a qué se debía aquella reacción.

Isidro se recostó sobre el sofá mientras Cordelia seguía sentada disfrutando de un café. Entre ellos se había establecido un silencio algo más denso de lo normal al recibir la nota de don Horacio: «Seguimos buscando». Hasta que André de Castronavea no dejase de respirar, no estarían tranquilos. Debía de estar escondido en alguna ratonera de las montañas gallegas, tratando de recuperarse de las heridas. Con suerte, podría haber muerto de un mal de fiebres y todo aquel problema estaría solucionado. Había que encontrarle. Las labores de desescombro del pazo terminarían tarde o temprano, y que el joven no apareciera daría lugar a rumores de estar vivo en otra parte. Fuera como fuere, Isidro tenía la sensación de que don Horacio no le decepcionaría. Era un hombre acostumbrado a la violencia y a la caza de personas. Por el muchacho lo sentía, por aquello de que era un joven afable y que tenía toda la vida por delante. Sin embargo, dejarle vivo era un riesgo innecesario. «Así es la vida con los débiles —se dijo—, cruel». Así era él para con sus enemigos. Y no podrían decir que no lo había intentado. Le había ofrecido a don Dositeu ser su socio, le había propuesto hacerse rico, había ayudado al nieto mayor a establecerse, todo con tal de llegar a un acuerdo antes que a la sangre.

—Te notó más inquieto de lo normal —dijo Cordelia.

—Es posible. No estaré tranquilo hasta que ese muchacho....

La puerta se abrió bruscamente, sin previo aviso, y entró Sebastián como una exhalación seguido de Basilisa, que traía lágrimas en los ojos. Isidro los miró atónito, sin comprender qué estaba pasando allí. Sebastián le señaló con el dedo incapaz de hablar, con la furia apenas contenida, mientras Cordelia dejaba el café sobre el platito de porcelana.

—¿Se puede saber qué ocurre? —preguntó esta.

—¡Dígame que no es verdad, padre!

Isidro no pudo más que negar mirando a su mujer. Temió que de alguna forma Sebastián se hubiera enterado de que había sido él quien había ordenado el incendio del pazo de As Airas. Cordelia le hizo un gesto desde su poltrona para que contuviera los nervios.

—Se ha vuelto loco de repente por algo que he dicho —explicó Basilisa desconcertada—. Se ha puesto a golpear los armarios y...

—Sebastián, querido, me temo que no podremos saber de qué...

—¡Su dote! —chilló su hijo enervado—. Le dio participaciones de la mina de Nacedeiro.

Isidro se levantó chascando los dedos y de seguido mantuvo el índice en alto. Basilisa contemplaba llorosa la escena, sin entender aún.

—No te tolero que me chilles —le dijo Isidro con su mirada de piedra—. Nos debes un respeto a tu madre y a mí. Y menos delante de tu esposa, a la que tienes hecha un mar de lágrimas.

—Ahora viene usted de padre preocupado... ¡Qué ingenuo he sido! —le dijo Sebastián con cara de desprecio—. Pensé que realmente... —Y se mordió el puño.

Isidro dio un paso hacia él y le cogió de los hombros con fuerza.

—Para esta locura y entra en razón. Pensé que te agradaría, pues es la mina que más réditos produce.

—¡Oh, padre, vamos! No se haga el inocente conmigo. ¡Ella no sabe lo que ha aceptado! —le dijo desembarazándose al tiempo que la señalaba—. ¡No sabe los riesgos que corre! Podría pasar con que me ninguneara a mí, pero no permitiré que lo haga con mi esposa. ¡No lo permitiré!

A Basilisa se le cambió el rostro al oír aquella frase y miró a Isidro exigiendo una contestación. Este, temiendo que su hijo desvelara lo de Nacedeiro, se acercó apretando los dientes y le tapó la boca con fuerza.

—¡Calla! —le chilló zarandeando su cabeza.

Cordelia, temiendo un enfrentamiento más físico entre padre e hijo, se levantó de inmediato.

—Isidro, por favor —le rogó.

Este, pegado a dos dedos del semblante de su hijo, fue a amenazarle, pero Sebastián se revolvió con violencia hasta liberarse.

—¡No me toque! —gritó de forma brutal.

—¿Por qué estoy en peligro, Sebastián? —dijo Basilisa secándose las lágrimas, con el rostro más sereno.

Sebastián no contestó, solo se encaró con su padre y este le amenazó con la mirada como un perro acorralado.

—¡Explíqueselo!

—Te ordeno que te calles —exigió don Isidro.

—Usted ya no puede ordenarme nada.

—Que te calles.

—¡Que se lo explique! —le dijo amenazándole con el puño.

Cordelia dio un respingo al pensar que iba a golpear a su propio padre, y Basi se interpuso entre ambos para calmar la situación.

—Está bien, amor, dime por qué estoy en peligro.

—Mi padre está extrayendo plata de forma ilegal en Nacedeiro —dijo mientras Isidro le volvía a chillar que cerrase la boca—. Y tu abuelo lo sabía. El gran don Isidro te dio ese espléndido regalo no por su buen corazón, sino porque, en caso de que tu abuelo decidiera denunciarlo, sabría que tú irías a presidio por lucrarte de forma ilegal también.

A Basi se le partió el orgullo. Ahora sabía que la habían aceptado solo como un seguro, como una transacción para cubrirse las espaldas. Recordó las palabras de Iria, quien la había advertido que debía preguntarse los motivos. Apretó la lengua contra el paladar y negó con la cabeza. Su corazón y su pensamiento siempre iban rápidos: llegados a este punto, lo único que ella quería era irse a Madrid y era justo lo que se le había negado. Ya no se le negaría más.

—Sebastián —le dijo Basi—. Cálmate un poco, por favor.

—Pero, amor, no entiendes que...

—Lo entiendo perfectamente —dijo con la mirada completamente cambiada.

—Querido, haz caso a tu mujer —terció Cordelia.

—¡Usted no intervenga, madre! —le chilló Sebastián—. Lo sabía todo y... como siempre, ha estado ahí, detrás, moviendo los hilos de mi vida. ¡Eso se acabó!

—Sebastián, he dicho que pares —le ordenó Basi, y él, al mirarla, asintió como un corderillo—. Para ya, por favor.

Basi miró a sus suegros entrecerrando los párpados. Él mantenía su expresión amenazante, como si quisiera despellejar a su hijo, y ella se llevaba la mano al pecho, como si fuera inocente del pecado que le había atribuido su hijo. Pero no lo eran, ni ella ni él. Basi se esforzó en mostrar un semblante impertérrito, con las marcas de las lágrimas ya secas.

—Escúchenme: nos vamos a ir a Madrid, lejos de ustedes. Rechazaré la dote al completo, pero usted me dará el valor de las participaciones en dinero. Además, doblará la asignación a su hijo. —Sebastián fue a intervenir, pero ella levantó la mano y este se detuvo—. Puede usted aceptarlo o podemos ir ambos a prisión, pero tenga por seguro que yo no soy minera, sabré llorar muy bien frente al juez, y probaré que no sabía nada de esto.

Isidro, que sabía muy bien qué batallas podía ganar y en cuáles era mejor retirarse para guerrear otro día, templó sus ánimos y asintió.

—Sebastián, di a los criados que empaqueten nuestras cosas —dijo Basi, y su marido acató la orden de buena gana—. Espero, señor, que en adelante no nos volvamos a ver.

Se fueron e Isidro se quedó allí, templando su ánimo para no coger a aquella muchacha malcriada y astuta y reventarle la cara de una bofetada. «Por supuesto que nos volveremos a ver», se dijo. Cordelia se acercó y le tomó del brazo.

—Haz algo, Isidro —le susurró—, haz algo, que nuestro hijo se nos va.

Pero Isidro, hierático, supo que ya era tarde. Su hijo había pasado de estar sometido a su autoridad a la de su mujer. Por eso negó con la cabeza, sabiendo que esa contienda estaba perdida, no así la guerra. Había accedido a la petición de su nuera, pero no rendiría su plaza tan fácilmente. El tiempo es el mejor aliado de un buen estratega.

—Me temo, querida, que no podemos hacer nada por ahora —le dijo—. Pero te prometo que tu hijo volverá a nosotros cueste lo que cueste.

Allí estaban, después de semanas rastreando la sierra. Seis hombres frente al fuego y cuatro podencos. Seis cazadores entre los que se encontraba don Horacio, ese bastardo al que le tenía ganas desde la primera vez que le había visto. Los hijos de perra debían de haber estado todo aquel tiempo peinando la zona de los montes cercanos a Rubiana, pero en vez de ir hacia Barranco Rubio, se habían dirigido a Ferrería. Quinta miró a Berobreo, tan agachado sobre sus patas como ella, y pensó: «Mala suerte para estos bastardos». Esos soldados eran ese tipo de hombres a los que ella destripaba por placer. «Cuánta sangre he derramado —se dijo—, pero no podrán decir que ha sido de inocentes». Había sido tanta que a ella misma le extrañaba seguir viva a estas alturas.

Quinta no sabía de dónde le venía aquel gusto por quitar la vida a otro ser humano. Tal vez había sido la crianza con su manada de lobos, tal vez la impotencia y el trauma de ver morir a sus padres sin que ella pudiera auxiliarlos, o tal vez que, en su interior, habitaba esa *bruxa* que deseaba derramar la sangre de los hombres y consumir sus almas.

De su padre adoptivo había aprendido a tratar al ganado, a hacer quesos y encurtidos, a cazar liebres, ciervos y aves, a defenderse de los depredadores y otras bestias, y a la labrar la tierra. Pero había sido su madre adoptiva, en secreto y desde niña, la que le había enseñado a maldecir y bendecir, a mirar entre las nieblas para prever el futuro, a curar y a coser heridas, a encontrar las piedras cuya energía apacigua los ánimos o sana los cuerpos, a buscar las hierbas para hacer ungüentos y a preparar brebajes y filtros; ella le había mostrado el poder del silencio, cómo saber escuchar la voz de cada arroyo, del viento, de las hojas de los helechos, las acederas de piel arrugada y las enredaderas que atrapan la vida de los robles carballos. Le había guiado hacia ese otro sendero, uno más antiguo, más pagano y alejado de la hostia consagrada. *«Ves esa árbore?* —le dijo una vez—. *Esa árbore non é só unha árbore, é un salgueiro de río e ten un nome. Todos o teñen. Só para escoitalo hai que aprender a falar o seu idioma».* Y ella, por las noches al acostarse, recordaba el significado de las palabras de forma silenciosa: «¿Ves ese árbol? Ese árbol no es solo un árbol, es un sauce de río y tiene nombre. Todos lo tienen. Solo que para escucharlo debes aprender a hablar su lenguaje».

Todo aquello se truncó el día que los franceses descargaron su violencia y su lujuria sobre sus padres. Ella, con solo trece años, esperaba tensa su turno para ser forzada por un soldado veinte años mayor que ella, cuando contempló cómo Dositeu, que desde aquello sería su otro padre, apareció repartiendo justicia y pólvora a todos aquellos hijos de puta.

El joven Dositeu cruzaba Galicia con un nutrido grupo

de hombres en el verano de 1809, camino de Salamanca, para unirse a la recién creada Partida de Descubridores de Castilla la Vieja, liderados por Juan Martín, al que apodaban el Empecinado. Gracias a ese viaje, él la había adoptado. Desde entonces, ella le había seguido como un corderillo, a pesar de los intentos de él para que no se quedara allí, entre bandoleros. Al final, en esos años pasó de ver matar a que matar se convirtiese en una costumbre: había cruzado los campos de batalla contra los franceses, lo había hecho con Riego en el alzamiento, más tarde contra los Cien Mil Hijos de Puta de San Luis y, por último, en las guerras contra los carlistas, no hacía ni diez años. De cada guerrillero, de cada soldado, de cada cabrón con el que se había cruzado había aprendido algo: cómo atacar, cómo prepararse, cómo introducir la albaceteña entre las costillas directa al corazón, cómo cortar un gaznate o cómo punzar un estómago para que el sujeto se desangrara lentamente. No era una buena persona y se gustaba a sí misma.

Ahora, al verse allí dispuesta a desmembrar a aquellos seis hijos de mala madre, se tomó su tiempo. En contra del viento para que los sabuesos no pudieran detectar su presencia, recordó las enseñanzas del Empecinado, un maestro en el arte de las emboscadas. El asesinato de Dositeu, el de Amaro y el de Cristina le habían removido todos aquellos recuerdos de ella atada a una estaca mientras su padre agonizaba herido por las bayonetas y a su madre la violaban sobre la mesa de la palloza. No había podido salvar a los que quería entonces ni tampoco ahora, y por eso aquellos malnacidos iban a morir con dolor. Y no solo era porque le hubieran arrebatado a sus seres amados, no solo era porque no hubiera podido auxiliarlos y desease venganza, sino porque ella no tenía a muchos a los que amar. La familia de Dositeu, más en concreto Iria, eran su único tesoro en esta vida.

Serpenteó junto con su perro hasta situarse detrás de una gran roca que poseía la altura de un hombre y medio y un grosor de cuatro. Serviría para su propósito. Esperó a que la noche se hiciera más cerrada y su silueta quedara camuflada. Solo uno de ellos, don Horacio, parecía siempre atento a todo, como si en vez de estar de cháchara como el resto hiciera una guardia continua. El canalla se encendió la pipa bajo un matorral, tan oculto que hasta los lobos hubieran tenido dificultades de verle. Ella sonrió. Respiró tranquila y comenzó a prepararse. Se descolgó la cincha de la tercerola y la amartilló. Quitó el seguro de la cartuchera donde estaba enfundada la avancarga y dejó el hacha junto a ella. Después, serena, se imaginó el semblante de aquellos pobres bastardos cuando la muerte les sobreviniera. Sonrió otra vez y, llevada por la excitación del momento, estuvo a punto de reírse a carcajada limpia. Berobreo le lamió el rostro, tan impaciente por la sangre como ella. Entonces se acuclilló, lanzó una jaculatoria a los dioses perdidos de aquellas montañas y dejó que su meiga interior la poseyera.

Horacio dio otra calada a la pipa y aguardó a regurgitar el humo hacia la noche. Había sido una lástima que el abogado se les escapase. De no haber sido así, ahora estaría todo arreglado. Uno de los lacayos de los Castronavea había estado espiando las conversaciones de los miembros de la familia desde hacía meses. Primero a cambio de ciertos emolumentos que siempre silencian más la boca, pero también, según le había dicho don Isidro, por tener alguna pendencia antigua con el patriarca. «El viejo le dejó claro al señorito André que no diría nada a Quinta ni a Iria hasta que retornaran del viaje que tenían planeado por no ensombrecer el festejo», le había informado ese hombre mientras les abría la puerta trasera del pazo. Y por eso don Isidro había decidido no ordenar la muerte de las cuatro mujeres: su señor se jactaba de ser un hombre práctico y equilibrado que no derramaba sangre si no era necesario. Después solo habían tenido que esperar: la salida de doña Iria de Castronavea, la de su singular capataz, y la de las dos nietas esa misma noche; el pequeño mapa de la casa que les había entregado el lacayo, y la entrada despejada... Había sido un plan relativamente sencillo. Sin embargo, la escapada del joven, lo inesperado, había ocurrido retrasando el cierre de este asunto. Aun así, no dejaba de provocarle cierto placer estar otra vez al raso, a la caza del hombre. Sus hombres, antiguos soldados, tenían ese regusto en la boca desde que había comenzado la persecución. El mismo que el suyo. Todos menos Matías, al que André de Castronavea le había abierto la cabeza y no se sabía si saldría adelante.

—Puede que el abogado haya huido hacia Barranco Rubio —dijo Nuño, el segundo de sus hombres, tan fuerte como un toro—. Si es así no podrá huir mucho más.

—Para ser un ratón de biblioteca, hay que reconocer que se maneja bien en el monte —dijo Calderón, con su mirada astuta de explorador—. Mañana al alba, partiremos hacia allí.

Horacio arrugó los labios. Miró a Blasco, medio tuerto por un mal balín carlista, con el rostro plano y despiadado, y detectó el brillo de la violencia en él. Tenía tantas ganas de coger al joven Castronavea para destriparle por lo de su hermano Matías que había entrado en un mutismo peligroso. Fuera como fuese, eran los gajes del oficio cuando uno se dedicaba a administrar la muerte.

—Cuando lo encontremos, Horacio, recuerda que es mío —dijo Blasco sin dejar de acariciar el mango del cuchillo.

Horacio asintió.

—Si lo encontramos mañana, os pagaré un extra.

A todos se les escapó una sonrisa poco generosa. Horacio estaba dando otra calada a la pipa cuando los podencos levantaron la cabeza y gruñeron. Horacio se puso tenso. Contempló la posibilidad de que alguna culebra o alguna bestia se estuviera acercando al fuego de forma imprudente. Sin embargo, algo se movió en la espesura sobre una roca cercana. Los perros comenzaron a ladrar exaltados, como si presagiaran la llegada de un apocalipsis.

—¡Hijos de puta! —La voz surgió de la espesura—. Soy Quinta, hija de la tierra y la fuerza de la Madre, la que cabalga con la muerte porque debiera estar muerta, ¡hoy la he traído aquí para vosotros!

Solo entonces una llama iluminó la figura delgada y fibrosa de Quinta, subida en la peña con la montera calada, con el cañón de la tercerola apoyado en el hombro y la otra mano oculta sobre la espalda. Llevaba aquella mirada desquiciada que le robaba a uno el color del semblante y el coraje del alma. Se pusieron todos en pie de inmediato y Horacio miró en rededor pensando que había más hombres con ella.

—¡No hay nadie más, vago! —le insultó con el desprecio cargado en la última palabra—. Me basto y me sobro para joderos a todos bien.

Horacio y sus hombres se miraron y comenzaron a sonreír. Había que estar más loca que un cencerro para venir ella sola contra cuatro podencos y seis hombres, soldados experimentados todos.

—¿Qué escondes con la mano en la espalda, fulana? —le dijo Blasco.

—Vuestro epitafio. —Y diciendo esto, la descubrió y les lanzó un paquete de cartuchos de dinamita encendido hacia ellos mientras se escondía tras la peña tan rápida como una sombra.

A ninguno de los hombres le dio tiempo a tomar distancia. Horacio saltó hacia un lado y se vio volando, con las ascuas del fuego impactando sobre su rostro, los dedos de la mano izquierda desgajados de su cuerpo y el orgullo destrozado por la pólvora. Desplazado en el aire, se empotró contra las piedras rebotando como un muñeco roto mientras sus costillas se hacían pedazos. Cuando por fin se detuvo, levantó la cabeza desorientado, con los tímpanos vibrando y el equilibrio perdido. Los podencos se veían desmembrados sobre el terreno, sin aliento ninguno y con sus fauces reventadas. Algo más alejado de él, apareció bajo la luz de las ascuas y la luna Blasco, gimiendo sin uno de los brazos. Calderón, junto a este, se arrastraba medio ciego buscando la carabina, dejando un rastro de sangre que emanaba de su torso, y, algo más allá, Nuño parecía un muerto viviente moviendo los brazos sin precisión. De pronto, sus otros dos hombres chillaron desde la espesura de una forma desgarradora cuando la detonación de la tercerola y la pistola de avancarga los silenció para siempre.

Entonces, mientras Horacio trataba de incorporarse trastabillado por un vértigo desproporcionado que lo devolvió al suelo, Quinta apareció con un hacha en la mano, riendo y gritando palabras en gallego como una posesa infernal. Aquella endiablada salida del averno dejó caer el filo sobre el esternón de Blasco con una maestría implacable. Este apenas chilló de forma ahogada para luego perder la cabeza y su coraje entre los chasquidos quebrados de su propia osamenta. Horacio se arrastró como una serpiente tapándose la mano ensangrentada, que era solo una palma sin dedos, y buscó a tientas la pistola bajo su sobaquera. Al fondo, era el turno de Nuño, quien apenas había cogido su fusil cuando Quinta le pisó el brazo.

El tiro al aire se perdió en la noche.

—¿Dónde crees que vas, perdonavidas? —le dijo la capataz a este para más tarde golpearle con la cabeza plana del hacha en el rostro—. ¡Vais a lamentar el día que quemasteis lo que más amaba, malditos hijos de puta!

Ella se rio. Nuño chilló y después quedó inerte como un amasijo de huesos y carne al tiempo que el sonido del hacha le partía la cabeza como si fuera un melón tierno. A Horacio ese último alarido de su compañero de armas le arrebató el calor del cuerpo. Quinta, endemoniada, le remató de varios hachazos más y le buscó con aquella mirada donde cabalgaba la muerte. «Horacio, corre o te verás tan muerto como ellos», se dijo, y desenfundó la pistola y comenzó a cebarla. Intentó ponerse en pie al tiempo que Quinta descargaba la hoja sangrienta sin piedad, desgajando huesos y músculos con aquellos crujidos terribles, sobre el último de los suyos, Calderón. Amartilló y disparó hacia ella, más a tientas que apuntando, pues apenas podía mantener la verticalidad.

—¡Ven, Horacio! —gritó entre risas estentóreas y enloquecidas la capataz—. ¡Ven a conocer a Quinta, hija de los espíritus que devoran a hombres como tú!

Él retrocedió mientras volvía a cebarla. Ella avanzó hacia él con el hacha en ristre. Horacio introdujo con tiento, como buen soldado, la pólvora, el balín y el taco. Apuntó. Ella ni se inmutó, siguió aproximándose como si no temiera recibir un balazo.

—Hija de perra —la insultó en voz alta y se dijo que le iba a volar la tapa de los sesos.

Fue entonces cuando Horacio sintió una presencia enorme a su izquierda que se abalanzaba sobre él. Apenas giró la cabeza, un can negro le atrapó entre sus fauces la mano sin dedos y medio antebrazo. Se vino abajo chillando. Apuntó a la cabeza del animal, pero la bota de aquella malparida le aplastó la mano contra el suelo y solo logró disparar al aire.

—Mi perro tiene hambre de tu brazo. Deja que le ayude, soldado —le dijo Quinta, y descargó el filo del hacha hasta que se lo desmembró.

Horacio aulló de dolor y estuvo a punto de desmayarse. Sintió que la mujer le golpeaba las costillas y apenas podía tomar aliento. «Date por muerto», se dijo sin poder moverse. Abrió los ojos, y una niebla se los velaba como si viera a través de una cortina de vaho constante. Sentía al can negro junto a su cuello mientras troceaba su antebrazo desgajado. De pronto, un quemazón en el brazo le hizo chillar con sus exiguas fuerzas. Lo miró y comprobó que estaba ardiendo. «Me ha quemado el brazo para que no me desangre», sollozó interiormente.

—Eres una mala... puta.

Ella se rio como si su impotencia le otorgara un grado extra de felicidad y le pisó el cuello y la cara.

—Ay, Horacio, Horacio, ¿cómo vas a aceptar que una simple mujer os haya llevado a todos al infierno? Tú, que has despachado a hombres de dos veces mi tamaño —le dijo, y a continuación se sentó sobre su pecho.

Horacio pensó que moriría por asfixia. Entonces aquella hija del demonio sacó su cuchillo y comenzó a tatuarle algo en el rostro. Horacio gemía más que gritaba, hasta que recordó que llevaba en el chaleco la pequeña navaja con la que cortaba la fruta. Sin dudarlo, desvió la mano hasta el bolsillo y, soportando que le descarnaran el rostro y aquella mirada aterradora de locura y sadismo, la extrajo. «Solo tendrás esta oportunidad antes de que te remate —se dijo—. «Apunta bien». Lanzó la hoja de un palmo hacia el cuello con todas sus fuerzas. Quinta, que lo vio de soslayo, se retiró apenas unos centímetros y la hoja le penetró por debajo de la clavícula. La capataz se corvó hacia atrás y gimió de dolor como se duelen las personas acostumbradas a él. Se la quitó de encima golpeándola entre los pechos y abandonó la hoja incrustada bajo el hueso. El can enseñó sus colmillos otra vez, pero por algún motivo incomprensible no se lanzó a por él. Horacio se puso en pie y sus costillas le recordaron que no podría ir muy lejos. Comenzó a huir lentamente, envuelto en la oscuridad como un cadáver vuelto a la vida. Miró hacia atrás y contempló cómo la mujer se arrancaba la navaja del cuello riendo enloquecida cuando sintió que el suelo desaparecía bajo sus pies. Se precipitó por una pequeña gruta, un agujero de unos dos metros creado entre las rocas. Intentó agarrarse a los matorrales cercanos y pudo detener en parte su caída. Sintió que su cuerpo rodaba, exhausto, con el rostro ensangrentado y su vida apagándose. Cuando se estampó, la cabeza impactó de lleno contra el suelo y su vista nublada comenzó a teñirse de negro como si le hubieran puesto un capuz. Le pareció justo morir así, después de una vida de guerra y muerte, sabiendo que nunca había sentido piedad por nadie y que la vida había pasado por él como una suerte de baño de agua fría. Así, mientras se transportaba a esa oscuridad donde ya no sentía dolor ninguno, tan solo lamentó que el amor de su vida, una prima suya que había muerto de polio, le hubiera sido arrebatado tan joven.

4

Iria extendió el dorso de la mano y permitió que don Felipe se la besara. El caballero, al enterarse de la tragedia del incendio, había viajado desde Madrid solo para asistir al funeral. Tras el sepelio, subió hasta A Coruña para atender algunos asuntos con sus socios y, a la vuelta, tuvo la cortesía de escribirla para conocer su estado y pasarse a verla. Ella contestó a su carta diciéndole que se encontraba mejor y que no era necesaria ya su preocupación. No le gustaba que nadie anduviera pendiente de su desconsuelo. Sin embargo, a pesar de esa misiva, el potentado se había presentado con su aire distinguido, como si no hubiera pasado tiempo desde aquella fiesta de hacía meses donde le había conocido. «Era el partido que Cristina había pensado para mí», se había dicho dibujando una sonrisa torcida y triste. Lo cierto es que la cortesía educada y nada empalagosa de aquel individuo había traído algo de paz a su maltratado ánimo. Por eso, después de aquello le había permitido visitarla en más de una ocasión. Aun así, tras cada encuentro con él, sentía una punzada de amargura que le avisaba de que la imagen de André la visitaría cada noche para condenarla otra vez a esas sábanas vacías. Su cuerpo seguía sin aparecer después de desescombrar toda la casa y esto era peligroso para ella. «Porque la esperanza de los deseos imposibles solo conduce a la infelicidad y frustración», se dijo. Al final, al recorrer esa estela de las cosas eternas que desaparecen pero nunca mueren, una podía verse destruida, esperando ya sin esperar nada mientras la vida se consume en un suspiro.

Ahora, mientras ella y don Felipe caminaban por el pazo de As Airas, este la miraba como si observase a una sílfide nacida de entre las madreselvas del jardín, prestando solo miradas rápidas a las paredes desnudas y ennegrecidas que habían quedado tras el incendio. En un momento dado se acercó a su oído un poco como si fuera a hacerle una confidencia, pero en realidad le preguntó:

—¿Va a reconstruirlo?

—Sin duda, don Felipe —le contestó mirando el rostro despintado de la tragedia—. Mi familia nunca se ha dado por vencida. Esto ha sido una gran desgracia, la peor que yo hubiera podido sufrir. Debo hacer de este pazo lo que era, por los fallecidos y por mí. Ojalá pudiera comenzar las obras el próximo mes, pero no haré nada hasta que no encuentre un arquitecto adecuado. El trabajo es lo único que me alivia el desconsuelo.

Llegaron hasta la calesa y él le tendió la mano. Iria ascendió y él cerró la portezuela para seguidamente acomodarse frente a ella. El coche comenzó a avanzar dejando las ruinas desmembradas de As Airas tras ellos. Iria, que no soportaba aquella visión desoladora, sabía que en algún rincón de aquellas bodegas muertas se encontraba el cuerpo calcinado de André esperando a ser rescatado. La invadió la amargura y tuvo que contener las lágrimas. «¡Cuánto he perdido! Dios, no dejes que en esta vida no pueda ver este pazo de nuevo alzado como era entonces, solo así los recuerdos serán menos amargos», se dijo.

—Déjeme ayudarla —dijo don Felipe—. Su abuelo era un buen amigo mío y su hermanastro más, como bien sabe.

—¿Ayudarme? —le contestó Iria sin comprender.

—Conozco en A Coruña a la gente adecuada para esta obra. Se trata de don Faustino Domínguez, es uno de los mejores arquitectos de su generación.

—Es usted muy amable, pero no deseo que tenga que pedir favores para...

—Insisto, doña Iria —le dijo posando una mano sobre la suya.

Ella no supo por qué, pero no la retiró. Tal vez fue porque necesitaba del calor de un extraño, de la amabilidad proyectada hacia ella, de que alguien se ocupase de algo sin su supervisión.

—Además, no es ningún favor —continuó él—. Don Faustino y yo nos conocemos desde niños. Es muy amigo mío, y estoy seguro de que se tomará este proyecto con mucho interés si yo se lo pido.

—Le quedo muy agradecida —le contestó con una sonrisa, y él se retiró hacia atrás y colocó la mano sobre la cabeza aguileña labrada en plata de su bastón.

—Le escribiré hoy mismo entonces —concluyó.

No hablaron nada más. Los dos guardaron silencio durante el camino de regreso al pazo de Carballeiro. Tan solo rompieron su mutismo un instante cuando, como buena anfitriona, le invitó a cenar y él aceptó encantado. El resto del viaje fueron envueltos por el traqueteo del coche, ella tratando de evitar la tristeza y él tratando de cazar su mirada. Los amoríos se le antojaban demasiado lejos ahora a Iria, pero tenía que reconocer que la presencia serena de aquel individuo la había despejado de aquella tristeza monocorde, incluso en algún momento de la mañana la había arrancado una sonrisa sincera. Aquello no era mucho, pero era un paso para no estar todo el día irascible y mohína.

Por fin, al caer la tarde, entraron en el pazo de Carballeiro. Lo encontró más cuadrado, menos armonioso que el de As Airas, más seco y provinciano. Cuando el coche se detuvo, don Felipe hizo ademán de abrir la portezuela, pero se giró hacia ella clavándole sus ojos claros.

—Sé que no nos conocemos mucho y que mi atrevimiento puede molestarla, pero antes de que desmontemos de este espacio reducido quisiera decirle algunas cosas que me hubiera gustado que alguien me dijese a mí cuando perdí a mi mujer.

Iria admiró el rostro que exudaba sinceridad y en el que se atisbaba alguna pasión oculta.

—Por supuesto.

—Sé cómo se siente porque yo pasé un infierno al perder a la mujer que amaba en un mal parto. Sé que en su interior hay una profunda decepción con la vida, que todo está envuelto en ese aire de irrealidad, que se aferra a la esperanza de que todo sea un sueño que se desvanezca al amanecer. Sé que por dentro se siente agriada y muy muy enfadada porque esta vida le ha arrebatado lo más esencial. —De nuevo posó una mano sobre la suya—. Sé que eso la lleva a olvidarse del mundo porque la existencia solo le hace más daño.

Iria tragó saliva ante aquella intensidad y trató de no arrebatarse por la aflicción. No retiró su mano. Sintió los dedos largos y fuertes de don Felipe sobre los suyos por encima del mitón.

—Créame si le digo que, tras esta agonía en la que está, tras el trabajo frenético en el que se ha refugiado, hay luz. A mí me costó verla y, si usted me lo permite, me encantaría ser su lazarillo. Sé por esta experiencia mía que no hay nada peor que la desolación de uno mientras el mundo sigue girando sin sentido alrededor. —Finalmente le tomó la palma y le besó el dorso.

Iria asintió algo ruborizada. Había descrito de tal forma su propio estado de ánimo que no pudo evitar sentir una suerte de simpatía y ternura mezclada con aquella cólera creciente. No deseaba que nadie entrase demasiado en sus sentimientos, le incomodaba que su estado de ánimo fuera el centro de las miradas y no deseaba a ningún lazarillo ni a nadie escuchando sus debilidades, sus veleidades incomprensibles.

—Le agradezco sus palabras, don Felipe —le dijo, y después retiró la mano—. Pero mucho me temo que mi tristeza es solo mía. ¿Salimos?

Don Felipe se separó de ella, aguardó unos breves instantes y asintió definitivamente. Abrió la portezuela por fin y la ayudó, con aquella galantería exquisita, a apearse. Al entrar en el pazo, les recibieron don Cosme, Vicente, y dos lacayos que se hicieron cargo de sus mitones y de la pamela. El mayordomo le extendió una salvilla de plata con el correo. Iria lo miró. Fue apartando las cartas menos importantes hasta que detectó una enviada por don Genaro García, el amigo de Amaro, al que había escrito en referencia a don Marcelino y sus «días del mus». Justo debajo encontró otra cuyo remitente precisamente era este personaje ansioso de heredar lo que no era suyo.

—Disculpadme un momento, don Felipe —le dijo, y este se retiró para alejarse un poco de ella.

Abrió la carta y la leyó:

18 de octubre de 1846

Querida doña Iria:

Ha sido grato recibir una misiva suya y leer que va a reconstruir el pazo. Su padre no habría esperado menos de usted y seguro que allá en los cielos se sentirá dichoso por esta decisión. En cuanto a don Marcelino, le diré que no era asiduo a nuestras «veladas», por el simple hecho de que no pertenecía al Club de Caballeros. Sé de él que es un pasante de un despacho de Xinzo de Limia y

288

que no está casado. Poco más puedo añadir, más allá de que siempre me pareció un hombre taciturno y amansado por la vida.

Cierto que aparecía de vez en cuando por el club, invitado por Amaro, pero en cuanto caía la noche ambos desaparecían en dirección al pazo As Airas. Al fin y al cabo, su hermano y yo, como algunos compañeros, solo asistíamos los viernes por la noche para luego recogernos en casa. El resto de compañeros nos disculpaban, a mí por ser mayor y a don Amaro por la decencia debida a su mujer, doña Cristina. Y era lógico, pues teniendo la esposa que tenía en casa, nadie le podía juzgar por que no siguiera a algunos compañeros a ciertos lugares y con ciertas compañías.

Su hermanastro siempre fue un hombre muy honorable y muy bien casado. No es de extrañar que algunos, entre los que me incluyo, siempre hayamos puesto en entredicho a otros miembros del club por esta práctica antirreligiosa. Espero haberle sido de ayuda y no dude en visitarnos si viene a Xinzo de Limia.

Un abrazo sincero,

DON GENARO GARCÍA

P. D. No dude en pedir lo que necesite. Ya sabe usted dónde estamos en caso de una necesidad.

Iria levantó la cabeza hacia don Felipe y este le sonrió un poco. Ella ocultó su desazón por lo que acababa de leer. Don Marcelino no pertenecía al club. Esto cuadraba con aquel traje desgastado que tenía pretensiones de aparentar lo que no era. Pero lo más misterioso de todo era que se veía con su hermanastro al terminar el viernes y desaparecían rumbo a As Airas, cuando ella sabía de sobra que Amaro nunca llegaba antes del domingo por la tarde al pazo. Algo sucedía durante esos tres días, algo que su hermanastro había ocultado durante toda su vida y que tal vez tenía que ver con la amenaza de Marcelino Vidal. Sin duda, la carta del fulano debía intentar algún tipo de chantaje. La abrió a continuación sin esperar nada bueno:

Seguro que no querrá ver noticias desagradables en la prensa sobre su hermano. Deme ya lo que es mío, no esperaré más.

Marcelino Vidal

Estaba claro que debía tener pruebas de alguna actuación de Amaro, algún escándalo. Fuera como fuese, pronto sabría más y tomaría cartas en el asunto. Ni siquiera había hablado con sus sobrinas al respecto, pensaba encargarse personalmente de aquello. Solo estaba esperando a que regresara Quinta de una vez para poder investigar con mayor profundidad.

Se guardó las cartas y le hizo un gesto a don Felipe para que entrasen en el saloncito. Ella abrió la puerta y don Felipe, con su galantería habitual, no tomó asiento hasta que no lo hizo ella primero.

—¿Buenas noticias?

—Desconcertantes —le contestó Iria.

—Espero que, sea lo que sea, evolucione satisfactoriamente.

Don Felipe le sonrió. Le fue obvio que su semblante había perdido algo de calor después de la réplica de ella en el coche. No le importaba mucho: si algo había aprendido a lo largo de aquellos años, era que las mujeres no tenían oportunidades de vivir la vida por sí mismas. No en aquel mundo guiado por puros, copas de brandi, egos excitados e inteligencias superiores. Ella era una *rara avis*, y no se debía a que fuera más inteligente que otras o más rebelde, sino al precio que había pagado de no casarse, de no establecer vínculos con ningún hombre al que ella no escogiese. Solo había depositado su corazón en André, cuya naturaleza le era cristalina, y ahora él ya no estaba... Por eso le devolvió la sonrisa a don Felipe, que le ofrecía su hombro para llorar, aunque se dijo, como otras veces, que agradecía el gesto, pero no necesitaba el hombro de nadie, y que para llorar se bastaba sola.

Había pasado aquellas semanas desesperado aguardando la vuelta de Quinta entre el olor a cabra, oveja y embutidos, cuya comida diaria se le hacía cada vez más monótona. Su único pensamiento era para Iria. Estaba sola tras la tragedia, y lo peor sería el dolor de haberle perdido también a él. Cierto que no iban a encontrar su cuerpo, pero, al no dar señales de vida, muy probablemente le habrían enterrado en un sepelio descorazonador. Se imaginaba el aspecto deteriorado de Iria y esto le hacía revolverse en aquel jergón que era una cárcel, que le apresaba con las cadenas irrompibles creadas por la necesidad de reposo. «Qué mortales somos todos», se dijo. A pesar de que no había vuelto a tener fiebre, sentía una debilidad incapacitante. Apenas se levantaba de la cama, comenzaba a sudar y le acosaban las náuseas. Se decía que cada día que pasaba era una pequeña victoria, pues estaba más cerca de sanarse y, además, era un día más en el que los hombres de don Isidro no le habían encontrado.

Habitualmente, al caer la tarde se deslizaba como una serpiente y cebaba el horno de la cocina con algo de leña. Una de sus mayores preocupaciones era que no se apagase el fuego, pues aunque estaban en octubre, en la montaña el invierno ya enseñaba sus fauces. Por las noches, después de cenar un queso de tetilla ahumado, se acomodaba en el jergón y situaba cerca de él el cuchillo y una pistola de avancarga de la época napoleónica que había encontrado en uno de los arcones de Quinta. La tenía cerca, aunque dudaba que le diera tiempo a usarla si los asesinos de don Isidro le encontraban.

De esta forma había ido transitando los días y las noches llenos de recuerdos, lágrimas y punzadas profundas que no podía arrancarse del pecho. La mirada perdida del abuelo, la última conversación de Amil, los ademanes tan manidos de su padre y las últimas palabras de su madre al despedirse. Ahora las desavenencias con su abuelo por su hermano y aquella estampida que él había provocado de niño parecían haberle ocurrido a otro. Por eso aquel encierro conllevaba una tortura, pues el deseo de estar junto a Iria crecía cada día, no solo por la ayuda que pudiera necesitar, sino por que al menos supiera que estaba vivo. «Si Quinta no se hubiera ido en pos de su venganza», se dijo.

Los días huyeron entre algunas lluvias, vientos y sol. Antes de que se diera cuenta, su barba era ya un bosque poblado y tuvo que buscar ropa de abrigo en el arcón de Quinta. Noviembre había llegado ya ensombreciendo toda la montaña. Encontró, arrastrándose por el suelo hasta un viejo baúl, una faja, pantalones, chaqueta, zamarra y unas calcetas de lana, todo de Quinta, que se ajustó con mucho dolor. Algunas noches oía a los lobos merodeando fuera de la cabaña y se arrastraba hasta atrancar bien la puerta con la banqueta. Otras pasaban monótonamente hasta deshacerse en la luz del día mientras sus costillas rotas y las ampollas de los pies continuaban su angustiosa cicatrización. Un día incluso pudo ver a una cierva con varios cervatillos desde la única ventana de la palloza.

Prisionero del ansia y de su debilidad, y apuraba el salir

a hacer sus necesidades, pues tenía que abandonar la palloza, unas veces como una serpiente y otras despellejándose las rodillas. En alguna ocasión, sus dedos habían rozado el firme y sus ampollas le habían conducido a un martirio inenarrable. Peor era cuando se le agotaba el agua que traía del río en un cántaro. Obtenerla era una operación en la que empleaba media hora para un trayecto de apenas unos minutos a pie. Una vez allí aprovechaba para bañarse en el río, aunque el agua estuviera fría ya, pues le era imposible hacer varios trayectos para llenar la única cuba que Quinta tenía.

Así dejaba transcurrir el tiempo, esperanzado por que apareciera Quinta y, con su ayuda y la del caballo, pudieran regresar a Carballeiro. Su afán por regresar, por comunicar que estaba vivo, se había convertido en un huracán avivando las llamas de un incendio. A veces por las noches se despertaba de un sueño plácido en el que se veía pasear por el pazo, como si su aislamiento hubiera sido solo un mal sueño. Le bastaba abrir los ojos para verse encadenado a esa cama, a sus costillas rotas y sus pies sangrantes para que se revolviera como un animal herido en el jergón. Había gritado en plena noche de zozobra y rabia por estar condenado allí, impedido por sus heridas. No podía soportar imaginar el sufrimiento de los suyos, y principalmente de Iria, sin apretar los dientes y terminar llorando él. En más de una ocasión había pensado romper el juramento de espera que le había hecho a Quinta y abandonar la palloza rumbo a Carballeiro, aunque fuera a gatas. Pero el peligro de ser encontrado por sus perseguidores o de que sus heridas y debilidad empeorasen durante los días de distancia le habían hecho desistir.

Al cabo de las semanas, las ampollas de los pies comenzaron a menguar lenta y progresivamente. Pronto sintió algo más de energía, y los sudores y vahídos se mostraban solo tímidamente cuando se esforzaba demasiado. El no pisar había dado sus frutos y sus costillas comenzaron a dejarle respirar mejor por las noches. Aunque todavía no podía andar más que unos metros sin tener la necesidad de sentarse, era una mejora. «Insuficiente para alcanzar sano y salvo Carballeiro, que está a días de camino», se había dicho aun así apesadumbrado.

Ahora, mientras veía cómo la noche envolvía nuevamente la palloza, se durmió. Le volvió a despertar un poco el aullido lejano de un lobo. Inconscientemente, palpó el suelo para buscar la pistola de avancarga, pero no la halló. Se alarmó aún más y trató de localizarla. Allí no estaba, y el cuchillo tampoco. Se incorporó de inmediato cuando sintió la presencia de alguien en lo profundo de la palloza.

—¿Quién está ahí? —preguntó con la voz algo trémula.

Nadie contestó. De súbito, de la oscuridad surgió una pequeña llama encendiéndose una pipa. Allí había una silueta. André retrocedió asustado, como si pudiera huir a través de las paredes de piedra. Fue entonces cuando vislumbró el rostro de Quinta: parecía una pintura negra de Goya, con las motas de sangre seca tatuadas y una dureza en los labios capaz de amedrentar al más corajudo.

—No temas, soy yo.

André no supo qué contestarle, si darle las gracias o abroncarla por abandonarle allí durante todo ese tiempo. Finalmente se abrazó a sí mismo como si pudiera abrazarla a ella, como un impulso, y tuvo que hacer un esfuerzo para que no se le escaparan las lágrimas. Verla viva significaba que el peligro de sus perseguidores había cesado y que por fin podría regresar, ver a Iria y a los suyos. Quinta le sostuvo paciente, sin separarse de él, hasta que con su aire sobrio, se puso en pie.

—No sabía que fumaras en pipa —le dijo finalmente.

—Es un trofeo.

André dedujo que el dueño de aquel objeto no había acabado bien.

—Supongo que desearás dormir en tu...

Quinta se puso en pie y con una serenidad maternal se acercó a él y le puso la mano en el pecho para que no se levantase. Después le miró, con aquel acero que tenía por ojos, y André comprendió que, a pesar de las durezas, a pesar de los silencios desabridos, Quinta solo deseaba protegerle: Iria y él eran la única familia que le quedaba.

—No te levantes. Mañana te veré a la luz del día las heridas y, si puedes, nos iremos a Carballeiro.

—Entiendo que es seguro.

Quinta no contestó, simplemente dio una calada a la pipa, acercó la banqueta a la puerta y se apoyó en ella. Él asintió un poco y volvió a recostarse advirtiendo que la capataz tenía un cosido en la zona de la clavícula. Una nueva cicatriz de guerra. André se preguntó cuántas tendría en ese cuerpo suyo, tan duro como el granito. Recuerdos de una vida de supervivencia y muerte.

—Estás herida.

Ella negó y apretó los labios dando a entender que no era de consideración. André se arropó y ambos se quedaron mirándose, como si no existiese el tiempo en aquella choza y la noche se hubiera detenido. Ella, con sus párpados cargados de aquella energía infinita, con sus manos tiznadas de sangre seca y una mueca de satisfacción en los labios. Él, con las pupilas brillantes, anonadado de ver una fuerza salvaje de la naturaleza.

A André le dio la sensación de que Quinta estaba empachada, como si hubiera estado hambrienta y hubiera engullido hasta no dejar nada. «No le durará mucho —se dijo—. Las almas así nunca se sacian del todo». Suspiró y se dijo que al día siguiente por fin podría salir de aquella prisión.

Su mente se quedó navegando y, a pesar del dolor acumulado en su ánimo, se percibió algo más liviano. Una suerte de felicidad se había apoderado de él con solo pensar que estaría con Iria en poco tiempo. Sabía que su aflicción no terminaría con el reencuentro, pero regresar y estar con ella era lo más parecido a un consuelo inmediato, un pequeño lenitivo para calmar la pérdida. «Las personas somos seres zarandeados por las pasiones, y quien no las tiene ya está muerto», se dijo. Cerró los párpados y se dejó llevar por ese sueño severo de madrugada. Sintió de nuevo la presencia de Quinta cuando ella exhaló el humo de su pipa, y no pudo evitar sentir una sensación de seguridad, igual que cuando un niño pequeño se duerme en los brazos de su madre.

5

Cordelia terminó de sorber el chocolate y miró a Isidro, que seguía dando coba a sus socios llegados de Bélgica. Ella, que se había paseado por el salón como era su costumbre en estos actos sociales, lo hacía ahora con una sonrisa más hueca y fingida que otras veces. Había pocas cosas por las que podía sufrir porque, en general, la vida de los demás no le afectaba. Una de esas era la pérdida de Sebastián. Ambos, Isidro y ella, le habían juzgado mal. Había bastado que este saltara de sus brazos hasta los de una mujer con temperamento para que la rebelión filial se consumase. Y tenía que reconocer que, pese a la tristeza y el enfado de la pérdida —no soportaba verle fuera de su influencia y menos aún en Madrid—, sentía cierta felicidad por cuanto había demostrado valor.

Ahora, sin embargo, el vestido rojo de tafetán entallado y el cabello recogido bajo una diadema labrada con brillantes, eran solo una máscara. Percibía la pérdida como solo una madre puede al ver que su hijo se aleja de ella. Para Isidro era algo totalmente diferente, pues el desafío a su orgullo varonil le permitía soportar mejor el embate. Ella, por contra, solo deseaba que Sebastián regresase. «Haz que vuelva, Isidro, no hay batalla más importante que esta», le había casi exigido. Isidro había dado una calada a su habano y luego se había puesto a leer en el periódico las últimas veleidades en el Gobierno de Su Majestad. Al rato, como si hubiera estado meditando la cuestión, le había contestado: «Déjalo de mi cuenta. Ya estoy en ello».

Y así lo había hecho ella, como acostumbraba en los asuntos que conllevaban corrientes telúricas turbias. Se había desprendido de la preocupación diciéndose que Isidro lo arreglaría todo, aunque en esta ocasión, a diferencia de otras, la cuestión seguía arañándole el ánimo en cuanto bajaba la guardia.

—Está usted hoy bellísima, doña Cordelia —le dijo Juan Mittendorfer, de la familia aristocrática prusiana.

Ella exhibió su mejor sonrisa, capaz de desarmar a cualquier hombre, y permitió que le besara la mano.

—Gracias, querido. Es usted un auténtico adulador. Sé que no estoy tan deslumbrante.

Él se rio con elegancia y le ofreció el antebrazo para que caminasen juntos por la sala. Ella se lo estaba tomando cuando su mayordomo, Gerardo Benavides, les cortó el paso y, tras hacerles un saludo, se acercó a su oído:

—Señora, hay un asunto de gravedad que requiere de su atención.

Frunció el entrecejo y, tras excusarse educadamente con su acompañante, salió del salón escoltada por su criado. Bastó una mirada sucinta a Isidro para que él captara que, fuera lo que fuese, se encargaba ella. Esa reunión con los belgas era de lo más importante para su marido y no deseaba que fuera molestado. Por eso le había advertido al servicio que, ante cualquier contratiempo, acudieran directamente a ella.

El mayordomo carraspeó y le indicó que fueran hacia las alcobas del servicio.

—Se trata del señor Salvaterra, está gravemente herido.

Ella enarcó una ceja.

—¿Qué le ha ocurrido?

—No..., no sabría decirle. Hemos encontrado a don Horacio en las cocheras traseras pidiendo auxilio. He llamado al doctor.

—Ha hecho usted bien.

—No para de decir que tiene que hablar con don Isidro de manera urgente.

Bajó a la planta de servicio y allí se dirigió a la alcoba de Horacio. Varios miembros de la servidumbre estaban arremolinados en torno al umbral cuchicheando, y su mayordomo se encargó de que volvieran al trabajo y dejaran de husmear. Cordelia penetró en la estancia. La estampa nacarada de don Horacio, cubierto de fiebres, con el pecho hundido, sin un brazo, y empapado en sangre la detuvo de inmediato. Uno de los ujieres que había servido en la guerra como ayudante del médico le estaba inspeccionando. Cordelia extrajo su pañuelo de la bocamanga y se tapó la boca.

—¡Pare, pare, todos fuera! —chilló don Horacio al verla—. ¡Tengo que hablar con la señora a solas antes de desvanecerme!

Ella miró a don Gerardo, el mayordomo, y le hizo un gesto de asentimiento. Después esperó a que todos abandonaran la alcoba y se acuclilló junto a don Horacio.

—Dios santo —le dijo ella y extendió su mano enguantada en blanco para acariciarle el cabello con cariño—. ¿Qué le ha ocurrido?

—Dígale a don Isidro que André de Castronavea está vivo y a salvo. Corremos peligro.

—Shhh, descanse, el médico está al llegar. Lo importante es que...

—Escúcheme, doña Cordelia —le dijo con vehemencia mientras se erguía a unos dedos de su rostro—. No hay tiempo que perder. Puede que le denuncien o puede que esa hija de perra venga aquí para llevarnos a todos al infierno y yo... no voy a poder protegerles.

—Está bien, está bien —le calmó con la suavidad del terciopelo.

—Dígale que busque a don Félix de Montecastro, fue mi coronel en los Húsares de la Princesa y él puede disponer de hombres para que protejan la casa.

—De acuerdo, ya me lo ha dicho. Ahora le ordeno que se tumbe —le dijo ella.

Don Horacio, más calmado, obedeció mientras sus ojos se quedaban lentamente en blanco y su respiración comenzaba a atemperarse. Dos golpes interrumpieron la escena y el doctor Cañizares pidió entrar. Ella se apartó y cruzó una última mirada con don Horacio. Este, a pesar de tener las pupilas dilatadas y el rostro tan blanco como un cadáver errante, mostraba un terror desangelado, igual que si hubiera estado frente a las puertas del averno.

—Dígale a su marido que siento haberles fallado —le dijo mientras el doctor preparaba una jeringa con morfina para aliviar el sufrimiento.

Ella le consoló con una sonrisa, y al girarse comprobó que en su guante blanco había una mota de sangre. Se quedó observando cómo esta se había adherido al tejido, arraigando en sus fibras para no volver a salir de allí nunca. Percibió en su espíritu una desazón implacable, como si aquella gota fuera ahora parte de ella y no pudo evitar quitarse el guante para comprobar si tenía las manos manchadas. A ella le gustaba estar en las bambalinas del crimen, no en el crimen mismo, y aquella mota granate le incomodaba porque la rebajaba al barro, a verse atrapada en lo sórdido y lo cruento. No lo soportaba. Se examinó la mano. Allí estaba, un punto sereno sobre su piel. Salió de la alcoba y, molesta, se los entregó a su mayordomo.

—Tírelos —le dijo—. Que el señor don Horacio tenga todo lo que necesita.

—Sí, señora.

Se marchó y subió a la planta superior sin dejar de pensar en aquella mancha granate y absurda que la perturbaba en lo más profundo, susurrándole que ella también participaba en lo sangriento del juego macabro de la guerra. Sin dudarlo, entró en el tocador cerca del salón y, tomando un poco de jabón y agua, se frotó las manos concienzudamente. Se las secó y volvió a lavárselas varias veces y, con cada aclarado, un pensamiento incesante la asaltaba con más fuerza: que esa sangre ya era parte de ella. La mancha granate había penetrado tanto, se había deslizado de tal forma por los pliegues de la piel y de la vida, que había calado en su espíritu. Por eso, por mucho que frotara, le daba la sensación de que no podría dejar de contemplarse como una actriz con un cuchillo en las manos, y quiso reinventar el pasado que había transitado junto a Isidro para situarse de nuevo en las alturas, incólume. Se secó por última vez sin poder dejar de ver sobre su piel una gota carmesí que racionalmente sabía que ya no estaba. «El pasado no se puede más que maquillar», se dijo. Abandonó el tocador y se detuvo un instante frente a las puertas del salón. Tomó aire frotándose una vez más el dorso de la mano, exhibió su mejor sonrisa y penetró en el salón erguida y sin los guantes, tan enmascarada como la sangre que manchaba su alma.

Matilda abandonó el pórtico de la iglesia de las Calatravas y se encaminó hacia la Carrera de San Jerónimo vestida de riguroso luto. Tenía por costumbre acudir a misa los domingos, las fiestas y los días alternos. Estos últimos siempre lo hacía sola, sin Jaime. La gente podía pensar que era una beata dedicada todo el día a rezar el rosario, pero no era así. A ella le gustaba acudir al templo porque dentro de él se sentía en recogimiento. Entre los inciensos, el agua bendita y el cura leyendo el misal, la embargaba la seguridad de que nada malo podía pasarle. Era más un tiempo para ella que para el Señor. Muchas veces, sobre todo en domingo, tenía que forzarse a escuchar al párroco, pues se evadía y seguía el rito sin pensar siquiera. Después abandonaba ese remanso de paz y volvía la monotonía, la vida como una procesión de rostros hieráticos y desapegados de toda pasión. Cierto que ahora ella podía refugiarse de nuevo en la música, y esto le había traído una paz que antes no tenía. Cada mañana y alguna vez por la tarde se ponía frente al piano, y no lo dejaba descansar hasta que sus dedos cometían alguna torpeza fruto del exceso.

Desde la discusión con Jaime, este no la había vuelto a visitar a la alcoba. El hombre se había quedado profundamente conmocionado por sentir que había violado los deseos de su esposa. «No me perdonaré nunca haberte forzado a algo que no querías», le había dicho hacía semanas. «¿Qué esperaba?», se dijo Matilda. Sentía asco también de sí misma por haber practicado aquellas... maniobras. Si alguien se enteraba alguna vez, dejarían de pensar que era una mujer decente. Pero lo cierto es que Jaime, a pesar de ser un banquero reputado, no había sido un hombre feliz. Su primera esposa le había seducido con el único propósito de obtener su riqueza. Esta nunca le dio un hijo, pero sí el escándalo cuando se fugó con media fortuna y un tahúr de malvivir. A los años supo que ella había muerto de garrotillo. Al final, ser la víctima de una cazafortunas motivó que buscara un casamiento donde no corriese el riesgo de padecer lo mismo. «Lo siento por Jaime, pero somos las mujeres las verdaderas víctimas de esta sociedad», se dijo. Le parecía ahora que a las mujeres se les prometía un paraíso llamado matrimonio, un vergel en el que vivir, pero entraban en él sin saber nada de las espinas que este tenía, y en algunos casos ese vergel era solo el zarzal de un cementerio donde dejar la vida. Los hombres, los privilegiados, podían en cualquier caso verse limitados, afectados por esta educación social, pero estaban tan ajenos a la presión que ellos mismos producían... Jaime lo había dicho muy bien, era una «barbaridad atroz».

—Doña Matilda. —La voz la arrancó de sus pensamientos y al volverse contempló allí, con aquel aire tan lánguido y tan tímido, a don Ramiro, sin más pretensión que vivir la vida sin sobresalto ninguno.

—Don Ramiro —le dijo, y no pudo disimular los nervios en la voz ante la sorpresa—. Es... un placer verle de nuevo.

—No sabía que estaba usted en Madrid —le dijo, y le besó la mano con cierta torpeza.

Matilda sonrió. No pudo evitar que aquella falta de elegancia la enterneciera. Era un hombre tan bondadoso que era difícil no hacerlo.

—Mi marido trabaja aquí.

—Ah, claro..., oí que se había casado, sí, sí. Enhorabuena —dijo con la incomodidad instalada en su rostro.

Fue obvio para ella que él había aceptado el trabajo en Madrid a raíz de enterarse de su casamiento. Incluso Matilda, en más de una ocasión, había fantaseado con aquel encuentro, dado que ahora vivían ambos en la capital. Cierto que al final descartaba lo azaroso de verse porque sus círculos sociales estaban de lo más alejados. En su ensoñación él aparecía con el rostro atribulado y ella con la ternura descolgada en las mejillas. Exactamente como estaba ocurriendo en ese instante. Si bien al final del cuento de hadas terminaban juntos, bien sabía ella que la realidad siempre sería muy diferente.

—Aunque al verla vestida de negro pensé que tal vez era usted ya viuda —añadió, y Matilde no supo si era con pena o con esperanza.

—No, no es el caso.

De pronto se instalaron en un silencio demasiado doloroso para ambos. Matilda le miró un momento a los ojos y un aire desolador la invadió. El rostro de don Ramiro era el reflejo de todas las malas decisiones que el abuelo y los padres de Matilda habían tomado. Cargaba con aquello como un castigo divino, y su rostro, más alargado y algo ojeroso, le indicaba que la timidez de él ocultaba un sufrimiento mudo, uno que ahora cubría todo su cuerpo.

—Entiendo entonces que ha ocurrido alguna desgracia —le dijo don Ramiro, ignorante de aquellas noticias.

Le pareció que con esa frase él trataba de evitar por más tiempo el silencio que les conminaba a dialogar sobre su relación fallida, una que ya nunca se establecería entre ellos.

—Así es: mi abuelo, mis padres y mis hermanos han fallecido en un trágico incendio en el pazo.

A don Ramiro se le tiñó el rostro de una empatía desmedida y la tomó de las manos.

—Siento su pérdida, doña Matilda —le dijo—. Tenga por seguro que, de haberlo sabido, hubiera acudido al funeral y al entierro. —Ella sonrió: no le cabía la menor duda de que era así—. Sepa que me tiene a su disposición y que si necesita cualquier cosa solo tiene que pedírmela.

Matilda tragó saliva. «Le necesito a usted para poder respirar, don Ramiro; a sus clases llenas de conocimiento; a su candor, que me produce un recogimiento inmediato —le respondió internamente—. Necesito todos sus pequeños detalles, incluso su forma inocente de vivir la vida».

—Se lo agradezco, pero ahora solo queda resignarse —le contestó en cambio Matilda deseando que el contacto entre ellos no terminase nunca.

De nuevo, el silencio desencajado. Con las manos tomadas en la calle, en público, solo parecían un amigo y una mujer casada, cuando eran dos enamorados furtivos que no deseaban separarse. Fue ella finalmente quien retiró las manos para que nadie pudiera adivinar que bajo aquella caricia se escondía un deseo prohibido.

—Debo irme —dijo Matilda.

—Lo comprendo. —Y don Ramiro sonrió como si un ángel le hubiera robado el alma—. Podremos vernos de nuevo, tal vez en el conservatorio. Estoy todas las mañanas.

Ella negó con la cabeza.

—Sabe usted que eso no sería prudente.

Él asintió.

—Puede que no lo sea, pero en cualquier caso quiero que sepa usted que estoy allí todas las mañanas... en el conservatorio. Por si necesita cualquier cosa.

Ella asintió también y sin poder decir nada más, se giró y comenzó a alejarse. No quiso mirar atrás, pues suponía que don Ramiro estaría allí, aguardando su regreso, con su aire ausente y su nobleza desteñida, posiblemente castigándose por haberle dedicado esas palabras algo escandalosas para una mujer casada, que de acudir al conservatorio tendría que hacerlo de la mano de su esposo. «¿Es el amor lo que nos vuelve imprudentes o es el deseo?», se preguntó. Tal vez fuera la mezcla irrefrenable de ambos. Ahora Matilda sabía que, cada noche a partir de ese momento, se preguntaría por él, por ese encuentro imposible en el conservatorio, y fantasearía con una vida juntos que ambos no podían tener.

Basi entró en el salón, dividido en dos por cuatro columnas pareadas que lo jalonaban, y se paseó hasta una poltrona. Frente a ella, un juego de té exquisito se desplegaba a la espera de que ella lo tomara junto con otras tres damas de alta alcurnia. Sebastián, al otro lado de la estancia, conversaba con su amigo Fernando de Sada y Montaner, marqués de Monterreal, al que ella ya conocía de otras visitas a Madrid. Se le veía de lo más resuelto, poniéndose al día. Su marido no le daba importancia a codearse con la alta aristocracia. Para él, que había estado con todos ellos desde niño, era lo habitual. La visita al duque de Noblejas, en la calle Lobo número 3, o la que habían hecho al conde de Corres, muy amigo de su madre, eran lo normal para Sebastián. Ella, por su parte, se sentía a mares de distancia de allí. Su sola presencia ya tenía algo de escandaloso porque, a pesar de que vestía a la moda, lo hacía de riguroso luto. La mujer debía guardarlo como mínimo un año y solo salir de casa para ir a la iglesia. Algunos se extendían hasta más allá de dos. «Por supuesto que no iba aceptar semejante tortura», se había dicho ella.

Pero incluso así, llevada por su ánimo, las colaciones no estaban resultando tan atractivas como ella había pensado. A pesar de estar rodeada de gente, vagaba mustia y algo desangelada en la soledad de aquellas horas de la tarde. Tenía por fin la vida que había soñado: un marido impecable, una fortuna en el bolsillo y una casa cerca de las Cortes, donde se movía la aristocracia de la capital. «Los deseos cumplidos no conllevan la felicidad», se dijo. La muerte de su abuelo, la de sus padres y sus hermanos la venían a visitar a cada instante y le arrebataban todo el supuesto júbilo. Así se lo había hecho saber a Matilda en la única visita que su hermana le había hecho tras su llegada a Madrid. Esta se había mostrado tan ausente y triste que había preferido no verla durante un tiempo para evitar que su propia aflicción se desbocara más.

Al final se le habían ido quitando las ganas de asistir a los encuentros, pues en los pocos a los que asistía se percibía marginada, como la hija de un ganadero entre los ilustres que se paseaban con sus espléndidos títulos. Ni había brillado como se esperaba ni brillaría nunca. Tan solo dos reuniones le habían bastado para saber que no sería aceptada nunca en aquel círculo debido a su ascendencia. Solo sería una comparsa de su marido. Tal vez, con suerte, sería acaso soportada el día en que su marido recibiera de su madre el título de vizconde.

Sebastián se acercaba a ella por las noches y la abrazaba para intentar quitarle la pena, y ella se dejaba arrullar en sus brazos. Otras le besaba y le atraía hacia sí, con deseo, y cabalgaba sin dejarle descansar durante toda la noche. Ella, que había descubierto el deseo de la mano de su marido, se veía zambulléndose en él como una adicta, pues la carne calmaba sus penas y le hacía sentirse más libre. Después de una noche de sudor y jadeos, se desencajaba por su tristeza y se alejaba de Sebastián como una necesidad de buscar algo de independencia.

Tomó el té pero no se sentó, y las tres damas, tras lanzarle una mirada inquisitiva y una sonrisa fingida, continuaron con su conversación como si ella no estuviera allí. No le importó y continuó su paseo solitario entre las estatuas de carne y hueso que había en el salón. Admiró a Sebastián un poco más y este le hizo un gesto con la cabeza, lleno de júbilo. «Pobre, ni siquiera se da cuenta de lo poco que significamos para todos ellos», se dijo. Tal vez era esta ingenuidad de él la que la estaba atrapando. Tenía que reconocer que su esposo se había convertido en un baluarte. Le gustaba estar con él, hablar con él, pasear con él, comer con él, bromear con él. Tal vez porque, a diferencia de otras ocasiones donde los hombres no significaban nada, Sebastián era algo suyo, único; la amaba devotamente y, sin ella desearlo, le había agitado el espíritu. Cierto que no se había casado enamorada, pero con la vida conyugal parecía que lo que no había sido entonces podría ser ahora.

Dos golpes en la puerta quebraron sus pensamientos.

Concedió el paso y el mayordomo anunció que don Arturo de Villanueva, conde de Salamedina, estaba en la puerta. Le recordó de haberlo visto antes de casarse en casa de sus suegros, el día que ella había recibido la visita de la tía Iria. ¡Cómo olvidar sus intensos ojos azules y aquellos ademanes como salidos de una novela romántica inglesa! Lo cierto era que, con la boda y la tragedia de su familia, había olvidado preguntarle a su marido qué era lo que le unía a aquel caballero.

El joven fue directo hacia Sebastián y le saludó con efusividad. En esa ocasión, al menos, Basi sí estaba perfectamente preparada para su presentación. Le observó de nuevo desde la distancia, con la levita azulada y el pañuelo impoluto ajustado al cuello, una pequeña leontina descolgada accidentalmente, a juego con la elegancia de su chaleco veteado. Con la curiosidad en aumento, Basi se acercó despacio hasta llegar a coger del brazo a su marido.

—Arturo —dijo Sebastián—, permíteme que te presente a mi encantadora esposa, doña Basilisa de Castronavea. Querida, creo que te he hablado de él en alguna ocasión.

El conde la miró con aquellos profundos ojos que regalaban la noche y le sonrió prestándole una atención que ella no había tenido desde que llegó a Madrid.

—No me habías hablado de él, Sebastián —le contestó—. Lo recordaría.

—Puede ser, ha pasado tanto tiempo en Londres que... —dijo encogiéndose de hombros.

—No se lo tenga en cuenta, señora. Sebastián es un alma que no presta atención a estos detalles. Es un placer conocerla —dijo besándola en la mano—. Debo expresarle mis más sinceras condolencias por su pérdida.

—El placer es mío —respondió Basi educada—. Y le agradezco sus palabras de consuelo.

—Somos amigos desde la infancia —le comentó al oído

su marido—. Lamentablemente no pudo asistir a nuestra boda por estar fuera.

Basi le dedicó una espléndida sonrisa, más coqueta de lo que hubiera querido, y él se la quedó mirando algo más de lo conveniente.

—Con solo verla, estoy dándome cuenta ahora de que no haber asistido a su boda va a ser uno de los errores más catastróficos de mi vida —dijo, y le fue a besar la mano por segunda vez.

De seguido, Sebastián tomó la mano de ella suavemente y negó con una carcajada. Detrás, su otro amigo, el conde don Fernando, también sonrió ante la picardía del recién llegado.

—No seas encantador de serpientes —le dijo y luego la miró a ella—. Querida, mantente alejado de él, tiene una reputación de lo más deplorable.

—Sobre todo entre las esposas de mis amigos —apostilló él, le dedicó una nueva mirada sucinta y, con mucho desparpajo, la tomó del brazo—. Sebastián, permíteme que te robe a tu esposa un momento, necesitamos poder despellejarte un poco.

Le hizo una reverencia y Sebastián se rio.

—Eres incorregible —concedió alzando la mano.

—Querida, paseemos. Es una de las mejores maneras de conocerse.

—Siempre que no me lleve demasiado lejos de mi esposo —asintió Basi algo abrumada, siguiendo aquel juego de adulaciones y ademanes aterciopelados.

—Por supuesto que no, querida, estaremos al amparo siempre de su vigilancia en este concurrido salón.

Basi arrancó a andar por la estancia junto a él. Olía a limón levemente azucarado y tenía esa presencia de los hombres que han vivido mucho. Basi se dejó arrastrar bajo la atenta mirada de todas aquellas gallinas cluecas que cuchichearon al verla del brazo del conde.

—¿Sabe que todos ahora hablan de nosotros?

—Esa sin duda es la mejor parte, ¿no cree?

—Tengo que reconocer que hasta que no ha aparecido usted la tarde estaba siendo de lo más monótona —le dijo, y desvió la mirada a Sebastián, que negó con la cabeza sonriendo.

—No me extraña. Es lo malo del hombre con el que se ha casado, aunque tiene un gusto exquisito al elegir esposa, no así para acudir a los encuentros sociales adecuados. Fíjese que le conozco desde mi tierna infancia.

—¿Y por qué no estuvo usted en nuestra boda?

—Como bien ha dicho su esposo, tengo una reputación deplorable y mi naturaleza evita el dolor de forma instintiva. —La condujo rodeando un juego de poltronas y mesas bajas repletas de caballeros que hablaban de política. Ninguno los miró—. Reconozco que no soportaba ver que era el último soltero del grupo.

Basi se rio.

—Ya entiendo —dijo, y ocultó una risilla tras el varillaje dorado del abanico.

—Bromas aparte, estaba obligado a estar en Sevilla: mi abuelo se hallaba mal de salud y requirió mi presencia. Es la potestad que tienen los hombres poderosos sobre los que no tenemos control de nuestro destino.

—Espero que se haya recuperado ya.

—Ah, no se preocupe. Mi abuelo lleva muriéndose muchos años pero nunca lo hace. —Y añadió al oído—: Dios y el diablo no lo deben querer tener cerca.

Basi volvió a reír y tuvo que cubrirse con el abanico otra vez.

—¿Tendremos la fortuna de que nos visite entonces en nuestra nueva casa en Madrid?

—Por supuesto, doña Basilisa —le dijo y comenzó el regreso hacia la zona en la que seguía Sebastián—, yo no soy como muchos de los paquidermos sociales que hay aquí. Yo juzgo a las personas por su trato, no por su linaje. Si no, no hubiera podido mantener la amistad tan duradera con muchos de mis amigos.

—Es un filántropo —le dijo de forma jocosa.

—Solo con los oportunos, mi querida amiga —le contestó divertido balanceando su bastón de forma algo pomposa—. Verá, todos los presentes juzgan un escándalo que una joven vestida de luto esté en un encuentro social de la aristocracia, más aún cuando esta ha nacido de una familia potentada de ganaderos. De cierta hidalguía, pero insuficiente para estar en este ambiente aunque se haya casado usted con el heredero a un vizcondado. —Ella fue a matizar cuando la detuvo y le besó la mano como si fuese el terciopelo—. No se ofenda, lejos de mí está esa pretensión. Yo veo en usted a una muchacha que ha tenido el coraje de enfrentarse al mundo para obtener aquello que desea. Es usted muy valiente, demasiado para este ambiente de vanaglorias y cuchicheos sociales.

No dijo nada más y la acarició con su sonrisa. Ella le correspondió, pero prefirió guardar silencio también. Se unieron a Sebastián por fin y este la tomó del brazo. Don Arturo la miró una vez más, muy rápido pero con mucha más intensidad que cualquier mirada que hubiera recibido en aquellos días. Basi, entonces, observó el salón repleto de egos, vanidades y elocuencias fingidas, y como en otras ocasiones se percibió invisible. Sin embargo, esta vez la presencia de don Arturo y su aire, que parecía desafiar todo lo establecido, la reconfortó. Se apretó al brazo de su marido, se dejó llevar por aquel recogimiento durante un momento. Supo que ser invisible era el primer escalón de una larga escalera que, de coronarla bien, le permitiría caminar por aquellos salones como una más.

6

Se despertó de golpe, como si la sombra de los asesinos todavía estuviera allí, esperando un mal paso para cazarle. André tardó en situarse dentro de su alcoba en Carballeiro. Se había quedado dormido tras la comida, y alguien, seguramente Celsa, le había echado una colcha encima. Era por la tarde y apenas se filtraba la luz de un día ceniciento por entre los intersticios de los postigos. Las imágenes del incendio de As Airas le asediaban de improviso. Gracias a Dios, a medida que el otoño desfallecía, las pesadillas se habían espaciado un poco.

Se incorporó y apoyó la planta de los pies en el suelo. Todavía sentía molestias al andar a pesar de que las heridas ya estaban cicatrizadas. Se calzó, se abrochó la chaqueta sobre el chaleco y decidió bajar a merendar algo.

Había llegado hacía tres semanas a Carballeiro con el alma tomada por hacer saber a todos que estaba vivo, ansioso por ver a Iria, a Celsa, a los supervivientes. Así, había penetrado en el pazo sobre la yegua de Quinta, cansado y con las heridas aún por cerrar, para descubrir por boca de su tata que su tía viajaba A Coruña con el fin de visitar a don Faustino Domínguez, un reputado arquitecto. La alegría de ver al servicio, y principalmente a Celsa, había quedado ensombrecido por la ausencia de Iria. Aun así, la sonrisa de la tata, su abrazo fuerte y lleno de calor le habían hecho sentir toda aquella ternura inconmensurable de la *yeya*. «Ay, mi André —le había dicho con lágrimas en los ojos mientras le tocaba como si no fuese de carne y hueso—. Es un milagro, un milagro». Por supuesto, no le había contado nada de lo acontecido en el pazo aquel día, pues prefería mantener a la anciana lejos de todo aquel asunto turbio. Por eso le había dicho que había partido la noche del incendio a ver a unos amigos en Lugo y que no había sabido nada hasta hacía unos días. El corazón de Celsa estaba hecho para soportar el dolor y convertirlo en amor puro, pero no para lidiar con lo sórdido de la vida. Ella no le había creído, pero por prudencia solo había asentido y le había vuelto a besar. Mientras, la angustia de no ver a Iria, de no poder decirle que estaba vivo, se había apoderado de su pensamiento. Lógicamente, a su llegada no había una nota de su tía para él, tan solo para Quinta, con instrucciones concretas para administrar la heredad en su ausencia. Esta, por seguridad ante posibles acciones de don Isidro, había traído algunos hombres con ella: antiguos bandoleros reformados en ganaderos que servían a los Castronavea desde hacía años. Después se había quedado aguardando el regreso de Iria, aunque suponía André que lo hacía de mala gana, porque en el interior de Quinta burbujeaba el empeño de terminar de ajustar cuentas a don Isidro.

André, por su parte, envió una misiva a sus hermanas y otra a Iria por medio de lacayos, y se centró durante la espera en el trabajo inmenso que tenía por delante. Entre otras cosas, despachó con el escribano los temas de la herencia. Al estar él vivo, las últimas voluntades de sus padres debían quedar divididas en una parte más. Al leer el testamento, descubrió el nombre de un tal don Marcelino Vidal al que su padre legaba una parte equitativa idéntica a la de sus hijos de sus bienes privativos.

—¿Sabe usted quién es? —le había preguntado a su escribano.

—No, don André —le había respondido—. Solo que era un amigo cercano de su padre, según me dijo su tía. Quizá la señora le pueda contar más.

André solo había asentido anotándose en su memoria hablar aquello con ella a su debido tiempo.

Entre tarea y tarea, mientras se descontaban los días, se agitaba en él la necesidad de estar junto a Iria, a sus ojos verdes y a su cabello color miel. Se la imaginaba leyendo su carta, tratando de aceptar el milagro de verle vivo. De seguro que ella trataría de no soltar ninguna lágrima, pero no podría evitarlo. Lo haría a solas, en cualquier caso. Había calculado que su tía tardaría al menos quince días en volver desde el envío de la misiva, tal vez más. Sin embargo, habían pasado casi tres semanas y no había aparecido. Por eso su ansiedad se le pegaba en la boca y le ceñía la garganta como una mala gorguera, hasta el punto de que se le encerraba el aliento y no podía respirar de forma normal. Su angustia le hacía ser consciente de cada inspiración y le parecía que no entraba en sus pulmones suficiente aire.

Tan solo le animaba pensar que, tras el regreso de ella, podrían llegar a tener una relación. La muerte de sus padres, su hermano y el abuelo era la mayor desgracia que podía sufrir. Sin embargo, su ausencia era irónicamente un camino de plata para su relación. Ella, como señora de la heredad, y él, como su sobrino, podían ocultar con mucha más facilidad su relación. Ahora bastaba con que cubrieran las apariencias frente a la servidumbre y las amistades. De ser así, podrían llevar una vida juntos sin que nadie lo supiese.

Se instaló en el pequeño salón comedor, más estrecho que el de As Airas pero más recogido, al calor de la chimenea, que estaba bien cebada de leña. Fue entonces cuando la puerta se abrió y entró Quinta con la tercerola al hombro, la zamarra ceñida, la montera calada y la capa de invierno sobre los hombros que le cubría la mitad del cuerpo. Llevaba en su mirada el brillo de la sangre, uno que desde que regresó de la caza se había instalado en sus pupilas y no parecía querer abandonarla.

—¿Todo bien, Quinta?

—Me voy... Iria no regresa y esto hay que zanjarlo.

André negó un poco con la cabeza.

—Espera, Quinta —le dijo levantando suavemente la mano—. Tenemos que pensar. Sabemos que...

—Zagal, no hay nada que pensar. Cada día que pasa estamos más expuestos a represalias, y no quiero que Carballeiro termine como As Airas.

André, que no deseaba seguir aquel juego de la sangre, dio un paso hacia ella. Quinta era un animal salvaje sediento de venganza que no cejaría en su empeño de llevarse todo por delante. Una matanza podía afectar a la familia, arrastrarlos a los tribunales de Justicia para perderlo todo.

—Aguardaremos a Iria —le dijo mirándola fijamente—. Matar a todos los Ordás puede que no sea lo más prudente. Sabemos que don Isidro está sacando la plata de forma ilegal y tal vez llevarle ante...

—No —le dijo Quinta, y se volvió para irse.

André se aproximó hasta ella y la cogió de la muñeca.

—¿Qué haces?

Esa mirada de Quinta podía congelar el alma a cualquiera, pero él no iba a permitirle aquel error e hizo acopio de todo su mar sereno para mantenerle la mirada.

—No puedes ir, vas a...

—No he venido a pedirte permiso, muchacho —le interrumpió y torció el gesto.

—Pues deberías —le dijo él levantando el mentón.

Quinta se desembarazó de su garra de un tirón y le miró intimidatoria.

—¿Qué has dicho, rapaz?

—Que deberías pedirme permiso —le dijo André quedándose a unos palmos del rostro de ella aumentando el desafío—. Yo no soy ningún rapaz: soy André Castronavea y, a falta de mi tía, soy la cabeza aquí. Si quieres ir a saciar tu sed de sangre, vete, no puedo impedírtelo, pero no permitiré que digas que lo haces en memoria de mi abuelo, mis padres y mi hermano. Será tu venganza, no la nuestra.

Quinta le escrutó las pupilas como si pudiera devorarle al completo su alma, su carne y sus huesos, pero él no cedió. Se mantuvo tan hierático como si plantase toda una escuadra ante un enemigo. Quinta torció la cabeza, y de pronto aquel ansia de matar se transformó en una sonrisa torcida, sardónica. André aguardó en silencio, y la mujer, sin dejar de mirarle, cogió la tercerola. André se preguntó si sería capaz de encañonarle. La capataz seguía acechándole con aquella mirada capaz de destruir el valor de los hombres y apretó el fusil corto entre sus manos haciéndolo crujir.

—Tienes los cojones de tu abuelo. —Volvió a colgarse el arma a la espalda y André respiró algo aliviado—. Aguardaremos a que llegue Iria.

André asintió y Quinta desapareció por la puerta como un fantasma, llevándose consigo aquella borrasca de malos deseos. «Quinta no hará nada», se dijo. Para ella, la venganza solo tenía sentido si lo hacía en nombre de la única familia que había tenido, y de alguna forma él le había robado esa posibilidad. Le gustaba comprobar que, a veces, las palabras tenían el poder de robar alientos, de hacer desfallecer los ánimos o enardecerlos. Tal vez por eso, para él don Isidro no debía pagar con la muerte, sino con una vida en prisión desde la que contemplar impotente la ruina de su familia. Eso era, desde su punto de vista, verdadera justicia. Arrancarle la vida a hachazos, como deseaba Quinta, le robaba el futuro, lo bueno pero también lo malo. Respiró aliviado y, al mirarse las manos, observó que no temblaban, que su ánimo era tan seguro y tranquilo como un mar en calma chicha; y, aunque se conocía bien a sí mismo, le sorprendió no haberla temido más, como si hubiera una dimensión de él, no ya serena sino más bien fría, que acababa de vislumbrar por primera vez.

Repasó el correo que había sobre el escritorio. Hacía semanas había ordenado a don Cosme que se lo remitiera a él aunque fuera dirigido a su tía, para que pudiera despachar los asuntos de importancia. Así había ido poniéndose al día con la tesorería, los pagos y los cobros. Abrió las cartas que consideró de trabajo, y el resto, las personales remitidas por las amistades, las colocó en uno de los cajoncillos.

Fue al abrir uno cuando, desde debajo del cajón, un pequeño pliego voló hasta el entarimado. Extrañado, examinó la base del mismo y halló una pequeña cincha que permitía guardar misivas de forma oculta. Esta se había descolgado un poco y por eso el pliego se había deslizado. Lo tomó y pudo leer que era una carta de don Felipe Villar de Seoane, el empresario del café y del tabaco, amigo de su abuelo y su padre. Le llamó la atención, pues no creía que la familia tuviera negocios con él. Tal vez, se dijo, Iria había emprendido alguno. Abrió la carta y la leyó:

28 de octubre de 1846

Querida doña Iria:

Debo confesarle que estoy en un júbilo perpetuo desde que ayer cedió a mi insistencia de acompañarla a A Coruña y me permitió besarla en los labios para sellar este acuerdo. Debo reconocer que no he podido dejar de pensar en usted...

No pudo leer más. El corazón se le arrebató en la boca, latiendo con fuerza, y tuvo que apretar los puños para controlar aquella amalgama de sentimientos encontrados. La sola idea de que Iria estuviera con don Felipe le pareció insoportable, intolerable. Un deseo de seguir leyendo le atrapó, pero con mucho cuidado dejó la tentación sobre el buró y no quiso mirarla más. Se llevó la mano a los labios y tocó la campana. El mayordomo surgió con su presencia corva y anciana y le dedicó un saludo respetuoso.

—¿Podría decirme si tía Iria fue acompañada a A Coruña?

—Sí, don André. Lo hizo de la mano de don Felipe Villar. —André fingió una sonrisa—. Al parecer, fue quien le recomendó al arquitecto de allí. Es bastante famoso.

—Gracias, don Cosme —le dijo, y aguardó a que saliera del salón para ponerse a dar vueltas por el salón comedor, que cada vez se le hacía más pequeño. Con la mirada encadenada al papel y el alma fuera del cuerpo, se reprochó haber tardado tanto en volver. Para ella llevaba meses muerto y de alguna forma rehacía su vida besando ya los labios de otro. «Tal vez Iria se ha visto vulnerable con la pérdida de toda la familia y busca un refugio donde posar su tristeza», se dijo tratando de convencerse de que no se había enamorado de don Felipe. Contempló el pliego y, sin poder evitarlo, lo tomó en sus manos. Releyó las palabras firmes y seguras que allí había escrito:

28 de octubre de 1846

Querida doña Iria:

Debo confesarle que estoy en un júbilo perpetuo

desde que ayer cedió a mi insistencia de acompañarla a A Coruña y me permitió besarla en los labios para sellar este acuerdo. Debo reconocer que no he podido dejar de pensar en usted, y mañana, tal y como hemos quedado, pasaré a recogerla a primera hora. Estoy seguro de que este viaje supondrá para ambos una experiencia positiva. A mí por disfrutar de su presencia y a usted para que olvide, tal vez un poco, el dolor que atenaza su espíritu tras la tragedia tan devastadora que ha sufrido.

Se despide de usted, atentamente suyo,

Don Felipe Villar y Seoane

Guardó el pliego donde lo había encontrado, en el lugar secreto donde ella lo había querido ocultar de la servidumbre o de cualquier mirada ajena, y se sintió maldito, con el pecho incendiado en celos y terror al mismo tiempo. Se sentó por fin y trató de meditar si no la estaba perdiendo. Podía haber sido su tumba vacía la que la había empujado hacia otro, o tal vez aún peor: que la condujera a un casamiento estando él vivo. Al fin y al cabo, el tal don Felipe era un hombre casadero con el que fundar si acaso una familia. Aunque Iria era algo mayor para tener hijos ya, la posibilidad no era descartable. Se moriría si la veía casada con otro, por la impotencia de amarla, de desearla y solo poseer un retazo de ella como tía. Tal vez su tía había llegado a la conclusión de que la desgracia había acaecido por obra del Todopoderoso, como castigo por haber transgredido ambos su ley. Pensó en salir en su busca, pero toda su espera caería en el sinsentido. Iria podría estar llegando o podrían cruzarse y no verse. No le quedaba más remedio que verla aparecer. Suponía que en cuanto recibiera la noticia de que él estaba vivo, abandonaría de inmediato A Coruña para regresar a su lado. No sabía si era su esperanza la que hablaba, o su miedo de que no lo hiciera así.

Se levantó de nuevo y caminó hasta la chimenea, se apoyó en los jaspes que la decoraban y luego regresó a sentarse otra vez. Su pulso estaba demasiado acelerado, demasiado aterrorizado, demasiado contagiado de esa pasión irrefrenable que los había llevado a yacer juntos en el parqué del salón perdido de As Airas. «¡Dios, cómo la añoro!», se dijo. Trató de calmar su ánimo turbulento apaciguando el oleaje de su mar interior. Se dijo que fuera lo que fuese lo que ella sentía por don Felipe, seguro que no era más que una sombra pálida de lo que sentía por él, que nada podría cambiar eso y, más ahora, que ambos podían rozar con la yema de los dedos un futuro juntos. De nuevo hablaba su esperanza, trataba de convencerse a sí mismo para apaciguar su fuego. «No mires hacia otro lado. La carta deja bien claro que fue ella quien le besó».

Tocó la campanilla y pidió que le sirvieran un chocolate amargo caliente y, mientras esperaba, se acarició la barba pensando que pronto aparecería por la puerta. «Ya no puede tardar mucho más», se dijo siendo consciente de que cada día que pasara sería para él un calvario, pues anunciaba que dentro del corazón de Iria había anidado otro amor. Y quién sabía si más fuerte que el suyo.

Iria se desprendió del sombrero y permitió que el viento y la lluvia que azotaban la Praza do Obradoiro le zarandeasen el cabello. Algunas mujeres, al contrario que ella, buscaron el cobijo de los corredores techados, y más allá, algunas parejas subían rápido por las escaleras de la catedral, que se erguía imponente desafiando el temporal. Iria admiró aquel lugar de piedras eternas, silenciado por el clamor de la lluvia, y se sintió recogida por su color terroso empapado. Don Felipe, que había ido a buscar la calesa y al cochero, le había rogado que se mantuviera a cubierto, pero a ella le había sido imposible. Cuando el pobre apareció y la vio allí, bajo el aguacero, abrió los ojos en demasía. Ella sonrió una vez más antes de penetrar en el coche de caballos riendo.

—Señorita Castronavea, es usted un alma libre —le dijo y le tendió el pañuelo para que al menos se secase el rostro.

—Gracias. Como buena gallega, me encantan los días de lluvia, me ponen de buen humor —le contestó ella mientras lo hacía.

Don Felipe negó con la cabeza y golpeó el techo para que el cochero los condujese al pequeño pazo que él tenía cerca de la entrada sur de la ciudad. Iria se recostó y se rio algo descontrolada. Aquel viaje por el norte, primero A Coruña y luego más tarde, ya de bajada a Finisterre y a Santiago, le había proporcionado un asidero para no caer en la tristeza más desesperada. Don Felipe se había comportado como el más perfecto caballero. Ya desde el día que se había presentado en Carballeiro con la noticia de que don Faustino Domínguez aceptaba verlos en A Coruña, había insistido en acompañarla. Y así durante toda la semana, mientras ella preparaba el viaje. Iria se había negado diciéndole que no era en absoluto necesario y que no tenía problema ninguno en viajar hasta allí porque posiblemente iría con Quinta o, en su defecto, con alguno de los muchachos. Conocía de sobra el camino. Lo había recorrido innumerables veces desde muy niña: a caballo, sobre la yegua, en mula y en carro. La tarde anterior a su marcha hacia el norte, don Felipe había pasado las horas con ella paseando por las lindes del pazo.

—Necesito que me deje acompañarla —le había dicho.

—No sea dramático. —Ella se había apoyado en su brazo al decir esto, no sin cierta ternura.

—Se lo ruego. —Se había detenido un instante para mirarla a los ojos con aquella sinceridad apenada por el mundo—. Si le ocurriese algo por esos caminos de Dios, no me lo perdonaría.

Se había sentido conmovida por aquellas palabras. Don Felipe era uno de esos hombres que tenían la buena costumbre de no mentir, o como mucho de decir mentiras piadosas. Finalmente, Iria había cedido ante las pupilas aplacadas del empresario. Fue entonces cuando, por un instante, se había recordado frente a André, como en tantas y tantas tardes al final de cada estación, entre los naranjos y castaños. Imantada a las pupilas de don Felipe, se había dejado arrastrar por aquel recuerdo, como una señorita que todavía no hubiera sido presentada en sociedad. Este se había acercado a ella, más trémulo que un pajarillo que echa a volar por primera vez. No supo por qué, pero tuvo una necesidad imperiosa de que la besara, y él entonces la cogió por la cintura y la atrajo hacia sí.

Allí, mientras el último sol del otoño descendía, ella le había besado, y al sentir sus labios sobre los suyos había volcado en ellos toda la frustración, la rabia, la tristeza y el corazón que se deshacía por la ausencia de los suyos. Se arrastró a ese pozo de recuerdos donde la risa de Amaro ocultaba secretos inconfesables, donde las cortinas de la buena educación de Cristina los soportaba en silencio y donde el armazón de hierro de su padre atesoraba un intenso amor por todos, incluido hacia Amil, el aborrecido. Sintió la boca de don Felipe sobre la suya, más áspera que la de André, y creyó que así podía besar a su muerto. El capítulo inicial para despedirse de la tragedia y del dolor. Y aquel beso no había supuesto toda una liberación, pero sí había sido un escalón hacia una brisa nueva, una que venía del mar y que la había acompañado durante todo aquel viaje por el norte hasta la Costa da Morte. Porque el viaje a

A Coruña había supuesto en cierta forma un descanso de aquella ausencia incomprensible, una huida hacia algún sitio reparador donde no hubiera tanta amargura. Era una suerte de trayecto a ninguna parte que calmaba sus aguas atribuladas. Porque la educación de don Felipe, sus ademanes de caballero trasnochado, su forma tranquila de encarar la vida y que alguien velara por ella día y noche de esa forma se habían convertido en un bálsamo lenitivo. Además, de algún modo, aquel individuo compartía esa serenidad con André, y aquello la arrebataba.

A veces veía rasgos de su sobrino en don Felipe, como si André estuviera allí. Al principio pensó que era ella, que le buscaba por las esquinas y los rincones, pero luego no podía dejar de ver aquellos ademanes: la forma de hablar pausada, el saber qué decir en todo momento, esa sinceridad implacable. Por eso le había besado, por su necesidad de compañía y por el recuerdo de un fallecido, por el recuerdo de todos ellos. Desde aquel momento, don Felipe se había convertido en un baluarte sobre el que soportar su pena, y precisamente por eso, tras la visita al arquitecto al que había encargado el proyecto, habían decidido desviarse a Finisterre, y más tarde hacia su actual destino, Santiago de Compostela.

La calesa traspasó la arcada principal del pazo y se detuvo frente a una fachada blanca de dos alturas. Era un pazo sencillo, sin mucha pretensión pero recio. Como esperaba, don Felipe salió primero y la ayudó a descender. Ella se lo permitió. Llevaba permitiendo su galanteo todo aquel tiempo, cuando antes no hubiera admitido que nadie la ayudase a bajar de aquel carro.

Cruzaron la puerta principal y un capataz menudo y su mujer los asistieron para que se desprendieran de los abrigos. El recibidor no era muy grande, rectangular, con una escalinata muy original cuyos balaustres eran de cristal soplado. Don Felipe, tras preguntar si estaba todo preparado, le indicó que se dirigieran a uno de los salones. Allí la invitó a que se situara cerca de la chimenea encendida.

—Está usted empapada. Debería cambiarse para la cena.

Iria se volvió hacia el fuego y se quedó observando las ascuas.

—Todos mis trajes son del mismo color ahora —le dijo pensativa—. Vestir de negro no ayuda. Cuando regrese a Ourense abandonaré el luto. No me gusta sentirme atada a un color. Sometida a él, más bien.

—Si lo hace, será usted la comidilla de...

—No me importa, don Felipe —le dijo—. Soy una mujer mayor. Tengo treinta y seis años y soy independiente. No necesito de nadie para tomar mis propias decisiones.

—Sé que es así —le dijo él admirándola con esos ojos melancólicos y acercándose lentamente—. Esta es sin duda una de las cosas que más me gusta de usted, señorita Castronavea. Parece no temerle a nada.

—Don Felipe, me tiene usted en un pedestal que no merezco —le dijo ella mientras él se calentaba las manos en el hogar—. Cada día siento temores por muchas cosas.

Él se giró y, envalentonado, le acarició el rostro.

—Es usted una mujer buena.

—No, no lo soy —le contestó sonriendo y le cogió la mano entre las suyas para retirársela—. Y menos aún sirvo para ser una esposa complaciente.

Don Felipe asintió con su mirada franca, como si contara con ello.

—No busco una esposa complaciente, solo una esposa...

—La gente le dirá que debe usted encontrar a una muchacha joven, maleable y con menos carácter, que le dé hijos.

Él se acercó y le puso el dedo en los labios.

—La amo, señorita Castronavea, y usted lo sabe. Desde aquella fiesta hace un año en As Airas. Cuando antes de partir usted me besó, mis esperanzas de hacerla mi esposa...

Ella le retiró la yema y negó con la cabeza para cortar su discurso.

—Don Felipe —le dijo clavándole su mirada ardiente—. No voy a engañarle. Me gusta usted, pero yo nunca me casaré ni tendré vástagos. Mis únicos hijos son mi heredad, mis cabezas de ganado y esta tierra de la que nunca me despegaré. En todo caso, yo solo necesito un amante con el que navegar en las noches frías en Galicia.

Don Felipe tragó saliva, atónito.

Iria era muy consciente de que cualquier mujer que hiciera semejante proposición sería considerada una ramera. Sin embargo, a ella le importaba bien poco. Hacía mucho tiempo que no era virgen. Su deseo por la carne había nacido siendo ella joven e inconsciente, con un joven pastor de la zona que al día siguiente tenía pensado emigrar a América y, como casi todos sus anhelos que deseaban devorar la vida, su deseo ya no había tenido fronteras. Su inteligencia la hizo aprender lo suficiente para evitar embarazos y no quedarse preñada del primero que pasara. Quinta le había enseñado métodos, lavativas y preservativos hechos de tripa de animales. Había elegido siempre a hombres, y no eran muchos los que habían pasado por sus brazos, que estaban de paso, sin anclajes ni emociones más allá de una noche de pasión. Ya hacía demasiado tiempo que no se guiaba por las reglas de las de su sexo. Era una mujer rica, independiente y conocedora de lo suyo. No cedería esto ante la autoridad de ningún hombre y el matrimonio era precisamente eso, una cárcel.

—Pero... yo... No puedo tratarla como a una...

—Amante —apuntó ella.

—No puedo tratarla de esa forma. Usted se merece más y, compréndalo, no diría de mi persona nada bueno el menospreciarla así —le contestó don Felipe con la esperanza cada vez más marchita en sus ojos—, sobre todo por lo que siento por usted. No quiero ser su amante, sino su esposo.

Ella le sonrió y se acercó a él un poco. Don Felipe no estaba de paso como otros, era verdad, pero si terminaban siendo amantes, su educación exquisita le imposibilitaría hacerlo público para vergüenza de él y deshonra de ella.

—Don Felipe, yo no le reduzco a nada. Solo le digo lo que puedo darle, y créame que es usted ahora un refugio para mí, pero soy voluble como el tiempo en Galicia y mi corazón no será suyo nunca como usted desea.

—Tal vez con el tiempo esa afinidad que siente por mí se convierta en algo mucho mayor. ¿Por qué arriesgarse a ser la comidilla de todo Ourense? Déjeme hacerla mi esposa.

Iria se acercó lentamente y le besó en los labios.

—Eso no ocurrirá jamás.

Ambos se miraron y ella le besó de nuevo, esta vez abriendo la boca. Entonces don Felipe, en un arranque, la persiguió con la suya y, llevado por el deseo, comenzó a devorarle el cuello. Iria se vio arrastrada, con la cabeza puesta en el recuerdo de esa noche con André y el deseo en don Felipe. Le pidió que le hiciera el amor sobre una de las poltronas del salón. Allí, entre los jadeos desesperados de don Felipe, que pensaba que hacerla suya era un camino para conquistar su corazón, y ella, que solo quería sentirle cerca para ahuyentar el dolor, se adentraron en ese desierto de ardor y oasis y bebieron el uno del otro. Él amándola, deshecho entre sus piernas mientras el corazón le palpitaba por tener antes de una boda la carne prohibida; ella arrebatada, entre las imágenes de André y las de don Felipe, ahora sobre ella, que arremetía con toda su alma en un anhelo de tenerla más allá de la carne. Le tomó por los cabellos y le devoró, para sentarse sobre él y sentirse libre.

Iria susurró para sí el nombre de André, y dijo en voz alta *«Meu rei»*, y en su interior se desbordó la pena y el llanto de haber perdido al amor de su vida. No pudo evitar que las compuertas de su alma se abrieran y una tristeza insoldable le perpetuase el dolor de no tenerle. «André, André, André», se decía como si fuera una plegaria lanzada al aire que pudiera traerle de vuelta. Envuelta en ese mar de dolor y confusión, mientras gemía para alcanzar el éxtasis, se dio cuenta de que el deseo por don Felipe no podría calmar su corazón malherido, no podría sanar la ausencia de los suyos, y menos aún la de su amor perdido. Se abrazó al cuerpo fibroso de su amante y cabalgó sobre él más intensamente, como si pudiera huir de todas aquellas heridas que la perseguían. Lloró en silencio con las lágrimas contenidas en los párpados, y oyó a don Felipe susurrarle al oído que la amaba. Entonces ella se dejó llevar para ver el recuerdo del rostro de André entre los velos de la noche, para sentir las caricias recordadas y el descosido de aquellas heridas que no cerrarían nunca.

El amanecer los descubrió, a ella dormida sobre la alfombra y a él sobre su vientre, bajo una cortina que él había arrancado para cubrirse. Unos golpes suaves en la puerta les avisaron que no estaban en el lugar adecuado. Don Felipe se levantó somnoliento y, tras besarla en los labios, se acercó a la puerta. Ella, con un cojín del sofá bajo la cabeza, se arrebujó hacia la chimenea, que todavía tenía ascuas calientes. Oyó cómo don Felipe departía con el capataz del pazo y regresó con algo entre las manos.

—Es para ti, querida. Al parecer nos han estado siguiendo por todo nuestro itinerario —le dijo contento extendiendo un pliego hacia ella—. Es de tu sobrino André. Está vivo.

7

Antes, el único temor de Isidro era que aparecieran las autoridades y le llevaran preso, pero ese miedo lo había aplacado, al menos en parte. En cuanto supo que André de Castronavea había sobrevivido, él había renunciado a seguir extrayendo la plata de forma ilegal, azotado por la tempestad de frustración de su interior cuando no conseguía lo que deseaba. Por supuesto que le hubiera gustado extraer toda sin tener que pagar cánones ni dar una parte a la Corona, pero ya no podía arriesgarse más tiempo. Además, el criadero ya no daba una plata tan pura y posiblemente duraría un año más como mucho. Por eso, había declarado a la Inspección de Minas que había hallado plata en Nacedeiro y había pagado a la Corona lo suyo desde entonces. Además, había embolsado sumas considerables a los inspectores y otras figuras para que nadie investigase en caso de que hubiera una denuncia afirmando que él se había lucrado desde antes. En cualquier caso, el denunciante tendría que demostrarlo y ya no quedaban pruebas. Había movilizado hombres y bestias para trasladar las escombreras al interior de minas cerradas. Al final tuvo que conformarse con lo ganado, aunque dejara por el camino mucho dinero. «Ya me he enriquecido bastante», se había dicho para convencerse.

Aunque ser denunciado se había convertido en una

preocupación menor, dormía con un ojo abierto desde que don Horacio había llegado medio muerto y con el semblante tomado por el terror. Estaba obsesionado con su seguridad y la de su mujer. Tal como le había aconsejado su hombre, había contratado los servicios de don Félix de Montecastro, un coronel entrado en años, más duro que las raíces de un enebro, que cargaba en su semblante con la rectitud militar de un mercenario, las maneras solemnes de un coronel y un enorme mostacho encerado a juego con sus dos patillas pobladas. Bastaba cruzar una mirada con él para saber que solo tenía escrúpulos morales para con quien le llenase la bolsa. «Usted no se preocupe por nada, don Isidro —le había dicho atusándose el bigote—. Si alguien viene con malas intenciones, no va ni a cruzar el umbral». Isidro no le había dado muchas explicaciones sobre la necesidad de su presencia en la casa. Don Félix, que se paseaba por su palacete como si fuera una plaza de armas, parecía tenerlo todo bien controlado.

Sin embargo, él ya no se fiaba. Don Horacio tenía esa misma actitud y ahora parecía un hombre diferente, aterrorizado. Decía oír la risa de aquella mujer en sus sueños, ver al can negro devorando su brazo y la mirada demente de aquella salvaje nacida del averno. Parecía devorado por el miedo y que el terror se le hubiera metido en el espíritu para atormentarle. Don Félix, que había conocido a don Horacio en tiempos de guerra, no dejaba de sorprenderse al ver a un hombre tan recio apabullado por sudores en la noche. «Tengo que matar a esa zorra del infierno, o no seré libre nunca más, don Isidro», le había dicho don Horacio, más blanco que el marfil a la luz de la luna. Así, esas semanas él mismo había estado amedrentado por si Cordelia o él tenían un mal encuentro con esa maldita loca en las calles de Ponferrada. Al final, ya bastaba una puerta mal cerrada, una ventana movida por el aire, para que el miedo se apoderase de todos ellos. Esta tensión acumulada, la preocupación de que pudieran prenderle preso y el exceso de hombres en la casa prendían la mecha del conflicto entre Isidro y su esposa. «¡Esto ya no es vida! —le había gritado Cordelia llevada por los nervios—. Esa mina nos está haciendo inmensamente ricos, pero ¿a costa de qué? Hemos perdido a nuestro hijo, don Horacio casi ha perdido la vida y nosotros terminaremos locos. No viviré atemorizada por una sombra, y tú tampoco deberías. Arréglalo».

Supo al instante que Cordelia tenía razón. Por eso ahora don Horacio —sentado en una poltrona con su muñón vendado todavía en cabestrillo—, don Félix —fumando un habano cerca de los ventanales viendo diluviar— y él estaban reunidos en su despacho con el único propósito de terminar con todo aquel asunto.

—Caballeros, necesito saber quién les amenaza —les dijo don Félix—. Entiendo que no han querido darme detalles de lo que sus enemigos le hicieron a don Horacio ni a sus hombres por algo que desconozco pero que respeto. Sin embargo, ha llegado la hora de saber contra quién me enfrento.

—Una familia gallega, coronel —le dijo Isidro—. Los Castronavea. Baste saber que me la tienen jurada desde que abrí una mina de carbón en sus tierras. Digamos que han estado metiendo sus hocicos en mis negocios desde hace tiempo. Traté de llegar a una entente por vías diplomáticas para evitar el enfrentamiento y que las aguas volvieran a su cauce, pero don Dositeu, el patriarca, persistió. Y no paró hasta averiguar asuntos que, de llegar a manos de las autoridades, podrían haberme puesto en serios aprietos. Por eso me vi en la obligación de proteger lo mío, de ahí el incendio que ya le ha contado don Horacio.

—Entiendo. —El coronel expelió el humo del habano y metió una mano en el bolsillo de su chaleco gris—. El joven sigue vivo, conoce el secreto y usted teme que pueda ir a las autoridades.

—Por motivos que no vienen al caso, este secreto no es ya un problema. Lo que temo es el ánimo vengativo de los Castronavea. Conociéndolos, no creo que dejen pasar la muerte de los suyos. En este sentido, el mayor peligro pasa por la persona que le hizo a don Horacio eso —le dijo señalándole, y posó las manos con solemnidad sobre el escritorio—. Es incontrolable e imprevisible. Está demente. Podría acercarse aquí mañana con la intención de matarnos a todos. Por eso tenemos que zanjar este asunto de una vez por todas.

—¿Me quiere decir que un solo hombre despachó a seis soldados veteranos y a su capitán? —Enarcó una ceja con el semblante cargado por la extrañeza.

Isidro miró a don Horacio y este se acarició el muñón vendado. Él guardó silencio. Quería evitar a don Horacio la humillación de que había sido una mujer.

—Dígaselo, don Isidro —dijo don Horacio—. Tarde o temprano, el coronel se tiene que enterar. Mejor ahora.

El coronel siguió manteniendo esa pose de mercenario peligroso, seguro de sí mismo, muy parecida a la que tenía don Horacio antes del encuentro con Quinta.

—Fue una mujer —le dijo—. Una sola mujer llamada Quinta.

El coronel abrió los ojos desmesuradamente. Luego dio una calada y sin poder evitarlo se carcajeó un par de veces para después desternillarse. Isidro permaneció hierático por un momento y se acercó al coronel, que no paraba de reírse mirando a don Horacio.

—¿Está así por una mujer? —preguntó de forma retórica—. ¡Dios bendito, capitán, no lo hubiera esperado jamás!

Don Horacio agachó la cabeza, ahora malherido en su orgullo, e Isidro se detuvo ante don Félix y le miró hacia arriba.

—Coronel, no toleraré que se ría de este hombre —le dijo severo incrustando en él su mirada depredadora—. Don Horacio ha sido siempre un hombre leal, y no tolero la mofa sobre él en esta casa. Pídale perdón.

El coronel cerró la boca de inmediato y se quedó mirando desde sus alturas a Isidro. Agitó su mandíbula pensando lo que iba a decir a continuación y apretó los dientes. Estaba claro que no le gustaba recibir órdenes de esa forma.

—Don Isidro, soy coronel...

—Pídale perdón, o me veré obligado a cortar nuestra relación profesional, dejará usted de cobrar una fortuna y créame que haré saber a todos sus acreedores, que los tiene por sus vicios con el juego y las putas, que es usted un insolvente de mierda que no tiene donde caerse muerto. —Isidro avanzó hacia él mientras el semblante del coronel palidecía entre la ira y la vergüenza—. ¿Cree que esos hijos de puta peligrosos a los que les debe dinero le han dejado de perseguir por casualidad? Y los hombres que usted tiene aquí le siguen porque pago yo, porque en el fondo son tan mercenarios como usted. ¿Acaso cree usted que no sé a quién contrato? Pídale perdón, no lo ordenaré más.

El coronel, de nuevo, movió su mandíbula de lado a lado, con aquella autoridad robada de la que ahora solo quedaba una cáscara vacía tratando de mantener cierta compostura.

—Capitán —dijo sin dejar de mirar a don Isidro—, le pido disculpas por reírme de usted y sus circunstancias. Ha sido un acto desconsiderado por mi parte.

El coronel dio una calada tratando de retener su apostura y don Horacio, que se había puesto en pie sin intervenir desde el otro lado de la sala, solo asintió.

—Bien, ahora que ya volvemos a ser todos caballeros —dijo don Isidro retirándose—, déjeme decirle que esa mujer no es cualquier mujer. Está loca y no teme a la muerte y, lo que es peor, disfruta repartiéndola. Además, los Castronavea y esa Quinta cuentan con muchos pastores y agricultores bajo su mando, de los cuales muchos fueron bandoleros.

—¿Los lidera ella?

—Así es —dijo don Horacio—. Es su capataz.

Don Félix hizo un gesto de sorpresa con las cejas.

—Es la primera vez que oigo semejante cosa..., que en un asunto de armas y pendencias una mujer lidera hombres bravos. Ya tengo ganas de conocerla.

Don Horacio negó levemente con la cabeza y se acercó a don Félix. Se quedó frente a él y ambos se miraron en silencio un momento.

—Coronel, no cometa el mismo error que yo —dijo—. No la subestime.

Isidro dio un golpe ligero en la mesa para llamar su atención:

—Sea como fuere, no estoy dispuesto a sufrir un mal accidente —dijo en voz alta—. Necesito una solución.

—Un combate directo contra ellos solo acabaría en una carnicería, dado que nuestro hombre de dentro del servicio nos ha dicho que el pazo está bien vigilado —añadió don Horacio.

—Solo queda parlamentar para llegar a un acuerdo bajo amenaza de una guerra sin cuartel que no beneficiaría a nadie.

—Deberíamos hacer una ostentación de fuerza previa —dijo el coronel—. Negociará usted mejor que yo.

Isidro se quedó pensativo y se paseó por el despacho hasta alcanzar los anaqueles de una de las paredes. Allí se apoyó y puso el dedo índice sobre sus labios.

—Don Isidro —le dijo don Horacio—, todavía está la carta testigo de que doña Basilisa tuvo acciones de esa mina.

Él negó con la cabeza.

—Eso está descartado por ahora, debo hacer que mi hijo vuelva a la familia y eso no lo conseguiré tan rápido —le dijo—. Si queremos persuadirlos, tendremos que acudir a su corazón más que a su razón. Tenemos que descubrir qué es lo que más aman por encima de todo para amenazarlos con eso. Algo que realmente no puedan poner en riesgo. —Meditó un poco más y miró el trozo de carbón que había sobre la mesa. Fue entonces cuando una idea germinó en su cabeza. Se acercó al carbón y lo sopesó—. Ni todas las demás amenazas ni la violencia han servido con los Castronavea. Nada de lo que les ofrecí, incluido el dinero, les interesó, y eso fue por un motivo. —Se giró finalmente hacia don Horacio y don Félix—. Caballeros, hay que concertar una reunión con la actual señora de los Castronavea. Coronel, coja un par de hombres y diríjase allí. Quiero que les haga saber que deseo un encuentro con ella. Que fijen fecha, lugar y hora.

El coronel hizo un asentimiento y abandonó la sala dejando tras él ese aire marcial que Isidro apenas reconocía ya en el señor Salvaterra. Este se levantó y se acercó a su patrón con aquellos ojos hundidos que eran un espejismo de la seguridad de entonces.

—Don Isidro —le dijo—. Gracias...

Isidro levantó la mano y negó con la cabeza.

—Entre nosotros sobran esas palabras, don Horacio.

El soldado apretó los labios y rindió el mentón sobre el pecho un poco. Se dio la vuelta y caminó hacia la puerta, al otro lado de la estancia.

—Don Horacio —le dijo, y este se giró hacia él—, si lo desea, esta tarde continuaremos con nuestra partida de ajedrez.

—Por supuesto.

Ambos se miraron un instante más e Isidro se apoyó sobre su mesa metiendo las manos en los bolsillos.

—Cabeza alta, soldado, cabeza alta.

Don Horacio tomó aire, se cuadró marcialmente, le hizo un saludo militar y dejó la estancia. Ya solo, se acomodó en el sofá y se quedó mirando el trozo de carbón engarzado sobre una base de mármol blanco. Lo tocó y se dijo que había estado dando palos de ciego. Durante todo ese tiempo había tratado aquel asunto poniendo barreras al desaire de los Castronavea. Sin embargo, había tenido la solución delante de sus ojos. Declarar la plata ante la Corona, destruir las pruebas y plantar cara a la nueva señora de los ganaderos podía zanjar aquel mal asunto saliendo él relativamente victorioso. Cierto que había tenido que renunciar a todo un año de plata para él solo, y eso para su alma codiciosa era un dolor, pero sin ninguna duda era una pérdida que podía soportar. «En todas las guerras las hay —se dijo—, pues nadie sale indemne». Así, dejó de acariciar el carbón, se encendió un habano y abandonó su despacho como se abandona un campo de batalla donde uno es el vencedor.

Basi se volvió a reír y su marido la acompañó mientras don Arturo terminaba de contar aquel chiste escandaloso que divirtió a todos. Junto a ellos, un nutrido grupo de aristócratas parecía darle la bienvenida a su círculo. Mujeres que antes ni se dignaban a dirigirle la palabra, como la marquesa de Pontejos, la del Valparaíso o, un poco más alejadas, la condesa de Floridablanca, la duquesa de Roca y la de Medinaceli, estaban ahora allí reunidas en torno a ella y le dedicaban alguna que otra mirada o comentario. Había pasado de ser una marginada social a una dama entre gigantes.

Todo se lo debía a don Arturo, que, solo con dejar caer sus excelencias y la tragedia familiar entre las amistades influyentes, había provocado que quisieran conocerla. La tristeza por la pérdida de los suyos había bañado su aura y había servido para que la aristocracia madrileña viera en ella una causa justa donde actuar, su acto de beneficencia. Y Basi no podía esconder su emoción a ratos, pues era la comidilla de todos ellos; sobre todo entre algunas gallinas cluecas que, en el fondo, eran las que tenían la influencia social, las elegidas que habían provocado que se le abrieran a Basi las puertas del Olimpo con agitar ciertas palabras en el aire: «Es una muchacha muy formal que ha sufrido una lamentable tragedia»; «Debemos cuidar a las jóvenes de España: si no lo hacemos nosotros, nadie lo hará»; «Pobrecilla, perder a su familia así... dicen que es de familia hidalga, pero con mucha tradición». Estos eran algunos de los comentarios que hacían y que, gracias a don Arturo, habían llegado a sus oídos.

De entre todas ellas, la condesa de Montes, doña Eulalia de Toledo, era la que más se había acercado a ella. Sin duda una de las mujeres sexagenarias, viuda desde hacía años, de mayor influencia, que con solo tocarle el brazo o hacerle un gesto de complicidad conseguía que el resto la siguieran como corderillos. Expresaba su opinión con tal grado de liviandad que podía destruir la vida de cualquiera con un mal comentario. Don Arturo y ella, aunque fingían buen entendimiento, se odiaban intensamente porque, según él, la condesa había querido casarle con una sobrina suya y él la había rechazado.

—Querida Basi —le había dicho la condesa ensanchando su rostro alargado, del que sobresalía una nariz recta como una viga—, qué bueno que esté usted aquí.

Ella había sonreído complaciente y había dedicado una mirada cómplice a don Arturo. Para ella, este había pasado a ser como de la familia. Se presentaba a comer en la casa y se quedaba varios días junto a su esposo y ella. ¡Qué buen amigo era de su Sebastián! A veces la invitaban a jugar al billar, cosa que no era de su agrado por considerarlo un juego masculino, pero cedía solo por verlos sonreír ante su torpeza. Otras, ellos despachaban en el gabinete asuntos de importancia sobre la política en las Cortes y la reina, y ella se maravillaba de todo. No porque le importara la política, que en su opinión era un asunto trivial y tan de hombres que afeaba sin remedio la feminidad de cualquier mujer que se aventurara a comentarla, sino porque le gustaba oírlos hablar con esa gravedad que los caracterizaba de temas que ella desconocía. ¿Acaso no radicaba en sus diferencias la eterna atracción entre los sexos? Eso le parecía a ella, y por eso nunca había comprendido, aunque la respetaba, la forma de existencia de la capataz de su familia, Quinta.

Sebastián, por su parte, seguía siendo encantador, lleno de esa pasión por ella que cada día la atrapaba más. Basi se sabía objeto de adoración y tal vez por eso había ido creciendo en ella el afecto por él, como si fuese la vanidad quien tuviera la llave de su corazón. No podía definirlo como amor, pero tampoco podía verbalizarlo de otro modo. Su ánimo la inclinaba a flirtear con don Arturo o con cualquier otro caballero aristócrata, pero lo cierto es que ahora ya no los cambiaría por Sebastián y su ardor hacia ella. Cada mañana él la despertaba recorriendo su cuerpo, buscando en los rincones que todavía no había besado. «No quiero morirme sin recorrerlos todos», le había dicho. Además, hacía varias semanas que la menstruación debía haberla llegado y, aunque todavía no le había contado sus sospechas a Sebastián, comenzaba a creer que en su interior se estaba gestando una nueva vida. De ser así, ambos serían muy dichosos. Los dos deseaban tener un hijo por encima de muchas cosas. Él, porque deseaba ser el padre que no había tenido, y ella porque deseaba tener una personita a la que cuidar y absolutamente suya.

Aun así, había guardado silencio, no quería que todo quedase en una falsa alarma. Para mayor alegría, había recibido una carta de André haciéndole saber que estaba vivo, aunque no le daba muchos detalles de cómo había sobrevivido al incendio. De alguna forma, recuperar a su querido hermano había sido como si el mundo encajase en sus deseos.

—¡André está vivo! ¡André está vivo! —había ido chillando hasta refugiarse en los brazos de Sebastián de puro gozo, para después contestarle en otra misiva que en cuanto pudiera regresaría a Galicia para verle.

Verle de nuevo vivo sería la mayor de las alegrías. Además, Basi no podía olvidar que, cuando padre y el abuelo habían querido obligarla a casarse bajo sus criterios, el único que la había apoyado había sido André. Cierto que, de haber estado Iria presente, seguramente también hubiera alzado la voz, pero no se había dado el caso. Seguramente el momento escogido por el abuelo, con Iria ausente del pazo, no había sido casual.

Apartó de inmediato ese pensamiento para evitar enfurecerse: el mal humor no iba a amargarle el disfrute de la velada que ofrecía el duque de Sotomayor, en la que estaba ahora. Basi se rio sutilmente ante las evidencias de don Arturo, que no dejaba de mirarla con sus pupilas cargadas de picardía. Ella siempre le respondía con ese leve aleteo de su abanico y su rostro más angelical, que contrastaba con su vestido de negro mate, encorsetado con el polisón y el velo volteado hacia atrás, a la americana, cosa que ya se le permitía por haber pasado un tiempo desde el fallecimiento de los suyos. En este, como en todos los encuentros, no había podido bailar por el luto, pero fantaseaba con cómo sería dentro de un año, cómo iba a brillar ella al son de un vals o de un rigodón.

—Creo, querida, que estas veladas le son muy beneficiosas —le comentó doña Eulalia, y luego se dirigió a su esposo—. ¿No cree, don Sebastián?

—Por supuesto que sí, nada hay mejor para pasar el luto que las distracciones mundanas —contestó él apurando el anisete—. Puede que a ciertas mujeres pasadas de moda esto les parezca de lo más frívolo, pero nadie se resiste al cambio de los tiempos.

—No puedo estar más de acuerdo —dijo don Arturo.

Sebastián fue a asentir cuando se tocó el vientre haciendo un gesto de malestar.

—Creo que algo me ha sentado mal.

Don Arturo se acercó a él y le tomó la temperatura.

—No te noto destemplado.

—Estoy segura de que es el ponche —dijo doña Eulalia, y luego susurró al oído de Basi cubriéndose con el abanico—. Yo no lo bebo: el duque de Sotomayor lo hace con un ron de muy baja calidad.

Basi le sonrió cumplidamente y se acercó a su marido.

—Querido, te estás poniendo muy pálido.

Sebastián se tocó la frente, que de pronto se había poblado con un sudor frío, e incluso pareció que el color de sus mejillas se perdiera de golpe. Basi le cogió del hombro, cuando él sintió una náusea que llamó la atención de los más cercanos.

—Si me disculpan, debo acudir al reservado lo antes posible. —Basi fue a seguirle, pero Sebastián le hizo una seña—. Espérame aquí, querida, será solo un momento. —Sebastián se giró y se perdió entre los asistentes del salón.

—Nunca ha tenido demasiado estómago para el alcohol —le dijo don Arturo al oído—. No se preocupe. Lo he visto en él otras veces.

Basi se sintió algo inquieta. No sabía muy bien qué hacer, si ir al encuentro de su marido u obedecerle y esperar a que regresara. Hizo acopio de paciencia y se agitó intranquila. Doña Eulalia se quedó para asistirla en lo que necesitase y don Arturo le ofreció su brazo gustoso. De vez en cuando algunos de los asistentes les dedicaban alguna mirada curiosa, tratando de averiguar qué era lo que había motivado la marcha urgente de Sebastián.

—Si le parece bien, entremos en uno de los saloncitos a este lado del pasillo. Así no seremos el centro de atención de otras miradas y podrá sentarse a esperarle —aconsejó don Arturo, y después miró a la condesa de Montes—. Doña Eulalia, si me hace usted el favor de averiguar cómo se encuentra don Sebastián.

—Por supuesto, querido, déjelo de mi cuenta.

Basi y don Arturo penetraron en un gabinete no muy grande, con un único ventanal central que daba a los jardines y con una mesa de tresillo baja y varios sillones alrededor. De la pared colgaban varios telares gobelinos y algunos aparadores los seguían a juego, hechos en marquetería con adornos de oro. Don Arturo, como para distraerla, comenzó a hablar sobre algunos comentarios que algunos aristócratas le habían hecho sobre ella. Sin embargo, Basi apenas le escuchaba. Se apercibía extraña, con las manos algo sudorosas y el semblante cargado de una preocupación sincera. Para ella, aquel sentimiento de desasosiego por otra persona era algo novedoso. No sabía cómo reaccionar ante ello, pues nunca se había visto atrapada por una desazón así.

—¿Estará realmente bien? Tal vez me necesite —dijo en voz alta.

Don Arturo detuvo su discurso y la miró con esos ojos que podían rendir el corazón de cualquier mujer.

—Veo que está preocupada por él de verdad —le dijo algo sorprendido, y entonces, como si fuera un acto de lo más cotidiano, la besó en los labios.

Basi, que no se lo esperaba, se quedó sin habla, sin poder reaccionar.

—¿Le ocurre algo, querida?

—Yo..., me ha besado usted.

—Así ha sido —le dijo, y se acercó para besarla de nuevo.

Basi, aturdida, se dejó besar otra vez y de pronto se vio arrastrada por una marea incontrolable de sentimientos al sentirse aceptada y deseada por un hombre como don Arturo. Se vio rodeada por sus brazos y abrió la boca como quien bebe de un manantial aunque no tiene sed, por puro gozo. No podía pensar con claridad, solo parecía condenada a aquellos brazos y a su turbación, hasta que sintió cómo él la aferraba por la cintura y le tocaba los senos. «Pero ¿qué estoy haciendo?», se dijo. La imagen de su esposo, blanco como la luna, se apareció ante ella. Se separó de él y este la dejó sin oponer resistencia. Don Arturo desvió su mirada hacia la entrada y Basi detectó de inmediato en la sonrisa torcida y en el brillo de bribón de sus pupilas que aquel beso tendría repercusiones. Ella se volvió con el alma completamente tomada y allí, en el umbral, hierática, se encontraba doña Eulalia, que tras cruzar una mirada con ella cerró la puerta y se fue. Basi comprendió que la dama había visto lo suficiente para sacar una conclusión errónea, y don Arturo, cuan largo era, se atusó el tupé y sin decir nada la tomó de la mano y se la besó. Ella, sin reprimirse, le abofeteó volviéndole el rostro. Él solo sonrió.

—Es usted un canalla.

—Tiene usted razón, querida —le dijo encaminándose hacia la puerta—. Pero en esta vida todos somos víctimas de nosotros mismos.

Don Arturo abandonó el saloncito. Basi, aterrorizada, consciente de que su reputación ya estaba manchada, no pudo evitar que varias lágrimas recorrieran su rostro. Apretó las mandíbulas y los puños y se dispuso a abandonar la estancia. Abrió la puerta y, desde la entrada del salón, apenas a unos pasos, la velada se detuvo para observarla, inquisidora. Un ujier se detuvo frente a ella: la escoltaría por orden del anfitrión a abandonar la casa cuanto antes. Cruzó el salón como quien cruza el averno. Sintió los comentarios, el aleteo de los abanicos, los parpadeos de aquellas pestañas decoradas, los susurros de los caballeros, el humo de sus cigarros, el aroma de los rosolís, los anisetes y los guantes de seda, como si fueran hojas afiladas desgarrando su espíritu. Levantó la cabeza tratando de mantener la compostura y se alejó de allí en busca de Sebastián. Este la esperaba junto a doña Eulalia en el gabinete, que le susurraba cerca de la puerta de salida. La condesa de Montes se abanicó un momento para que el aire pudiera transportar su desprecio hasta ella. La anciana la bordeó y continuó hacia el salón. Sebastián simplemente la miró desorientado, con el rostro descolgado y lágrimas en los ojos, y sin decir media palabra le dio la espalda.

Basi, que no había suplicado nunca en su vida, fue a hacerlo, a tratar de explicarle que no existía nada entre don Arturo y ella, que había sido él quien había transgredido las reglas tácitas.

—Sebastián, por favor —le dijo—, debes escucharme, no es lo que te han dicho.

Sebastián continuó de espaldas, impasible como una estatua de mármol. Pareció tomar aire y se alejó de allí dejándola sola. Basi, entonces, con los ojos invadidos, comprendió que no podía hacer nada más. No volvió a mirar hacia el salón. Allí nadie la contemplaba ya y todos continuaban con la velada como si nada hubiera ocurrido. Había pasado a ser una paria social en tan solo unos instantes.

Salió de la mansión del duque de Sotomayor, bajó las escaleras hasta la Carrera de San Jerónimo y tomó el coche de caballos para regresar a las paredes solitarias de su mansión, que ahora se le hacía demasiado grande y pesada. Sentada en el coche, mientras soportaba el traqueteo, comprendió que sus sueños de vivir entre los elegidos, que sus deseos de ser una mujer con influencia social y vivir en la tranquilidad de la abundancia se habían terminado. Ella era ya una adúltera y como tal iba a ser tratada.

8

André se había levantado pronto para ordenar algunos papeles, y como de costumbre miraba desde su gabinete hacia los jardines del pazo esperando la llegada de Iria. No ocurrió así en toda la mañana. A veces se levantaba desasosegado, como si paseando nervioso por el que fuera el despacho de su abuelo fuera a conseguir que ella apareciera antes. Habían pasado casi diez días desde que había leído aquella dichosa carta donde se revelaba que Iria había besado a don Felipe, y su angustia había aumentado. Con solo pensar que estaba en brazos de otro sin saber que él estaba vivo le invadían sudores y era presa del pánico. Se sentaba entonces para templar aquella emoción angustiosa, y se decía que él era el único que anidaba en el corazón de su tía. Al rato, ya más calmado, volvía la obsesión que solo conseguía reprimir volcándose en los pagarés, en los títulos de propiedad de la compra del ganado, en ordenar asuntos y libranzas. Tuvo en más de una ocasión la idea de partir hacia A Coruña, pero por el tiempo que había pasado desde que había escrito su misiva suponía que ella debía de haber tomado otro rumbo tras estar allí. De seguro su emisario estaba rastreándola por medio Galicia y, de ceder a su impulso, lo más probable era que se cruzasen sin verse y solo alargase el tiempo de espera.

A mediodía se tomó un tentempié de queso y vino blanco para después continuar escribiendo cartas y revisando los números de don Julián, su contable. Fue llegada ya la hora de comer cuando vio aparecer unas figuras por la entrada de piedra del jardín. Al principio tuvo la esperanza de que fuera Iria, pero pronto distinguió que eran tres hombres. Los suyos les dieron el alto y, solo cuando los registraron y apareció Quinta para escoltarlos con otros tres más, los dejaron pasar. «Hombres de don Isidro», se dijo. Se había dicho en muchas ocasiones que podrían aparecer con el fin de parlamentar. No solo porque él conocía su secreto de la plata, sino porque también le sabía culpable del incendio y de la muerte de su abuelo, sus padres y su hermano. Cierto que ambas cosas había que demostrarlas ante un tribunal de Justicia y no era tarea fácil cuando uno era el abogado, el querellante y el testigo. Se sentó detrás de la mesa del despacho y esperó paciente.

Desvió la vista hacia los almendros en un lateral de los parterres y deseó que hubiera sido primavera para verlos en flor. «Cómo me gusta convivir con ellos», se dijo cuando dieron dos golpes a la puerta. Permitió el paso y penetró Quinta, dos de sus hombres y un tercer sujeto. Este mostraba una frente despejada, unida a una calva cuyos límites se abultaban hacia dos grandes patillas y un gran mostacho. Alto como una torre, el rostro de aquel desconocido se había aplastado por la severidad y por los golpes de peleas clandestinas. El individuo le dedicó una mirada sucinta desde su gran altura y una mueca de hombre de armas que le advertía que era peligroso. Sin embargo, a quien no quitaba ojo de encima era a Quinta. De alguna forma, ella le provocaba algún tipo de curiosidad, como si quisiera evaluar su capacidad para despachar la muerte. «Esto es por los otros a los que desmembró en la montaña», se dijo. Y no podía decirse que la mujer pudiera llevar a engaño. Bastaba mirarla un instante a los ojos para no querer hacerlo más.

La capataz, con su naturaleza salvaje, le miró hacia las alturas como si simplemente observase un saco de carne al que patearle la cabeza hasta matarle, y le sonrió con el desafío en los labios.

—Este hombre desea hablar con usted de parte de don Isidro —le dijo Quinta sin quitar ojo al emisario. Después extrajo la pipa y la cebó, como si quisiera exhibir su trofeo frente al recién llegado. Este dedicó una mirada de soslayo a la pipa, reconociéndola—. ¿Quiere que le deje pasar, don André?

André agradeció que ella le hablase de usted. Desde el encontronazo hacía semanas, había dejado de tutearle y ahora le llamaba de don, como si de alguna forma él hubiera ascendido en el escalafón de las personas importantes para ella.

—Está bien, Quinta. Tú quédate, el resto que esperen fuera. —Aguardó hasta que se cumplieron sus órdenes y miró desde su silla al mensajero de don Isidro—. ¿Qué se le ofrece?

Al lanzar esa pregunta al aire, le vinieron las imágenes de los suyos consumiéndose como teas y no pudo evitar apretar los puños. Una parte de él deseaba enviarlos a todos al infierno.

—Don Félix de Montecastro, coronel retirado y antiguo húsar de la Princesa, y estoy aquí para decirle a la dueña, a la señorita Iria de Castronavea, que don Isidro desea parlamentar. Me ha pedido que les transmita que fijen lugar, fecha y hora. Ambas familias deben arreglar de una vez por todas sus diferencias.

—Me temo que es fácil hablar de parlamento cuando no has perdido a tus seres queridos.

—No sé de lo que habla, señor —le respondió desviando la mirada hacia Quinta.

Esta había sacado su cuchillo de la funda para juguetear con él en las manos sin despegar las pupilas del coronel.

André supuso que ese juego de amenazas soterradas formaba parte de un lenguaje secreto que ambos conocían. El mercenario, por su parte, extrajo un puro, lo mordió y de forma maleducada lo escupió al suelo. Tras encenderlo con una cerilla que raspó en la suela del zapato, comenzó a fumárselo. Quinta le lanzó una mirada inquisitiva a André para actuar de inmediato.

—Entiendo —dijo él haciendo un gesto sutil con la mano para que lo dejase estar—. Mi tía no está en estos momentos en el pazo, pero en cuanto llegue se lo comentaré y ya le responderemos. —Se levantó del sillón y se acercó hasta aquella torre humana—. Ahora quiero que le transmita un mensaje a su patrón. —El coronel asintió a la espera de su amenaza—. Dígale que no se irá de este mundo sin pagar por lo que ha hecho. Quinta, puedes acompañar al caballero a la salida.

El soldado solo hizo un leve asentimiento de cabeza como despedida y se fue dejando un olor a tabaco intenso en la sala. Para André, un mal recuerdo de su paso por allí.

Quinta acompañó al coronel, atenta a cada uno de sus movimientos. Para ella aquel fulano, como su predecesor, el capitán Horacio, eran hombres predecibles. Los había despachado sin cuartel y de formas muy diversas a lo largo de su vida: mientras dormían, rajándoles el gaznate; en combate, moviéndose rápida para no dejarse cazar y deslizando la hoja de cuchillo entre las costillas, directa al corazón; en las peleas de taberna, cuando tras recibir ella una paliza se revolvía y les incrustaba el cuchillo bajo el vientre. No era fuerte como un hombre, pero la movía la rapidez del viento, el frío del invierno y la inclemencia de la tierra. Sabía que la soledad de su espíritu solo se saciaba con sangre, con hombres recios con los que fornicaba en las noches de tormenta y de los que no se acordaba nunca. Solo había amado una vez a uno, uno que tenía toda la ternura del mundo para aplacar su corazón cruento y del que había aprendido a cuidar a sus seres amados. A su muerte a manos de los franceses, había jurado no ceder ante el amor nunca más. El dolor había sido tan atroz que supo que jamás desearía amar otra vez. Así que se hizo el aquelarre, arrancando de cuajo su corazón para que solo fuera suyo y nunca estuviera expuesto a ese sentimiento tan descomunal y que tanto la asustaba. Desde entonces, su bestia enjaulada, privada de la compasión y los buenos sentimientos, cumplía la apariencia de haberse aplacado por la civilización del mundo, pero solo era un espejismo. Por eso cuando un baladrón como este venía con sus aires de macho cabrío, solo sentía un disfrute inmenso pensando cómo le iba a desollar.

Se situó tras él con Berobreo cerca y, junto con sus hombres Lorenzo Marhuenda e Iñaki Andueza —dos lobos solitarios que eran pastores por no ser salteadores de caminos— acompañó al coronel hasta la salida. Allí, el sujeto se detuvo para mirarla otra vez y le exhaló el humo contra el rostro. Ella se carcajeó y se acercó un poco con su alma cargada de un deseo por derramar sangre.

—Ay, coronel, coronel —dijo Marhuenda—. Cuánto se está equivocando.

Quinta levantó la mano para que no dijese nada más y Lorenzo se calló de inmediato. A continuación ella se aproximó más, hasta quedar muy cerca del coronel, y entonces aspiró su aroma. El olor de su cuerpo le susurró que era de esos hombres que frecuentaba putas a las que maltrataba, que perdía su dinero en bebida y vanagloria, y que medía su hombría con la fuerza de sus puños y el valor de sus cojones. Don Félix era de esos hombres que se medía a sí mismo por el grosor de sus hazañas, que, de repetidas tantas veces, le habían creado una ilusión poderosa de su voluntad. Este se quedó extrañado al ver cómo ella olfateaba en torno a él y se detenía a unos dedos de su rostro.

—¡Ja! —dijo de pronto Quinta—. Tenga por seguro que nos volveremos a ver. Conducidlos fuera.

André contempló desde la ventana cómo los emisarios de don Isidro desaparecían por la arcada del jardín, cuando de pronto apareció un coche de cuatro caballos con tres cocheros. El pecho se le agitó de golpe. «¡Es Iria! —se dijo—. Es mi Iria». Fue a salir en su busca, pero un pensamiento le dejó inmóvil en su sitio por un instante. Ese coche era el de don Felipe. A pesar del deseo, de su urgencia, de la agitación de su espíritu, a pesar de la distancia en el tiempo y todo lo ocurrido, el miedo le atenazó con tan solo pensar que contemplaría su despedida y, bastaría ese beso, esa caricia sutil, esa sonrisa de connivencia para deducir si eran ya amantes. Después caminó un poco hacia la salida, pues aunque su miedo le atenazaba, a la par una curiosidad incontrolable doblegaba su temor con tal de averiguarlo. Al final, no lo soportó más y dejó la victoria en manos de su intriga y en la urgencia de verla otra vez.

Corrió por el pasillo de forma incontrolada y surgió en el recibidor. La puerta ya estaba abierta y varios lacayos subían los baúles de su tía. Dobló el umbral y entonces la vio, allí, vestida de negro, con la crinolina desplegada y sus ojos de verdemar expandiendo su luz bruja. Mientras, don Felipe sostenía la mano de Iria entre sus dos palmas y tras besarla se la apoyó en la mejilla. A André se le escapó un exabrupto bajo el dintel. «Son amantes, son amantes... ¡Iria...!», se dijo quebrantado, y no pudo reprimir una tolvanera de sentimientos mezclados por contemplarla de nuevo, por sentirse afortunado de estar vivo, por amarla como la amaba, por ser consciente de que sus celos se le desbordaban por la boca, por saber que ese pequeño y vulnerable corazón suyo iba a explotar, pues le era inadmisible la idea de observarla junto a ese hombre.

Con el tiempo detenido en ese momento, Iria cruzó su mirada con él y, con solo verle, retiró la mano de la mejilla de don Felipe más abruptamente de lo que este hubiera querido, y ascendió las escaleras olvidándose del caballero al instante. A pesar de que ella odiaba llorar en público, avanzó hacia él con el ansia de abrazarle explotando en el pecho.

A André le temblaron las piernas y, enmudecido, descendió hasta el rellano intermedio. Con sus miradas encadenadas, ambos se abrazaron hasta desfallecer en el otro. La mente de André voló al momento en el que habían yacido juntos, entre jadeos, entregados a la carne, a la pasión de esa noche eterna que no podría pasar nunca. Iria se separó y le besó en los labios y en los carrillos con los ojos encharcados de angustia y alegría.

—*Meu rei, meu rei!* —le dijo con el alma desatada—. Pensé que te había perdido y no podía soportarlo, no puedo soportarlo, yo... no soy tan fuerte.

Como dos estatuas erigidas a la entrada del pequeño pazo de Carballeiro se rindieron a su fuego, bebiendo las lágrimas del otro, compartiendo el terror de la pérdida, el silencio que dejan los seres queridos al desvanecerse y el paraíso en llamas del reencuentro que latía en sus pechos como una estampida descontrolada que no encuentra fin en la pradera.

Iria, llevada por la pasión, por la felicidad incontrolable, le mordió el cuello reteniéndole para que nunca más se escapase de entre sus brazos, para que la muerte nunca pudiera tocarle, no mientras ella estuviera allí para evitarlo.

André, que ya no podía cargar por más tiempo con toda aquella tragedia, se apoyó en su hombro y, desleído, acorralado entre la felicidad del reencuentro, la angustia por la muerte de los suyos y el terror de verla definitivamente en brazos de otro, comenzó a llorar como un niño desconsolado que se ha perdido y no sabe si podrá encontrar el camino de regreso.

La calesa de Matilda avanzó por la calle de María Cristina hacia la plazuela de los Mostenses. Prefirió detenerse a la entrada y se apeó para recorrerla a pie. Aunque hacía un día soleado de invierno, el sol calentaba lo suficiente para ser reconfortante y hacía que el vaho se desliera rápido en cuanto se desprendía de la boca. Matilde caminó sin mucha prisa, gozando de aquella excursión clandestina a la ciudad. Hacía demasiado tiempo que solo tenía tiempo para su soledad, por eso esta salida secreta era un nuevo aliciente. Tan solo la carta de André, confirmando que estaba vivo y que había escapado a las llamas del pazo, le había proporcionado una alegría rotunda. Que su hermano hubiera vuelto a la vida era la única felicidad que había sentido en meses, inmensa sin duda, pero la única. Contrastaba así con el terral yermo y solitario donde había terminado la de Matilda ya. A pesar de que él no daba detalles sobre cómo se había salvado, ella no pudo dejar de responderle evitando vomitar toda la angustia que sentía en Madrid.

Prácticamente rectangular, encuadrada por la calle de la Parada, la explanada se veía salpicada de chopos. Una primera zona rodeaba una pequeña fuente donde algunos chiquillos jugaban al pillapilla. Algo más allá, en la plaza propiamente dicha, varios ancianos paseaban, luciendo parpusas y gorras, inclinados sobre sus bastones por el peso de la vejez. Se cruzó con varias floristas contemplando algunos puestos de mercado que se erigían en el centro de forma caótica. Sorteó la hilera de a dos de los árboles que formaban la plaza y dejó atrás a transeúntes, porteadores, amas de casa y algún perdonavidas. Todos ellos formaban parte de ese olor a verduras y frutas algo pasadas que se extendía en todas direcciones. Por fin encaró la calle de Álamo. Allí, hacía algo más de quince años, la reina regente había inaugurado el Real Conservatorio de Madrid.

Desde su encuentro con don Ramiro, no había podido evitar pensar en cómo sería el día a día de su profesor. Enseñando a otros alumnos, tal vez con más talento que ella. Por eso, todo este tiempo, sola en su casa cuando Jaime se iba al banco, había fantaseado con un nuevo encuentro, y sentía cómo ese recuerdo se le pegaba a las sábanas y a la piel. Y aunque luchaba por apartarlo de su pensamiento, este le jugaba malas pasadas y se recordaba sentada en la banqueta del piano, bajo su atención, con el silencio empotrado en los oídos antes de comenzar a tocar. Entonces comenzaba la melodía producida por las teclas al golpear las cuerdas, y venía a ella el tacto suave de sus dedos cuando él posaba la mano sobre la suya al corregir el tempo en un acorde; la caricia de su mirada sobre su nuca, entre el visillo que conformaban sus guedejas y el timbre sereno de su voz de barítono. Se había imaginado todos esos días, ¡tantas veces! ¡Qué lejos quedaban las tardes de verano en Galicia! Qué lejos ya, cuando juntos interpretaban a Chopin a la sombra de los sauces llorones del jardín o los largos paseos con el abuelo Dositeu, sus padres y hermanos por As Airas. Todo aquello le parecía un sueño perdido, una memoria nómada que la asaltaba provocándole esa morriña de un tiempo que ya nunca iba a regresar. Tenía entonces un sentimiento de pérdida abrumador y creía que nada en su presente podía competir con aquello; nada excepto don Ramiro y ese encuentro tras la salida de la iglesia. Por eso, sin querer responderse a la pregunta de qué hacía allí o por qué había venido, esa mañana había salido de casa y había tomado un coche para que la llevase hasta aquella plazuela y a la calle del Álamo.

Se acercó al edificio de cuatro plantas y lo observó siendo consciente de que no deseaba transitarlo mucho. No quería recorrer el piso bajo ni el principal, ni conocer las cocheras o el jardín. Tan solo deseaba ver a don Ramiro dando clase desde algún rincón donde él no pudiera verla. Nada más poner un pie dentro, percibió el aroma sencillo de la música del chelo y la flauta que algunos alumnos practicaban. Se cruzó con varios jóvenes, estudiantes vestidos un poco a lo dandi, con sombreros de copa baja, que llevaban sus instrumentos en cajas portátiles de madera como tesoros. También se cruzó con algún profesor despistado que cargaba con partituras mientras se ajustaba las lentes al puente de la nariz y con varias nodrizas que iban a buscar a los chiquillos. Al principio de las escaleras, un clarinetista leía varios libros sobre musicología a la par que tocaba su instrumento con pequeños golpes de viento.

Matilde subió al primer piso, y avanzando por el pasillo fue dejando atrás las puertas que expelían afinamientos de cuerda, melodías de arpas y golpes de percusión. En otras que estaban abiertas se oían compases reconocibles de Schubert, Berlioz, Mendelssohn o Rossini. Se dijo que ella hubiera sido muy feliz allí, entre músicos que compartían su pasión.

Fue entonces cuando contempló un viejo piano en una de las clases vacías. No pudo resistirse, y se acercó a él y lo acarició. Admiró el jardín desde el interior del aula de techos altos, ventanales anchos y sillas alborotadas. Y al observar el instrumento anciano y silencioso, pensó que estaría casada con él toda la vida. Se sentó allí por un instante, y en aquel recogimiento experimentó todo lo enseñado por don Ramiro. Descubrió sobre el atril una partitura y la abrió: un arreglo para piano del *Concierto en sol menor* para cuerda de Vivaldi. De nuevo aquella pieza eterna que hacía burbujear sus recuerdos. Se dejó recoger por aquel silencio previo que ya formaba parte de la pieza y se abandonó a esa cadencia propia de la música: una que le susurraba sentimientos y dolores, que le descubría estados donde el alma vibra y uno no sabe de pronto por qué habita en lo contradictorio, entre la dicha y la pena. Estalló, con cada nota, en cada uno de esos momentos dichosos del pasado.

Enfrascada, navegando entre las cuerdas, lloró de forma interna todos esos recuerdos que pulsaban en su alma por salir: su abuelo cuando le enseñaba a montar sobre la yegua vieja; su padre al entregarle el piano de cola como regalo de cumpleaños; su madre ajustándole la crinolina mientras la aconsejaba sobre los hombres; Amil llevándola a caballito por las galerías del pazo. ¡Cuánto lamentaba ahora no haber estado más cerca de él! André tirándole de las coletas cuando eran niños; su tía Iria ordeñando las vacas, y aquellas manos anchas y endurecidas de Celsa acariciando su rostro al despertarla. Viajó por esos valles de la melancolía y se vio atesorando cada arpegio en su justo momento. Sintió que vibraba con cada estremecimiento del arpa, y que, con cada pulsación, hacía un viaje más profundo hacia su interior, hacia un lugar sombrío y verdadero donde estaba ella y los acordes que arrancaba al piano. Allí descubrió que no podía seguir viviendo en la prisión, en la mentira que era la vida junto a Jaime. Era un hombre al que ya no podía reprocharle nada. Posiblemente tenía un corazón desgastado y roto porque nadie lo había amado bien, pero ella no debía caer en esa tentación. Debía volar, como las notas, con aquella melodía que la arrastraba al río Sil, a los valles de Navea y a las pequeñas aldeas como Fitoiro.

No fue consciente de que, a medida que tocaba, algunos estudiantes, los que pasaban o tal vez los que tenían allí clase, habían comenzado a situarse en torno a ella. Por eso la pequeña ovación que tuvo al terminar de interpretar la pieza la hizo regresar de su viaje. Sorprendida ante el público, sonrió arrebolada y musitó un «gracias» contenido. Se irguió y comenzó a alejarse hasta que uno de los alumnos se levantó al fondo de la clase.

—¿Es usted una nueva profesora? —le preguntó.

Matilda, algo avergonzada, negó con la cabeza y se encaminaba ya hacia la salida cuando de pronto don Ramiro apareció como un muro y se chocó contra él.

—Doña Matilda —le dijo sorprendido—. ¿Pero qué...?

—Discúlpeme —le dijo bordeándole—. Yo solo... Debo irme. No debería haber venido.

Comenzó a andar pasillo adelante pero la mano de don Ramiro tomó la suya y se detuvo.

—Matilda, no te vayas... —la tuteó de golpe por primera vez en su vida y se azoró aún más—. Doña Matilda. Si ha venido hasta aquí, quédese a la clase y luego hablamos. Se lo ruego.

Ella inclinó la cabeza hasta tocarse el pecho sin soltar su mano. Sabía que si cruzaba una mirada con él no tendría fuerzas de negárselo. Don Ramiro le apretó un poco más fuerte los dedos y se aproximó a ella.

—Doña Matilda, por favor.

Irguió la cabeza y supo que había rendido toda su escuadra al contemplar aquellos ojillos llenos de esperanza, llenos de una entrega que no perdería nunca.

—Está bien —le dijo sintiéndose algo infiel—. Me quedo.

9

Cordelia aguardó sentada en uno de los tresillos frente a la mesa baja de mármol cuyas patas estaban labradas en plata y pan de oro. Se había colocado estratégicamente para recibir la llegada de su hijo. Este regresaba de Madrid con el pecho roto de decepción por el *affaire* que la gallega mantenía con su mejor amigo, don Arturo. El retorno del hijo pródigo no había sido fácil. Sebastián, al enterarse de que era un cornudo, no había reaccionado como ella hubiera esperado. Había desaparecido de todos los círculos de Madrid sin dejar rastro. Hasta tal punto había llegado su ausencia que Isidro había tenido que enviar a algunos hombres del coronel para localizarle. Después de mucho porfiar, le habían encontrado refugiado en casa de uno de sus antiguos amigos de la universidad. Con el ánimo quebrado y el dolor desbordado de su espíritu, se había negado a regresar a casa. «Decidle a mi padre que no le he perdonado tampoco a él y no deseo verle», les había dicho. Cordelia entonces le había escrito una carta donde ponía de relieve que eran sus padres, que estaban preocupados por él y que si regresaba no habría reproche alguno. Por contra, si decidía no hacerlo, entonces estaba dando la espalda a los suyos y era mejor que no regresase nunca. «Aceptarás estas consecuencias, si quieres que tu padre y, en este caso, yo también estemos fuera de tu vida para siempre». Derrotado por todos los flancos, Sebastián había llegado la noche anterior a la casa familiar en Ponferrada como un despojo humano, sin fuerzas y desvalido. Ella no le había permitido hablar mucho. Solo le había enviado a su cuarto y le había emplazado a la mañana. Por eso ahora le esperaba, deseosa de darle el consuelo que buscaba.

Cordelia abrió los ojos un poco al oír los pasos apresurados de su hijo. Este llamó a la puerta y ella dio el paso. El rostro de Sebastián al cruzar el umbral le pareció una pintura desgastada del Greco, con el semblante alargado y ojeroso y un rictus desencajado. La miró desde la entrada mostrando el arrepentimiento de no haber seguido sus consejos. Ella no le dijo nada, solo extendió las manos hacia él y Sebastián, como un corderillo recién nacido, se acercó titubeante hasta caer de rodillas en el suelo y comenzar a llorar desconsolado sobre su regazo. Ella le acarició los cabellos colocándole las guedejas algo alborotadas como si estuviera peinando sus sentimientos. Él a veces negaba con la cabeza; otras, cuando le invadía la pena, solo se agitaba como un niño desconsolado. Cordelia, una buena madre, le calmaba diciendo palabras de consuelo, dejando que la pena le desbordase y ella fuese el dique que la contenía. Le susurró que le adoraba y que ella no le dejaría nunca. Plantaba así la semilla de la diferencia entre la adúltera y ella. «El amor de una madre debe ser incuestionable», se dijo. No comprendía a las madres que abandonaban a sus hijos al nacer, para ella eran mujeres con algún tipo de tara mental. Ella no podría renunciar a su hijo jamás, era suyo y por eso tenía que volver a sus brazos. Basilisa de seguro había sido una buena esposa, pero demasiado vinculada al drama familiar y al enemigo natural que había sido Dositeu. A Cordelia no le hubiera importado que Basi hubiera ocupado el corazón de su hijo, durante un tiempo al menos, pero alejarse de ella, de su madre, era inadmisible.

—Shhh, Sebastián, no te tortures, amor —le dijo—. Esa muchacha no te amaba. Nos engañó a todos.

Sebastián, que solo descabalgaba las lágrimas sobre su falda, se cimbreaba por la pena y la vergüenza.

—Tu padre ha estado hablando con un jurista —le dijo mientras seguía consolándole con las yemas de los dedos entre las hebras de su cabello—. Aunque la ley te permite separarte, eso no romperá el vínculo matrimonial sagrado, pero al menos no te obligará a estar bajo el mismo techo con una adúltera. Incluso puede que tengamos suerte y consigamos la nulidad, pues ella se casó sin el consentimiento paterno; esto te permitiría casarte de nuevo.

Sebastián levantó la cabeza y la miró con el rostro empapado por la pena.

—Madre, yo no quiero casarme con nadie... —le dijo—. Soy un hombre roto, madre, no soy nada sin ella. Creo que mi vida ya nunca será lo mismo... Ni siquiera tengo valor para divorciarme de ella.

Cordelia le levantó el rostro y le abofeteó. Sebastián se llevó la mano a la mejilla, aturdido, con demasiadas emociones congestionadas.

—Esa mujer nos ha ofendido, nos ha mancillado de la peor forma posible delante de toda la alta sociedad madrileña y tú vas a arrastrarte como un cornudo. ¡Eres un Ordás! Algún día heredarás título y fortuna, y ella será solo un fantasma.

Sebastián la miró mientras los ojos de Cordelia refulgían con ese brillo abrasador capaz de seducir voluntades. Su hijo se retiró un poco asintiendo, como si poco a poco comprendiese que la vida junto a su mujer se había acabado. El daño que Basi había causado era tan grande que no cabía el perdón. Él quedaría como un cornudo estúpido y marginal de avenirse a razones con ella.

—Sí, madre —repitió Sebastián sin mucha confianza, y se enjugó las mejillas congestionadas—. Debo hacer de ella un fantasma.

Cordelia asintió y se puso en pie. Se acercó al jerez y sirvió una pequeña copa para su hijo. Este, que se había sentado estirándose la levita como si pudiera ganar así la dignidad perdida por aquel lloro inoportuno, la apuró de un trago. Ella se paseó por la estancia hasta la ventana desde la que se veía la plaza de la Virgen de la Encina, brillante bajo la lluvia y vestida con esa luminosidad blanca. Al fondo, la basílica terminaba por realzar el cuadro con los transeúntes, el párroco, dos labriegos mayores que cruzaban el patio, un hombre que tiraba de su mula cargada de quesos y algunos chiquillos que ayudaban a sus padres más abajo a cargar fardos por la calle del Comendador. Inmóvil, aguardó unos instantes percibiendo a su espalda el aura de pesadumbre de su hijo: Sebastián tenía que hacer un esfuerzo por no volver a caer en el llanto y mostrarse fuerte. Se le veía tan frágil que a Cordelia le entraron ganas de sacudirle otra vez. De hecho, si Isidro hubiera estado ahí, muy probablemente lo hubiera hecho. Ella, sin embargo, toleraba mejor las debilidades ajenas y la vieja costumbre de los pusilánimes de verse a sí mismos como víctimas. Llorar era saludable cuando respondía a un dolor, a una angustia, pero no cuando la intención era mostrar la debilidad de carácter con el único objetivo de inspirar compasión en los demás.

—¿Tu esposa ha tratado de contactar contigo desde entonces?

—Por medio de amistades y de la servidumbre ha querido verme..., entregarme ciertas cartas. No lo he permitido.

Ella tomó aire e hizo un gesto afirmativo con la mano y volvió a tomar asiento frente a su hijo.

—Escucha bien, Sebastián —le dijo—. Es fundamental que te alejes de ella. No la recibas, ni la veas, ni tengas más contacto hasta el divorcio. —Sebastián solo movía la cabeza afirmativamente, parecía un colegial al que le echaran una reprimenda—. Descansa ahora en tu cuarto y luego hablaremos con tu padre.

Su hijo la miró, ante aquella prueba inevitable para él que era verse frente a frente con Isidro, y solo pudo aceptar asintiendo. Salió de allí y la sala se quedó cargada de esa pesadumbre insoportable. Cómo le habría gustado que su hijo tuviera un temple como el suyo, que supiera encajar los embates de la vida con arrojo y no con victimismo.

De nuevo posó la mirada sobre aquel día perlado del exterior y recordó cómo había besado los labios de su marido cuando este le había comunicado que su hijo regresaba. Isidro, que siempre se arrebolaba un poco ante sus arranques, le había susurrado al oído: «Te dije que lo conseguiría». Le fascinaban estas victorias de Isidro y cómo había doblegado el espíritu de ese joven vividor, don Arturo, a sus deseos.

Este era un aristócrata de cuna que vivía de una asignación que le daba su tío soltero y anciano, al cual soportaba con el fin de heredar de él toda la fortuna y títulos. El problema de muchos aristócratas es que gastaban más de lo que tenían y, en el caso del conde de Salamedina, esto ocurría con demasiada frecuencia. Trajes caros, mujeres de malvivir, fiestas y mucha bebida formaban parte de su cotidianidad hasta el punto de que vivía endeudado y los acreedores le esperaban en la puerta de su casa en Londres. Por eso había tenido que dejar aquellas tierras inglesas para afincarse en Madrid, en donde sus deudas eran más asequibles. Isidro le había solucionado todos los dineros adeudados y le había dado una cantidad extra a cambio de seducir a la mujer de su hijo. La misión encajaba como un guante con el espíritu mujeriego de don Arturo. Si bien había mostrado mucha reticencia al principio, por no querer operar a espaldas de su amigo, bastó que viera los dineros y la aparición de acreedores de pocos escrúpulos en su puerta —informados adecuadamente por Isidro— para que accediera. Al poco tiempo del acuerdo, Isidro había ido recibiendo cartas de don Arturo haciéndole saber que no sería fácil, pues aunque a la muchacha le gustaba el flirteo, en su opinión no daría nunca un paso en la dirección del adulterio. Isidro había tenido que insistirle: «Pues haga usted de ella una adúltera aunque no lo sea». Y así había tejido la urdimbre para que Basilisa estuviera mancillada y su hijo de vuelta.

Se rio un poco combatiendo la autocompasión que su hijo había dejado en la estancia y se dijo que aquel ambiente era irrespirable. Abrió la ventana y salió a la pequeña balconada: la tristeza y aquella pena desmesurada de su hijo debían ser ventiladas lo antes posible. Allí tomó aire con fuerza: Basilisa no era más que una mala pesadilla y, si todo iba como debiera, incluso el matrimonio podría declararse nulo por la Iglesia. Algún terreno muy concreto y alguna donación monetaria podrían estimular al clero en esa dirección. Era cuestión de tiempo que su marido pudiera darle la nueva de esa victoria y ella le besara otra vez en la boca para provocarle esos rubores que adoraba.

Llovía de una forma torrencial y su paseo se había transformado en una carrera hacia el refugio más cercano, el templete octogonal situado en una zona de los jardines relativamente alejada de la casa de Carballeiro. Iria, agarrada de la mano de su sobrino, le había arrastrado hasta allí para quedarse imantados, como siempre, a la mirada del otro. Sin embargo, en el brillo de las pupilas de André había una desazón. Se agitaba el demonio de los celos, y por eso, al soltarla suavemente de la mano, él solo esbozó media sonrisa. Caminaba de un lado al otro sacudiéndose el agua, casi como una excusa para no mirarla: era un hombre huyendo de la quema a pesar de estar empapado. Ambos llevaban días retrasando una conversación sobre don Felipe. La primera noche, después de contarle toda su peripecia y las maniobras turbias y asesinas de don Isidro, André lo había nombrado:

—Don Felipe parece un hombre muy caballeroso —le había dicho.

Ella, sabiendo por dónde discurrían los senderos de aquella frase, los cortó de cuajo.

—Esta noche es para mí un milagro. Verte de nuevo... Así que, si te parece, aplacemos esta conversación.

Él, con el orgullo herido, se había tragado aquel sapo de angustia y celos a la espera de poder hablar de todo lo importante. Hasta esa misma tarde, Iria había estado dedicada a él. Le había recuperado de la muerte y no quería desperdiciar un minuto sin su contacto, su risa, sus bromas, ahora más atemperadas por la muerte de los suyos, su olor, sus caricias. Habían estado en un paraíso terrenal más invernizo de lo esperado con el fruto prohibido —esa conversación terrible— colgando del árbol. Hablaron de lo cortés y el trabajo, de don Marcelino Vidal, el amigo de su padre que tenía una parte de la herencia y al que Iria no le había concedido importancia. Charlaron de don Isidro y también sobre Matilda y Basi, a las que había escrito pero todavía no tenía respuesta. Sin embargo, al final de cada encuentro con su tía pesaba tanto la conversación pendiente que de su gesto se descolgaba siempre esa pesadumbre. Por eso habían dormido en sus respectivas habitaciones. Durante el día, instalados en una cortesía fría, en una cierta distancia que Iria entendía, se rozaban los cabellos o la yema de los dedos. «Los hombres no pueden entender que las mujeres sintamos deseo por otros», se decía ella. Pero esa tarde le había cogido de la mano y le había arrastrado hasta el templete bajo la lluvia.

—Es hora de que preguntes lo que quieres saber, André—le dijo escurriéndose el agua del cabello—. Piensa si te merece la pena saberlo y si vas a poder soportarlo, pues yo no te mentiré.

André, por su parte, la miró con lo atroz instalado en las pupilas y el gesto aterrorizado por su respuesta.

—Don Felipe y tú...

—Yacimos juntos, sí.

A André se le descolgó el rostro entre escandalizado y colérico. Aquella noticia era como una muerte anunciada. Apretó los puños y comenzó a pasear sin orden, de un lado al otro del templete. Se le encharcaron los ojos y el alma y contuvo el aliento. Se sentía de alguna forma menospreciado porque ella había intentado rehacer su vida con otro hombre tras su supuesta muerte. Iria se acercó a él y le puso la mano en el antebrazo.

—Don Felipe solo fue un paño de lágrimas —le dijo mientras él apenas podía contener todo aquel estado de amor apasionado, vergüenza por sus celos exaltados y orgullo herido—, pero en cualquier caso no es asunto tuyo, *meu rei*.

Iria supo que su sinceridad aplastante le había herido aún más y, era bien cierto que ella le deseaba, pero no le iba a mentir. «No seré posesión de ningún hombre por mucho que le ame».

—Supongo que algo tendré que decir, Iria —le dijo—. ¿Acaso no...?

—No —le cortó—. Estabas muerto, André, y don Felipe ha sido un gran consuelo.

—No cabe duda de eso —le dijo—. Y comprendo que yo no estaba vivo..., pero ¿cuánto tiempo había pasado desde mi supuesta muerte? Podías haber guardado el luto.

—Pues no —le dijo Iria—. Como te he dicho, no es asunto tuyo con quién me encamo yo. Tú y yo hemos sido amantes una sola noche.

—Lo dices como si hubiera sido una más de tu interminable lista.

—Está claro que me has dicho esta frase con la evidente intención de ofenderme —le dijo Iria—. Estás herido y los celos no te dejan pensar con claridad.

—Pienso perfectamente —le contestó él—. Solo digo que podías haber esperado un poco más.

—Solo te diré que la forma en que cada uno supera su duelo...

—Ya veo cómo lo superas tú.

Iria le abofeteó.

André, al ver que se marchaba, la tomó del brazo.

—No, por favor, no te vayas —le dijo deslizando su mano hasta engarzarse con las suyas—. Perdona, perdóname. —Apoyó su frente con la suya—. ¿No ves, mi amor, que muero de celos por ti? No soporto la idea de que hayas estado en brazos de otro.

Iria le irguió el mentón y le clavó sus ojos ardientes.

—No voy a justificarme ante ti ni voy a arrepentirme de lo que he hecho, *meu rei* —le dijo serena—. Debes elegir entre tus celos o yo.

Iria comprendía aquel arrebato, suponía demasiado en un espíritu como el de André, que no estaba acostumbrado a las pasiones exaltadas. Ella lo sabía bien. Había sentido aquellos mismos celos cuando había aparecido la señorita Ortega. Por eso le miraba con ternura y a la vez con deter-

364

minación. Pues aquel enfado era proporcional a la frustración por no poder cambiar el pasado. Para un hombre, ver a su amada acariciada por otro suponía una afrenta de tal nivel que le quebraba el alma.

André la miró y sus espíritus hablaron de nuevo el lenguaje secreto de los amantes durante un momento. Después, él le acarició el rostro mientras sus quijadas se mantenían tensas, con algunas hebras del cabello descolgadas.

—Iria —le dijo más calmado—. Sé que no puedo reprocharte nada. Sé que me creías muerto y te creo cuando dices que don Felipe era un refugio de tu dolor, pero me cuesta tanto aceptarlo, es demasiado pensar que... Es demasiado.

—No puedo arrepentirme de esto —le dijo y posó una mano sobre su mejilla—. Sobre todo ahora que te he recuperado y el resto me da lo mismo. Solo espero que te consuele saber que nunca hubiera ocurrido de saber que estabas vivo.

André la tomó de las manos y se quedaron engarzados como dos estatuas de jardín. Ella sintiendo su respiración más agitada de lo normal y él bañándose en la inmensidad verde de sus ojos que le perforaba la vida.

—Solo necesito tiempo, porque ahora solo te veo en sus brazos y me siento... apartado, violento, y sé que no es justo para ti, pero no lo puedo evitar. Muero de celos, de... angustia, y te quiero tanto.

—¡Ay, *meu rei*! —le dijo y le besó en los labios brevemente—. Me temo que yo no puedo ayudarte en esta lucha más, pues la tienes contigo mismo. —Le tomó con las dos manos el rostro y puso sus labios sobre los de André, abrió su boca y se dejó arrastrar por ese sentimiento que deseaba consumirle como en su noche eterna.

Él la siguió como un pajarillo, abrazándola por la cintura para sentir las curvas de su cuerpo e incendiar sus espíritus en un beso descabalgado. Apoyados el uno en el otro, incendiaron de calor el templete, se deshicieron entre los labios y el deseo. Ella tuvo ganas de hacerle suyo allí mismo y él se desvivía por sentirse en ella otra vez. Iria se separó y, tras besarle el cuello, apoyó la cabeza sobre su pecho para oír su corazón latiendo rápido bajo el chaleco y la camisa almidonada. Así se mantuvieron los dos, vagabundos de pasiones, huérfanos del mundo que los rodeaba, ausentes al tiempo, bajo la cortina de agua que era el aguacero y que como un telón los protegió de ser molestados.

Permanecieron encadenados por sus respiraciones, como un oleaje sobre la arena atemperada, en una quietud sagrada que ninguno de los dos quería romper. Ambos deseaban viajar a las latitudes del otro, compartir ese instante en el jardín del otro, donde la vida se consume lentamente y cualquier gesto puede deshacer lo sublime. Con los sentidos abotargados bajo el torrente de lluvia, finalmente André se movió un poco hacia atrás y ella levantó la mirada para decirle con la suya cuánto le amaba, cuánto le había añorado.

—Dueña —dijo una voz desde fuera del templete.

Casi por instinto, se separaron rompiendo aquella magia de lo hierático y el silencio. Quinta se encontraba al pie de las escaleras, con su montera y la capa echada, observándolos como una figura impertérrita. A André se le detuvo un poco el corazón, pero al mirar a Iria comprobó que esta apenas le daba importancia. Como si el hecho de que Quinta los hubiera visto abrazados no supusiese ningún problema. De hecho, se giró hacia Quinta y con un ademán de su cabeza le pidió que le dijera el motivo de su presencia.

—Ha venido don Marcelino Vidal —le dijo ella.

André la miró sin comprender la presencia de dicho individuo en el pazo.

—Déjame que me encargue de este asunto —le dijo y le besó en la mejilla—, no necesitas estar.

—Pero quiero....

—André, es mejor que no —le dijo Iria—. Debes confiar en mí en esto.

—Pero, Iria, me excluyes...

—No te excluyo. Te pido que confíes en mí —le contestó acariciando sus mejillas.

—Está bien —le dijo sabiendo que cuando Iria le decía algo así era inamovible.

—Esta noche tras la cena hablaremos del asunto de don Isidro. Vamos a cerrar esa cita con él —le dijo, y se dirigió hacia Quinta, que seguía serena bajo el aguacero.

André le soltó la mano para permitir que se fuera cuando ella, de pronto, se acercó y de puntillas le susurró al oído:

—Si eres capaz de pasar página con lo de don Felipe, ven a verme esta noche. Pero si no, no lo hagas.

Se marchó dejándole solo en el templete con el alma en el fuego y el aliento algo desbocado. Y mientras la figura de Iria se desvanecía bajo la lluvia perlada, André se mantuvo observando su lejanía hasta que se perdió tras el recodo del parterre. Aventó su chaqueta y tomó asiento sobre uno de los bancos de piedra que se distribuían en el templete. Meditó entre los recuerdos de la conversación y los antiguos que venían a zarandearle el ánimo, y fue consciente de su orgullo maltrecho. De pronto, la imagen de don Felipe y la herida por lo intolerable de la situación se alzaron como un muro cuyas almenas le eran difíciles de escalar. No sabía cuánto tiempo esas piedras le bloquearían el paso, y por lo tanto no podría visitar la alcoba de su tía, pues sabía que solo podría acudir a ella tras haber destruido la semilla de los celos. Si se dejaba guiar por las emociones, por el deseo, por la necesidad de tenerla entre sus brazos sin rebasar aquella muralla, estaría condenando al dolor y la frustración todos los años anteriores. Bastaba ver cómo su boca se había incendiado y la había acusado de ser demasiado promiscua. No podía permitir eso otra vez. No con Iria, pues si existía algún motivo ulterior por el cual él había nacido en este mundo, era para amarla devotamente y buscar tan solo su felicidad.

10

Iria caminó bajo la lluvia hasta entrar en el pazo. Una vez allí, prefirió subir a su alcoba y vestirse con la ropa de trabajo. Además de quitarse la humedad, deseaba recibir a don Marcelino con pantalones, botas altas, fajín, chamarra y demás para que no pudiera confundirla con una damisela. Algunos de los hombres de Quinta habían estado siguiendo de cerca al chantajista para averiguar qué se ocultaba tras las amenazas de escándalo, y, gracias a esto y algunas pesquisas más, Iria sabía ya con exactitud lo que tramaba aquel pájaro. Por eso, porque conocía la información sensible que poseía aquel sujeto, no había querido que André estuviera presente. No deseaba que la percepción que tenía de su padre cambiase. ¿De qué podía servir estando Amaro muerto ya?

Abrió la puerta y penetró en el gabinete. Don Marcelino lucía el traje de siempre, su raya a un lado en ese escaso cabello que siempre parecía mojado en aceite, y mostraba su cara de ave más taciturna que de costumbre. Se levantó al verla y volvió a sentarse cuando ella le saludó. Le sudaban las manos y tenía el cuerpo algo corvo, como si le pesase la espalda. Iria le sonrió mientras terminaba de acomodarse cerca de la chimenea y lanzaba una mirada hueca hacia el aguacero exterior.

—Don Marcelino, supongo que el escribano ya le habrá informado de que solo le corresponde una cuarta parte al estar mi sobrino vivo.

—Sí, sí, así se me ha comunicado, pero usted sabe que...

Iria le levantó la mano para que guardara silencio. Ella había preparado su tela con el único propósito de envolver a su presa como una araña peligrosa. El hombre, que ajeno a su situación ya estaba enmarañado, solo guardó silencio.

—Lo sé, lo sé, don Marcelino, usted desea el cincuenta por ciento porque es lo que se le prometió. —El hombre se agitó y volvió a frotarse las manos sudorosas—. Y por eso desea usted chantajearme.

—Solo reclamo lo que es mío.

—Claro —le dijo Iria esbozando media sonrisa—. Y estoy dispuesta a dárselo.

El tipo, que no se esperaba aquella declaración, se irguió un poco y se le escapó de su prisión una sonrisilla nerviosa. Iria le clavó las pupilas como dos estacas, abrió uno de los cajones del escritorio, extrajo un libro de pastas enteladas y se aproximó hasta él cual escorpión peligroso.

—Entonces, creo que... ¿nos entendemos? —dijo don Marcelino y no se sabía si era una afirmación o una pregunta mirando el libro que ella había dejado sobre la mesa baja de mármol.

—Por supuesto, solo le pediré una cosa a cambio... —le dijo preparando su aguijón.

—Puede estar segura de que mis labios estarán sellados.

—Oh, no, no —negó con el semblante de arpía para desplegar a continuación su golpe de gracia—. Si lo que deseo es que cuente usted toda la verdad.

Tal como esperaba, aquella frase desconcertó al hombrecillo, que se removió nervioso en el asiento. Iria permaneció impertérrita escrutando aquel rostro que comenzaba a sudar por momentos y a convulsionarse, como un pez fuera del agua tratando de respirar.

—No..., no la comprendo...

Iria tardó en retomar la palabra. Le gustaba dejar que el peso del silencio ejerciera la presión oportuna. «El problema de los chantajistas es que cuando uno conoce sus secretos todo su arquitectura lógica se desmorona», se dijo mientras cruzaba las piernas y le sonreía.

—Que si desea usted la herencia —se arrancó a hablar por fin—, debe hacer público no solo los encuentros amorosos con jóvenes que mi hermanastro tenía en secreto, sino que era usted el proxeneta que se los conseguía y que de paso se apuntaba también a esos disfrutes carnales pagados por mi hermanastro, al que chantajeó durante años para que no saltase el escándalo.

—Disculpe..., pero no sé de qué está hablando.

—Claro que lo sabe —le dijo, y se acercó a él y dio unos golpecitos con el dedo sobre el cuaderno—. Mi hermano era un putero y un sodomita, pero también era muy ordenado y guardaba todo, por previsor. Tuvo usted suerte cuando se quemó As Airas, pero... la mente previsora de Amaro enviaba un duplicado de todo a la escribanía. Está todo aquí, el pisito alquilado, la cuenta aparte de dichos gastos, el nombre de los muchachos que visitaron aquel lugar... —Hizo una pausa dramática mientras a don Marcelino el nudo de la pajarita se le antojaba cada vez más ceñido y se metía el dedo entre los pliegues para aflojarlo—. Y también se habla de su intervención, de lo que cobraban los jóvenes, de lo que cobraba usted por conseguirlos e incluso de lo que recibía por mantener los labios sellados.

—Ese libro no demuestra nada —le dijo mientras comenzaba a rascarse su barba poco poblada.

—El libro solo es una parte, luego están las cartas —añadió Iria—. Algunas son suyas de su puño y letra, y otras de los putos que escribían a Amaro para sacarle más dinero. En estas últimas también se habla de usted. —Don Marcelino tragaba saliva y, azorado, se balanceaba arriba y abajo nerviosamente, mirando hacia los lados con un pavor atávico que le robaba el color de las mejillas—. Así que, si quiere, haga usted público este escándalo de mi hermanastro, pero créame que las cartas y este libro verán la luz también. A Amaro ya no le pueden encerrar, pero a usted sí.

Don Marcelino la miró con una profunda frustración, como si todo en su vida fuera una decepción, un robo de todo a lo que él tenía derecho por ser quién era, un hombre inteligente y capaz. Sin embargo, no era así. Era un ser mediocre, lleno de dudas, un oportunista que solo se atrevía a dar un paso al frente en las ocasiones donde su mísera existencia le daba una pequeña ventaja. Entonces la aprovechaba, como una rata a la espera de un bocado suculento, y se decía que era valiente, cuando en realidad solo era un cobarde.

Ella le clavó los ojos ante su desesperación sin piedad ninguna e hizo sonar la campanilla para que entrase Quinta. Esta llegó con la tercerola en el hombro y aquella presencia suya que ensombrecía toda la sala. Don Marcelino la miró y bastó que Quinta sonriera de forma siniestra para que captase el mensaje. Se puso en pie de inmediato y toda la rabia de su semblante, toda su impotencia se tornaron en pánico. Iria pensó que un hombre como aquel, que se movía entre la podredumbre de las ciudades, removiendo el lodo de lo sórdido y la venta de carne humana para satisfacción de la lujuria, debería tener más temple a la hora de soportar la presencia de la capataz. Se acercó a él un poco y le torció el rostro para que la mirase a ella y no a la escopeta de Quinta. Iria aplastó sus pupilas contra las suyas como el último golpe del hacha sobre el árbol, y el hombrecillo dio un paso atrás.

—Espero por su bien que sea la última vez que nos volvamos a ver. Si no fuera así, me temo que esta conversación no será su peor recuerdo.

Don Marcelino asintió, venció la barbilla al pecho y se dirigió hacia la salida sin mentar palabra. Abrió la puerta y dos lacayos le estaban esperando para acompañarle a la salida. Aguardó unos instantes y depositó su mirada en la sonrisa torcida de Quinta. A esta le brillaban los ojos de tal forma que parecía desear que aquella medianía de hombre se revolviera.

Cuando la puerta se cerró, Iria sintió que algo en su interior se había encorsetado también. Descubrir las relaciones escandalosas de su hermanastro con jóvenes le había dejado una visión indeseada de este. Era como si compartiera aquel sucio secreto con todos los miembros muertos de la familia: Amaro, Dositeu y la propia Cristina. El escándalo, que desde el principio había asolado el matrimonio de su hermanastro y su cuñada, se había debido a estas inclinaciones. Cristina, al descubrir a su prometido en brazos de un joven, comprendió que Amaro no iba a hacer de ella una mujer feliz. Según las cartas que Iria había encontrado junto al libro de pastas rojas, su cuñada quiso romper el enlace y hacer público el motivo. Dositeu había intervenido para calmar los ánimos y llegar a un acuerdo beneficioso para las familias. Ella se había negado a casarse, pero la presión de los suyos, la promesa de Amaro de reformarse y seguramente el amor que sentía por él la habían llevado al altar.

Ahora entendía por qué «los días de mus» eran sombríos y taciturnos para Cristina. Debía soportar la vergüenza y la humillación de ver a su marido desaparecer para satisfacer deseos carnales que ella nunca podría darle. La visión de un sodomita era algo insoportable para el común de la sociedad, y Dositeu conocía de sobra las inclinaciones de Amaro. Por eso había permitido las salidas de su hijo, de forma controlada, para evitar que le descubriesen otra vez encamado con un sodomita y ya no se pudiera hacer nada. Lamentablemente, Amaro no se había buscado buenas compañías en don Marcelino, y este se había lucrado de su necesidad. Iria desconocía lo que habría hecho su padre con este de haber sabido lo de los constantes chantajes, pero posiblemente el cuerpo de don Marcelino hubiera sido encontrado al pie de una quebrada, muerto en una mala caída.

Se volvió a sentar en su escritorio y esperó a que Quinta regresase. Estaba claro que deseaba hablar de don Isidro y cómo se iba actuar al respecto. De hecho, llevaba buscándola varios días para tener esa conversación. Ella, en cambio, había preferido meditar bien su siguiente paso. Se colocó alguna guedeja del cabello y se masajeó las manos mientras Quinta cerraba la puerta a su paso.

—Con don Isidro vamos a actuar de una forma civilizada —murmuró Iria.

A Quinta se le torció el morro. La meiga de su interior deseaba los corazones de sus enemigos.

—Lo que ordenes —le respondió, y comenzó a encenderse la pipa, ese trofeo silencioso de su cacería—. Pero los muertos no descansan bien si su sangre no ha sido vengada.

—Quinta, debes confiar en mí en esto.

—Confío.

—Pues entonces ve a llamar a mi sobrino. Vamos a zanjar esta cuestión que ha costado tanta sangre.

Basi se tumbó en el suelo junto con su desesperación. Su menstruación no había hecho acto de presencia tras más de un mes y ya había sentido mareos y náuseas. Su madre también se había sentido así al quedar encinta, según le había contado en aquella ocasión en que trató, entre muchos pudores, de prepararlas a ella y a Matilda para los embarazos. Aquello había sido del todo inusual y su madre había pasado un mal rato hablándoles de esos asuntos. Y ellas, por qué no decirlo, también, pero Basi recordaba con gratitud extrema aquel esfuerzo de su madre, que dijo que no deseaba que ellas pasaran el terror que ella había vivido en su juventud, cuando se había enfrentado a los partos en el más puro desconocimiento...

Sola desde hacía semanas, pues la servidumbre había abandonado aquella casa por no verse empañada de la vergüenza que suponía su adulterio, Basi caminaba como un fantasma por la mansión desangelada. A los pocos días de desaparecer Sebastián, ya varios lacayos se habían afanado en recoger todas las pertenencias de su marido. Al cabo de una semana, un hombre había aparecido para decirle que los muebles se iban a subastar y que debían ser recogidos. Un ejército de porteadores había desalojado la casa dejándola tan vacía como un mal museo. Esa tarde, un hombrecillo menudo que venía con ellos, un escriba, le había explicado que la vivienda estaba ya a la venta y que tenía que desalojarla.

Sin dinero, pues la dote siempre era administrada por el marido, y sin contactos, pues estaba repudiada por todos los círculos sociales, se convirtió en un espíritu errante sin saber dónde ir. Su primera opción fue acudir a su hermana, pero, consciente de que ella se movía en un ambiente selecto, supo que la pondría en un compromiso ante su marido y amistades, y no quiso. De hecho, Matilda le había enviado notas para verla y ella le había ido poniendo excusas, advirtiéndole de que no estaría en casa a esas horas, a la espera de poder abandonar Madrid. Aun así, Matilda se había presentado frente a la puerta no hacía ni dos días, pero ella no le había abierto. Hacerlo solo hubiera provocado que su pobre hermana se contagiase de su escándalo.

Al final, después de mucho meditarlo, entre la rabia y las lágrimas de autocompasión, había tenido la intención de escribir a su tía Iria con el fin de comunicarle que necesitaba regresar a Galicia, pero el miedo a ser rechazada le había impedido hacerlo. «Volveré, pero, si me rechaza, que sea en Galicia ya», se había dicho pues sabía que al menos sentir la tierra de nuevo le daría un consuelo. Madrid ya no podía darle nada. Era como si, en la distancia, hubiera sentido más profundamente que nunca sus raíces, su conexión con aquella tierra gallega ¿Cómo lo decía Celsa, su tata adorada? Su unión con las piedras, verdes de musgo, con los cantos y la magia de las aguas y las castañas que regaban el campo en otoño mano a mano con la lluvia. Tenía que volver con los suyos. Los pocos ahorros que tenía le darían para ir tirando apenas un tiempo. Después no sabía cómo iba a sobrevivir a su pena, a la miseria de verse en el ostracismo social y al bebé que tenía en su vientre, pero al menos estaría allí. Este, si todo iba según lo planeaba la naturaleza, en ocho meses vería la luz.

Así, abandonada por todos, había tenido que empacar su propia ropa y pertenencias en cuatro grandes baúles. Los había arrastrado hasta el recibidor con mucho esfuerzo para después bajarlos por aquellas escaleras de cangrejo que conducían a un recibidor esférico y jalonado por columnas blancas. Con el desconsuelo por compañero, la crinolina de su vestido y el corsé le parecían ahora una prisión insoportable. Pese a que le faltaba el aire, había tenido que salir a contratar los servicios de un cochero y una tartana para regresar a Galicia. No quería volver en un coche de línea, compartiendo espacio con personas que no eran de su clase. Podía haber caído en la desgracia, pero no regresaría a su tierra de cualquier modo. Al final, después de mucho buscar, el señor Gustavo Calatrava, un cochero aparentemente decente, se había apiadado de ella. Una dama sola negociando el precio de un vehículo, sin el marido, era algo insólito y no estaba del todo bien visto. Aun así, pagándole mucho más de lo conveniente, el hombre había accedido a recogerla a la mañana siguiente.

Ahora, allí tumbada en la soledad de la noche, tras haber cenado una sopa de cebolla con pan duro, recordaba una y otra vez cómo su mundo se había destruido en la simple fracción de un parpadeo, cuando doña Eulalia la había descubierto en los brazos no deseados de don Arturo. Después de aquello, solo había visto una vez más a Sebastián esa mañana al amanecer, cuando él había vuelto para recoger algunas cosas, con la esperanza, dijo, de que ella no estuviese. Ella, rota por la rabia, se había tirado a sus pies tratando de explicarle lo que había acontecido mientras él estaba indispuesto en el baño.

—Escúchame, Sebastián —le había dicho frente a él—. No es lo que...

—No quiero escucharte, Basi —le había respondido él con el rostro congestionado por el dolor—. Me duele demasiado hacerlo. ¿Puedes negar lo que doña Eulalia vio, que estabas en los brazos de Arturo?

Ella le había mirado con los ojos destrozados y la amargura explotada en el pecho.

—No puedo —le había contestado negando con la cabeza, y él con los labios llenos de amargura había echado a andar. Ella le siguió para tratar de detenerlo—, pero lo que vio no es lo que parece, Sebastián.

—Apártate, no quiero verte más. —Sebastián la había bordeado lleno de ira—. Has profanado todo lo que siento por ti, toda mi devoción...

—No puedo permitir que te vayas —le había dicho ella con las lágrimas desbordadas deteniendo su avance.

—¡Apártate!

—¡Que me escuches! —había chillado ella entre el llanto y la rabia.

Sebastián, cargando con la decepción en la mirada y sobre los hombros, la había apartado con cierta brusquedad y se había marchado.

—Esta vida es... mi vida. He arriesgado todo por ti, Sebastián, para tener esta vida junto a ti. Debes creerme cuando te digo que yo nunca me he entregado a nadie, nunca te haría eso. Yo te amo.

De repente esas palabras, tan sencillas, habían hecho que sus sentimientos por él, esos que no acertaba a definir por lo nuevos que eran para ella, se modelasen cobrando la realidad irrefutable de lo que eran: simplemente, amor. Sin embargo, para ironía o crueldad de su destino, cuando más sincera era con él, menos la creía Sebastián: él se detuvo un instante en silencio, para mirarla aún con mayor desengaño y desprecio al girarse.

—Es la primera vez que me dices que me amas, Basi —le había dicho cogiéndola por los hombros—. ¿Sabes cuánto tiempo he deseado que me lo dijeras? Y has tenido que escoger este momento, justo cuando has visto que tu vida soñada se te escapa entre los dedos. Se me olvidaba ese espíritu tuyo. Mi madre me avisó de que tenías una ambición desmedida.

—No más pequeña que la que pueda tener ella. —Y de pronto su orgullo surgió para elevarle el mentón—. Pero eso no cambia la verdad de mis palabras. No sé el motivo por el que Arturo me besó, por qué quiso destrozarme la reputación así, pero te aseguro que yo no le incité, ni le di muestras de...

—¡Deja de mentir! ¿Comprendes lo que significa que no lo puedas negar? ¿Sabes lo que significa eso frente a esta sociedad? —chilló de tal forma que cortó de raíz su discurso—. ¡Te han visto en sus brazos, entregada a él como una adúltera! ¡No puedo verte más, ni soportarte más! ¡No quiero volver a verte jamás!

Después de aquello, Sebastián se había marchado para desaparecer Dios sabía dónde.

Ella le había escrito y le había entregado las cartas al mayordomo para que se las diera. Sabía que tendría algún contacto con él para recoger en el futuro sus cosas. Al final, las cartas se habían quedado sobre una salvilla en el gabinete para más tarde quedar sobre el parqué, tan abandonadas como ella. Por eso, durante aquellos días en los que se percibía arrastrada al lodo social, a esa pecina que estaría adherida sobre su piel para siempre, solo se preguntaba por qué el mejor amigo de su marido la había llevado a esa situación. Se culpó, por ser frívola además de demasiado coqueta; por ser una ilusa que gusta de la vanagloria que produce ser deseada por los hombres, y sintió entonces la inmundicia en la boca de todos los demás. «Estúpida, estúpida», se había fustigado todos esos días.

Como otras veces, después de rezar el sueño la arrastró hacia alguna pesadilla donde Sebastián le chillaba en medio de una gran concurrencia y ella, por más que huía, se veía presa de la mirada de todos, de la burla encadenada en los labios de aquellos aristócratas que la habían agasajado. Incluso se insultaba por aquella necedad suya de querer ser el centro de todas las atenciones.

Se despertó en la noche, entre los ruidos que llegaban de la calle a deshoras, la cantinela de algún borracho y los sonidos quebradizos de aquella mansión que cada vez se le antojaba más una cárcel. Regresó al sueño de forma intermitente, deseando que la luz del día la sorprendiera y pudiera abandonar Madrid de una vez. De estar embarazada, ahora tal vez era el único momento de hacerlo sin poner en peligro al niño. Cierto que ella no lo deseaba, no así.

Pero si Dios quería que su bebé viniera a este mundo, ella no le daría la espalda. Cerró los ojos y se dejó llevar por el cansancio y la pena. No supo qué había ocurrido hasta que las campanas de la puerta la despertaron y por fin comprobó que era ya de mañana.

La luz gris del invierno se aplastaba contra los cristales algo biselados por el polvo de la estancia. Se retiró la única manta que tenía y se frotó los ojos y los carrillos. Oyó de nuevo cómo alguien llamaba a la puerta exterior de la casa y supuso que debía ser su cochero. Se echó un chal por encima. En la chimenea se habían terminado por deshacer las últimas ascuas y toda la casa sufría de un frío húmedo concentrado en las paredes. Por eso había dormido vestida. Caminó rápido, descendió por las escaleras con la tiritona calándole los huesos y abrió la puerta antes de que llamaran por tercera vez. Al hacerlo, comprobó que un cartero estaba bajando las escaleras de la entrada.

—Disculpe —le dijo Basi—. ¿Tiene usted correo?

El muchacho, de unos veinte años, se giró y desplegó una sonrisa algo deforme, y a continuación le entregó varias cartas lacradas.

Las cogió sin mucho entusiasmo y tras dar las gracias cerró la puerta. Se sentó sobre uno de los baúles y las examinó con cuidado. La mayoría eran para Sebastián, de sus amistades. Muy probablemente apiadándose de su situación de cornudo. Se imaginaba de boca en boca, siendo la comidilla de todos, pero tras leer algunas comprendió que era todavía más patético, pues su asunto ni siquiera se destacaba en más que unas líneas de un par de misivas. Todo el mundo la había despellejado ya y estaba olvidada.

La puerta sonó de nuevo y se sobresaltó. Imaginó que esta vez sí sería el cochero y volvió a abrir. Aquel hombre de cabello canoso y barriga generosa le dio los buenos días y comenzó a cargar los baúles. Basi se asomó para observar el carruaje que la iba a llevar a Galicia. Fuera le esperaba una tartana de un único caballo, viejo y cansado, que debía haber vivido tiempos mejores. Estaba muy lejos de ser una berlina de cuatro ruedas, pero al menos era un carro donde podía ir dentro o al lado del señor Calatrava. Esto le espantaba menos que viajar en diligencia con diez o doce desconocidos.

—Dese prisa, señora, que el viaje es largo y nos llevará días.

Basi no le contestó, tenía tantas ganas de salir de Madrid que se subió al pescante polvoriento. Este rechinó como los grillos desatados del verano. En cuanto el hombre terminó de cargar, se sentó junto a ella y apremió al equino haciendo restallar su látigo.

Avanzaron por la calle Mayor bajo ese día gris que no invitaba a pasear, pero que sin embargo estaba atestado de carros, porteros y floristas hasta la calle de las Platerías. Reconoció de las veladas sociales a algunos caballeros engalanados con sus levitas sobre sus corceles. Junto a ellos, en varias calesas, se aposentaban mujeres y señoritas de alcurnia, esa clase social a la que ella ya no accedería nunca. Ellos la ignoraron y ellas intercambiaron palabras tras sus abanicos que la aguijonearon el espíritu. Se perdieron pronto hacia los jardines del Buen Retiro y se dijo que al menos no tendría que verlos más.

Salieron de Madrid descendiendo por la calle de la Almudena y de allí hacia el puente de Segovia, desde donde enfilaron hacia el paseo de la Florida. No pudo evitar recordar cómo había llegado a la capital, en calesa de tres cocheros y otro carro para sus pertenencias. Ahora se marchaba con su reputación deshecha y sentada junto al cochero, en una vieja tartana de la que dudaba si sería capaz de terminar el trayecto.

No hablaron durante todo el día salvo lo imprescindible. El señor Calatrava era de esos hombres que disfrutaba del silencio y ella tenía demasiados pensamientos dolorosos en su interior como para compartirlos con un extraño. Así el tiempo transcurrió lánguido y monótono, con aquel traqueteo que le rompía a uno el alma y los huesos. Pararon para almorzar algo en una pequeña venta. El señor Calatrava se había encargado de comprar lo necesario para el viaje, pues en las ventas le cocinaban a uno lo que llevase de comida encima. Esa noche tuvo que dormir en un sotabanco cerrado de apenas un tragaluz. Se le antojó mugriento y plagado de un olor rancio y húmedo.

El día siguiente no comenzó mejor: gris y azotado por un vendaval, amenazaba con robar el calor de todo incauto que se atreviese a desafiarlo, pero continuaron cada vez más cansada. A veces, cuando las colinas se empinaban, tenía que caminar leguas fuera del carro para no cargar demasiado al caballo, y otras el frío era tan intenso que no había chal que la refugiase. Lo peor fue que, ya por la noche, estalló una tormenta y tuvo que dormir al raso bajo la carreta, que pronto descubrió todas sus goteras. Apenas durmió oyendo aquellos truenos quebrar el cielo y hacer retemblar la tierra. Al final, cuando la tempestad se alejó, concilió un duermevela que tampoco la dejó descansar demasiado.

Se extrañó al despertarse, aturdida por aquella noche infernal que no olvidaría nunca, pues el señor Calatrava no estaba junto a ella. Se puso en pie y asustada comenzó a buscar el carromato, con sus baúles, sus pertenencias, joyas y dineros. Chilló, al principio llamándole, para después, al comprobar que estaba completamente sola, comenzar a dar alaridos de impotencia. El buen hombre no era más que un hombre a secas, corriente en su mezquindad. Se lo había llevado a todo. Sola en el camino, sin dinero, sin posibles, sin contactos, se sentó sin saber qué hacer, frustrada, completamente aterrada, llena de ira y compadeciéndose de sí misma. Tardó más de una hora en ponerse en marcha. Se dijo que la única oportunidad que tenía era llegar a Galicia, que ahora se le antojaba el paraíso. Las nubes sobre ella parecieron darle una tregua hasta pasado el mediodía, cuando un nuevo aguacero y el viento surgieron para zaherirla aún más en su orgullo.

Aterida de frío, con el chal por encima de la cabeza como único escudo frente a aquella inclemencia, caminó con el agua en la boca y el invierno en su espíritu y, cada vez más, en sus huesos. Anduvo por entre barrizales pastosos y profundos, estrellándose con aquellos zapatos de tacón que se resbalaban como si estuvieran sobre aceite. Anduvo hasta que su agotamiento le dobló las rodillas y cayó sobre el lodo con el azote del céfiro sobre su cuerpo empapado. Entonces volvió a gritar bajo la tormenta y estalló en lágrimas, golpeando la mugre en una desesperación sin límites. Se arrastró hacia un lateral con el fin de refugiarse bajo la copa de un árbol, pero el cansancio era tal que se quedó allí de rodillas, en medio del camino. Temblando, percibió los relámpagos que iluminaban el paraje como la antesala al infierno. «Sobrevivirás a esta noche, Basi», trató de animarse.

Se sintió estúpida, se insultó y se dijo que no debía haber tenido nunca aspiraciones, que no debería haber sentido la necesidad de prosperar en la vida, de hacerse valer, pues era una mujer sometida a los dictados de los hombres. Se sintió desfallecer, sin fuerzas ya ni siquiera para quejarse, y se apretó las rodillas contra el pecho con su consciencia colgando de un hilo. Sus párpados apenas se mantenían abiertos y una lasitud le devoraba el cuerpo. Intentó levantarse un poco cuando de pronto detectó algo moviéndose a su espalda. Se volvió, pensando que tal vez un animal salvaje quisiera devorarla, y vio un corcel negro a dos patas que se había detenido en seco antes de atropellarla.

Basi levantó la mano para caer desfallecida sobre el barro. Apenas vislumbró al jinete sobre el caballo, sus fuerzas la abandonaron, sus pensamientos se declararon en clara retirada y rogó a Dios que, si debía morir esa noche, fuera lo más rápido posible.

11

André se terminó de ajustar la chaqueta gris y se miró en el espejo. Peinado, con su traje perlado, el chaleco estampado y los zapatos nuevos, solo le quedaban en su semblante las cicatrices invisibles de toda su tragedia, unas que solo era capaz de ver él. Se volvió en cuanto don Cosme le avisó de que don Isidro y dos de los suyos, entre los que se encontraba don Horacio Salvaterra, el manco, los esperaban abajo. Todos habían viajado a una de las casas de los Castronavea en O Barco para tener la reunión con los Ordás.

Se colocó el pañuelo y se olió el perfume cítrico con un suave toque a lavanda. Iria, a diferencia de él, los recibiría vestida de faena, como le gustaba cuando se trataba de personas con las que debía tratar asuntos importantes.

Entre ellos dos no había vuelto su antigua comunicación. Ahora había un muro mucho más grande de lo que él quería, uno interpuesto por aquellos celos de los que no se podía desprender. Desde su reencuentro hacía más de un mes, Iria no había dejado de ver a don Felipe; salía a cabalgar, a un pícnic, a una colación. Le invitaba a menudo y siempre le argumentaba que había cortado toda relación sentimental con él, pero que no lo haría con su amistad.

—Podrías dejar de verle y todo esto terminaría —le había dicho André una noche con la esperanza puesta en cada palabra.

—No haré tal cosa jamás, *meu rei* —le había contestado con sus ojos salvajes y cierta mirada de reproche—. Ese no es el camino.

Él no había protestado más, se había guardado todas aquellas soledades y angustias para sí mismo porque conocía de sobra el temperamento de Iria y, de notar ella algo más su malestar, la perdería para siempre. Sabía bien que su tía no podía aceptar que nadie marcase el rumbo de su corazón, pues era tan indómito que nada podía atarlo, ni siquiera él.

Aceptaba acudir a estos encuentros para tratar de estar con ella, fingir que le era del todo natural que la mujer que amaba se pasease con don Felipe, un hombre que había sido su amante y que seguía junto a ella con la esperanza de que regresara a sus brazos para hacerla su esposa. Le resultaba intolerable ver a Iria cuando se acercaba a don Felipe. André se ponía tenso y sentía que toda su rigidez se expresaba en sus modales corteses, en su sonrisa amable y hasta en el brillo de sus ojos, pues deseaba que aquel hombre desapareciese de su vista. Sufría en silencio observándolos caminar juntos, ella apoyada en el antebrazo de él. Entonces ya no se sentía el único. Era como si todo lo que conocía de Iria se hubiera desvanecido, como si él se hubiera desvanecido. Percibía que su tía era otra: su risa, su cortesía, su fuerza parecían de una persona a la que no conocía. ¿Por qué era tan cruel con él? ¡¿Dónde se ocultaba aquella unión suya en la que bastaba mirarse para entender lo que pensaba el otro?! ¡¿Dónde estaban las risas y los juegos, la dulzura?! Y sin embargo, al final, entre la locura y los deseos frustrados, concluía que todo era parte de lo mismo: sus celos, su necesidad de poseerla, de gobernar toda la situación para que todo fuese «como antes», cuando en realidad nada había cambiado excepto su percepción, pues antes nunca había tenido achares de las amistades de Iria, fuesen mujeres u hombres, y eran muchos con los que ella se relacionaba debido a sus funciones en la heredad.

Así, entre esas colaciones infernales y los retazos de su Iria, que aparecían cuando estaban de nuevo solos, sobrevivía. Adoraba esos momentos en los que ella regresaba a su intimidad y se sentía deplorable por maldecirla cuando al final la perdía. Era consciente de que luchaba contra sí mismo y que su paciencia era su mayor virtud si quería que ella regresase a sus brazos. «Te ama a ti y solo a ti, ella no te mentiría jamás», se repitió ante el espejo. Se advirtió que no podía dejar que toda su rabia e impotencia le consumiesen y terminase por acusarla de ser una libertina jugando con sus sentimientos.

Salió de su alcoba, descendió hacia el recibidor y allí esperó a que Iria saliera del gabinete. «Lo que va a ocurrir con don Isidro ahora pone de manifiesto que ella decide más allá de ti —pensó de pronto, para luego reprocharse—: ¿Acaso no ha hecho ella siempre lo mismo, estúpido, y siempre te pareció bien? No hagas caso a esos celos o la perderás». Estas contradicciones eran recientes pero no nuevas. Llevaba semanas preguntándose si Iria había comenzado a gobernar los designios de la familia excluyéndole, como en el caso aquel de Marcelo Vidal, o tomando decisiones con las que él no estaba de acuerdo, como lo que estaba a punto de ocurrir con don Isidro. La mayoría de las veces concluía que solo hablaba su espíritu herido, pues, además, si en vida el abuelo le hubiera designado a él como cabeza de familia, le habría puesto en una posición incómoda: a él no le gustaba gobernar, su mente estaba hecha para el consejo, el análisis y, a lo sumo, una gestión fría. El liderazgo era otra cosa, y precisamente su voz analítica le susurraba que si se cuestionaba eso ahora, era a consecuencia de los celos y, después, de un ego viril heredado, no por una necesidad real de asumir responsabilidades que no deseaba.

Aun así, ella era tan inflexible... Iria no dejaría de frecuentar a don Felipe por pensar que se coartaba su libertad, igual que no cruzaría el pasillo que separaba sus habitaciones mientras él albergase los celos en el pecho. Sabía que esta dureza para con él surgía en Iria del empeño de no dejarse gobernar por ningún hombre. La había adquirido a lo largo de los años y se había conformado en ella como un hábito para mantener su independencia frente a todos. El problema era que, para su desesperación, él no sabía cómo curarse de estos celos, no podía ni siquiera controlarse a veces y tenía que apretar los puños invadido por esa fuerza descomunal del amor que le llevaba a cabalgar sin rumbo para gritar su impotencia bajo la lluvia.

En aquel momento, Iria apareció con Quinta. Le acarició el rostro, aunque ambos sabían de su desacuerdo: él pensaba que había que llevar a don Isidro y don Horacio ante los tribunales, hacerles pagar con la ley en la mano, y ella se había negado. «No hay pruebas de nada. A estas alturas, lo de la mina don Isidro lo tendrá bien atado, y lo del pazo..., no quedan más pruebas que su soldado manco y tu testimonio. Nadie salvo tú ha visto a aquellos hombres. Ni siquiera les viste provocar el incendio, y además están todos muertos. Sería tu palabra contra la de don Isidro», le había dicho. Para Iria lo mejor era olvidar todo aquel asunto, hacer del encuentro con don Isidro una paz duradera. «La venganza no va a resucitar a nadie y solo traerá más sangre. No estoy dispuesta a correr el riesgo de perderte», le había dicho. Él le había rebatido: tal vez los viera alguien, tal vez hubiera alguna posibilidad de encerrarle de por vida. Ella se había mostrado inflexible y él se había enfurecido, en parte por todo lo que estaba pasando con don Felipe y en parte por su frustración de no tenerla. Al final,

Quinta había intervenido para sentenciar aquella discusión: «Don André, nadie más que yo desea otro tipo de solución, pero la dueña ya ha tomado la decisión. No insista usted más».

—Siento haberme exaltado —se había excusado él tras un instante de silencio—. No es propio de mí y... lo siento. Tú diriges esta casa y esta familia, y yo no he tenido problemas con esto ni los tendré nunca.

Ella se acercó a su oreja y se la mordió.

—*Meu rei*, tú no tienes que pedir perdón por nada.

Le descolocaba.

Isidro se irguió un poco en el salón donde le habían alojado a él, a don Horacio y al coronel don Félix de Montecastro, a la espera de la llegada de Iria de Castronavea. No era un salón demasiado ancho, con tres ventanales que daban a un pequeño patio interior decorado con una fuente florada. Isidro se estiró las puñetas de la camisa y se ajustó el chaleco veteado. Se quitó el sombrero de copa, dejó el bastón en su mano izquierda enguantada y con sumo cuidado dispuso su abrigo sobre el respaldo de una de las sillas que custodiaban una mesa oblonga para ocho comensales. Esta se destacaba en el centro del saloncito con cierta solemnidad pues, diseñado en una marquetería fina, se encontraba en ella el escudo heráldico de la familia. Caminó acariciando un poco la mesa, cruzando los haces de luz marcados por el polvo suspendido. «Hoy hace un día frío y soleado».

La primera vez que había estado ahí, en el centro de esta misma estancia, había sido años atrás tratando de convencer al tozudo de don Dositeu para que se mantuviera al margen de sus asuntos. En aquella ocasión el viejo le había advertido diciendo: «Si tiene que sacar carbón, sáquelo, pero no me joda a las vacas o tendré que joderle yo a usted». El gallego sin duda lo había intentado, pero ahora, haciendo cuentas, solo había quitado de la ecuación a los soldados de don Horacio y a este le había dejado tullido. Por la parte de los Castronavea, habían perdido a media familia y el pazo principal. Se sintió victorioso, aunque no en demasía, pues sentía que había tenido que declarar la mina de plata y estaba entregando dinero a los chupópteros de la Corona.

Isidro carraspeó un poco y don Horacio tiró de la leontina para comprobar la hora en su reloj. Mientras, el coronel caminaba más erecto, quizá pretendiendo agrandar su presencia. Isidro perdió su vista por los cristales hacia los tejadillos de O Barco, que se disponían brillantes y opacos tras la lluvia de la noche pasada, y deseó que la tal doña Iria fuera más dócil que don Dositeu. Cierto que ahora sabía de la muerte de los suyos por su mano y la venganza era la mayor de las tentaciones, pero, si no era estúpida, también sabría que la sangre terminaría por salpicarla a ella si mantenía el conflicto. «En una guerra siempre hay pérdidas por ambos bandos, y en esta estos ganaderos ya han perdido mucho».

La puerta se abrió a su espalda, pero esperó a girarse un momento para contemplar a la perturbada de la capataz, al sobrino que se había escapado de la muerte con el secreto de Nacedeiro y a una mujer de unos treinta y tantos: doña Iria de Castronavea. Esta tenía un semblante marcado por facciones indómitas y una mirada que él hubiera esperado ver más en un hombre. De hecho, vestía como tal: pantalón grueso de montar, un machete a un lado del cinto, botas de caña alta y una capa vuelta a su espalda. Detectó algo descomunal en aquella figura algo espigada, como si en sus ojos verdes cargara con los torrentes bravos o las tempestades inclementes, y le recordó en algo al padre. El joven le dedicó una mirada templada y analítica, como si tratase de comprender el alma que habitaba en el cuerpo de Isidro. Él se la devolvió tan impía como siempre.

—Buenas tardes, don Isidro. —La voz de la dueña le pareció acorde con su semblante. A continuación ella le señaló una de las sillas y se acomodó en otra de las cercanas—. Es hora de hablar.

Isidro se sentó y, al clavar sus pupilas de granito en doña Iria, comprendió que estaba ante una mujer férrea. Tenía que poseer un temple extraordinario para sentarse a negociar con él, el hijo de puta que había enviado a los suyos a la muerte. Aun así, a la dueña no le temblaba ni un poco el labio. «Cuidado con esta —se dijo—. Una mujer así puede ser más peligrosa que don Dositeu». El muchacho se aposentó cerca de su tía y puso las manos sobre la mesa entrelazando los dedos.

—Sí, es hora —le contestó Isidro.

Desvió un momento la mirada hacia Quinta y su perturbador semblante. La muy hija de perra era como uno de esos inviernos en el que ninguna ropa puede proteger del frío. La salvaje, que miraba a don Horacio, dedicó a este una sonrisa torcida y le mostró la pipa rascándose con ella el dorso de la mano izquierda. El soldado, que captó la sutil ironía —él no podía rascarse ya esa mano—, apretó los labios y le hizo un gesto para avisarla de que deseaba enviarla al infierno. Ella ni se inmutó. El coronel don Félix, por su parte, observó aquello con cierta indiferencia y se centró en la conversación entre Iria y él.

—Verá, don Isidro, usted me ha robado media vida —comenzó la dueña—. No me gusta usted ni los hombres que usan la violencia para conseguir sus fines. No le considero buena persona y tampoco de fiar. Ambos sabemos que no reconocerá lo que pasó en As Airas. Mi primera reacción fue pensar que debía ser colgado por la Justicia o condenado a trabajos forzados.

Isidro hizo un gesto pensando que no empezaban con buen pie. Tampoco lo esperaba, pues ambos sabían que él era el culpable del incendio y las muertes, por lo que no esperaba amor ni buenos modales.

—Pero mis sentimientos hacia usted no importan ya —continuó la dama—. No deseo seguir esta lucha, sino tener la garantía de que nuestro conflicto se ha acabado. He recuperado a mi sobrino, como sabe, voy a reconstruir el pazo y deseo que entre nuestras familias haya paz. Además, su hijo está casado con mi sobrina Basi, y no deseo vivir con el pazo lleno de hombres debido a la intranquilidad; imagino que usted tampoco en su casa.

—Imagina bien —le respondió él cayendo en la cuenta de que la dueña no tenía conocimiento de lo que había ocurrido entre Sebastián y su esposa en Madrid. Tuvo que reconocer que le sorprendía el orgullo de Basilisa: no había comunicado su desgracia a su familia de Galicia—. Dígame qué me propone.

—Mi propuesta es la siguiente: usted costeará la reconstrucción del pazo y me venderá la mina de Nacedeiro. Tendré su compromiso de que no promoverá más criaderos en nuestras tierras, y yo le daré garantía de que si otro minero quiere hacerlo usted tendrá prioridad. A cambio de esto, nosotros no interpondremos ninguna denuncia ante la Justicia por lo que ha hecho en la mina ni por lo que sus hombres hicieron en el pazo. Tampoco tomaremos represalias por lo ocurrido.

Isidro la miró. Aquello parecía una propuesta en firme, pero pagar el pazo significaba que podían acusarle después de que él tenía algo que ver en el incendio; una especie de reconocimiento tácito. Además, la mina, a pesar de que la plata ya no era tan abundante, daría carbón para unos dos años más.

—Podría pagar esa reconstrucción siempre que quedase claro que es una ayuda a los Castronavea por nuestro parentesco. Necesitaré una petición por su parte en una pequeña carta, tal vez. Si esto es así, cuente con ello. Lo de la mina, estoy de acuerdo, aunque podría vendérsela dentro de tres años si lo desea así.

—Podemos darle un año —intervino don André.

—Es muy poco tiempo.

—Ambos sabemos que con la venta de esa mina usted pagaría la reconstrucción del pazo entero y más —retomó doña Iria—, así que al menos, dado que está en mi tierra y somos familia, déjeme usted sacarle algo de beneficio.

—No puedo menos de dos años —le dijo—. Comprenda que he hecho una inversión muy fuerte que no he recuperado y...

—Entiendo que pueda ser poco tiempo para usted, don Isidro —le interrumpió ella acercándose con la determinación de un animal salvaje sobre su presa—, pero usted tiene que ceder en esto. Si no, o acaba usted en la horca, o nos bañamos todos en sangre. Solo le ruego que, antes de darme una contestación negativa a mi propuesta, considere el matrimonio de su hijo y mi sobrina en esta ecuación.

Don Isidro mantuvo la mirada ante aquella fiera y comprendió que no estaba marcándose un farol. Si no aceptaba, aquella mujer llegaría hasta el final y ya tenía pensado por dónde atacarle. Isidro desvió una mirada al coronel y a don Horacio. Después observó a la perturbada de la capataz, que seguía fumando con la pipa de Horacio y clavando sus pupilas en él deseosa de beberse su sangre. No podía tener la seguridad de que el coronel acabara como don Horacio, y con su hijo o su mujer decapitados. Por otro lado, ante la Justicia él tenía mucho que perder si los Castronavea conseguían demostrar que él había estafado a la Corona. Y respecto a la mina, podría doblar turnos y ex-

393

traer más plata y carbón para que su año fuera mucho más productivo. En términos concretos, pagaba el destrozo de la casa pero con la venta de la excavación era un dinero que solo adelantaba y además podía dejar el criadero bastante mermado antes de venderla, por lo que ganaría dinero igualmente.

Isidro asintió levemente con las quijadas apretadas y le tendió la mano. Ella le miró con cierto desprecio y no se la aceptó.

—Me basta con un contrato de compraventa efectivo a un año y la cantidad adelantada de la casa —le dijo—. Yo le remitiré una carta rogándole su ayuda para reconstruir el pazo, como familiar nuestro que es.

—Puede usted contar con que la satisfaré de inmediato.

Isidro se levantó y doña Iria le imitó.

—Señorita Castronavea.

—Don Isidro.

Se despidieron sin un contacto siquiera y él se fue con la impresión de que aquella mujer le había sido sincera: doña Iria deseaba pasar página aunque no a cualquier precio. Tenía tanto miedo a perder a otro miembro de su familia que no quería riesgos, pero los correría si él la arrinconaba como a un animal herido. Entonces podía ser peligrosa. Por eso, se detuvo un momento al dirigirse hacia la salida. No deseaba que hubiera complicaciones con el trato cerrado.

—Antes de que me marche, debe usted saber algo respecto a doña Basilisa. —Vio que ella enarcaba una ceja de forma amenazadora—. Por nuestra conversación, he deducido que no sabe nada de este tema y creo que, aunque las noticias provengan de mí, debe usted saberlo. —Hizo una pausa dramática mientras recogía su abrigo y lo descolgaba sobre su antebrazo—. Su sobrina fue descubierta en brazos de otro hombre en Madrid. Mi hijo va a pedir el divorcio y la nulidad del matrimonio. No sé mucho más de ella. Hace semanas que dejó la casa, que ya se ha vendido, y salió con rumbo desconocido.

A Isidro le sorprendió que la mujer no moviera ni un músculo. El sobrino, en cambio, le dedicó una mirada de preocupación, y la capataz chascó la lengua como si algo la hubiera molestado.

—Le agradezco la información.

—Señorita Castronavea —le dijo por última vez, y se dirigió hacia la puerta junto con sus hombres.

André miró a Quinta y esta le dedicó una mirada escurridiza. Supo que la capataz no estaba de acuerdo con la decisión de tía Iria, exigía sangre y venganza. Después observó a su tía, que seguía con la vista la marcha de don Isidro, como un halcón. El empresario salió dejando el hedor de los hombres malvados, asesinos de esperanzas y futuros brillantes. Además, un regusto muy amargo se había instalado en la estancia al enterarse por la sucia boca del empresario de lo que le había ocurrido a Basi en Madrid. La niña no era tan orgullosa como para no pedir ayuda en una situación tan extrema. Antes que eso estaba su bienestar y no lo sacrificaría por su orgullo. Además, había algo raro en aquella historia. Basi era lo suficientemente inteligente para no caer en los brazos de un amante cuando ya tenía su sueño dorado de fortuna y posición social. Cierto que podía haberse enamorado, pero el corazón de Basi solo se conquistaba por adoración hacia ella. André se preguntó si tal vez su vanagloria le había hecho ceder a los brazos lisonjeros de un amante, o se había dejado llevar por un flirteo que se le había escapado de las manos.

—André —le dijo Iria—. Debes encontrarla. A Basi le ha ocurrido algo. Coge un caballo y te vas con Manuel del Hoyo, es un hombre acostumbrado a la serranía desde los tiempos de la última guerra y si hay problemas te vendrá bien.

André asintió de forma algo marchita. Antes no le costaba obedecerla y ahora sentía sus órdenes como si fueran las de una extraña. «Me veo obligado a irme para encontrar a mi hermana, pero si me voy, don Felipe aparecerá aquí y mi ausencia será un campo abandonado para su relación», se dijo angustiado. De nuevo su presión en el pecho, de nuevo los celos le apartaban de ella, de sus risas, que eran como música de un coro, de sus caricias aterciopeladas, de sus gestos de cariño, que le embargaban sumiéndole en un paraíso eterno.

Se acercó a ella y estuvo a punto de besarla en los labios, pero se contuvo por estar Quinta presente. Iria, que notó la necesidad de cierta intimidad entre ellos, le hizo un ademán a la capataz para que abandonara la estancia. Ambos esperaron y entonces, en cuanto se cerró la puerta, se vio como un alcohólico en busca de una botella vacía para apurarla. Ella, que sintió sus deseos, le abrazó por la cintura y se dejó besar en los labios. Durante un instante, André la sintió otra vez suya, como si la pesadilla inadmisible de que hubiera compartido lecho con otro no existiese. Ella se separó lentamente y le miró.

—Debes partir cuanto antes, temo por Basi.

De nuevo le brotó el terror a dejarla sola con don Felipe y se sintió mal hermano. Basi desaparecida y él solo atribulado por el aluvión de imágenes que invadía su cabeza: Iria gimiendo mientras ese hombre le hacía el amor a su espalda, primero lento y luego salvajemente; ella susurrándole palabras indecentes hasta el éxtasis para más tarde quedar los dos enlazados en un oleaje de piernas cruzadas, besos descabalgados y palabras de amor encadenadas a ese momento. Tragó saliva tratando de centrarse y solo pudo asentir. Ella le besó de nuevo.

—Ay, *meu rei*, los hombres y vuestro mundo. Creéis que todo gira en torno a vosotros.

—Mi... —dijo dudando qué contestar—. Mi mundo eres tú.

—Lo sé, mi bien —le dijo mientras le acariciaba el rostro siendo consciente de la lucha que habitaba en él—. Pero si me amas deberás soportar la carga de amarme, porque soy una mujer con una libertad como ninguna y no renunciaré a eso por nadie.

—También yo sé eso.

¿Cómo no saberlo? Siempre había adorado su forma de ser, tan libre. Al mirar sus ojos verdes se transportó a los valles gallegos, a sus gargantas y su cerros, y volvió a besarla sintiendo que bebía de su boca todo aquel pasado, de la tierra misma, porque amarla era amar Galicia. Se separó y, sintiendo que era mejor no pensar más o no podría cumplir la orden de buscar a su hermana, se alejó de aquella estancia. Cuando cerró la puerta se convenció de que tal vez la distancia pudiera apaciguar aquella desazón que sentía en el pecho y poner orden en su cabeza. Subió a su alcoba y le invadió la sensación de que abandonaba un campo de batalla para perder una guerra, pues Iria y don Felipe seguirían intimando hasta que el amor de ella por este floreciese. Fuera como fuese, él ya no podía hacer nada más.

El sol lucía en un cielo límpido y sin nubes ni viento. Matilda se detuvo frente al espejo y pensó que era jueves. A diferencia de otros, era uno de esos días en que, de no ser por el escándalo de su hermana Basi, se prepararía para ir a visitar a don Ramiro al conservatorio. No podía evitar echar de menos aquellos encuentros, algo clandestinos pero tan necesarios para su espíritu encarcelado. Se habían dado hasta la entrada del invierno, y durante esas breves visitas de una o dos horas a don Ramiro en el gabinete del conservatorio, su relación se había vuelto a la vez cotidiana y ordinaria. Como cuando él le impartía lecciones de música en el pazo familiar. De alguna forma, ambos habían asumido que todo lo que les quedaba eran esos encuentros en los que, como mucho, él se atrevía a cogerla de la mano en un arranque de valentía, casi como un acto fingido de cordialidad.

Sin embargo, debido al escándalo de Basi, habían tenido que dejar de verse. Al menos durante un tiempo. Desde que habían cesado estas visitas, ella se había instalado en una monotonía opalina, y a veces se llevaba la mano al pecho con el fin de buscar un poco más de aire. Se percibía encarcelada en una casa distante, en un matrimonio desangelado, y, cada día que pasaba, se precipitaba a ese pozo sin fondo del que no iba a salir nunca. Necesitaba ver a don Ramiro como ver la luz del sol cada mañana. A pesar de que no habían cruzado los límites que establecía la corrección, lo cierto era que se encontraban a solas sin la supervisión de un marido y eso podía levantar murmuraciones de lo más inconvenientes. Por eso, Matilda le había escrito una simple nota esperando que comprendiese que era mejor alejarse un tiempo. De todos modos, al llegar el jueves y algunos martes, ella se vestía como para salir al encuentro de don Ramiro, pero solo lo hacía a los jardines cercanos, para dar un paseo en soledad.

Se arregló el tocado frente al espejo y, al contemplarse las ojeras, se dijo que no parecía una veinteañera, sino alguien con diez años más. «He envejecido de golpe más que en toda mi vida», suspiró recordando la sonrisa algo ingenua de don Ramiro y la torpe forma de hablar que le invadía en su presencia. Añoraba los encuentros con él, pero se los quitaba de la cabeza la preocupación que oprimía su pecho al pensar en su hermana. Ella misma había sentido de cerca la falta de piedad de la sociedad madrileña con Basi y de alguna forma también con ellos.

Algunas amistades de Jaime habían comenzado a poner excusas para no visitarlos o, incluso peor, Jaime y ella habían dejado de ser invitados a ciertas reuniones sociales de lo más convenientes. Su esposo había tenido problemas en el banco, pues algunos socios preferían mantener ahora distancias con él. Habían pasado de nuevos ricos a nuevos ricos con una mancha en la reputación por culpa de su «hermana libertina», como llamaban a la pobre Basi. «No me lo creo —había dicho ella—. Mi hermana es engreída y altanera, puede cegarse por la riqueza y la posición, Jaime, pero no es estúpida». Su marido no había dicho nada. Solo se había encogido de hombros de forma condescendiente con los rumores. Por la gravedad del asunto, ella había escrito a Basi para verla e incluso se había presentado en su casa, que había encontrado abandonada ya. De nuevo la fatalidad se cernía sobre la familia. «Primero la tragedia de la avalancha, después el incendio y ahora el escándalo», se dijo. La preocupación había ido creciendo con el paso del tiempo y sin saber nada. Suponía que su hermana estaba camino a Galicia. Justo cuando ella estaba a punto de escribir a su familia al pazo para confirmar si esto era así, había llegado un correo de la tía Iria informando de la desaparición de Basi tras abandonar Madrid. Ahora, después de una semana de espera, solo quedaba que André llegase de Galicia. Este tenía el propósito de encontrarla pasase lo que pasase y llegar al fondo de la cuestión.

Matilda se pellizcó las mejillas y se dispuso a salir a pasear. Al menos esto calmaría su desasosiego un poco. Se miró una última vez, con la crinolina bien ceñida, sobre la que se montaba un vestido azul oscuro de raso y tafetán, ajustado a la cintura, las mangas abullonadas y largas y los volantes destacados sobre la falda. Se ajustó el sombrero de copa corta y con visera, y salió de su alcoba. Tras cruzar la galería acometió la escalera en jaspes, grande y ostentosa, que conducía al recibidor. Fue entonces cuando su mayordomo la detuvo.

—Señora —le dijo—. Han traído una misiva para usted.

—¿Se sabe de quién es? —le preguntó mientras se disponía a abrir el parasol.

—De don Rodrigo Castellar y Fitzherbert, marqués del Alto Alburquerque, según el remite, señora —le contestó.

Matilda tomó la misiva de la salvilla de plata con el ceño algo fruncido. No tenían relación con dicho marqués, que ella supiera, y menos aún como para que la escribiese a ella sin pasar por su marido. Asintió, tomó la carta entre las manos y, tras abrirla, la leyó:

14 de diciembre de 1847

Estimada doña Matilda:

Imagino su sorpresa al ver que me permito la osadía de dirigirle unas letras cuando ni siquiera conozco a su marido. Créame que lo hago bajo la más absoluta necesidad, pues me veo en la obligación de comunicarle que su hermana está bajo mi techo. Hace una semana que sufre de fiebres y apenas hemos podido saber quién es hasta ayer tarde, cuando ha salido del trance y ha comenzado a recuperar fuerzas. Aun así, sigue muy débil, pues me la encontré empapada, vagando en la oscuridad de los caminos a las afueras de Madrid bajo una tormenta inclemente. De no ser por que un rayo iluminó el camino a tiempo, mi caballo pudo haberla arrollado. Ella me ha narrado sus desventuras y cómo su cochero la abandonó robándole todas sus posesiones camino del pazo de su familia en Galicia.

El motivo de escribirla es que pueda usted personarse en mi palacete, apartado de la capital, pues su hermana requiere de su presencia y necesita de su consuelo y calor. Sin embargo, a petición suya, es imperativo que venga sola y que mantenga esta misiva lo más en secreto posible, por motivos que ella misma le explicará aquí. Adjunto a esta carta tiene usted la dirección.

Aunque conozco lo suficiente las bocas maledicentes, los chismorreos y el ostracismo social para saber los estragos que pueden causar, sepa usted que, en cualquier caso, la historia de su hermana, sea o no verdad, no es de mi incumbencia, y tan solo me queda señalar para su tranquilidad que aquí, en mi casa, está segura y a salvo y que nadie le hará daño alguno.

Se despide de usted cordialmente,

RODRIGO CASTELLAR Y FITZHERBERT,
MARQUÉS DEL ALTO ALBURQUERQUE

Matilda cerró la carta y le dijo a su mayordomo que preparase un coche de inmediato. Su criado le correspondió con una inclinación de cabeza y se dispuso a cumplir la orden.

—Espere, dígale al señor que he tenido que salir de urgencia, que se trata de mi hermana, que ha aparecido —le dijo—. Se lo explicaré a mi regreso.

Su mayordomo, un hombre alto de frente despejada y una nariz prominente que dominaba todo su rostro, asintió y se acercó con la mayor de las prudencias.

—Me permito sugerirle que dos de nuestros lacayos la acompañen —le dijo—. Tal vez sean de utilidad si hay que enviar mensajes luego, o para asistir a la señora en lo que necesite.

—Está bien.

Se guardó la misiva en un bolsillo y exhaló una bocanada de aire para controlar los nervios. Al menos Basi parecía segura, y si la había reclamado de forma secreta era porque había algún asunto delicado que debía tratar con ella.

Abrió el parasol y, en cuanto el cochero apareció en la entrada del edificio, alcanzó la calle y subió al vehículo sin la pertinente ayuda después de darle la dirección al criado. Este agitó las riendas para que los caballos comenzaran a tirar y Matilda tuvo una sensación agridulce: por un lado, se vio aliviada por haberla encontrado y que estuviera fuera de peligro; por otro, sintió una desazón al darse cuenta de que su hermana había requerido únicamente su presencia, y eso no presagiaba nada bueno.

PARTE V

Ella era su musa como las nubes visten el cielo
desnudo, como la lluvia para los días melancólicos o el fuego en los salones en invierno.
Se sintió recogida en aquella mirada devota
que solo deseaba procurarle la felicidad y le
sonrió con toda la ternura de su universo.

1

Nueve meses después

Basi se levantó otra vez y, somnolienta, se sentó en la mecedora y dio de mamar al niño. Este comenzó a succionar ansioso, y todos sus nervios, sus gritos de angustia, cesaron como si un vendaval se cortara de pronto. Basi miró hacia la noche y hacia aquellos jardines llenos de almendros y cerezos del marqués del Alto Alburquerque. Le debía la vida a don Rodrigo. No solo por haberla salvaguardado aquella noche bajo la tempestad, sino porque la había acogido bajo su ala contra todos aquellos que la tachaban de adúltera. No habían faltado personas que se habían acercado a él durante aquellos meses tratando de contagiarle el desprecio por ella bajo el envoltorio de la noble preocupación. Ella, por su parte, se había limitado a contarle la verdad. El marqués, que rozaba los setenta, vivía retirado de la corte de Madrid con un gran prestigio obtenido en la guerra de Independencia, y la había escuchado sin emitir juicio alguno. Después solo había expulsado el aire de sus pulmones y había llamado a su mayordomo.

—La señora se quedará para una estancia prolongada —le había comunicado para luego girarse hacia ella con sus cejas pobladas—. Puede usted tener aquí a su hijo sin problema, doña Basilisa. Comprendo que no desea regresar a su casa antes de dar a luz y sufrir durante el embarazo el escarnio de aquellos que crean que es el hijo de vuestro supuesto amante. —Ella asintió intensamente agradecida—. A mí siempre me ha parecido que las habladurías envilecen y hacen miserables a quienes las practican. No necesito saber más para acoger en mi casa a una señora respetable y cristiana como usted.

Más tarde, y a medida que su estancia se prolongaba, don Rodrigo le había confesado algunas de sus desgracias, como que estaba casado pero que la marquesa se había fugado hacía años y no había vuelto a saber de ella. El hombre, que mantenía un sentido religioso en todo lo que hacía en su vida —iba a misa diaria, se confesaba y rezaba antes y después de cada comida—, se había mantenido fiel al matrimonio a pesar de que su mayor deseo era haber tenido descendientes. Tal vez por esto o por el convencimiento de las palabras de ella, don Rodrigo se había visto inclinado a protegerla. Tenía ese semblante adusto de las personas que no toleran las palabras maledicentes, pues había tenido que oír muchas sandeces sobre cómo tratar a las mujeres para que estas no abandonen a sus maridos. De alguna forma, él había sido el foco de muchas de esas críticas y víctima de la falsa piedad de los conocidos.

Basi había desarrollado una ternura profunda por aquel señor mayor que tenía fama de gruñón, trataba al servicio con cierta acritud, y a las visitas las despachaba con aires destemplados.

Precisamente para no sufrir demasiado por el escarnio, ella no había querido revelar su paradero; tan solo se lo había hecho saber a su hermana, para que si no sobrevivía al parto pudiera contar al resto de la familia qué había sido de ella y que el pequeño fuera llevado a sus raíces familiares. Sin embargo, al reunirse, Matilda le había dicho que André andaba como loco buscándola. Al final se había visto obligada a escribir una carta a Galicia diciéndoles que estaba bien, sana y salva, y que regresaría a su debido tiempo. No les había dado ninguna explicación más sobre su embarazo ni sobre el escándalo. Desde entonces solo se había preocupado por sobrevivir al nacimiento de su hijo y, cuando este y los dolores pasaron, ya solo había pensado en regresar a Galicia.

—Debo marchar con mi familia, don Rodrigo; ya he abusado demasiado tiempo de una hospitalidad y un cuidado que no podré agradecerle nunca —le había dicho hacía tan solo unas horas.

—Sandeces, querida niña, ha sido usted una compañía formidable para un anciano como yo —le había contestado—. Lo mejor que me ha pasado en mis últimos años. —Ella se había acercado a él y le había besado en el rostro—. Ojalá hubiera tenido una hija como usted—había terminado con ese tono malhumorado que tintaba todo lo que decía.

Basi le había abrazado entonces con devoción, la misma con la que ahora abrazaba a su hijo, a quien había llamado Adrián, en recuerdo de su padre y su hermano, a los que siempre les había gustado ese nombre. Dejó de contemplar las vistas y acomodó al bebé en la cuna con suavidad. Después se metió en la cama y se dejó llevar por el cansancio. Apenas cerró los ojos, se despertó alarmada por unos golpes en la puerta. Tuvo la sensación de que no había dormido demasiado, pero se encontraba completamente descansada. La noche ya no inundaba la habitación, sino un sol de mañana. Pestañeó varias veces para salir del sueño, se sentó en la cama y permitió el paso tras incorporarse y ponerse una bata de fino ganchillo.

—El señor me pide que la despierte por un motivo urgente —le dijo una de las doncellas—. La espera en el salón para desayunar.

Asintió, llevada por la somnolencia y la extrañeza.

En los casi diez meses que llevaba en la mansión, el marqués nunca la había requerido de esa forma. Se desperezó y, tras asearse debidamente, bajó con Adrián en brazos. Don Rodrigo la esperaba caminando de lado a lado de la estancia, con la impaciencia pegada a los carrillos y su ceño más fruncido que de costumbre. Basi le dio los buenos días y este solo asintió y extendió hacia ella un pliego doblado.

—Querida, me temo que es imperativo que lea usted esto —le dijo, y chasqueó los dedos para que la doncella que la había acompañado se encargase del niño—. Mmm..., es por estas cosas que me gusta vivir solo.

Basi tomó la carta mientras don Rodrigo refunfuñaba algo.

—Ha llegado esta mañana dirigida a mi nombre —añadió el anciano casi como un ladrido.

Basi, llevada por la curiosidad, miró el remitente. Era de doña Eulalia. Abrió con mucho cuidado y la leyó:

8 de octubre de 1848

A mi queridísimo amigo don Rodrigo Castellar y Fitzherbert, marqués del Alto Alburquerque:

Lamenté mucho saber que doña Basilisa había sido acogida por vuestra ilustrísima, pues como sabe fue descubierta en actitud inadecuada con el conde de Salamedina, don Arturo de Villanueva. Sé que está usted al tanto de esto por otras cartas de amistades comunes que le avisaban de lo perjudicial que era mantener a una adúltera bajo su techo. Sin embargo, puede que tenga que entonar yo el *mea culpa*, pues si mi deber fue advertir a su esposo de lo que entonces vi, también debo avisar ahora de que, tal vez, doña Basilisa fue una víctima y no una adúltera.

Ayer mismo me encontré con don Arturo en una de las colaciones de Floridablanca. No ha dejado de acudir a estas fiestas ni de proclamar cierta independencia respecto de su tío —al que como sabe está subordinado económicamente—, y además hace gala de que le han salido bien ciertos negocios.

Sin embargo, lo importante fue que, en dicho encuentro, un hombre que dijo llamarse don Horacio Salvaterra —según añadió más tarde, antiguo húsar de la Princesa— apareció para despachar asuntos importantes con don Arturo. Debo añadir que el tal don Horacio, a pesar de su aspecto de caballero, tenía algo siniestro en el rostro. Le recordaría usted seguro si le viera, pues era manco de una mano. Ambos se fueron a hablar aparte, pero yo tuve que ausentarme para acudir a la *toilette* y no pude evitar oír la conversación de estos dos en un saloncito.

No es que yo quisiera escucharla, sino que me vi forzada a ello al percatarme de cierta frase que el húsar le dijo a don Arturo cuando yo pasaba: «Con este pago queda zanjado el asunto de la hija del ganadero». Tras lo cual, le extendió una bolsa bastante generosa.

Esa frase, como comprenderá, unida a la reciente ostentación de dinero de don Arturo, al que siempre le ha quemado la riqueza en las manos, me ha dado que pensar que su joven huésped pudo ser víctima de estas maquinaciones. No quisiera yo aventurarme a salvarla de la quema, pues ella pudo caer bajo las artes seductoras de don Arturo igualmente. Ya supongo que sabrá que hace años mi sobrina Catalina se vio en las telarañas de este seductor, con el que estuvo a punto de casarse de mala forma. Cuando él se enteró de que, de estar mal casada, ella no heredaría los tres millones de reales de su familia, desapareció el amor tal y como había llegado.

En cualquier caso, creo que es necesario poner en conocimiento de usted estos hechos por lo significativos que son y porque no quisiera ser yo una de esas mujeres que por mucho hablar destrozan la vida de jóvenes inocentes y bien casadas.

Puede obrar usted en consecuencia con su invitada, a la que, de confirmarse todo, perdonaría sin lugar a dudas. Si ella es culpable, merece el mayor de los desprecios por parte de todos, pero si no lo es, tal vez debamos castigar al hombre que lo ha provocado.

Sinceramente suya,

DOÑA EULALIA DE TOLEDO,
CONDESA DE MONTES

Basi se sentó completamente abatida. Todo había sido una confabulación para desacreditarla. Se sintió arrastrada por un dolor en el pecho y la barbilla comenzó a temblarle conquistada por la desdicha. «Todo ha sido una treta», se tuvo que repetir, y en su cabeza apareció la imagen de don Isidro y doña Cordelia, los padres de piedra, eternos como el universo, empecinados en controlar la vida de Sebastián y también la suya. Ellos habían sido los artífices, los pagadores de la indecencia porque simplemente no podían dejar marchar a su hijo. En lugar del alivio que podría sentir, una sensación nauseabunda la recorrió desde el estómago y no pudo contener la arcada. Don Rodrigo, con su habitual talante, se acercó a ella de inmediato y la sostuvo.

—¡Margarita, ¿no ve que la muchacha está indispuesta?! Avise usted para que traigan un recipiente por si vomita —le dijo el marqués a la doncella con su acritud habitual.

Basi contuvo las ganas y se echó hacia atrás para clavar los ojos en los de su anfitrión, que le sostenía la cabeza con mucha delicadeza. Ella no pudo pronunciar palabra alguna, se le contagió el rostro de toda su tristeza y el llanto le colapsó las mejillas y los párpados. Se abrazó a don Rodrigo, que soportó su peso de pie como una estatua de bronce imperturbable. Amarrada a la cintura de este, como si quisiera retener todo el cariño que le daba, se refugió en aquel anciano que la trataba como a una hija. No supo cuánto tiempo estuvo así hasta que se vació. Apenas percibió que traían una pequeña tinaja, inútil ya, por si tenía nuevas arcadas. «Estúpida, ingenua, tonta —se dijo conteniendo el llanto—. Tenías que haber supuesto que los padres de Sebastián no soltarían la soga». Primero había sido las acciones de la mina y ahora aquello.

Se sintió impotente y llena de una pasión vengativa que manaba de su pecho, y poco a poco el lloro se transformó en cierta serenidad. Antes, su único deseo era regresar a ese lugar predilecto en la sociedad al que tanto le había costado llegar arriesgando posición, familia y dinero. Sin embargo, ahora que sabía que podría regresar no sentía júbilo, solo pensaba en su hijo y en cómo arruinarles la vida a los Ordás. Nunca había odiado, pero lo que burbujeaba en aquellos momentos cabalgando libre en su pecho era algo parecido.

Don Rodrigo, con el peso de la edad en sus rodillas, cogió una silla y se sentó a su lado tomándola de la mano:

—Usted regrese a Galicia. Su familia la espera y tiene un marido que recuperar.

—No sé si podré perdonarle.

—Debe, por el bien de su hijo —le dijo besándole la mano—. Déjeme esto de mi cuenta: yo haré saber a todo Madrid lo que ocurrió, para desgracia de algunos.

—Don Rodrigo, es usted mi ángel de la guarda. Nunca podré pagarle tanto...

—Sandeces —dijo él—. No debe preocuparse por

411

nada. Vaya usted a terminar de prepararse. Damián, el cochero, y dos lacayos más, la esperarán para partir a Galicia.

Ella asintió y de nuevo le posó los labios en la mejilla con ternura. Abandonó la estancia con la carta entre los dedos, la prueba irrefutable de su inocencia. Si en el día de ayer había tenido ya cierta urgencia por regresar a su tierra, a su amada Galicia, ahora ansiaba llegar. Sin embargo, debía hacer bien las cosas. Ya en su cuarto, en el tocador, tomó pluma y tintero y escribió a Matilda para que estuviera al tanto de todo. Después recogió sus pocas pertenencias y se dispuso a partir.

Mientras bajaba las escaleras engalanadas con columnas dóricas hacia el recibidor, una sensación de poder había comenzado a embargarla; una que le decía que Sebastián, perdonado o no, se alejaría de la perniciosa influencia de sus padres para siempre. Él lo haría por el bien de su hijo, por el bien de su esposa y, por supuesto, por su propia salud mental. Y ella entonces se alegraría, porque esta era una de las cosas que más destrozaría a los Ordás.

Iria, enfundada en un traje de terciopelo granate en el que se destacaba un polisón abullonado, encajaba perfectamente con el traje de levita y lazo al cuello de don Felipe. Este, que acababa de llegar de Madrid, le dio dos golpecitos en la mano y sonrió con sencillez. Ella le correspondió con un visaje amable del rostro. Parecían una pareja perfecta.

Ambos caminaban observando cómo finalizaba la reconstrucción del pazo. Llevaban ya cerca de nueve meses y, como en toda obra, habían aparecido imprevistos, pero con tenacidad y dinero, en este caso el de don Isidro, se habían resuelto. Iria elevó la vista y comprobó que se había mantenido la fachada y gran parte del ala de los criados, y que la parte nueva se alzaba ya orgullosa. Al principio había deseado que fuera tal y como ella recordaba; sin embargo, había terminado por hacer algunas reformas para ampliar ciertas áreas, como el salón principal, los aseos y la biblioteca.

Por otro lado, había pasado un año desde la reunión en O Barco con don Isidro y la mina ya era suya. Le importaba bien poco la plata y el carbón que allí hubiera y, en cuanto se hizo efectivo el trato, había ordenado volar las embocaduras para que nadie tuviera la tentación de abrirlas otra vez. Además, don Isidro las había dejado más bien secas, sobreexplotándolas. Viendo ahora el pazo casi terminado y a don Isidro fuera de sus tierras, parecía que todo empezaba a encajarse.

Sin embargo, no era así. André seguía a océanos de ella, sin poder soportar ni un segundo más la presencia de don Felipe, llevado por unos celos locos que le hacían enfermar. Aun así, ella se había mantenido firme y se había comido las ganas de yacer con André cada noche. A mitad de año, la distancia emocional entre ellos se había hecho efectiva y André decidió viajar a Madrid para pasar allí un tiempo indefinido. Él creía que, al no ver la cercanía de ella con don Felipe, las cartas que le enviaba este, los paseos y demás encuentros, resguardaría un poco más su corazón. Lo trágico era que, desde su partida, Iria solo había recibido una misiva de André para avisar de su llegada a Madrid. Después, el silencio. Ella le había escrito tres o cuatro pliegos al mes, pero ninguno había sido contestado. Tras los dos primeros meses así, había dejado de escribirle presuponiendo que solo le estaba molestando.

Miró ahora a don Felipe y este dijo algo sobre lo bien que estaba quedando la nueva entrada, más ancha, con la plazuela oblonga en el centro que permitía la circulación de los coches. Ella asintió señalando el lugar donde iría la fuente con las sirenas saliendo del agua para que, con sus cántaros, la devolvieran al estanque. Su amigo la miró de forma intensa e Iria le devolvió una mirada más vacía. Inclinó la cabeza sobre el pecho y no pudo dejar de recordar a André subiendo a la calesa que le había separado de ella. Se le había ido medio corazón con él y por las noches seguía golpeando la almohada de rabia. «*Meu rei*, ojalá tu cabeza gane a tu corazón y comprenda que don Felipe solo es un buen amigo ya», le había dicho al despedirse, aun sabiendo que eso no era del todo cierto. Para ella, don Felipe había sido un hombro sobre el que llorar, un amigo cercano en el que desahogar la pérdida, la tristeza, y sentirse amada con al menos parte de la devoción que sentía ella por André. Sin embargo, sabía que para don Felipe no era esta la situación. Después de haber yacido juntos, de haber bebido de la boca del otro el desenfreno, él la seguía deseando desde detrás de aquellos ojos claros que eran dos pocillos anhelantes; la cogía de la mano pero ansiaba tomarla otra vez por la cintura. La amaba en silencio de tal forma que a veces ensordecía sus oídos con los recuerdos de aquella noche. Y, de no estar André vivo, ella estaría entregada a sus brazos. Porque don Felipe era un bálsamo como André era su alegría antes con sus juegos y risas. Aun así, era consciente de que la inclinación por el tabaquero no era más que un pálido reflejo del deseo y amor que sentía por su sobrino. Nada había más importante para ella que el amor de este, nada salvo su independencia.

Así, su *rei* había partido con el corazón deshecho por unos achares que no le dejaban vivir, y ella se había quedado con el alma rota por sentir aquella lejanía perpetua del amor de su vida. Los meses restantes, don Felipe había tratado de acercarse aún más, y a Iria se le había hecho difícil no caer en esa tentación. Un gesto de complicidad aquí, una caricia soterrada allá, una mirada intencionada a sus ojos y sus labios, o un beso casto en la mejilla. Todo formaba parte de ese camino tortuoso que conducía también a la separación entre ella y don Felipe. Este no tardaría en darse cuenta de que sus muros eran inexpugnables, incluso con la distancia de André, y pronto se alejaría para no sufrir más, rompiéndose así aquel intento de amistad tras su romance.

—¿Se sabe ya entonces cuándo le harán entrega de la casa? —le preguntó el caballero admirando los remates florales de las cornisas.

—A finales de este mes de octubre. De hecho, parte del servicio ya va y viene para ir gestionando cosas.

—Me alegro.

—Queda luego la decoración interior —le añadió ella—, pero calculo que para finales de noviembre estaremos instalados ya..., otra vez.

—Tendrá que celebrarlo.

—Sí —dijo melancólica al pensar que algunos de los suyos no estarían ya.

—Hizo muy bien en mantener el cuidado de los jardines. El pazo volverá a brillar tal y como usted quería.

Ella asintió y tomaron rumbo hacia la fuente de Diana Cazadora. Don Felipe se mantuvo un rato en silencio, admirando las flores, y a Iria no le importó.

—Tengo que partir a las plantaciones de tabaco en las Américas para supervisar su producción, pues hay ciertos problemas que debo solucionar —le dijo de pronto—, por lo que estaremos un tiempo sin vernos.

—Lamento que sea así, don Felipe.

—Hay una posibilidad diferente: que se venga usted conmigo —le propuso deteniéndose cerca de la fuente mientras el crepitar del agua engalanaba sus palabras tintadas de esperanza.

—Don Felipe, me temo que esta vez no podré seguirle —le dijo.

—No logro entender la diferencia que haces, Iria —le dijo tuteándola—. Estuvimos juntos una noche y... no sé lo que ha cambiado, no sé qué es lo que he hecho para que...

—Shhh —le dijo poniéndole la yema de los dedos en los labios—. Ya se lo dije. Le aprecio como amigo, un amigo muy especial...

—Quiero hacerla mi esposa—. Volvió a la distancia cortés en el tratamiento al ver que ella le contestaba así.

—No voy a casarme con usted —añadió Iria—, y entiendo que usted no quiere hacer de mí su amante.

—¿Y si quisiera?

—No lo consentiría —le dijo segura.

—Ya no soporto más estar a este lado de la frontera.

—Pues debe, y por eso debe ir solo a ese viaje a las Américas. Se merece usted encontrar una persona que le ame.

Don Felipe se acercó a ella aún más y la miró con aquella intensidad de caballero trasnochado. Iria, que veía aquella pasión desbordada de sus pupilas, se dejó llevar un momento. Se veía arrastrada a besarle, de ir a ese lugar confortable donde necesitaba refugiarse para no penar por el amor de André; una fortaleza segura ahora que sería una prisión después; una huida hacia adelante que se le antojaba placentera a su espíritu cuando las palabras de su razón eran otras porque su corazón era de otro. Don Felipe la tomó por la cintura y ella no se resistió. Le acarició el rostro y, como si nadara a contracorriente, dejó que él posase los labios sobre ella. De pronto se vio atada a un amor que no era más que una inclinación, que no era más que una pasión mal medida, y se separó de él de forma abrupta.

—No —dijo Iria ante la mirada desconcertada de don Felipe.

Él se quedó en silencio durante un momento, como si lamentase el incidente.

—Está bien —le dijo él—. Es obvio que usted siente algo por mí y creo que merezco saber el motivo de que me rechace por segunda vez.

Iria observó el rubor de sus mejillas, el rostro acartonado por el temor de escuchar lo que tanto deseaba. Ella asintió.

—Tiene razón —le contestó—: no puedo amarlo como usted quiere porque amo a otra persona. —El rostro de don Felipe se descolgó—. Lo que siento por usted es solo un mota en ese océano.

—Entonces, ¿por qué se entregó a mí?, ¿por qué...?

—Porque pensé que ese hombre estaba muerto —le interrumpió Iria.

La mirada de don Felipe se perdió por un momento hasta que cayó en la cuenta de que el único muerto renacido era su sobrino. Abrió mucho los ojos, pero no sintió que la juzgaba. Después la resignación se apoderó de sus facciones y terminó rindiendo el mentón sobre el pecho.

—Comprendo... —le dijo sin mirarla—. Ambos estamos condenados a un amor imposible.

Ella le besó en la mejilla. Percibió que la distancia se había impuesto entre ellos como se había instalado entre ella y André. Esa lejanía intangible que se llenaba de montañas inexpugnables y tormentas implacables en un solo segundo, le pareció una de las cosas terribles de la vida. «Los vacíos repentinos de la existencia —se dijo con el desagrado en la garganta—. Sobre todo, cuando se dan con los seres queridos».

Don Felipe la tomó de la mano con cariño.

—Creo que si no me necesita para regresar, me retiraré para no importunarla más con estos estúpidos sentimientos míos.

—No son estúpidos; son muy dignos de usted, don Felipe.

Él la besó en la mano y se marchó cargando con la pesadumbre del rechazo sobre sus hombros. A Iria le pareció que ese peso le encorvaba toda su altura y parecía que el espíritu le habitaba ahora fuera del cuerpo.

Ella se quedó paseando por aquellos jardines infinitos entre almendros, castaños y el pinar, hasta que la luz del día fue feneciendo. Regresó al pazo pequeño escoltada por dos lacayos. El viaje se le hizo algo pesado, sobre todo porque la noche se les había echado encima. Cuando llegó a Carballeiro, su ánimo estaba anclado al beso de don Felipe frente a Diana Cazadora. Había hecho lo correcto, pero le había costado su amistad. Descendió del coche y ascendió la pequeña escalinata hasta la puerta de entrada. El viejo don Cosme la esperaba con una salvilla de plata y una misiva de André. ¡Al fin! Su semblante se contagió de cierto entusiasmo y sorpresa.

—Gracias, don Cosme—le dijo tomándola mientras su corazón palpitaba con fuerza.

—De nada, doña Iria —le dijo—. Ah, disculpe, Quinta desea verla.

—Dígale que venga a mi gabinete.

Conteniendo la alegría y la esperanza, se dirigió hacia su gabinete para estar lo más sola posible, antes de que llegase su capataz. Una vez allí, devorada por la ansiedad, abrió la carta.

25 de octubre de 1848

Querida Iria:

Tal vez porque hace mucho que no te escribo nada por mor de perderme en otras cosas, esta carta no transmita todo lo que siento, debido a lo imperfecto de mi lenguaje. Esta distancia, a la que nos vemos obligados por el dolor entre nosotros, me parece ahora eterna. Tu ausencia me parece irreversible, pues está siempre presente a cada segundo que paso sin ti, sin tu música, sin tu aroma, sin tu sonido, sin tu vibración, que agita las moléculas de mi vida, de todo mi universo que se condensa en cada uno de los retazos de tu piel, en los que buceo cuando te cubro de besos, cuando busco los secretos de tus salones, de tus fiestas, de tus jardines, de las palabras que me quedan por descubrir de ti. Tu silencio es el asma que me apresa y tu recuerdo es lo único que inspiro a cada segundo, a cada instante en el que me percibo caminando por senderos solitarios con mi alma melancólica que no te tiene, que no te agarra, que no desea privarse de tus rincones, de tus ángulos, de tus pechos y caderas.

Aquí me hallo entonces, escribiendo letras que son solo cenizas de ti, pedazos insuficientes de recuerdos porque ninguno de ellos son tú. Nada lo es. Solo tu presencia calmaría a este alcohólico empedernido de ti, que necesita seguir bebiendo de tu risa cóncava como una colina en primavera, la que siempre escalo para ver tus atardeceres tras más de veinte años, como un adicto. No dejo de ser un náufrago entre las estrellas, buscándote en ese mar tempestuoso donde nos manejamos, donde nos encontramos hace tanto, un oleaje que azota las imágenes de mi memoria como un avispero. Como cuando te cogí de la mano, encadenados en un segundo para toda una vida, y caminamos por esos senderos intransitables de la vida, que ya no son senderos sino un lienzo pintado por siempre.

Y en esta ausencia de ti, me digo que la noche tiene su albor, que el oleaje tiene su playa, que la distancia no existe porque nuestros corazones son uno, siempre lo fueron, salvajes, desproporcionados, apasionados, colmados del néctar del otro, del fuego del otro, de los ojos del otro. Así te espero otros mil tiempos. Consumiré mil noches aguardando tu sonrisa, apresaré los mil veranos de tus gestos, porque mi frágil corazón sabe bien que no hay lugar más protegido que estar entre tus manos. Nada malo puede ocurrirle ahí.

Mi adoración por ti no es más que un pedazo minúsculo de ese mar infinito dedicado a amarte. Perdona los celos de este vagabundo desconsolado que ha necesitado de esta distancia para darse cuenta de que no respira sin tu aire. Déjame volver a ti y nunca más me iré.

ANDRÉ

Los golpes en la puerta le hicieron esconder la carta bajo la mesa como una colegiada asustada, y se secó precipitadamente un par de lágrimas que se habían escapado a su encierro. Quinta entró con Berobreo y, sin mentar palabra, le hizo un gesto interrogativo con la cabeza.

—No es nada que deba preocuparte, solo una carta de... André —le dijo.

Quinta guardó silencio y miró al perro, que se había sentado sobre sus cuartos traseros aguardando orden de su ama.

—Este tiene mucha hambre y ganas de cazar —le dijo señalando a Berobreo, y volvió a mirarla—. ¿Te parece bien?

Entonces ella, que comprendía en aquellos silencios todo el mundo de Quinta, asintió.

—¿Cuánto tardarás? —le preguntó ella.

—Unos días.

Iria asintió dando conformidad y, como siempre que Quinta salía de caza, se marchó dejando en la sala ese efluvio descorazonador y peligroso. Iria sabía que lo primitivo que habitaba en los bosques salvajes se adueñaba de la capataz y entonces le invadía la meiga que llevaba dentro. Apretó los labios y se giró para ver desde la cristalera del salón cómo Quinta y su can abandonaban el pazo. Con la lejanía de esta, sintió de golpe una necesidad compulsiva de hacerle saber a André que llevaba esperándole desde el principio, cuando él era solo un bebé en una cuna y ella, con siete añitos, le cantaba en gallego para arrullarle. Por eso se dio la vuelta, se acomodó frente al escritorio y comenzó a trazar con pulso firme las letras del reencuentro.

2

Isidro caminó hasta coronar la colina para estirar los pies, y una vez allí miró en lontananza. Las médulas se extendían como si fueran los huesos desvencijados de un gigante arenoso enterrado allí cuando el mundo era joven. La tarde estaba ya cayendo y las luces postrimeras del día desdibujaban todo el paisaje dándole un aire algo brujo. Había salido de Ponferrada en dirección Madrid y, como muchas veces antes, se había desviado hacia ese lugar embrujado que siempre le arrebataba el alma. Porque era como respirar la historia de aquellos ingenieros romanos que, utilizando posiblemente la fuerza fluvial, desmenuzaban las rocas de cuarzo para extraer el oro de su interior. Dos milenios después, él seguía aquellos pasos dentro de la minería, y estar allí hacía que se sintiera parte de algo mucho más grande, de una historia que le correspondía por derecho. Llenó sus pulmones de aire y se acuclilló sobre la tierra rojiza.

—Don Isidro, debemos partir ya. Apenas queda luz del día para llegar a Astorga y Las Médulas es un terreno abrupto —le dijo don Horacio.

Asintió y se giró para descender la colina. El coronel, don Félix, que comía aceitunas de Campo Real, una variedad que tenía un aliño especial desde hacía años, escupió un hueso y se llevó otra a la boca. Isidro se aproximó y le tomó prestada una. No tenían el sabor amargo de otras, sino más suave, a tomillo, hinojo, orégano y ajo, y se estaba aficionando a ellas.

—Vámonos —dijo.

Deseaba llegar a Madrid. Tenía la firme intención de ser el nuevo suministrador de carbón para el ferrocarril. Hacía unos días que se había inaugurado la línea Barcelona-Mataró, y esta era la primera de muchas. La seguirían otras y en una decena de años el carbón sería fundamental para abastecer fábricas y locomotoras. Así ocurría ya en otros países. Penetró en el coche mientras don Félix montaba su corcel y don Horacio le acompañaba en la cabina. El cochero hizo restallar el látigo y los cuatro caballos se pusieron en marcha.

—Me temo que llegaremos de noche.

—No es un problema —le respondió—. Este viaje es uno de esos principios de algo grande, don Horacio.

Y era cierto. Las reuniones que le esperaban en la capital eran de suma importancia. Pensaba que estos años gobernados por los liberales moderados iban a suponer posiblemente los mejores para él. «Sobre todo ahora que las cosas vuelven a su cauce», se dijo. Por un lado, las minas de Nacedeiro le habían hecho inmensamente rico a pesar de no haberlas agotado, apenas quedaba plata para medio año más. Cierto que le dolía renunciar a esta, pero sabía bien que la victoria no se alcanza sin perder algunas naves. Por otro, su hijo había regresado a Ponferrada con el alma deshecha por la traición de Basilisa, y esto había supuesto la mayor de las alegrías para Cordelia. Ella había vuelto a resplandecer. Esa misma noche se había acercado a él y le había hecho el amor como si fueran otra vez jóvenes. Sebastián lloraría la traición de Basilisa, pero con algo de tiempo se reencontraría a sí mismo; era un Ordás. Por su parte, solo le restaba conseguir la nulidad. Puede que tuviera que aflojar dineros al obispado, pero al final su hijo se casaría con alguien más acorde con el título que en el futuro heredaría de su madre.

Por todo ello, se sentía dichoso. «No podía haber elegido a otro salvo a ti —le había dicho Cordelia la noche pasada mientras se agitaba sensualmente sobre él—. Te amo». Y él la amaba a ella. Sentía adoración por aquella mujer cruel y entregada a los suyos. Se encendió un pequeño puro y le ofreció otro a don Horacio, que lo cogió con su única mano. Después dio una calada y se quedó contemplando su futuro como si este estuviera enmarcado en oro y plata.

De pronto, una explosión zarandeó el carro y tanto él como don Horacio tuvieron que sujetarse. Los caballos se pusieron al galope como si fueran a desmembrar el carro del tirón. Medio caído sobre el asiento interior, oyó cómo el cochero trataba de calmarlos para que se detuvieran. Don Horacio pudo reincorporarse, miró por la ventanilla de la cabina y palideció aún más.

—¡Salte, salte! —le dijo y, cogiéndole por la pechera, tiró de Isidro hacia fuera con su única mano para arrojarse él después.

Isidro se sintió volar, hasta que su cabeza se empotró contra el suelo y rebotó como una peonza alocada. Un mareo profundo le sobrevino de golpe. Don Horacio rodaba por el suelo hasta detener su caída de forma más favorable. Isidro levantó la mirada y comprobó que cochero y coche desaparecían quebrada abajo. Un sonido a huesos rotos, madera crujiendo y relinchos quebrados se extendió por el valle. Trató de situarse aunque su mirada estaba enturbiada por el dolor, y observó que se habían detenido en el extremo de una revuelta, a poca distancia del precipicio.

—Dios santo —dijo en voz alta, cuando apareció el coronel sobre su corcel, de seguro entrenado en la guerra.

—¿Están ustedes bien? Alguien ha intenta...

No dijo más. Un balín traspasó el pecho de su corcel, que se fue al suelo sin remisión. El coronel cayó a un lado quedando su rodilla aplastada bajo el peso del animal. Don Horacio, magullado pero no inútil, se lanzó sobre Isidro para que mantuviera la cabeza gacha.

—No se levante, alguien intenta matarnos —le dijo, y desenfundó debajo de su chaqueta un enorme cuchillo de caza.

Isidro permaneció inmóvil. No creía tampoco que pudiera ponerse en pie.

—Dices bien, soldado. —La voz había surgido de la espesura.

Isidro miró sin poder enfocar bien la figura que avanzaba sobre ellos. Parecía un fantasma espigado y fibroso que terminó por definirse en la siniestra figura de Quinta. Llevaba ese aire enloquecido en los ojos, como si quisiera hacer pagar a toda la humanidad por sus desgracias, y en su sonrisa torcida se descolgaba el desprecio que sentía por cualquier vida.

—Esta es la noche en la que tenéis que pagar la cuenta, hijos de puta —les dijo, y se plantó frente a ellos armada con un hacha de leñador.

—¡Don Horacio, ayúdeme! —chilló el coronel, que pugnaba por liberarse inútilmente.

—¡De poco me va servir con la rodilla partida! —le contestó este, y se levantó hacia Quinta cuchillo en ristre.

La mujer no se inmutó, solo levantó su arma y le esperó paciente, como quién espera la llegada de un familiar.

—Huya, don Isidro —le dijo don Horacio—. Voy a encargarme de esta hija del diablo.

Isidro trató de levantarse, pero un tambaleo le devolvió al suelo mientras el coronel chillaba tratando de alcanzar su arma en las alforjas. Isidro se tocó la coronilla y la sintió encharcada en sangre. Detrás de él, don Horacio manejaba el cuchillo con sorprendente habilidad; sin embargo, aquella malnacida se movía tan rápido que eludía la hoja sin oponer resistencia. El empresario se puso en pie y cayó de nuevo al suelo. Tuvo ganas de vomitar y tuvo que apoyarse. Miró a su espalda y vio al húsar trazar un arco con su hoja cerca de la cara de la lunática. Esta se curvó hacia atrás, dejó pasar el acero y volvió a esquivar la siguiente acometida.

—¡Mátela, mátela! —chilló Isidro enervado, en un nuevo intento de alcanzar el caballo de don Félix.

—¡Raje a esa cerda! —se unió el coronel.

Don Horacio, con las quijadas apretadas, trató de alcanzarla de nuevo atacando al bajo vientre, pero Quinta se ladeó lo suficiente para evitarlo y luego se fue hacia atrás otra vez, para evitar la vuelta. La hoja le acarició la cadera. Se rio como ríen los dementes y a Isidro se le encogió el corazón. Hasta don Félix tenía el color pálido de la muerte en el rostro. El mismo diablo había venido en busca de todos ellos aquella noche.

Don Horacio, llevado por el éxito al ver que su hoja había encontrado sangre, se lanzó con más ímpetu. Isidro volvió a vociferar, y ahora, de rodillas, pudo aproximarse hasta el coronel, que seguía bajo la silla como una figura de trapo sobre un sillar de granito.

—Ayúdeme, don Isidro. Acérqueme la pistola.

Él se agarró a las riendas para tener más fuerza en su avance cuando sintió de súbito el gruñido de una bestia salvaje tras él. Se volvió aterrorizado y su mirada de granito se convirtió en ceniza. Allí, frente a él, un can de palleiro negro como la noche le mostraba las fauces. Chilló aterrado y el animal se abalanzó hacia él hasta hincarle la dentellada en el brazo. Don Félix trató de patearlo con su pierna libre, pero estaba demasiado lejos, e Isidro, en una lucha a muerte, entre jadeos y sollozos, inundado de un dolor profundo que le recorría las entrañas, se decía que esa noche dejaría de ver la luz del mundo. Trató de desembarazarse de aquella mandíbula mientras el coronel forcejeaba con todo su ímpetu sin conseguir ningún resultado.

Al otro lado, don Horacio jadeaba por el esfuerzo, empecinado en cazar el cuello de su enemiga. Esta, que seguía provocándole con su sonrisa torcida, continuaba esquivando, arriba y abajo, de un lado al otro, como si fuese una bailarina funesta, con la mirada desquiciada y el sabor de la muerte en la boca.

—¡Don Horacio, ayuda! —le chilló Isidro—. ¡Quítemelo de encima!

—¡Mate de una vez a esa zorra! —vociferó el coronel.

El soldado, concentrado, simplemente se lanzó otra vez hacia el corazón de la mujer. De nuevo la lunática le eludió con un movimiento veloz, pero esta vez lo hizo descargando su hacha sobre la rodilla de don Horacio, que chascó como un hueso seco. El soldado cayó al suelo chillando y, apenas levantó la cabeza, comprendió que eran los últimos instantes de su vida, al ver el hacha descender y rebanarle la única mano que le quedaba. Un alarido desgarrador se extendió por todas Las Médulas. Inerme, en el suelo, alzó la mirada para cruzarla una vez más con la de su asesina.

—Déjame morir como un solda...

El hacha se incrustó entre sus ojos hasta abrirle media cabeza. Isidro, mientras la mandíbula de aquel perrazo le desgarraba todo el brazo, dio un alarido aterrorizado al ver aquello, y don Félix, sabiendo que pronto sería su turno, se zarandeó brutalmente. Sus rostros mostraban tal terror que parecía que ambos habían envejecido diez años de golpe.

Quinta, con la serenidad propia de un ángel de la muerte, se acercó arrastrando el hacha por el suelo hasta don

Félix. Isidro, que seguía intentando no ser devorado por aquella bestia negra, golpeó el rostro del animal sin ningún resultado. Este, más furioso, volvió a engullir su antebrazo. La capataz de los Castronavea se detuvo junto a él y se quedó mirando a don Félix con un invierno gozoso en sus pupilas.

—Parece que no aprendiste todo en la guerra, coronel —le dijo—, como a derribar un caballo para cazar al jinete. Basta con acertarle en el lugar correcto.

—¡Puerca malnacida!

Entonces, ante la mirada atónita de Isidro, que apenas sentía ya su brazo, Quinta sacó su cuchillo y le rajó el cuello al coronel en un parpadeo, emitiendo un susurro incomprensible, como si lanzase una maldición, para después emitir un chillido de victoria espeluznante.

«Dios, ayúdame» se dijo Isidro, y se sintió estúpido: momentos antes hacía planes para el futuro cuando en realidad la muerte le estaba esperando con aquella montera arratiana, las botas de caña alta y un hacha de leñador capaz de partir árboles de un tajo.

La capataz le miró y emitió un chasquido con la boca. El can le liberó de inmediato e Isidro sintió que el perro se llevaba un trozo de su antebrazo entre los dientes. Se arrastró huyendo como si no fuera más que un gusano y no una persona. La mujer le sonrió con el infierno tras ella, tiró del asta para recuperar la hoja del hacha de la cabeza de don Horacio y escupió sobre su cuerpo del que había sido su criado. Isidro, con la mandíbula desencajada, el brazo destrozado y el alma llena de un terror que no había sentido nunca, se arrastró tomando distancia de aquella salvaje. «Ni toda mi sangre basta para saciarla», se dijo.

Quinta se acercó hasta él arrastrando el hacha por el suelo, mientras el palleiro le vigilaba de cerca enseñándole las fauces llenas de dientes cruentos. Al final, la mujer se detuvo ante él y le miró con un desprecio que no era el de un ser humano.

—Dime, pedazo de mierda, ¿qué me das para que no te mate?

Isidro, apenas erguido sobre su único brazo sano, negó con la cabeza estupefacto ante la pregunta.

—Lo que quieras, lo que tú quieras..., tengo dinero y...

Quinta le pateó la cara y él sintió que su nariz chascaba. La devastación le cubrió el rostro y varias lágrimas de orgullo herido le decoraron las mejillas.

—Quiero que me digas la verdad y no te mataré —le dijo—: tú ordenaste lo del pazo, ¿verdad?

Dudó un momento.

—Yo... —Quinta le pateó las tripas y un dolor agudo se extendió por todo su cuerpo.

—Dímelo. Te juro que no te mataré y yo nunca juro en balde.

Quinta se rio y le golpeó en el brazo con el asta del hacha. Isidro emitió un alarido brutal por el dolor que estuvo a punto de llevarle a la inconsciencia.

—¡Está bien! Sí, lo hice. ¡Yo ordené que quemaran el pazo! —le dijo—. ¡Déjame irme!

Quinta se acuclilló cerca de él y se quedó mirándole como a un cordero a punto de ser degollado. Él le devolvió una mirada encharcada de terror y esperanza. Se sintió tan vulnerable que solo pudo acordarse de Cordelia y su hijo.

—Recuerdos de doña Iria de Castronavea, hijo de perra —le dijo y, chascando dos veces con la boca, Isidro supo que su vida se había sentenciado—. Ya te dije que no te mataría yo.

De súbito, el can se lanzó hacia su cuello como si no hubiera comido en días, y él apenas pudo más que agitarse bajo la presión de aquellas mandíbulas, que torneaban su gaznate como si fuera una masa de pan. A Isidro se le nubló la vista y percibió el aliento del palleiro en su boca inundando sus pulmones. Su cuerpo, ahora devorado, iba a formar parte por siempre de aquella bestia negra. Sin fuerzas, sin garganta, con tan solo los recuerdos, se vio transportado al día en que su hijo nació, en el que Cordelia y él se besaban con el miedo propio de unos padres primerizos; se convulsionó después en otro recuerdo, haciendo el amor a su mujer, recorriendo sus contornos y sus nubes, su boca y sus montañas, sabiendo que era el hombre más dichoso sobre la tierra; caminó sobre las olas de la playa de la Concha; celebró las campanadas de Año Nuevo riendo entre sus socios por aquella primera mina abierta, siendo él joven; se tumbó otra vez, con su pequeño bebé dormido sobre el pecho, arropado por una suave brisa de primavera; se estremeció al recordar a su esposa deslizando sus dedos entre las hebras de su cabeza; y así, por fin, se contempló sentado frente a los desafíos, los que había ganado y algunos que había perdido, y entonces se vio a sí mismo y sintió vergüenza: por lo ridículo de jactarse de su victoria esa misma tarde, por lo grotesco de verse como un titán capaz de todo o por estar haciendo grandes planes colmado de una victoria que no le correspondía. Doña Iria de Castronavea, una mujer de treinta y pocos, le había extendido un puente de plata hacia una trampa mortal. Había esperado un año entero a tener todas las cuentas saldadas para soltar a su loba. Lamentó haber sido tan ingenuo y se dijo que los fracasados debían sentirse así ante las puertas del infierno. No pudo más que sonreír sin sonrisa alguna para decirse antes de morir que, definitivamente, aquella partida la había perdido y, aunque ella no pudiera oírlo, le pidió perdón a su Cordelia por haberle fallado.

Matilda se apartó el polisón un poco para poder sentarse más cómoda. Se reflejó en el espejo que presidía una de las paredes del gabinete de música de don Ramiro y se vio algo mayor de lo que debiera. ¡Cuánto echaba de menos Galicia! ¡Cuán extraña se le hacía la vida en Madrid! Si no fuera por su amado profesor, estaría languideciendo en una casa ajena y descomunal, de cuyas paredes solo recibía un frío desdén por su presencia.

Ella y don Ramiro habían reanudado sus visitas y, en cada una de ellas, lo cotidiano se había instalado en sus vidas, pero también lo auténtico. Por supuesto, Jaime no sabía nada de aquello, pero a Matilda no le importaba. Si aquellos encuentros clandestinos no tuvieran lugar, ella terminaría por volverse loca. Aun así, en cada uno de ellos se decía que debía contener su pasión, sus ganas de besarle y sentir de cerca aquellas manos suaves recorriendo sus caderas. Pese a esto, las fronteras que marcaban el decoro, aquellos muros invisibles, parecían quebrarse más cada día: había recibido una nota de don Ramiro hacía unos días por medio de su doncella de confianza: «En nuestro próximo encuentro debo confesarle a usted un secreto que no puedo guardar por más tiempo en mi interior». Matilda, al leerla, supo que deseaba declararse y supo también que, si lo hacía, eso acabaría sentenciando sus encuentros. Porque de cara al mundo solo eran dos amigos, profesor y alumna, que llevados por la pasión de la música se veían en el conservatorio.

Sin embargo, todo iba a cambiar esa misma tarde de otoño, en cuanto don Ramiro pronunciase aquella declaración que ambos ansiaban, como un sediento el agua, y anticipaba su separación definitiva. Matilda no podía permitirse un escándalo más en la familia. Una deshonra como aquella la conduciría a lanzarse desde los montes gallegos al vacío de una garganta profunda, y ella no tenía la fuerza de Basi.

La puerta se abrió y don Ramiro entró con su aire distraído e ingenuo. Vestía algo desencajado, como siempre: el lazo mal cerrado, la leontina demasiado descolgada y una chaqueta de color marrón oscuro excesivamente usada. Contrastaba con el vestido de seda estampado de color verde que ella llevaba, con volantes bordados en la falda, la chaqueta corta, con mangas largas ligeramente abullonadas en los hombros. Ambos hacían una pareja tiernamente ridícula, una que la sociedad no admitía. Él le dedicó una sonrisa algo nerviosa y de inmediato se sentó junto a ella. Como en cada ocasión, sacó unas pastas de té, pasadas y demasiado húmedas. Era toda la cortesía que podía brindarle allí.

—Doña Matilda —le dijo con cierto apuro—, después de vernos durante todo este tiempo, he estado considerando que nuestra situación es muy... anómala.

—Sí que lo es, don Ramiro.

—Es obvio que entre ambos... —Sudaba ya a destiempo—. Bueno, quiero decir que creo que ambos...

—Nos amamos, don Ramiro, usted y yo nos amamos desde hace mucho tiempo.

Al profesor de música se le descolgó el rostro como una tela estirada al viento e hizo un gesto de resignación. Se le veía lleno de una pasión demasiado contenida, demasiado atragantada, agarrada a su alma para hacerle brillar los ojos. No era nada nuevo para Matilda, a ella le ocurría lo mismo y de alguna manera la música del piano, aquella melodía que fluctuaba entre ellos, los enlazaba como dos ramas de un mismo árbol.

—Yo la amo más que a nada en este mundo, señorita Castronavea —le declaró con la cabeza rendida al pecho sin darse cuenta de que la había llamado por su tratamiento de soltera—. Fui un tonto al irme de Galicia, por no haber luchado por usted y...

Matilda se acercó y deslizó la mano sobre la de él. Le miró como se mira a los niños, con una ternura infinita.

—No se culpe usted —le dijo—. Mi padre y mi abuelo estaban decididos a casarme con don Jaime, y nada de lo que usted hiciese hubiera influido en esto.

El gesto de don Ramiro se tornó doloroso, como si hubiera estado soportando una aflicción que le hubiera devorado todas sus fuerzas. Le dedicó una sonrisa desleída entre la tristeza y el decoro. Ella se dejó llevar por la potencia devastadora de sus sentimientos y con la suavidad de un amante le posó la mano en la mejilla y él balanceó la cabeza sobre ella como si desease guardar aquella tarde de otoño en el baúl de sus mejores recuerdos. Por fin él se la besó hasta la muñeca y Matilda cerró los ojos precipitando una lágrima llena de esa música que navegaba entre ellos. «Dios, libérame de toda esta angustia», se dijo y, sin poder soportar más aquella presión del pecho, se acercó hasta que don Ramiro la besó en los labios, trémulo, inseguro, lleno de esa inocencia y vergüenza que le caracterizaba.

Matilda apenas cerró los ojos al sentir aquella suavidad nueva, como si fueran unos labios de seda acariciando su boca con un deseo templado, cargado de las más nobles intenciones pero teñidas de adulterio. Ella se levantó y él la siguió, como si no pudiera desencadenarse de su carne, hasta que dio un paso atrás.

—Me temo que hoy ha ocurrido lo que no... —le dijo él, pero ella le detuvo al posar las yemas de sus dedos en los labios.

—Don Ramiro, es usted un buen hombre y no puedo permitir que se convierta en un miserable.

—Ya no me importa. No duermo ni vivo si no estoy cerca de usted.

—Pero de seguir con este sueño ambos permitiremos que me deshonre yo y deshonre a mi familia. Me convertiría en una adúltera y... los Castronavea ya hemos tenido suficientes escándalos.

Don Ramiro rindió la mirada, derrotado por toda aquella sociedad hipócrita que sometía los corazones a las cadenas invisibles del decoro, antes de que ella añadiera:

—Dios sabe que he rezado muchas noches para que hubiera ocurrido de otra manera, para que toda esta situación se pudiera arreglar, pero ambos sabemos que eso es imposible. Debo marcharme.

—Entiendo que no nos veremos más. —Él se aferró a su mano como si pudiera retenerla un poco más y Matilda le desgajó una mirada triste, se acercó impulsiva y le besó una última vez antes de dejarse arrastrar por la tristeza.

—Adiós, mi querido profesor —le dijo, y se marchó sin mirar atrás.

—Si me deja otra vez, no podré soportarlo más.

Fueron las últimas palabras que él le dedicó antes de que la puerta del gabinete se cerrase por completo.

Matilde caminó con su alma deshecha, yerma y llena de aquel dolor que parecía querer arrancarle el corazón de cuajo. Corrió hasta la salida del conservatorio tratando de contener el llanto, que no era más que una cascada inevitable. Cuando entró en el coche, se llevó la mano a la boca con el fin de ahogar su tristeza y descargó toda aquella rabia y frustración mordiéndose los dedos con fuerza. El camino de regreso a su morada desangelada lo sintió como si recorriese un sendero al cementerio. Se percibió como un cadáver en vida, errante y sostenido por la melancolía de tiempos mejores, y, cuando descendió de su calesa, trató de investirse de todo el coraje que quedaba en su arcón. Entraba ya en la casa con el aliento fingido cuando la recibió el mayordomo con el rostro ceniciento, tomado por algún tipo de noticia funesta.

—¿Qué ocurre, don Fermín?

—Es el señor, doña Matilda. Ha llegado esta tarde algo más cansado que de costumbre y tras acostarse... —Negó con la cabeza—. Está muerto, señora.

3

André se despertó lentamente, como si la mañana le acariciase la cara, pero no era la luz del día sino los labios de Iria, quien, envuelta en un camisón, se acababa de deslizar entre las sábanas hasta besarle. Se desperezó un poco y abrió la boca para volver a beber ese néctar tan ansiado. ¡Dios, cuánto la había añorado!

Él había llegado entrada la noche y a Iria no había podido verla. Vicente, el jefe de lacayos, le había informado de que ella estaba durmiendo ya. Por eso había entrado de nuevo en As Airas, completamente restaurado ya, casi como un peregrino en busca de refugio. Ya desde el frontispicio, un golpe de realidad le había sobrecogido. La visión del pazo reconstruido había sido como viajar hacia atrás en el tiempo. Casi esperó que, en cualquier momento, Amil, su padre, su madre o el abuelo Dositeu volvieran a caminar por aquellas tablas, más nuevas y preparadas para soportar su peso. Sin embargo, lo impecable de la casa, la ausencia del aroma de aquel hogar eran el recordatorio de que ellos ya no estaban allí y que nunca lo estarían.

Se irguió en la oscuridad, sin separarse del cuerpo caliente de Iria, de sus pechos, de aquellas caderas salvajes que le provocaban, y se dejó caer sobre ella. Iria le recibió abrazándole con las piernas y apretó los dientes conteniendo su lujuria matutina. Después le besó como si quisiera entrar en su alma y fusionar sus esencias.

—Ay, *meu rei* —le dijo separándose unos momentos—. Mi cuerpo necesitaba de ti desde hace tanto...

Él la contempló hasta perderse en sus ojos, opalinos por la luz de la luna. Se dejó arrastrar por su fuerza, su valor, por la tempestad que anidaba en aquel cuerpo de mujer que le sobrecogía y le atrapaba al mismo tiempo. Admiraba todo de ella, incluso su arrogancia a la hora de gobernar a los hombres y las bestias. Se abalanzó sobre su cuello y descendió. Le devoró los pechos mientras ella le dedicaba palabras provocativas que le encendieron más y más.

Había sido tan estúpido de perder cerca de un año en alimentar sus estúpidos celos, centrado en don Felipe. Hasta que por fin, un día, con más bebida de la cuenta tras una cena con los conocidos de Madrid, había caminado por las calles solitarias de la capital para verse solo de verdad, alejado de la necesidad que tenía de ella. Había comprendido entonces qué mal la amaba en comparación con el amor que ella le dedicaba. Pues Iria era libre, por encima de ataduras sociales, por encima de él y de sus prejuicios; por encima de lo que hubiera designado el abuelo Dositeu o cualquier otro, ella era un alma que no tenía más fronteras que las que cruzaba. ¿Quién era él para limitarla con sus celos, con sus sentimientos estúpidos? Amar a Iria suponía aceptar que toda mujer debía ser tan libre y autónoma como lo eran los hombres, y ella era sin duda la prueba viviente de que eso era posible y legítimo.

Ese viaje no había sido fácil para él, pues aceptar la libertad de Iria suponía ver a todo el sexo femenino tan independiente como ella, y esto no cuadraba con su educación, donde la mujer era un bien privativo del marido. Al final, tras un año luchando contra los prejuicios, había comprendido que sus celos en realidad no eran suyos sino del resto, de lo que se suponía debía sentir todo hombre por el mero hecho de ser varón. Y así, de pronto, comenzó a contemplar a las mujeres de su vida en el estado demasiado encorsetado en el que vivían y a Iria como la revolucionaria que era.

Por eso, mientras se sentía palpitar bajo los labios de Iria y mientras las piernas de esta apresaban su cadera de una forma animal, se sintió un privilegiado. Ella le amaba, por alguna razón que desconocía, a él, solo a él, y deseó que ese amor nunca se apagase. Haría lo que fuese necesario, lo regaría con su deseo y con toda la devoción de su alma para que nunca se extinguiese. Ahora sus celos le parecían ridículos. Lo intolerable para un hombre, para los hombres de su avanzada época, no era más que el deseo morboso de poseer lo que creían suyo. Pero las mujeres no eran de nadie, como no lo eran ellos, y menos aún Iria, que era independiente de todo.

La besó hasta hacerla suya e Iria se estremeció bajo su peso y, como si fuera el mismo fuego, buscaba su boca con la suya y le exigía que balancease sus caderas con fuerza. Le susurró que la amaba más que a nada en el mundo, que la vida no tenía sentido sin ella, que sería solo un alma hueca, un vagabundo errante en la tormenta, un navegante ciego bajo un oleaje implacable. La abrazó y se sintió crecer, porque era mejor persona junto a ella, porque su mar se había abierto a un océano y la vida se le había ensanchado. Conectaron sus pupilas como conectaron sus almas, encadenados a los jadeos, a los susurros, a las palabras dichas en silencio que fluctuaban entre ellos sin más lenguaje que la mirada. Se arrastró acometiendo con más fuerza, con más ardor que con ninguna otra mujer, y entonces ella deseó devorarle entero y le obligó a tumbarse para que pudiera sentirse como una sílfide sobre las olas. Fue entonces cuando le vertió el deseo sobre los oídos con palabras desafiantes y André se dejó arrastrar por aquella fuerza que agitaba su mar al son de la danza de la carne. Iria, con el deseo brotando de sus labios, le entregó el corazón mismo de la tierra y de su pecho mientras susurraba: «*Meu rei, meu rei, meu rei*».

Así alcanzaron el éxtasis, alejados de todo prejuicio, llenos de un amor que no les cabía en el pecho, de una dedicación cargada de imágenes del pasado. André le besó el cuello hasta alcanzar sus labios y ella, sin poder evitarlo, rio de pura felicidad. Él tuvo que taparle la boca para que no despertase al servicio. Entonces ella se dejó caer sobre su pecho y le dijo que le amaba abrazándole con fuerza. André cerró los ojos y pensó que era el hombre más afortunado sobre la tierra y que tenía junto a él a su mayor tesoro.

Se despertó con la mañana entrada. Junto a él solo estaban las sábanas vacías donde su tía había estado no hacía demasiado tiempo. Todavía guardaban su calor y emanaban ese perfume suyo a lavanda. Observó su alcoba, la reconstrucción prácticamente idéntica al espacio que allí había antes del incendio. Iria no había escatimado ningún detalle. No hacía más de un día de su regreso de Madrid y, de alguna forma extraña, había vuelto por fin a ese refugio que era su cuarto pero que le provocaba sensaciones encontradas. Por un lado, se sentía feliz de habitarlo de nuevo, pero, por otro, todo le parecía impostado. El buró era demasiado nuevo, el roble carballo que antes acariciaba su ventana ahora estaba más alejado, los cuadros ya no eran los mismos, la cama de hierro fundido y la coqueta no tenían el peso de la historia, de las suyas viviendo allí.

André saltó de la cama y ordenó al servicio que preparara un baño caliente en la bañera de cobre. Tras asearse, se vistió de forma impecable: la camisa almidonada e impoluta hasta el cuello, donde un corbatín se enlazaba a lo sentimental. Sobre esta, un chaleco estampado con motivos florales bordados en hilo de plata y su leontina de oro, que desfallecía en su bolsillo del reloj. Se puso los pantalones planchados que se ajustaban por debajo de la bota, y remataba toda su estampa la chaqueta a juego azul marino. Cuando terminó, decidió bajar para leer algún periódico, que el servicio le traía por estar suscrito, mientras desayunaba. Entró en el salón, ahora más grande que el que hubo en su tiempo, forrado en madera noble con aquella chimenea jalonada por dos cabezas de toro. Se sentó mientras Vicente daba las órdenes oportunas para que le sirvieran el chocolate, la bica y los huevos, y preguntó por su tía. Justo entonces la puerta se abrió y ella entró vestida para la faena, tan radiante que pareció iluminar el salón. André se levantó de inmediato. Detrás, como una fiel guardaespaldas, llegó Quinta, que con un gesto de la mano le indicó a Berobreo que se quedase fuera.

—*Meu rei* —le dijo su tía agitando una carta en la mano—, Matilda regresa al pazo. Según me cuenta, don Jaime ha fallecido y ella no desea vivir en Madrid más.

—Siento su pérdida, don Jaime parecía un buen hombre.

—Lo era. Pobre —añadió ella con cierta lástima—. Nadie deseaba su muerte.

—No diría yo eso muy alto —le dijo André.

—No seas malo —le contestó Iria, y con una sonrisa burlona en los labios le golpeó con la carta en el hombro—. Estoy segura de que Matilda sentía ya un profundo afecto por su marido.

—No más que por su libertad. En esta casa, todas las mujeres aman más su libertad que cualquier cosa, también Matilda, aunque quizás sea la menos consciente de esto debido a su buen carácter. —André la miró y ella le sostuvo la mirada del lobo hambriento deseando devorarle otra vez—. Y es una de las cosas que más me enorgullece.

Iria tomó asiento junto a él y Quinta lo hizo un poco más allá. Durante todo el desayuno su tía y él solo intercambiaron su lenguaje silencioso, entre sonrisas adolescentes y gestos algo indecorosos. André, al final, mientras daba un sorbo al chocolate, no pudo evitar reírse al ver el gesto de Iria mordiéndose el labio por su deseo. Quinta, que conocía de sobra la relación entre ambos, no hizo comentario alguno. Posiblemente porque la aprobaba, pues la capataz no era de esas que fuera a rezar a misa ni entender que la mujer debía ser casta y obediente.

—¿Sabes algo de Basi? —le preguntó a Iria para que ella dejase de hacerle insinuaciones algo obscenas con la lengua al comer la bica.

—Llegará mañana, según me dijo por carta también. Y viene acompañada.

—¿Por quién?

—Por su hijo.

André levantó la cabeza de inmediato.

—¡Dios santo, ha tenido un hijo! —se sobresaltó—. ¿No será del truhan que la sedujo..., el tal don Arturo?

—¿Y qué si lo es? —dijo Iria retadora—. ¿No le aceptarías en tal caso?

—Por supuesto que sí, el niño no tiene culpa..., pero sabes que sería un escándalo aún mayor del que ya pesa sobre nuestro apellido. No sé si sería oportuno que viviera con nosotros, Iria.

Ella se rio un poco.

—No te soliviantes tanto. ¿Qué harías tú si fuera yo la que estuviese embarazada de un hombre con el que no estoy casada? —le preguntó.

Se sintió azorado ante el desafío de Iria con relación a

sus noches juntos. ¡Cómo le gustaba poner siempre de relieve todos sus prejuicios!

—No digas tonterías —contestó André, y no pudo evitar mirar a Vicente, el jefe de lacayos, para ver su reacción. Este tenía la mirada sobre ellos y la retiró de inmediato. Iria le cogió de la mano para tranquilizarle.

—Para tu información, tu hermana se encuentra en perfecto estado. Ha sido cuidada por don Rodrigo, el marqués del Alto Alburquerque, que también me ha escrito de forma muy amable. Nuestro apellido no carga ya con ningún desprestigio. Al parecer, el tal don Arturo que pretendió seducir a Basi, lo hacía por órdenes de don Isidro, que solo deseaba que su hijo regresara junto a él. Al no conseguir tal efecto en tu hermana, provocaron un encuentro para que pareciera ilícito. Debemos mucho al marqués: ha cuidado de tu hermana gravemente enferma y la ha asistido en el parto de su hijo; y todo aun pudiendo ser Basilisa una adúltera. Además, se ha preocupado de que recuperase la reputación perdida contando la verdad de lo ocurrido en todas las esferas de Madrid. Ya le he invitado a venir y celebraremos un encuentro en cuanto Basi y Matilda estén aquí instaladas.

—Don Isidro engañó a su propio hijo... Pobre don Sebastián. Entiendo que no sabía nada del embarazo de Basi.

—Por la carta que me ha escrito, eso parece —dijo Iria—. Desea encontrarse con ella en cuanto llegue, pero ya veremos ahora si tu hermana le perdona.

—Debe hacerlo —dijo André—. El muchacho solo se comportó como un caballero agraviado.

Quinta levantó la cabeza e Iria le miró. André tuvo la sensación de que estaban juzgando severamente sus palabras. Al fondo, Vicente y los lacayos también movieron sus ojos nerviosos, tan sorprendidos como él por el silencio inquisitivo de las dos mujeres. Todos estaban frente a un auténtico matriarcado. Algo dentro de él se agitó, tal vez su educación, que pugnaba por salir y hacerle entender a su tía que él y no otro era el hombre de la casa. Sin embargo, ¡esa batalla estaba ya tan perdida! Allí no había más voz que la de Iria y no es que a él le importase. Había aceptado esto como en su día aceptaba la autoridad de su abuelo, y en verdad, si se desprendía de los roles asignados a su sexo según la tradición, no le parecía mal. Además, había aprendido hacía mucho tiempo a discernir qué batallas eran las sustanciales y evitar así las confrontaciones innecesarias.

—André —dijo Iria después de tragar más bica—. Don Sebastián la abandonó a su suerte..., a tu hermana menor, y no creyó en su inocencia. Concedió crédito a los rumores de otros en vez de creer a su propia esposa. De hecho, gracias a esto, le robaron y casi muere de fiebres. Basi le perdonará si así lo quiere, y no deseo oír ningún otro comentario en contra a menos que ella pida opiniones.

André asintió. De nuevo, sintió la mirada de Vicente y los lacayos con cierto aire de escándalo ante su silencio. Le dio lo mismo. Bebió un poco y pensó en don Isidro sacrificando la felicidad de su hijo en pro de la necesidad de tenerle junto a él y su esposa.

—Don Isidro siempre obrando con malas artes —comentó finalmente André.

—Me temo que ya no podrá obrar más así —murmuró Quinta, y André frunció el entrecejo extrañado—. Le encontraron muerto, a él y a sus lacayos en Las Médulas —añadió—. Al parecer se despeñaron y los lobos se han estado alimentando de ellos durante dos semanas.

André enmudeció y pensó de inmediato en el hijo, don Sebastián. Sintió lástima por él. Debía haberse enterado del engaño de su padre, de la muerte del mismo, y a la vez de las desventuras de Basi y su hijo. Cierto que había dejado a esta al desamparo, pero la mayoría hubiera actuado así tras una infidelidad, y más sin saber que estaba embarazada de su hijo. Conociendo el carácter de su hermana, sospechaba que don Sebastián no lo iba a tener fácil. Basi era orgullosa. Bastaba ver que, en la peor situación posible, con fiebres y con un hijo en su vientre, había preferido quedarse a parir sola que con su familia. «Nunca le gustó pedir ayuda —se dijo—. Basi siempre ha sido de tomar lo que quería y como quería». Estaba seguro de que, de no haber encontrado el amparo de don Rodrigo, hubiera vuelto a casa, pero en cuanto tuvo esa oportunidad prefirió afrontarlo sola. No todas las mujeres en su caso hubieran actuado así.

—Por fin estaremos de nuevo todos reunidos en As Airas —dijo Iria interrumpiendo sus pensamientos.

Era cierto. André observó cómo su tía se llevaba una porción de bica mojada en chocolate a la boca y sintió un orgullo intenso por estar junto a ella. Iria había conseguido en un solo año restaurar el pazo, cerrar el problema de las minas y, sin proponérselo, reunir a los que quedaban bajo el mismo techo. La contempló con admiración y de nuevo se conectaron imantados, como siempre, y deseó que aquella conexión suya no se rompiese nunca. Desvió la mirada hacia Quinta y esta torció el morro en una sonrisa desangelada. A la capataz le ocurría lo mismo que a él. Sentía una profunda devoción por Iria y haría cualquier cosa por ella.

André se relajó, antes de empezar su jornada retomando los asuntos del pazo, con la lectura del diario *El Clamor Público*. Los ujieres recogieron la mesa a una orden de Vicente, y en cuestión de minutos los tres se quedaron solos. Tras ojear los últimos sucesos en la capital, se levantó y, tras un pequeño suspiro, dijo que tenía que ponerse en marcha. Recorrió el salón nuevo y menos crujiente que el antiguo hasta que Iria se aproximó a él. Le mordió cerca de la oreja y le susurró unas palabras:

—Te amo, idiota.

André estuvo a punto de besarla, pero se contuvo por Quinta, aunque esta no les prestaba atención. Tan solo le apretó la mano y le dio un beso en la mejilla, después abrió la puerta. Al otro lado se encontró con Vicente como si este hubiera estado allí esperando a algo o, tal vez, fuera a abrirla. Con una frialdad serena, el jefe de lacayos se irguió y les miró un momento.

—Perdóneme, don André. Iba a entrar para preguntarles si deseaban alguna cosa más.

—No se preocupe, Vicente. Puede retirarse.

El hombre le hizo un saludo y se fue. André se giró antes de cerrar y, al ver que Quinta seguía con la mirada perdida hacia los jardines, le dijo «te quiero» solo con los labios a su tía.

Iria le sonrió y se quedó mirando la puerta cerrada. Se sentía pletórica y, de no ser porque tenía deberes que hacer, se habría quedado todo el día junto a él. Quinta, que parecía más silenciosa que de costumbre, se acercó a ella.

—Es un juego peligroso. Si se entera la servidumbre de vuestra relación, pronto se sabrá en media Galicia.

—Lo sé —le contestó Iria volviéndose hacia ella.

—Entiendo que no vas a contarle nada de lo de Las Médulas.

—Quiero protegerle. Si se entera de que aquello fue obra nuestra, en caso de un juicio se vería expuesto, y además no lo aprobaría.

Fue un simple crujido tras la puerta lo que cortó su discurso. Uno de esos ruidos que solían hacer los suelos de las casas ancianas, pero la suya ya no lo era y por eso se extrañó. Iria intuyó que Vicente podría estar de nuevo tras la puerta. Quinta se acercó de golpe y abrió. El pasillo estaba vacío. Esperó un momento, extrañada, y volvió a cerrar.

—Mejor no hablar de esto aquí —dijo Quinta.

—Sí, mejor.

El camino nevado hasta el cementerio se le hizo demasiado largo y pesado. Cordelia, envuelta en el echarpe negro, se decía que debía parecer un cuervo, con sus cuencas oculares hundidas por el peso de la pena y las mejillas pálidas que reflejaban el dolor de su alma. Para ella, Ponferrada tenía la tristeza pintada en aquel manto blanco que lo cubría todo. Mientras su calesa avanzaba, comprendió que aquella estampa reflejaba perfectamente el invierno de su espíritu. Las casas estaban aplastadas por ese frío descorazonador; de los tejados negros colgaban los carámbanos, que eran como las lágrimas congeladas de su llanto; los viandantes vestidos con sus tonos grises; los carniceros y pescaderos con sus delantales manchados; los músicos ambulantes y sus cantantes de cuyas bocas surgían los vahos desmembrados; incluso las floristas y sus pétalos parecían despintados en un tono monocorde. Toda su alma estaba condenada a la pena y el dolor por la muerte de Isidro. Los lobos y las bestias salvajes se habían ensañado con el cuerpo de su marido, y ahora Cordelia avanzaba detrás de un ataúd con solo los restos de aquella carnicería.

Según le habían comunicado, los caballos se habían precipitado en la noche por un barranco en Las Médulas. «A Isidro le gustaba pararse allí antes de los viajes a Madrid», se había repetido todos aquellos días. Al recibir la noticia, no había podido soportarlo y un súbito desvanecimiento se había adueñado de ella hasta caer desmayada. Había sido como si le arrancaran de cuajo el corazón y ahora viviese en una realidad que no le correspondía. Rabiaba. Se negaba a aceptar que Isidro ya no estaba entre los vivos y que toda aquella fuerza se había ido caminando, con aquellos zapatos impecables y su mirada intensa, hacia el paraíso de los muertos.

El cementerio le resultó insípido. Era un patio de piedras y lápidas, lleno de nombres tras los que se ocultaban los deseos, los sueños, los anhelos de otros muchos que ya habían agotado sus oportunidades. A Cordelia, que no le importaban nada todos aquellos sepulcros, le parecía que la vida le había exigido un precio más alto de lo que podía pagar. Tenía una aflicción de tal magnitud que su alma quería perderse para no encontrarse nunca. Se imaginaba los cuerpos de Isidro y sus hombres aplastados contra las rocas, contra aquella arena roja que les había robado el aliento, y sentía sobre su pecho un sillar impidiéndole respirar.

Tras entrar en el panteón familiar, todo cobró un sentido todavía más irreal, y cuando depositó las rosas sobre el ataúd antes de que cerraran el sepulcro, sintió que dejaba allí media vida. «Y la que me queda por vivir solo será miseria», se dijo. A la pérdida de su esposo se sumaba la de su hijo, que ni siquiera había acudido al entierro de su padre. No era una sorpresa. Apenas había asistido un pequeño grupo de la servidumbre y algunos amigos lejanos que todavía no sabían nada del escándalo.

Era ya *vox populi* que Isidro había contratado los servicios del vividor don Arturo para seducir a Basilisa destrozando así su reputación y el matrimonio de su propio hijo, todo con tal de que regresara a las manos de su familia. El rechazo de la buena sociedad había sido implacable. Sebastián, si bien había aparecido desolado buscando sus brazos como consuelo, al enterarse de esto se había encarado solo con ella, pues Isidro viajaba ya a Madrid.

—Lo sabías.

—Te juro que no, hijo —le había respondido poniendo su mejor máscara.

—¡Oh, vamos, madre, te conozco de sobra! —le chilló con lágrimas en los ojos—. Padre no haría algo parecido sin tu aprobación; diría más, no me extrañaría que se lo hubieses pedido.

—No sé cómo tienes esa osadía. Sabes que nunca haría nada en contra de tu felicidad.

—¡No os quiero ver más en mi vida!

Aquellas habían sido las últimas palabras de Sebastián y la última vez que le había visto. Luego había llegado la noticia de la muerte de Isidro y desde entonces ella era una cáscara vacía. Sin hijo, sin marido y apartada de lo que más quería. Sin fuerzas, doblegada por la aflicción, se había encerrado en un silencio perpetuo y agónico. Ya no tendría a nadie a su lado como Isidro, que, con su devoción por ella, pudiera doblegar el mundo a su voluntad; ya no tendría el candor de su hijo, que la hacía ser mejor persona; ya no tendría más que soledad. Después de dos semanas encerrada, tan solo había tenido una buena noticia inesperada. Había sido la llegada de una misiva escueta.

27 de noviembre de 1848

Queridísima hermana:

Te escribo para comunicarte el fallecimiento de nuestro padre hace dos días en la casa de Madrid desde el fechado de esta carta. Ha sido debidamente enterrado, y al entierro solo acudimos sus hijos y el servicio. Nunca tuvo muchas amistades, como sabes. No te he avisado, dado que nos tenías ordenado que le enterrásemos sin tu conocimiento. Manuel y yo vamos a ir a visitarte con el fin de que recibas tu parte de la herencia. Ambos ardemos en deseos de verte y de adelantarte la proposición de que, si tú lo ves bien, nos afinquemos cerca de tu casa para resarcirnos del tiempo perdido que padre nos robó.

Tu hermano,

CARLOS DE ROJAS, CONDE DE NIEBLINA

Ella le había respondido contándole su pena y la urgencia de tenerles por fin cerca: «No sabéis la falta que me hacéis los dos, y más en estos momentos en que lo he perdido todo. No hay necesidad de que os afinquéis en otra casa teniendo en la mía todo lo necesario, pero antes se me hace imperativo viajar fuera de España por un tiempo junto a vosotros, tal vez a París».

Por desgracia, el correo a Madrid no era tan rápido para que hubieran llegado al entierro de Isidro, pero sí lo suficiente para que aparecieran en breve. Ellos eran ahora toda la vida que le quedaba. Eran tan afines a su corazón, a esa necesidad suya de gobernar... Para sus hermanos, ella era su referente y, junto a ellos, podría cubrir su necesidad de sentirse amada, adorada, mientras ellos, como Isidro, cumplirían el papel de proveedores de sus deseos.

Regresó en la calesa con Ponferrada vestida de blanco hasta llegar a su casa, la que ahora sentía como una prisión. Se vio sola ante aquel patio nevado y se engañó con la ilusión de que su marido y su hijo estuvieran todavía por allí. El silencio le comunicó la cruda realidad de que no era así. El servicio que había entrado con ella se disolvió hacia sus quehaceres y Cordelia se dirigió al salón de la planta baja para encerrarse con el fin de no salir.

Fue al entrar cuando, al fondo, distinguió dos figuras. La primera, más alta, que lucía un traje gris opalino y el gabán todavía en la mano, era de su hermano Carlos. Tenía ese aire enjuto y la mirada dura, herencia de su padre, que mezclaba con la sonrisa afable de su madre. Detrás, vestido con un traje granate, estaba Manuel, el más pequeño de los tres, con una barba fina delineada al mentón y el brillo de lo inesperado en las pupilas. Ambos se abalanzaron sobre ella para abrazarse y, sin poder evitarlo, Cordelia se abandonó a sus brazos, a sus olores, a sus recuerdos juntos. Algunos, los buenos, la bañaron de pronto, como cuando corrían los tres por el patio tras la pelota de colores: Cordelia para cogerla, Carlos para ganar y Manuel para llevársela a la boca. Los peores, cuando el viejo los buscaba medio borracho cinturón en mano para escarmentarlos con cualquier excusa y ella se enfrentaba para ser el blanco del dolor frustrado de su padre.

—No sabéis lo que os he añorado, mis niños —les dijo, y sintió entonces, pese a toda la pesadumbre de aquellos días, que algo en su vida se había vuelto a encajar.

4

Sebastián se había debatido todo aquel tiempo entre la locura y la desesperación. Desde que doña Eulalia de Toledo
le había enviado una carta contándole todo el ardid, no
había sido capaz de elaborar un discurso sensato para presentarse ante Basi. Su falso amigo había cobrado una fortuna de su padre para traicionarle y seducir a su esposa y, al
no conseguirlo, habían recreado una farsa para hacer culpable a su adorada Basi. ¡Y él había caído en la trampa! Su
padre, otra vez esa sombra mayúscula en su vida que surgía
para obrar de la forma más grotesca y perniciosa.

Por otro lado, don Arturo había dejado Madrid, fortuna en mano, para desaparecer rumbo a las Américas. Pero
lo peor de todo era que, según decía la carta de la condesa,
en Madrid se rumoreaba que Basi había dado a luz a su hijo
en casa del marqués del Alto Alburquerque. Sebastián se
había tirado de los cabellos como un poseso, y se había
abofeteado hasta hacerse sangre en la nariz. Llevado por
esa locura de dolor, frustración y culpa, se había encarado
con su madre —pues su padre viajaba rumbo a Madrid—,
para más tarde abandonar el hogar familiar con la intención de no volver nunca.

Habló con el obispado para retirar la petición de nulidad matrimonial y se instaló en la casa de O Barco tratando
de aclarar sus ideas. Deseaba meditar cómo iba a aparecer

frente a Basilisa para pedirle perdón. Después de mucho porfiar con su culpa, escribió al pazo de As Airas con el fin de poder verla. La contestación tardó tres días en los que casi pierde la cordura mientras veía nevar en toda Galicia desde una ventana. Era una misiva sencilla de la nueva cabeza de familia, doña Iria de Castronavea:

Querido don Sebastián, mi sobrina no está en el pazo, pero se la espera pronto con vuestro hijo. Le haré saber de inmediato su deseo de verla y que se encuentra hospedado en O Barco. Un saludo afectuoso.

DOÑA IRIA DE CASTRONAVEA

Desde entonces había pasado otra semana más, sabiendo ya que era padre y que había dejado a su esposa e hijo abandonados. Una locura insaciable se apoderó de él entre licores y llantos. Mientras, el invierno se enseñoreó de todos los caminos y él recibió la funesta noticia de que su padre había fallecido de una forma horrenda. Lloró en soledad, pero no acudió al entierro. Escribió a su madre para darle el pésame y para decirle que en el futuro se abstuviera de contactar con él. Acudiría a la lectura de las últimas voluntades para hacerse cargo de la herencia que le fue asignada y, después, no quería verla más. Para él, su madre estaba tan muerta como su padre. De hecho, había sentido un alivio profundo cuando había recibido una misiva suya anunciando que abandonaba Ponferrada hacia París acompañada de sus dos tíos, a los cuales apenas conocía. El segundo suspiro de consuelo lo emitió al encontrar un correo nuevo hacía tan solo un día. Era una nota simple de Basi: «Ven mañana a mediodía a As Airas».

Así, se había presentado esa mañana en el pazo vistiendo sus mejores galas. Ahora, sentado en uno de los saloncitos de té de As Airas, esperaba con ansiedad la aparición de su esposa para iniciar el camino tortuoso que pudiera redimir sus pecados.

Se levantaba y se sentaba tan nervioso, tan lleno de dudas que le sudaban la nuca y las axilas. Optó finalmente por quedarse quieto frente a los ventanales y admirar el paisaje exuberante de los caminos que recorrían las entrañas de los Jardines Salvajes. De alguna manera, los helechos, las enredaderas abrazadas a las cortezas de los árboles y las acederas que mostraban en sus hojas anchas y puntiagudas la piel verdosa de una anciana le trajeron algo de calma a su estado.

Se abrió de golpe la puerta y Basi surgió vestida de color crema, ajustada la falda a su cintura de avispa, con su polisón y una chaqueta corta en forma de torera. Estaba claro que se había vestido así para deslumbrarle, y lo había conseguido. A él casi se le escaparon las lágrimas al verla, con aquellos ojos enormes decorados por sus pestañas que los enmarcaban como si fuesen dos lámparas vivas, llenas de una decepción insondable. Avanzó serena, como una diosa caminando ante su cohorte, y se detuvo a dos pasos de él.

—Hola, Sebastián —le dijo.

—Basi, yo... —Le miró como se mira a los seres pequeños que no tienen importancia, y Sebastián sintió que se le hundía la voz—. Yo ansiaba verte y...

Ella mantuvo el silencio, serena, con una respiración sin agitación alguna, esperando que él pudiera articular algún sonido más concreto. Sebastián pensó que al menos le debía eso y, haciendo un esfuerzo descomunal, rindió su mentón al pecho incapaz de soportar el peso de la mirada de ella.

—Lo siento tanto..., siento no haberte creído, siento haber sido un imbécil y haber hecho caso de las habladurías. Nunca podré perdonarme lo que te he hecho —le dijo finalmente y se tiró a sus pies—. Sé que no merezco tu perdón porque ni siquiera yo puedo perdonármelo.

Ella le miró desde las alturas, como una efigie entre las nubes. Su rostro solo era una piedra seca y sus pupilas dos brillantes negros carentes de piedad. Se extendió un silencio acerado, duro, que se le hizo insoportable hasta el punto de volverse cada vez más pequeño, insignificante, como si fuese una sombra del ser humano que era. Agarró su falda y la besó rogando con su rostro empapado de pronto en lágrimas.

—Lo siento, lo siento —le dijo Sebastián—. Perdóname, te lo suplico. Trataré de compensártelo toda mi vida, haré lo que tú quieras, pero no te separes de mí o estaré perdido. Olvida este divorcio estúpido y vuelve conmigo.

Ella continuó en silencio y él no supo si era un castigo o porque realmente no quería dedicarle palabra alguna. Llevado por la vergüenza y el arrepentimiento, se inclinó como si fuese su esclavo. Basi se mantuvo allí hierática, sin decir nada, hermética como un busto romano. Al final, ella tiró de su falda para que se la soltase y dio un paso atrás.

—Levántate —le ordenó con una voz gélida.

Él lo hizo como un corderillo asustado que acude al matadero. Apenas cruzó la mirada con sus ojos inconmensurables y tuvo que apartarla.

—Escucha esto, Sebastián —le dijo con el aliento invernizo en el alma—. No te perdono y no sé si lo haré alguna vez. Rompiste todo lo que éramos el día que no me creíste, el día en que me diste la espalda ante extraños, y por eso estás muerto para mí.

Sebastián comenzó a negar con la cabeza y sus pestañas rebosaron de nuevo.

—Dios santo, Basi, tenemos un hijo en común, aunque solo sea por esto tú podrías... —le imploró.

Basi le abofeteó con fuerza cortando de cuajo su discurso.

—Ni lo nombres. No te atrevas a usar a mi hijo para que regrese contigo —le dijo con acritud—. ¡Tuve que parir sola! ¡En casa del único hombre que me dio cobijo, a mí y al que llamas *tu hijo*! ¡¿Dónde estaba su padre entonces?! —Cada frase era un puñal que le zahería causándole un dolor inefable—. ¡¿Dónde estabas, Sebastián?! ¡¿Compadeciéndote?! ¡¿Sintiéndote traicionado por tu esposa?! —Basi se calmó lentamente y volvió a erguir el mentón con aquella falta de piedad descomunal—. Dado que dices que no puedes perdonarte, no me pidas perdón antes de perdonarte tú. Solo cuando creas que eres merecedor de ese perdón, puedes rogarme que yo te lo conceda. Mientras tanto, lo único que puedes hacer es ser padre. Me pasarás una pensión suficiente para mí y para mi hijo y te ganarás el derecho de ser su progenitor de nuevo, dado que lo perdiste al dejarme abandonada en los caminos de Madrid, donde casi muero —terminó de decir—. Ahora ya puedes volver a llorar sobre las faldas de tu madre.

Él la detuvo suavemente cogiéndola del antebrazo y ella simplemente miró despectiva hacia la mano. Sebastián la soltó de inmediato.

—Basi, por favor, por favor, escúchame..., déjame ver a mi hijo al menos.

—Puedes irte. Ya te avisaré de cuándo puedes venir a verlo.

La mirada terrorífica, desangelada de toda pasión de Basi, le indicó que sus ruegos no iban a ser escuchados. Sebastián recogió su sombrero del suelo y, como si fuese un animal herido, abandonó la estancia encorvado y vencido. Se encontraba abrumado por aquella realidad tan dolorosa, caminando en la niebla sin rumbo. Accedió al recibidor de aquel pazo, y doña Iria de Castronavea, que le había recibido al llegar, le abrió la puerta para que pudiera salir. La mujer, vestida con pantalones y zamarra de faena, no le dedicó siquiera un visaje de cortesía. Aun así, se acercó y la miró con la esperanza de que pudiera ablandar el corazón de su esposa. Sin embargo, las pupilas de la señorita Castronavea tenían una expresión salvaje que le arrastró al valle de la desesperanza. Se sintió perdido y minúsculo, desangelado en el mundo atroz que era ese pazo reconstruido con el dinero de su padre. De todos modos, al llegar frente a ella se detuvo para asomarse una vez más al precipicio.

—Si usted pudiera...

—Don Sebastián, lo mejor que puede hacer usted es irse —le dijo con una frialdad terrosa—. Mi sobrina ya le ha dicho todo lo que tenía que decir y nadie de esta familia va a decirle nada distinto.

Así, con el corazón fuera del cuerpo, con la pena entre los dientes, se subió al caballo que le había traído y emprendió el camino de regreso a O Barco. Entonces, mientras cabalgaba, fue consciente de que no tenía hogar, que no tenía familia, ni esposa ni hijo, y que solo sería un cadáver viviente, un alma errante sin destino y cuyo único objetivo en la vida sería recuperar el favor de Basi.

Espoleó el caballo y enfiló la salida jalonada por el robledal engalanado de enredaderas nervudas y una niebla baja y algo densa. Cabalgó con el alma en la boca, llena de una tierra y un dolor que no podía tragar, cuando de repente una silueta tamizada entre la nieve y los árboles le dio el alto. Aminoró el paso hasta llegar frente a la figura espigada de un lacayo. Llevaba una librea propia de un jefe del servicio. Le reconoció y se detuvo secándose las lágrimas.

—Soy Vicente, el jefe de lacayos —dijo el hombre—. Siento asaltarle así antes de su marcha, pero no deben ver que hablo con usted.

Se sintió completamente extrañado ante la reacción de aquel individuo. Pensó que tal vez quería hacerle alguna confidencia que le diera alguna esperanza sobre Basi.

—¿Qué quieres?

—Tome —le dijo, y le extendió una carta—. Es para su madre. Sé que su padre me dijo que nunca le hiciera llegar mensajes a través de usted, pero créame, la información que contiene es de suma importancia para ustedes. Su madre ha salido del país, según supe el otro día, y desconozco adónde. Me temo que será más fácil que se la haga llegar usted.

Sebastián se extrañó aún más.

—¿Para mi madre? Pero... ¿Qué tratos tienes con mi madre? —le inquirió con cierta acritud.

—Bueno, pues... —le dijo abriendo los brazos—. Yo soy *el hombre.*

—Me temo que no te entiendo, criado —le dijo y mantuvo en corto las riendas del caballo—. ¿Qué hombre?

—Soy el hombre que trabajaba para su padre dentro de la casa de los Castronavea. Me encargué de que don Horacio y el resto pudiesen entrar en la casa para provocar el incendio —dijo con orgullo—. Y no fue fácil, créame, el viejo cabrón de don Dositeu me descubrió y tuve que golpearle en la cabeza con el atizador de la chimenea.

Sebastián se quedó enmudecido ante aquellas palabras. Un halo frío se extendió por todo su cuerpo y se reveló como un sudor gélido en la frente.

—¿Qué..., qué has dicho?

—No se preocupe por nada, don Sebastián. Su padre lo tenía todo muy bien atado. Esta gente —le dijo señalando el pazo— tuvo lo que se merecía. Destrozaron la vida de mi pobre Obdulia, ¿sabe? Ninguno de ellos movió un músculo por salvarla. Me iba a casar con ella y terminó muerta en presidio. Esta familia no es buena, ¿sabe? Son desalmados, crueles.

Sebastián, con el rostro descabalgado de horror y una mueca de desesperación, se guardó la carta y sin decir palabra partió al galope.

—No deje de leer la carta. Ahí le explico todo lo de....

No quiso oír más y apretó los dientes de impotencia, de frustración, de rabia. Ellos, su padre y su madre, habían sido los autores de aquel incendio, de los muertos, de todo aquel horror. Por eso posiblemente su progenitor le había dado las acciones a Basi, para evitar que los Castronavea le condujesen ante las autoridades, por eso les había matado a todos. «Asesinos, asesinos crueles», se dijo asqueado, y varias lágrimas se derramaron por sus mejillas corriendo raudas a perderse más allá de sus quijadas por el viento que le golpeaba en el rostro.

Cabalgó con el pecho tomado, vaciado de fuerzas, hasta que sintió que el caballo moriría de agotamiento y, entonces, sobre la silla del corcel comenzó a gritar como un poseso, en la soledad del bosque; chilló cruzando el manto blanco y las ramas huesudas desprovistas de vida; chilló siendo consciente de que solo desahogaba la ira y nada más, que el peso de la sangre corría por las manos de sus padres; chilló siendo consciente de que él, como siempre, solo había sido un espectador y un actor a partes iguales. Se había subido a las tablas de un teatro para representar una obra que no era suya y, al mismo tiempo, se había sentado en la platea más ciego que un topo bajo tierra. Al final, cuando ya no le quedaba más aire, cayó en un mutismo sereno llevado por la intensidad del dolor.

Cuando llegó a O Barco ya era de noche y se dejó caer en la cama, mirando la carta que el tal Vicente le había entregado como una confidencia, como si ambos estuvieran en aquel negocio de la sangre. La miró durante largo tiempo, acariciándola bajo sus manos, pensando que si la abría, que si leía la información que allí se contenía, él formaría parte de los asuntos sucios de sus progenitores. Pensó en quemarla, pero se dijo que, si algún día su madre le pedía explicaciones, se la podría tirar a la cara y llamarla asesina. Con su alma desbordada de aflicción, lleno de la amargura de quien ha perdido a todos, se acercó al buró y depositó la misiva en uno de los cajoncitos discretos. Después lo cerró con la llave. «Así se guardan los grandes secretos, en pedazos pequeños de papel encerrados en cajones minúsculos», se dijo amargado, y se acomodó sobre el colchón de nuevo, abandonado a su desesperación, vencido por la tristeza y con la única esperanza de que algún día lejano Basi le perdonase. Se acurrucó abrazando su aflicción, cerró los ojos y deseó no tener que abrirlos hasta que llegase ese día.

Matilda había llegado al pazo hacía una semana y ya le estaba esperando una nota de don Ramiro. En ella el profesor le comunicaba que, después de cerrar sus asuntos en Madrid, se había instalado en Monforte de Lemos con el fin de estar cerca de ella, pues su intención era hablar con su familia y con ella de un asunto muy importante. Matilda sabía que el misterio de dicho asunto no era otro que pedir su mano.

Tras la inesperada muerte y el entierro multitudinario de su esposo, ella se había encargado de recibir la herencia, que la había convertido en una mujer muy rica. Después había empaquetado todo para regresar a su amada tierra gallega lo antes posible. Solo cuando ya tuvo preparado el viaje y antes de abandonar la capital, le había enviado una misiva a don Ramiro para que se vieran en su casa de Madrid.

Cuando este entró en el recibidor, lo hizo convencido de que había sido llamado para ser presentado ante don

Jaime, pues el pobre no sabía todavía que ella era viuda. Al entrar al salón columnado en mármol, con techos a más de doce codos, y sentarse en uno de los extremos de la mesa para catorce comensales, don Ramiro de seguro se había sentido pequeño.

Matilda había entrado después, vestida de luto, y él no había podido soportar la emoción de verla viuda y se había derrumbado sobre el sillón para llorar, cubriéndose la cara por la vergüenza de alegrarse por la muerte de alguien. Ella le había consolado. El pobre se había sentido culpable por haber deseado en silencio, con todas sus fuerzas, que Jaime desapareciera. Ahora su muerte le hacía inmensamente feliz pero a la vez le hacía verse como un ser horrendo. A ella solo le había hecho feliz a medias. «El pobre Jaime, que en paz descanse, no se podría haber imaginado que con su muerte iba a concederme la mayor de las felicidades», se dijo ahora, sentada frente a André, que leía en voz alta las noticias de sociedad de la *Gaceta de Madrid*, pero a la vez sentía pena por su pérdida. En aquel encuentro ella había esperado que él hiciera la intención formal de pedir su mano. Sin embargo, don Ramiro, abrumado por la noticia, no había sabido reaccionar. Así se habían despedido y ella, que conocía bien su naturaleza dada al reposo y la meditación, había esperado paciente esa misiva.

Miró hacia los jardines del pazo esperando la llegada de don Ramiro. Este le había anunciado que aparecería al mediodía y se quedaría a comer para la celebración de esa noche. Matilda ya había hablado de su intención de contraer nuevas nupcias tanto a su tía como a André. A pesar de que la decisión era una cuestión solo suya por ser viuda, prefería contar con el beneplácito de su familia, y en concreto con el de su hermano y su tía. Ya tenían la experiencia de Basi para darse cuenta de que no se podía vivir contra la sociedad, pues al final esos actos de rebeldía solo la precipitaban a una a la perdición. Se caía en una espiral llena de dolor y frustración que terminaba en tragedia. «No quiero ser una víctima —se dijo—, no ahora que puedo decidir mi vida completamente». Su hermano y su tía, al contrario que su padre o el abuelo, veían con otros ojos la incorporación de don Ramiro a la familia. «Deja pasar el duelo, para no levantar rumores, y luego haz lo que dicte tu corazón, sobrina. Siendo tú una mujer viuda y rica poco importa, pero yo te daré mi bendición, y tu hermano, según me ha dicho, también», le había confirmado tía Iria.

Aun así, aunque la idea del matrimonio con don Ramiro era algo que ansiaba, no se casaría de cualquier forma y el dinero, *su dinero*, el heredado de Jaime, estaría blindado de forma privativa. Aportaría una pequeña dote, y por supuesto mantendría lo que fuera necesario mantener. Sin embargo, en ningún caso don Ramiro —que era un alma pura que no deseaba más riqueza que la que él ya tenía— pondría la mano en su fortuna. Porque esta era la única manera en que ella se garantizaba su independencia. Bien sabía ella que la nobleza de don Ramiro, el candor que desprendía y su adoración por ella estaban más allá de lo material. Era un hombre que solo deseaba su felicidad y con el que sería difícil discutir por algo.

Por eso esa mañana era algo especial. Imaginaba que vendría en un coche alquilado, pagado de sus pequeños ahorros, en su traje desgastado pero impecable y aquella mirada inocente, para pedir su mano con toda la educación que un hombre sencillo pudiera tener. Iria le había dicho que lo lógico era que se quedase ya a comer con ellos y a la celebración de esa misma noche. Todas sus amistades venían a festejar que el pazo estaba reconstruido, y que tía y sobrinos estaban de nuevo bajo el mismo techo, además del pequeño Adrián Ordás Castronavea. También llegaría desde Madrid don Rodrigo Castellar y de Arcas, marqués del Alto Alburquerque, el salvador de Basi y protector de la reputación de la familia.

Matilda paseó por la sala con cierto aire distinguido, dejando que el tiempo transcurriese lentamente, cuando una berlina negra de un solo caballo surgió en el paseo hacia la plaza oblonga. Se detuvo finalmente y dos lacayos se afanaron por asistir a don Ramiro, que, con un ramillete en la mano, descendió del coche haciendo gala de su torpeza y sus nervios. Llevada por cierta excitación, ella se escondió tras los visillos y espió la entrada del hombre que iba a ser su esposo. No pudo por menos que dejar escapar una risilla silenciosa al verle tropezar con los escalones. «Está tan nervioso que no acierta ni a andar», se dijo enternecida. Aguardó unos momentos y desvió la mirada a André, que leía en voz alta que en Madrid, en el teatro Príncipe, a las ocho de la noche se representaba *Don Sancho el Bravo*, a beneficio del actor don Florencio Romea, un drama nuevo en tres actos y escrito en verso.

Dos golpes en la puerta desencadenaron más agitación en Matilda, como cuando esperaba su llegada en las clases de piano. Uno de los lacayos les informó de que don Ramiro acababa de llegar en una berlina. Tal y como se había planeado, el invitado había sido conducido al despacho de tía Iria, y ahora se requería la presencia de André en dicha estancia. Su hermano le dedicó una mirada llena de complicidad, se levantó dejando la *Gaceta* en la mesa y se estiró el chaleco gris perlado.

—No te preocupes —le dijo y aproximándose a ella le dio un beso en la mejilla—. No sabes lo feliz que me hace que tú seas feliz. Es el mejor de los hombres.

Ella le abrazó. André abandonó la estancia y ella se acercó a la chimenea para controlar los nervios. De pronto, el hecho de que don Ramiro fuese a pedir su mano de forma oficial le pareció irreal, como si todo lo que le había acontecido en aquellos meses pretéritos fuera una pesadilla de la que había despertado, o incluso como si no lo hubiera vivido.

Después de un breve lapso que se le hizo eterno, don Ramiro entró. Tal y como ella había predicho, iba vestido con aquel traje pasado de moda, desgastado pero limpio. Llevaba un ramillete algo escaso, decorado con algunas flores pequeñas silvestres que sin duda él mismo había tenido que recoger para que abultase algo más. Eran aquellos gestos lo que más enternecía a Matilda. Ella le ofreció el asiento en uno de los tresillos cubiertos en pan de oro y entelados con motivos mitológicos. Don Ramiro aceptó. A pesar de que él sabía que no había más respuesta que un «sí», le percibió nervioso, sudando como si fuera a enfrentarse a un juicio sumarial.

—Mi querida doña Matilda —le dijo pasando el dedo por el cuello de la camisa como si fuese un dogal—, tal como le informé en mi carta...

Los nervios le hacían sudar de tal forma que las mejillas se le arrebolaron y tuvo que sacar su pañuelo para secarse la frente. «Y eso que estamos en invierno», se dijo Matilda, y le hizo tanta gracia aquel espíritu suyo dominado por la vergüenza que tuvo que contener una risa alegre. Pensó que debía poner algo de su parte antes de que a don Ramiro le diera un síncope y se acercó hasta sentarse junto a él y posó una mano sobre la de él para calmarlo. Este le retiró la mirada azorado.

—Yo..., tal como le informé en mi carta... —volvió a repetir—, hay un asunto muy importante que he discutido con su familia, los cuales... me han remitido a usted, como no podía ser de otra forma.

—Don Ramiro —le dijo entrecortadamente—, míreme un momento y tranquilícese.

Este irguió la mirada y por fin sus dos ángeles se conectaron. Aquellas dos pupilas brillantes, llenas de anhelo, se deshicieron como una ola del mar sobre la arena de la playa, como si fuesen una caricia sobre la piel de un recién nacido. Matilda percibió de nuevo que aquel hombre solo sentía verdadera adoración por su persona. Ella era su musa, como las nubes visten el cielo desnudo, como la lluvia para los días melancólicos o el fuego en los salones en invierno. Se sintió recogida en aquella mirada devota que solo deseaba procurarle la felicidad y le sonrió con toda la ternura de su universo. Por fin, don Ramiro tomó aire y, arrodillándose, extrajo de forma torpe un pequeño joyero. Lo abrió y se la mostró: una alianza sencilla y sin pretensiones se destacaba sobre un fondo azul de terciopelo.

—¿Desea usted ser mi esposa?

Matilda no contestó. Le obligó a tomar asiento y con mucha suavidad posó sus labios sobre los de aquel hombre. Este la correspondió como un corderillo.

—Por supuesto que sí, don Ramiro. En cuanto el luto se acabe, celebraremos la boda.

EPÍLOGO

—

El sueño imposible de su amigo había acabado esa noche, y desde ese momento ella estaría más triste y era algo más libre.

De nuevo una celebración en As Airas cubría de normalidad el regreso al pazo: la música de Matilda al piano, ahora junto a su prometido don Ramiro, las conversaciones insustanciales sobre la vida de Basi, los rumores de casamientos de las hijas de los potentados gallegos, algún que otro escándalo y los discursos sobre política que pretendían arreglar España del Gobierno liberal moderado de Narváez. Para Iria aquel festejo, aunque se celebrase dentro de la casa por el frío, tenía mucho de retorno, de comprender que los Castronavea seguían juntos y habían superado una etapa trágica. El servicio, al mando del anciano don Cosme y bajo la tutela de Vicente y el ama de llaves, doña Neves, estaba dando lo mejor de sí. En cuanto a Celsa, no había habido forma de convencerla de que se dejara ver en la celebración posterior. La anciana, agitando sus manos arrugadas y afectuosas, había rehuido una tras otra las intentonas de Iria y de sus tres sobrinos para que pasara junto a ellos la velada, y se había quedado tan a gusto al calor de su habitación cosiendo retales y rezando el rosario, con su sonrisa plácida y la satisfacción silenciosa de saber que la familia seguía unida.

Habían decorado los salones con centros florales de pétalos amarillos, blancos, rojos; habían engalanado las columnas, las escaleras y los muros. En el salón comedor se había dispuesto la cristalería de Bohemia con ujieres para servir todo tipo de refrescos, rosolís y vinos. Un despliegue enorme de tapas variadas, quesos de oveja, de cabra y fermentados, embutidos como jamón, lomo y montados de todo tipo y variedad; pequeñas tartaletas, dulces, bicas y bicas de café, y productos típicos como empanadas diversas se situaban sobre la mesa de ambigú.

Ahora Iria, como una transeúnte social, se paseaba por el salón de baile, donde se habían dispuesto las sillas alrededor. La estancia mostraba un entarimado reluciente y las parejas —ellas vestidas de rosa, marfiles, azules y blancos, y ellos impecables, enfundados en fracs y zapatos de charol— danzaban al ritmo de un rigodón. La pequeña orquesta, situada al fondo, tocaría a lo largo de la velada un variado repertorio, desde minués y contradanzas hasta el galop o la redova. Allí las jóvenes presentadas en sociedad habían traído sus carnés de baile, hechos de nácar y oro, en plata y carey, para apuntar las peticiones de baile.

Saludó a algunas conocidas que agitaban abanicos emplumados, en ese código secreto que lanzaba mensajes a ciertos caballeros y era ya un lenguaje demasiado conocido. Ellos se recolocaban los pañuelos y sonreían de lejos, susurrándose confidencias al oído y manteniendo la apostura lo más gallarda posible. Abandonó el salón de baile y penetró en el gran salón del pazo, casi el doble de grande que el anterior. Allí una multitud de asistentes hablaban, reían y comían. La celebración había comenzado sobre las nueve y ahora, después de dos horas, aquello se había conformado como el acto social más importante de la temporada en Galicia. Al día siguiente leerían las críticas en los periódicos y gacetas locales.

Iria vio, situado en un extremo de la estancia, cerca de las columnas en marquetería que mostraban el escudo heráldico de los Castronavea, a don Felipe. Este se había presentado después de su viaje a las Américas con su nueva esposa, una joven criolla de la Florida veinte años menor que él. Era de una buena familia cuyas raíces eran sevillanas. Al parecer, se había quedado prendado de ella y había regresado ya casado. La muchacha poseía un cabello largo y negro y unos ojos del mismo color en los que apenas se distinguían las pupilas del iris. Vestía un traje de sociedad carísimo, de color hueso, la falda volada sobre el miriñaque y el pecho cubierto por una berta de tul. Tenía la piel algo más tostada, por el sol de allí, decían. Le pareció bella. Iria se alegraba por él y deseó que don Felipe fuera feliz y tuviera esa familia que tanto deseaba.

Caracoleó entre los invitados e intercambió varias miradas cautivadoras con su sobrino. André, algo más locuaz que de costumbre, la escrutaba insistentemente desde que había entrado en la sala. Al tiempo, el muy truhan fingía interesarse en la conversación con don Luis Landeiro, un naviero de A Costa da Morte, amigo de la familia desde hacía años. Iria caminó con cierto temple, balanceando su falda, la crinolina que la sustentaba y su abanico de nácar entre los invitados, recibiendo alabanzas por la reconstrucción. Por fin se detuvo frente a don Felipe, y este, al verla, desplegó su educación encorsetada.

—Mi querida señorita Castronavea, permítame que le presente a mi esposa, doña Ana de Arcas y Girón.

—Un placer conocerla, señora —le dijo cortésmente Iria, y esta le dedicó una mirada cargada de timidez y una sonrisa a juego.

—Por fin nos conocemos —le contestó sonrojada—. Felipe no ha parado de hablar de sus excelencias. Es como si la conociera desde siempre.

Iria sonrió con cierto talante moderador. Era obvio que la muchacha estaba cansada de oír hablar de ella y era obvio que don Felipe no se había percatado todavía de esto. Él hizo un gesto de complacencia.

—Es que ardía en deseos de que se conocieran—añadió él.

Iria cruzó una mirada serena con don Felipe y detectó ese brillo característico de los anhelos frustrados. «Sigue atado a sus sentimientos por mí», lamentó. Supo que el desposarse con doña Ana no era más que una forma de escapar de ellos, de huir hacia el abismo que era amar a alguien que no le correspondía a la altura de su pasión. Iria le sonrió de nuevo y, con toda la cordialidad de una buena anfitriona, le dijo que estaría encantada de recibirla cuando quisiera para charlar y merendar juntas un chocolate o lo que se dispusiese. De nuevo la muchacha se arreboló e Iria supo que eran palabras vacuas: ese encuentro no se produciría nunca. Ella no lo promovería y doña Ana menos aún, por su hastío y por su vergüenza. Sospechaba que esta había llegado al convencimiento de que don Felipe sentía un afecto sincero por ella, pero estaba muy lejos de la pasión que desbordaba sus ojos al contemplar a Iria. Antes de irse a entablar conversación con otros invitados, don Felipe le besó la mano con su galantería trasnochada e Iria supo que era una despedida de todo su mundo juntos. Lo comprendía y esperaba que ocurriese desde hacía tiempo. El sueño imposible de su amigo había acabado esa noche, y desde ese momento ella estaría más triste y era algo más libre.

Con una última sonrisa incómoda, Iria avanzó hasta llegar a una sala de música atestada de gente donde Matilda era el centro de atención. Interpretaba una *suite* para piano de Handel, y don Ramiro, situado en un extremo, la saludó con la cabeza. Conocía poco a aquel hombre, pero por las veces que le había tratado, había comprendido que era uno de esos espíritus amables del mundo, atado a la sencillez y a cierto modo de honestidad que le hacía previsible. Sin duda un hombre aburrido para ella, pero cargado con un candor especial que hacía que se le tomara aprecio pronto, como ocurría con Celsa. Por eso, porque comprendía que era el hombre perfecto para Matilda, había apoyado el matrimonio de ambos. Bastaba ver cómo se miraban el uno al otro para comprender que, de negarse ella como matriarca y por tanto la familia, causaría su desgracia. Esto era algo que su padre y Amaro nunca habrían contemplado como un requisito para el matrimonio. Ella sí. Sabía que la estabilidad de las familias se fundamentaba en eso, en satisfacer las necesidades que dictan los corazones. Se acercó hasta don Ramiro, y este, con su sonrisa cargada de ángeles, asintió como si el pecho le fuera a estallar de orgullo de ver tocar a su Matilda.

—Tiene usted una sobrina que es toda mi vida, señorita Castronavea —le dijo sin apartar las pupilas de su sobrina—. Quiero que sepa que nunca le agradeceré bastante que nos apoye en nuestra boda.

—Don Ramiro, solo me preocupa la felicidad de mi querida sobrina —le contestó—. Ella me dijo que la tiene usted muy enamorada desde siempre.

—Créame, no es mérito mío —le dijo—. Es todo de ella. Yo solo he sido agraciado con una bendición.

—Bueno, bueno —le contestó dándole una palmada en el dorso de la mano—, no se quite usted méritos que alguno tendrá.

El hombre, con el rostro iluminado, se encogió de hombros y se quedó con la vista fija en Matilda. Iria se despidió y él le dedicó una mirada breve, como si no quisiera perderse el final de pieza interpretada. Antes de salir del salón, el público estalló en un aplauso. Don Ramiro aplaudía como si le fuera la vida en ello. Iria liberó una risilla corta y dejó atrás la ovación. Pasó cerca de los dos saloncitos dedicados al tocador, uno para mujeres y otro para hombres, ambos con demasiada afluencia, y se adentró en el segundo comedor, donde se situaban las mesas de juego y los curiosos se amontonaban alrededor. Al fondo, un pianista amenizaba el momento con un pequeño nocturno. Distinguió a Basi, que, tras acostar al niño y dejarle al cuidado de la nodriza, formaba parte de un nutrido grupo de personas que admiraban una partida de ajedrez. Antes de llegar hasta allí comprendió que don Rodrigo, su nuevo amigo, estaba jugando contra don Eusebio Miramón, un ajedrecista que no tenía rival en la zona y que solía exhibir sus habilidades en estos actos. Iria se acercó a ella y le susurró algo sobre la partida.

—Don Rodrigo le tiene acorralado —le contestó Basi con aquellos ojos claros que habían recuperado la juventud—. Quién iba a creer que veríamos a don Eusebio tragarse su orgullo.

Basi se rio un momento y ella le acompañó. Don Eusebio, que había sido alcalde de Castro Caldelas en sus años en activo, era de aquellos que se acariciaba las grandes patillas diciendo que solo había perdido tres o cuatro veces en su vida. El caballero esperó a la resolución de la partida y, cuando don Rodrigo obtuvo la victoria dando el jaque mate, se levantó con solemnidad y le tendió la mano.

—Una partida espléndida, señor —le dijo—. Es usted un ajedrecista de primera.

Don Rodrigo aireó la mano para quitarle importancia.

—Ha sido usted una rival muy duro, don Eusebio. —Se giró hacia Basi—. Niña —don Rodrigo la llamaba así con una amabilidad extrema—, comamos algo.

Basi se acarameló cogiéndole del antebrazo como si fuera su padre, mientras el anciano marqués saludaba a Iria con delicadeza.

—Querida doña Iria, hacía tanto tiempo que no acudía a uno de estos encuentros que había perdido el recuerdo de lo divertido que pueden ser. Sobre todo estos, que se celebran fuera de la corte, el hervidero de todas las vanidades.

—Créame, don Rodrigo —le dijo Iria cogiéndole del otro antebrazo—. Los rumores que aquí hay son más provincianos, pero los hay en abundancia.

—Me lo imagino, pero a mí no me cepillan el traje, ni unos ni otros. Soy demasiado mayor para estar perdiendo el tiempo en mantener una reputación que no deseo —le dijo sonriendo—. Soy una *rara avis*, su sobrina se lo puede decir. Me gusta estar enfadado con el mundo y tratar al resto como seres prescindibles.

—No le hagas caso, tía —apuntó Basi—. Don Rodrigo tiene un corazón que no le cabe en el pecho.

—Paparruchas —dijo el marqués aireando de nuevo la mano en ese gesto característico suyo.

—Comprenda, don Rodrigo, que viendo cómo se ha comportado usted para con Basi y toda mi familia, tengo que poner en duda sus palabras.

Él se rio un poco.

—Querida doña Iria, no es que mi naturaleza sea diferente, es que mi querida Basi, que ya la llamo así porque así me lo ha pedido, es un ángel al que no puedo negarle nada —le dijo y se acercó al oído—. Y sinceramente no soporto la hipocresía ni a los que la practican.

—Eso no lo puede dudar nadie, don Rodrigo.

Caminaron los tres hacia el comedor del ambigú saludando aquí y allá según se cruzaban con los invitados.

—Le he dicho a don Rodrigo que debería casarse otra vez. Tal vez con una viuda, para que no pase los días tan solo en aquel caserón tan grande de Madrid.

—Me gusta estar solo, niña —le dijo.

—Así podría tener compañía femenina, aparte de mí,

que me tiene robado el corazón, claro —continuó haciendo caso omiso de lo que le había dicho el marqués.

Este se rio.

—No sabría qué hacer con una viuda, salvo criticarla o gritarla —contestó el marqués con picardía—. Pero tú si deberías volver con tu marido, Basi. El hombre se dejó llevar por falsos rumores y no seré yo quien le defienda, pero como siempre te digo, solo Dios no comete errores y tú tienes un hijo que debe conocer a su padre.

Iria observó el gesto contrariado de Basi. Cualquiera que opinara así alegremente de su vida se exponía a una mala contestación de ella. Sin embargo, aquel anciano se había ganado un amor profundo por parte de su sobrina y le estaba permitida cualquier opinión por desfavorable que fuera.

—Si me permites opinar, querida...

Basi asintió, aunque sabía de sobra lo que Iria iba a decir:

—Don Rodrigo tiene razón: es el padre de tu hijo, por mucho que te pese.

—No tengo intención de perdonarle —dijo segura—. Por lo menos por ahora.

Iria se detuvo frente a las puertas dobles y allí se separó de ellos para regresar al gran salón principal. Anduvo unos pasos cuando sintió de golpe que alguien la cogía de su brazo. Era André, que como un ladrón se había escurrido tras ella y la había besado en la mejilla en un acto provocador.

—Quiero tenerte —le susurró en el oído—. Ahora.

Ella le miró fingiendo estar un poco escandalizada.

—En el mismo salón alejado donde estuvimos la primera vez juntos—le bisbiseó, y desapareció entre el tumulto tan rápido como había venido.

Iria se mordió el labio conteniendo el deseo y, después

de vagabundear por las salas comprobando que todo estaba bien, le dijo a Quinta que iba a retirarse unos momentos a ese saloncito y que si ocurría algo imprevisto la avisase. A Quinta le había bastado esa confesión para asentir sonriendo. No dijo nada, como siempre. «Mi amiga y mi cómplice», se dijo Iria. Quinta le había regalado mucho tiempo atrás su amistad y lealtad, y ella se sentía privilegiada por tenerla cerca. Era su hermana de vida, y estaban unidas en sentidos que desde fuera nadie entendía ni ellas iban a explicar jamás. Iria se giró, avisó también a don Cosme de su ausencia y se alejó lentamente del tumulto. En su interior un deseo ardiente había comenzado a poseerla y no era de contenerse demasiado. Necesitaba a André, respirar el olor de su piel, dejarse llevar sobre ese mar embravecido, arrebatarse en el fuego que eran ambos cuando estaban juntos. Necesitó beber de su boca, clavarle las uñas en los glúteos, devorar toda su vida. Aceleró el paso, consciente de que solo tendrían un breve espacio de tiempo para su locura.

Caminó y tuvo la urgencia de quitarse la ropa por el camino, pero se contuvo para no dejar un reguero que condujera a algún invitado indiscreto hasta ellos. Cruzó el recibidor y se adentró en aquella caverna oscura, casi sin luz, que era la otra ala del pazo. «¡Ay, Iria!», se dijo, y sintió que el ansia de poseerle crecía todavía más en su interior hasta convertirse en una tormenta. Avanzó aún con mayor celeridad, hasta que su anhelo ascendió desde su vientre hasta sus pechos y de ahí hasta la boca y no se pudo contener más: enfiló ya el pasillo corriendo y todos los malos recuerdos se desgajaron de ella, como si los dejase atrás. La muerte de Dositeu, la de su hermano Amaro, la de su cuñada Cristina, la del pobre Amil... De alguna forma esas imágenes se acomodaron en esa carrera al dejar salir el ardor. Todos los sucesos trágicos que la habían acompañado en aquellos años, desde quedar atrapada bajo los escombros hasta descubrir la pasión desbordada hacia su sobrino, eran ahora como un sueño, alejados de aquel instante donde solo quería saciar su deseo.

Ahora ya no importaba nada porque sus muertes habían sido vengadas, ella se había encargado de cerrar el ciclo de sangre con los Ordás, y sus almas podían descansar en paz. Como decía Quinta: «Pueden ser lloradas ya». De saberse que ella había dado aquellas órdenes, la sangre saltaría a nuevas generaciones y entonces no habría fin, por eso no había compartido con nadie más que con Quinta aquello. «Pero el pasado no tiene nada que ver con el presente, es solo la parte que se desgaja de la vida que nos conforma, la que nos dice de dónde venimos, pero no quiénes somos, pues eso es una tarea constante que se da en el momento», se dijo, y se detuvo por fin frente a la puerta entreabierta.

Dejó que los jadeos de la carrera se normalizaran y embargada por aquel júbilo, ebria de deseo y consciente de que su amor por André era cada vez más infinito, abrió la puerta y entró. Él, completamente desnudo, perfilado a la luz de la luna, sonrió como de costumbre, con la dulzura de aquel espíritu que entendía su hombría como ningún otro y los ojos ardiendo. Entonces Iria emitió una pequeña risa y cerró la puerta con llave. Supo que no podría dejar de amarle nunca, que no podría evitar aquel anhelo con perfume a incesto, aquel viaje hacia las profundidades, hacia las tinieblas inciertas del futuro, pues su devoción hacia él no tenía fronteras, ni valles ni recodos. Le amaba como amaba a Galicia, como amaba cuidar del ganado, como amaba la hierba, los ríos, la lluvia y la tormenta, como amaba a su familia, a su pasado y a sus tragedias, porque para ella, como le ocurría a todos los Castronavea, antes se secaría toda la tierra que permitir la desolación de los suyos y de las estirpes que estuvieran por venir.

—

Antes se secará la tierra es una historia de familias, de sangre, de honor, de anhelos frustrados, reprimidos, desbocados. Es una historia sobre los lazos de sangre, que son lo que más une o lo que más separa; sobre cómo se forjan los odios, que pasan de padres a hijos; sobre el amor a la tierra, a lo prohibido o a lo lejano. Esta historia de familias enfrentadas atadas la tradición me seducía de tiempo en tiempo. Se asemejaba, así, al oleaje en la playa que aparecía una y otra vez sobre la arena de mi conciencia para ser escrita. Sin embargo, no fue hasta que falleció mi abuela materna, la *yeya* para toda mi familia, cuando de alguna forma esas olas comenzaron a tornarse en algo menos fluido, más consistente.

Mi abuela era una persona sencilla. Nunca tuvo grandes pretensiones en la vida, ni de fama ni riqueza. No le gustaba destacar ni ser el centro de atención. Prefería siempre ser discreta y odiaba las discusiones. Para ella, la vida se ceñía a vivirla con sus seres amados el mayor tiempo posible y entregar todo el afecto que llevaba dentro, que parecía infinito. No era leída, pero estaba llena de esa sabiduría que tienen las personas que expanden la ternura allí donde van. Para la *yeya*, todo se podía arreglar con la amabilidad y el amor.

Esta figura inconmensurable en mi vida, y las raíces gallegas que he heredado de ella, se agitaron en mí tras su muerte. Eran imágenes poderosas que desde niño siempre habían convivido conmigo, pero de las que no era muy consciente: desde escuchar hablar en *galego*, saborear la bica, el pote, el pulpo, hasta recordar los pueblos por donde había estado con ella: Navea —el de mi abuelo—, Fitoiro —el de ella—, Puebla de Trives, Castro Caldelas... Aquel imaginario fue el disparador que me adentró en ese caudal que es la historia de Iria y André. Eso y seguramente la añoranza, la necesidad de rescatar la figura de la *yeya* y hacerla imperecedera. Al fin y al cabo, escribir este libro ha sido, de alguna forma, tenerla más cerca.

Galicia está tan presente en esta novela por ella y por su memoria. Porque sé que hubiera sido una novela que le hubiera gustado leer, he tratado de que la historia de los Castronavea y los Ordás, su enfrentamiento y sus relaciones intrafamiliares fueran reflejo de algunas de las pasiones, anhelos, frustraciones o deseos que sentimos a lo largo de nuestras vidas. Ahora solo queda, lector, que te adentres en estas galerías para empaparte de todo este sentir. Al hacerlo, tú y yo compartiremos el viaje a las entrañas de esa tierra verde y húmeda que, una vez pisada, te acompaña para siempre: Galicia.

FERNANDO J. MÚÑEZ